Ian Buruma

Das Spiel des Maharadschas

Roman

Aus dem Englischen von Ditte König und Giovanni Bandini

Carl Hanser Verlag

Die Originalausgabe erschien 1991 unter dem Titel
Playing the Game
bei Jonathan Cape in London.

1 2 3 4 5   97 96 95 94 93

ISBN 3-446-16446-4

Satz: Fotosatz Reinhard Amann, Aichstetten
Druck und Bindung: Freiburger Graphische Betriebe, Freiburg
Printed in Germany

Da kein Werk der Phantasie ohne Tatsachen auskommt, möchte ich hiermit meine Verpflichtung gegenüber einigen Quellen abtragen, deren ich mich in diesem Buch bedient habe. Zuallererst ist Alan Ross' hervorragende Biographie von Ranjitsinhji zu nennen: *Ranji*, Pavilion Books. Ebenso Clive Ellis' *C.B.: The Life of Charles Burgess Fry*, J.M. Dent and Sons, sowie C.B. Frys Autobiographie *Life Worth Living*, Pavilion Books. Schließlich Ashis Nandys *The Tao of Cricket*, Penguin India, eines der schönsten und schrulligsten Bücher über Kricket, die je geschrieben wurden.

Zum Andenken an Dhiren Bhagat und
Bernard Edward Schlesinger

Prolog

»Er liebte England! – wenngleich nicht ganz auf die englische Art.«

Esme Wingfield-Stratford
über Benjamin Disraeli

Ich bin nicht sicher, wann Ranjis Legende begann, Wurzeln in mir zu schlagen. Vielleicht war es um die Zeit, als ich als Zehnjähriger von meinem Großvater in ein Restaurant eingeladen wurde und dort einen Mann ausmachte, der einen I-Zingari-Schlips trug. Solch esoterisches Wissen über das englische Leben beeindruckte meinen Großvater. Wenigstens glaube ich, daß es das tat. Nicht, daß er Kricket gespielt hätte oder gar ein Mitglied von I Zingari gewesen wäre, aber solche Kennerschaft amüsierte ihn, besonders wenn er sie bei einem Jungen feststellte, der auf dem Kontinent aufwuchs, einem Jungen, der England liebte, wenngleich nicht ganz auf die englische Art.

Aber ich sprach von Ranji. Ich weiß noch genau, was zuerst meine Phantasie beflügelte – eigentlich nicht mehr als ein flüchtiges Bild: Ranji, wie er mit dem Schlagholz das Feld betritt in einem Seidenhemd, das an den Handgelenken zugeknöpft ist – »um seine dunkle Haut zu verbergen«, wie es hieß.

Man kann ohne Übertreibung sagen, daß Ranjis Seidenhemd eine der Ikonen meiner jugendlichen Vorstellungskraft war, ebenso wie meines Großvaters messingne Uniformknöpfe, sein Old-Uppinghamian-Schlips und seine Erste-Hilfe-Ausrüstung aus den Schützengräben in Flandern. Aber während die Reliquien meines Großvaters die (wie er es wohl formuliert hätte) verdienten Abzeichen der *Englishness* eines Sohnes deutscher Juden darstellten, war Ranjis Hemd etwas Exotischeres, Extravaganteres, wie seine knappen Schläge aus dem Handgelenk oder seine samtweichen Aufwärtshiebe. Wie ein zeitgenössischer britischer Enthusiast – bewundernd, wie man vermuten darf – bemerkte, »führte er in seinem ganzen Leben keinen einzigen christlichen Schlag«.

Nicht, daß mich der geheimnisvolle Osten besonders angezogen hätte. Wenn Colonel Shri Sir K.S. Ranjitsinhji, der Jam Saheb von Nawanagar, meine Phantasie beschäftigte, so als ein englischer Mythos. (Der geheimnisvolle Osten war selbst ein englischer Mythos, doch das sollte mir erst später bewußt werden.) Und ein englischer Mythos war er in der Tat; so englisch wie Kipling, das heißt, seine *Englishness* gehörte in den Bereich der Träume, meiner Träume, also genaugenommen war er überhaupt nicht englisch. Aber Ranji, der Inder aus Gujarat, war ein englischer Volksheld, nicht einfach nur der größte Kricketspieler seiner Epoche. Er war ein Märchenprinz in einem Zeitalter der Dampfmaschinen, der stählernen Brücken und der ersten Automobile. Er war so berühmt, daß die Kinder Lieder über ihn sangen und erwachsene Männer weinten, wenn sie ihn spielen sahen.

Die *Englishness* von Träumen. Dementsprechend voraussagbar war die Auswahl meiner Helden: Benjamin Disraeli – nicht so sehr Königin Viktorias Verehrer als der junge, in Samt gekleidete Redner mit Ringellocken, der die Engländer mit seiner geheimnisvollen orientalischen Unerhörtheit faszinierte –, und nach Dizzy Oscar Wilde, der Ire in seidenen Bundhosen, der durch seine bloße Genialität die englischen Normen unterminierte.

Ich habe mir oft die drei zusammen vorgestellt, im Lord's vielleicht, wie Ranji, nachdem er gerade ein *century* vollendet hat, den Pavillon betritt, während ihm das englische Publikum stehend Ovationen darbringt: »Guter alter Ramsgate Jimmy! Hurra für *run-get*-sinhji! Gott segne dich, Schwarzer Prinz!«

Dizzy: Gut gespielt, Eure Hoheit.

Ranji: Danke für Ihr gütiges Lob, Sir, aber ich fürchte, meine heutige Leistung ließ an Disziplin zu wünschen übrig. Ich wäre besser überhaupt nicht hinausgegangen.

Oscar: Ganz im Gegenteil, mein lieber Prinz, die Weise, wie Sie ihr *wicket* verloren haben, war von ganz außerordentlicher Schönheit, es war die erlesene Vornehmheit des Scheiterns, das einzige, glaube ich, was englische Philister zu würdigen imstande sind.

Dizzy: Wie wahr, Mr. Wilde, wie wahr.

Ranji: Wir kennen die Spielregeln, Gentlemen. In der Tat mehrt, wenn ich so sagen darf, das Genie unserer edlen Rasse, unter britischer Vormundschaft, den Glanz unseres Empire und die Größe unserer gnädigen Königin-Kaiserin.

Dizzy: Ah, der Adel der Rasse...

Oscar: ... Unsere teure, teure Königin...

Das ist natürlich reine Phantasie. Sie können sich gar nicht im Lord's begegnet sein. Schon ein Jahr nachdem Ranji zum erstenmal für Sussex spielte, wurde Wilde der Prozeß gemacht. Disraeli war zu diesem Zeitpunkt bereits seit dreizehn Jahren tot. Oscar und Dizzy trafen sich allerdings einmal: »Ich hoffe, es geht Ihnen gut«, sagte Oscar. »Geht es einem jemals gut, Mr. Wilde?« entgegnete Dizzy. Ich glaube, mehr ist von der Unterhaltung nicht überliefert.

Aber ich stelle mir gern meine drei Helden vor, wie sie sich, ohne es ausdrücklich zuzugeben, einen ungeheuren Jux machen, einen Jux auf Kosten der Engländer und vielleicht letztlich ihrer selbst. Ich denke sie mir gern als Schelme, Narren, Possenreißer. Aber ich bezweifle, daß sie (oder auch nur Wilde) sich selbst je so sahen. Ich bezweifle, daß sie je imstande gewesen wären, einander in die Augen zu sehen und sich dann vor Lachen auszuschütten über die Absurdität des Ganzen. Hätten sie es gekonnt, wären sie vielleicht nicht mehr so überzeugend gewesen.

»Der Dandyismus«, schrieb Baudelaire, »ist eine Art Kult seiner selbst ... Er ist die Lust, erstaunen zu machen, und die stolze Genugtuung, niemals erstaunt zu sein. Ein Dandy mag ein blasierter Mensch, vielleicht auch ein leidender Mensch sein; im letzteren Falle jedoch wird er lächeln wie der Lakedämonier unter dem Biß des Fuchses. Wie man sieht, grenzt der Dandyismus in mancher Hinsicht an den Spiritualismus und an den Stoizismus ... Der Dandyismus ist das letzte heroische Sichaufbäumen in Zeiten des Verfalls ... Der Dandyismus ist eine untergehende Sonne; wie das sinkende Gestirn ist er prächtig, ohne Wärme und voller Melancholie. Aber leider ertränkt die steigende Flut der Demokratie, die überall eindringt und alles gleichmacht, Tag um Tag diese letzten Vertreter des menschlichen Stolzes.«

Ich dachte an den sterbenden Ranji in seinem prunkvollen Palast, an seine Einsamkeit, die nur durch die Anwesenheit seines Papageien gelindert wurde. Das Publikum seiner Streiche, die Briten, hatte ihn im Stich gelassen, wie es unweigerlich geschieht, wenn die Sonne des Dandys endgültig untergeht. Ich hatte seit langem nicht mehr an Ranji gedacht, seit meiner Kindheit nicht mehr, als mich das Bild des flatternden Seidenhemdes verfolgt hatte, das, an den Manschetten zugeknöpft, die dunkle Haut verbarg. Ich hatte ihn tatsächlich vollkommen vergessen, bis ich eine Beschreibung des Zimmers las, in dem er starb.

Dieses Zimmer, im Jam-Palast von Jamnagar, an der Küste von Gujarat, wurde wie ein Heiligtum behandelt, alles wurde gelassen wie zum Zeitpunkt seines Todes im Jahr 1933. Da waren seine Glasaugen, säuberlich aufgereiht wie die Kürbisse meiner Großmutter beim Dorffest; da waren seine Hausschuhe, sein Brief vom Sekretär Georgs V., seine alten Kricketschläger mit dunklen Flecken englischer Erde, die Armeeuniform, die er in Frankreich während des Ersten Weltkrieges getragen hatte, und ein Foto seines englischen Freundes C. B. Fry, der wie ein griechischer Gott mit Schlagholz aussieht. Und da war der leere Käfig von Popsey, dem Papageien.

Ich wollte dieses Zimmer sehen. Ich hatte das Gefühl, daß ich unter diesen Nippsachen etwas finden würde, was die Uniformknöpfe, den I-Zingari-Schlips oder die Geschichten von

Dizzy und Oscar erklären würde; etwas, was alle Traumbilder zu einem sinnvollen Ganzen verknüpfen, dieser eigentümlichen Liebe zu England Kohärenz verleihen würde.

I

»Einmal *déraciné* zu sein bedeutet, für immer unterwegs zu sein.«

Nirad C. Chaudhuri

Es war kühl, als ich in Delhi ankam. Die Männer, die aus dem Frühnebel auftauchten, hatten sich zum Schutz gegen die Wüstenkälte in Decken gewickelt. Als ich in dem alten Ambassador-Taxi durch die sandigen Vororte rumpelte (die Inder verteidigen dieses antiquierte, Benzin saufende Gefährt, den Nachbau eines britischen Modells aus den fünfziger Jahren, mit einer solchen Verstocktheit, als sei es Teil ihrer uralten Kultur – die Spiritualität der Rückständigkeit; auch britische Romantiker verteidigen es, weil ihnen jede Veränderung in Indien, die die Spuren des Raj tilgt, ein Dorn im Auge ist), als ich durch die Vororte rumpelte, dachte ich an Inder. Nach Delhi war ich zu seiner Bestattung gekommen. Er war ganz unerwartet und auf schreckliche Weise gestorben. Doch die Umstände seines Todes sind weniger wichtig als das, was er für mich bedeutet hatte, als Freund, als Vorbild, als gelegentlicher Gegner und – was für meine Geschichte am meisten zählt – als derjenige, der mir den Weg zu Ranjis Heiligtum wies.

Die Reise zu diesem Heiligtum war nur der Vorwand gewesen, um den Auftrag zu bekommen, über Indien zu schreiben, aber bald wurde ich mehr und mehr von der Neugierde auf Ranjis Leben beherrscht. Ich wollte immer mehr wissen, als ob die Anhäufung von Fakten den Kricketspieler irgendwie wieder hätte zum Leben erwecken können. Was als kurzer Ausflug geplant gewesen war, wurde zu einer endlosen Suche nach weiteren Informationsteilchen, meist bloßen Fragmenten, die, aneinandergefügt, eines Tages vielleicht ein vollständiges Mosaik ergeben würden. Und immer war Inder dabei, irgendwo in der Nähe, mein allgegenwärtiger indischer Leitstern.

Ich lernte ihn auf einer Dinnerparty in Delhi kennen, die ein Australier namens Wayne gab. Wayne war das, was man ein Original nennt. Er sah aus wie ein Oxford-Dozent aus der Zeit, als der erste Ambassador vom Band rollte: Tweedanzug, Hornbrille, feste Halbschuhe. Wayne strebte danach, in London Erfolg zu haben, ein weiteres Klischee, das nach fünfziger Jahren roch. Sein Ideal war das London des Cyril Connolly, ein Mekka der Zivilisation, eine Fundgrube schöner Erstausgaben (die Wayne sammelte) und eine Hochburg der Weinkenner – Wayne bildete sich viel auf seine Leidenschaft für Wein ein, und wenn er die kostbare Flüssigkeit in seinem Mund rollen, schwappen und glucksen ließ, breitete sich auf seinem runden, fleischigen Gesicht ein Ausdruck der Verzückung aus. Wayne sprach ein weiches Salon-Englisch und schaffte es beinahe, seine antipodische Herkunft zu verbergen. Aber von Zeit zu Zeit gab er, als müßte er bei diesem Balanceakt, auf den sich seine leicht zu erschütternde Identität stützte, das Gleichgewicht wiederherstellen, eine mit breitestem Sidneyer Akzent geäußerte australische Obszönität von sich. Da saß er in einem gepflegten Restaurant, hielt sein Weinglas geziert zwischen Daumen und Zeigefinger und betrachtete die vorbeigleitende Kellnerin. Und dann platzte es unvermittelt, unkontrollierbar aus ihm heraus: »Wahnsinn, Mann, schau dir die Braut an … hätt' nix dagegen, das alte Gürteltier mit ihr Gassi zu führen …«

Es war jedoch Inder gewesen, der mich von Anfang an fasziniert hatte. Soviel wußte ich von ihm: Er war in Delhi geboren, hatte dort eine englische Schule besucht und war dann nach Cambridge gegangen, von wo er mit einem makellosen englischen Akzent zurückgekehrt war. In Cambridge war er bekannt als Dandy – er war einmal bei einer Teegesellschaft zum Entsetzen seiner Gäste mit einem gestreiften Hemd und einer Fliege und darüber einer Nehrujacke erschienen – und als Dichter mit einer besonderen Vorliebe für Shelley, dessen Werke er vortrug, wann immer ihn die Laune dazu ankam, was häufig der Fall war. Inder war ein kleiner, schmächtiger Mann, der leicht in Hitze geriet, wenn er sich über eins seiner Lieblingsthemen verbreitete, und wenn er erst einmal in Fahrt war, konnte ihn nichts mehr bremsen.

Auf dieser Dinnerparty in Delhi erzählte er uns von seiner Kindheit. Inders Vater war ein indischer Nationalist, der glaubte, für ein unabhängiges Indien bestehe der einzige Weg nach vorn in der Übernahme der abendländischen Zivilisation. Unter abendländischer Zivilisation verstand er insbesondere etwas, was er in Übereinstimmung mit Generationen englischer Schulmeister, Missionare und Sergeant-Majors Disziplin nannte. Die britische Disziplin würde Indien wieder groß machen. Er meldete sich als Freiwilliger zum Territorialheer, wurde aber abgelehnt, da er keiner der anerkannten kriegerischen Rassen angehörte. Daraufhin legte er sich den Nachnamen De Souza zu, wurde angenommen und kam zu seinem Krieg. Als er 1946 schwer erkrankte, wies er seine Frau an, Inder auf eine englische Schule zu schicken, wo man einen richtigen Mann aus ihm machen und ihn Disziplin lehren würde, streng und fair. Inders Mutter sprach selbst kein Englisch, fügte sich aber den Wünschen ihres Gatten, als dieser 1947, im Jahr der indischen Unabhängigkeit, starb. Und so kam Inder auf eine englische Schule in Delhi, wo die angloindischen Lehrer einen Mann aus ihm machten, indem sie ihn mit viel stärkeren Jungen in den Boxring steckten. Woche für Woche saß seine Mutter in ihrem Sari am Ring und sah schweigend zu, wie ihr Sohn eine Tracht Prügel nach der anderen bezog. Inder hätte vor Schmerz und Scham geheult, wenn er nicht durch die Erinnerung an seinen Vater, der so ein unmännliches Verhalten zutiefst mißbilligt hätte, davon abgehalten worden wäre. Und so ertrug er sein Schicksal ebenso schweigend wie seine Mutter, da sie beide wußten, daß es genau das war, was sein Vater gewollt hatte. Inder beendete seine Erzählung mit schallendem Gelächter, dem eine Reihe von Schnaufern folgten.

Bald darauf traf ich Inder wieder, auf einer Party zur Feier des hundertfünfzigsten Jubiläums der *Times of India*, für die er wöchentlich eine brillante und provokative Kolumne schrieb. Ich konnte ihn hören, wie er sich in einem Gedränge von Saris und Umhängetüchern aus Kaschmir über irgend etwas ausließ. Inder trug ein gestreiftes Hemd, eine Fliege und eine weiße Leinenjacke. »England ist natürlich absolut tot«, sagte er zu einem nußbraunen Mann, der beipflichtend mit dem Kopf wackelte. »Völlig richtig«, entgegnete der Mann und krauste seine Stirn, um den Ernst der nun folgenden Äußerung zu unterstreichen: »England ist an seiner eigenen Macht gestorben. An Materialismus, an Habgier, an Arroganz. England ist jetzt völlig bedeutungslos, wirklich völlig bedeutungslos.«

Der Mann entfernte sich in Richtung auf die lange Reihe von silbernen Platten, die im Vorgarten einer klassizistischen Villa angerichtet waren. Sie enthielten italienische, chinesische und indische Gerichte. Er häufte sich von jeder Sorte mehrere Löffel voll auf seinen Teller, bis er einen schmierigen Berg von Nudeln, süßsaurer Soße und Currys aufgetürmt hatte. Ein einäugiger Gast mit einem bestickten Umhängetuch tunkte sein Fladenbrot in ein suppiges Curry und biß ein großes Stück ab. Er lächelte mich an, wobei gelbliches Öl zwischen seinen Zähnen hervorsickerte, und sagte: »Das ist das, was man unter aufwendiger Lebenshaltung aus Prestigegründen versteht.« Als ich höflich nickte, bemerkte er weiter, Großbritannien sei »das unterentwickeltste Land der ersten Welt und Indien das drittweltlichste der dritten Welt«.

Ich dachte darüber nach. Der Mann wandte sich ab. Ich fragte Inder, wann England gestorben sei.

»Mein Lieber, als es den Mut verlor, zu seinen eigenen Überzeugungen zu stehen. Genau dann starb England. England schuf in Indien eine herrschende Klasse von fabianischen Sozialisten, die noch immer den dreißiger Jahren hinterherlaufen. Was uns hier fehlt, ist eine intelligente Rechte, indische Tories, die das einzige, was diese Gesellschaft zusammenhält, wirklich schützen können...« Er schnaubte, wie er es immer tat, wenn er zu einer Behauptung ansetzte, von der er wußte, daß sie Widerspruch erregen würde.

»Und das wäre?«

»Mein lieber Freund, das Kastensystem natürlich. Das ist

übrigens etwas, was den Briten im achtzehnten und einem Großteil des neunzehnten Jahrhunderts vollkommen klar war. Als die Briten aber den Glauben an die Vorzüglichkeit ihrer eigenen Gesellschaftsform verloren, begann in Indien alles auseinanderzubrechen. Sie versuchten, uns zu zivilisieren, ohne an ihre eigene Zivilisation zu glauben. Und so bekamen wir von beiden Welten das Schlechteste ab: Scham über unsere eigenen Traditionen und keine Prinzipien, die sie hätten ersetzen können.«

Der Mann, der den schmierigen Berg verzehrte, gesellte sich zu uns. An seinen Mundwinkeln hatte sich ein bröckeliger Film von eingetrockneter Curry- und Tomatensoße gebildet. »Natürlich«, sagte Inder, und seine Augen funkelten hinter den Brillengläsern, »haben wir vom britischen Empire enorm profitiert.« Dem Mann stieg die Zornesröte ins Gesicht. »Das ist vollkommen lächerlich«, sagte er, »vollkommen lächerlich. Die Demokratie hatten wir in Indien schon vor Tausenden von Jahren. Bitte schön, als die Briten noch in Bärenfellen herumliefen, hatten wir hier schon eine erstklassige Kultur.« Inder war in seinem Element: »Ach, kommen Sie«, dröhnte er mit seinem besten Cambridge-Akzent, »ohne die Briten wären wir nie in den Genuß der modernen Naturwissenschaft gekommen.« Der Mann konnte kaum noch an sich halten: »Vollkommen lächerlich. Wir haben die Wissenschaft erfunden ... Die Zahl Null, wie ist es damit? Sie müssen doch zugeben, daß wir die ersten waren, die die Zahl Null hatten.« Inder strahlte vor Vergnügen.

Ich sah einer Gruppe von weißgesichtigen Pantomimen zu, die zwischen den dorischen Säulen der Kolonialvilla tanzten. Sie ahmten die verschiedenen Stadien der Herstellung einer Zeitung nach: die Berichterstattung, die Redaktionsarbeit, das Drucken.

»Ich könnte nur ein nordindisches Mädchen heiraten«, erklärte Inder plötzlich, nachdem sein Opfer wütend davongestapft war. Diesmal war es ihm gelungen, *mich* aufs Glatteis zu führen. Warum sollte er, ein anglisierter Cambridge-Absolvent, auf einer nordindischen Ehefrau bestehen? Warum, fragte ich, auf etwas so Spezifischem beharren, anstatt jemanden zu heiraten, den man liebt?

»Meine Güte, Liebe, was heißt das schon?« schnaubte er. »Liebe ist was für die Dichter. Zugegeben, ich verliebe mich andauernd, aber die Ehe ist doch etwas ganz anderes. Wir müssen unsere Zivilisation fortführen, als ein Glied in einer uralten Kette. Weißt du, ich bestehe darauf, unsere Unterschiede zu bewahren. Das sage ich jetzt natürlich als jemand aus dem Pandschab.«

»Aber Inder«, rührte sich der Liberale in mir, »du klingst ja wie ein Rassist.«

Er hatte damit gerechnet. »Am Rassismus ist nichts auszusetzen. Ja, ich gebe zu, ich bin ein Rassist. Die rassen- und kulturspezifischen Unterschiede müssen bewahrt bleiben. Ohne sie würden wir wie die Karibik enden, als ein riesiger, sinnloser, entwurzelter Schmelztiegel, dessen einzige Triebkraft die Habgier ist. Enoch Powell hat vollkommen recht.« Er hielt inne und ließ, vielleicht in der Hoffnung, den einen oder anderen empfindlichen Inder zu unbedachten Reaktionen provoziert zu haben, seinen Blick kurz über die Menschenmenge wandern. »Es besteht überhaupt kein Grund, warum die Engländer sich damit abfinden sollten, daß ganze Flugzeugladungen von Niggern über sie herfallen. Eben weil er uns respektiert, will Powell, daß die Inder wieder nach Hause gehen. Mein Lieber, wir können, wie Aziz am Ende der *Reise nach Indien* bemerkte, jetzt Freunde sein – aber nur, wenn wir hier bleiben und ihr dort.«

Inder genoß in Delhi einen entschieden zwiespältigen Ruf. Viele Leute fanden ihn versnobt und arrogant. Es stimmt, daß Inder, wie alle Dandys, äußerst wählerisch war. Er empfand eine tiefe Geringschätzung für jeden, dessen Äußeres und Benehmen seinen hohen Ansprüchen nicht genügten. Geschmacklose Schuhe oder eine unpassende Krawatte konnten ihn zutiefst verärgern. Er reagierte sehr empfindlich auf die Oberfläche der Dinge, weil er sie von klein auf mit Sinn erfüllt hatte. Eine Tweedjacke war nicht einfach ein Kleidungsstück; sie stand für etwas, und sie deutete noch etliches mehr an: ein bestimmtes Bild von England, ein Kennzeichen nicht so sehr des Englischseins als der Anglophilie, ja des Zivilisiertseins.

»Ist dir schon mal aufgefallen«, fragte er einmal, »daß ausländische Schriftsteller in England immer schreiend bunte Tweedjacken tragen?« Ich gestand, daß ich noch nie darauf geachtet hatte. Er kicherte und nahm zwei Bücher aus dem Regal. Er zeigte mir die Fotos von Arthur Koestler und V.S. Naipaul auf den Schutzumschlägen. »Schau sie dir an«, sagte er, »schau sie dir nur an. Die sehen doch aus wie lauter Buchmacher.«

Inders Landsleute faßten seinen Dandyismus oft als einen Versuch auf, die Briten zu imitieren. Ich glaube, die Sache war nicht ganz so einfach. Es lag etwas Herausforderndes, bewußt Theatralisches in seiner Art, sich zu geben. Seine Haltung nicht nur dem Rest der Welt, sondern auch sich selbst gegenüber war ironische Distanz. Außerdem wirkte er auf mich gerade dann am indischsten, wenn er am englischsten auftrat. Die Weise, wie er auf Dinnerpartys Shelley oder Milton vortrug und dabei glücklich lächelte, insbesondere wenn er auf dem Gesicht eines anderen Gastes eine Spur von Verärgerung bemerkte, war genau die Weise, wie ein indischer Pandit mit seinen Vedakenntnissen prunkt. Er führte sozusagen das Kennzeichen seiner Kaste vor: die des Cambridge-Inders. Ich meinte sogar, ein leichtes indisches Kopfwackeln, eine kleine Geste des Triumphes zu entdecken, aber ich mag mich getäuscht haben.

Inder verdiente mit seiner Schriftstellerei nicht viel, aber er hatte viele ausgesprochen vorzeigbare Freunde – nicht so sehr unter den Neureichen von Delhi, die er verachtete, als vielmehr unter Künstlern und etwas heruntergekommenen Aristokraten. Einer von ihnen war ein älterer rajputischer Anwalt mit unbestimmten verwandtschaftlichen Beziehungen zum Maharadscha von Alwar. Inder mochte ältere Männer, Exzentriker wie er selbst, die es genossen, grundsätzlich anderer Meinung zu sein; je barscher, desto besser. Rechthaberei amüsierte ihn.

Der Anwalt, bei seinen Freunden als V. G. bekannt, wohnte in einer muffigen weißen Villa, die während des Raj für Beamte des mittleren Dienstes gebaut worden war. Kletterpflanzen sprengten Risse in die Mauern, und der Garten war völlig verwildert, aber V. G. schien das nicht zu bemerken. Unkraut störte ihn nicht. An seiner persönlichen Erscheinung war allerdings nichts Saloppes. Er war hochgewachsen, trug eine weiße Hose und einen sorgfältig um den Hals gebundenen orangefarbenen Schal. Er geleitete uns in sein Haus mit den weit ausgreifenden Gesten eines Grandseigneurs. Zu den anderen Gästen gehörten eine elegante indische Dame mittleren Alters im Sari und ein junger Engländer namens Dodwell, den jeder »Dodsy« nannte. Dodsy, erklärte man mir, war mit dem Maharadscha von Jodhpur in Eton gewesen. Er sprach mit dem weichen Lispeln und dem leichten Stottern, das die Äußerungen so vieler Upper-class-Engländer völlig unverständlich macht. Er hatte außerdem die beunruhigende Angewohnheit, seine dünnen Lippen zu einem Lächeln zu verzerren, das unmittelbar nach seinem Zustandekommen wieder verschwand, als sei es eine ungehörige Grimasse, die es zu unterdrücken galt. Ich machte mir nichts aus Dodsy.

V. G. fragte uns, was wir zu trinken wünschten, und betätigte einen Summer neben seinem Stuhl. Ein alter Diener schlurfte schweigend herein, und ohne aufzublicken, erteilte V. G. seine Befehle.

»Was möchten Sie wissen?« wandte er sich an mich. Solche Fragen bringen mich immer aus dem Konzept. Ich hatte gehört, V. G. habe das Mayo College besucht, die berühmteste Aristokratenschule in Indien. Ich stotterte etwas über englische Public Schools in Indien und darüber, daß man während des Raj versucht habe, Inder in englische Gentlemen zu verwandeln.

Vielleicht hatte er mich falsch verstanden. Jedenfalls schien ich ihn beleidigt zu haben. »Was, bitte, verleitet Sie zu der Annahme, man hätte uns gewissermaßen erst beibringen müssen, was es heißt, ein Gentleman zu sein? Ich bestreite, daß es in Indien einen Begriff von Wohlverhalten gibt, der dem Kodex der Briten auch nur im geringsten nachstünde. Was haben sie uns im Mayo tatsächlich beigebracht...?« V. G. legte eine Kunstpause ein. »Mit Messer und Gabel zu essen. Eine recht kleinbürgerliche Fertigkeit, finden Sie nicht?«

Dodsy ließ ein dünnlippiges Lächeln aufzucken und lispelte: »Absolut, absolut.«

V. G. schilderte die Gentleman-Tugenden der Rajputen. Er sprach sorgfältig, jeden vollmundigen Vokal klar artikulierend, ein wenig wie ein alternder, etwas beschwipster Matinée-Star.

»Für einen Rajputen«, begann er, »spielt es gewissermaßen keine Rolle, ob er einen Krieg gewinnt oder verliert, aber er muß ehrenhaft sterben. Wir sind wie die Samurai, und Sie können nicht behaupten, die hätten keine Gentleman-Tradition, sozusagen. Als Kinder lehrte man uns, den Anblick von Blut zu ertragen. Wir mußten zusehen, wie Ziegen geschlachtet wurden, und durften unsere Augen nicht für eine Sekunde abwenden...«

»Glänzend, glänzend«, sagte Dodsy.

»Was hat uns Mayo tatsächlich gelehrt? Die Kreativität der englischen Sprache. Ich bin jetzt imstande, die Kreativität und die Wunder der europäischen Zivilisation zu würdigen. Diese Öffnung der Tür, bildlich gesprochen, war zweifellos wichtig. Welche Werte wurden uns vermittelt, welche höheren Werte? Keine, mein Freund, absolut keine. Es war ein Internat, also lernte ich, zu betrügen, anderen Streiche zu spielen, mir mit möglichst geringem Arbeitsaufwand den Anschein eines fleißigen Schülers zu geben, die Leute durch Charme für mich einzunehmen – kurz, durch Verschlagenheit zu überleben. Ich weiß nicht, ob das eine Eigenschaft ist, auf die ein Gentleman stolz sein kann.«

Dodsys Mund formte ein flüchtiges Lächeln. Er sagte nichts.

»Ich fürchte«, fuhr V. G. fort, »sie haben wirklich alles versucht, um einen englischen Gentleman aus mir zu machen. Aber es ist ihnen nicht gelungen. Ich bin noch immer ein Hinterwäldler aus Rajputana ...«

Die Dame im Sari erwachte zum Leben. »Ach Unsinn«, sagte sie. »Jetzt reden Sie einfach dummes Zeug...«

»Meinen Sie? Sie sollten mein Dorf sehen.«

»Sicher, aber Sie waren kein Hinterwäldler.«

»O doch, o doch. Aber wir hatten Ehrgefühl. Im Internat haben wir lediglich gelernt, verschlagen zu sein.«

»Vielleicht liegt das den Rajputen im Blut.«

»Nein, nein, nicht die Verschlagenheit. Wir sind ehrenhaft. Sehen Sie, es ist ein Unterschied, ob man ein ehrenhaftes oder, wie man uns in der Schule beigebracht hat, ein tugendhaftes Leben führt. Ein tugendhaftes Leben ist *middle-class*, viktorianisch, verklemmt, während ein ehrenhaftes Leben ... nun, ich empfehle Ihnen wärmstens, das hier zu lesen...«

V. G. reichte mir ein Buch mit dem Titel *The Annals and Antiquities of Rajasthan*, von Colonel James Tod. Ich sah mich im Raum um, mit seinen Chintzvorhängen, dem Kamin, den englischen Möbeln, den *Diaries of Evelyn Waugh* im Bücherregal.

Inder schwieg während des ganzen Gesprächs. Er beobachtete meine Reaktion auf seinen alten Freund mit der Miene eines Mannes, der sich ein gutes Theaterstück ansieht. Als wir die Villa verließen und in die kalte Nacht von Delhi hinaustraten, warf er sich einen roten Wollschal über die linke Schulter und sagte: »Glaub ihm kein einziges Wort.« Mir war nicht klar, ob er das ernst meinte. Aber es erschien mir sinnlos zu fragen, weil er es mir nie gesagt hätte.

»Du mußt unbedingt Jai kennenlernen.« Das war einer von Inders Lieblingsvorschlägen. Es gab immer jemand Neues zum Kennenlernen, und immer betrachtete Inder dann das Ergebnis mit seinem amüsierten Gesichtsausdruck, während seine Augen unschuldig hinter der goldgeränderten Brille blinzelten, die ihm ein bißchen schief auf der wuchtigen Nase saß. In diesem Fall ging es aber nicht bloß um einen weiteren Exzentriker mit anstößigen Ansichten oder merkwürdigen Angewohnheiten. Das war Jai zwar ganz ohne Frage, und er hatte den Ruf eines extrem starken Trinkers und unverbesserlichen Schürzenjägers (immer weiße und meist englische Frauen, anfällig für den Charme geheimnisvoller Orientalen). Doch nicht das interessierte mich an ihm. Der Grund dafür, daß Inder uns miteinander bekannt machen wollte, war, daß Jai in irgendeinem verwandtschaftlichen Verhältnis (in was für einem, wurde mir nie ganz klar) zu den Fürsten, oder besser, den Jam Sahebs, von Nawanagar stand. Das heißt, er war mit Ranji verwandt.

Er kam mehr als eine Stunde zu spät. Wir hatten uns in der Cafeteria eines riesigen, modernen, französisch geleiteten Hotels verabredet, einem beliebten Treffpunkt junger Sikh-Geschäftsleute in Blazern, New-Delhi-Yuppies und Air-France-Stewardessen. Englisch mit gelegentlichen Hindi- oder Pandschabi-Einsprengseln war die vorherrschende Sprache in diesem Palast aus Glas und nachgemachten altenglischen und Mogul-Interieurs. Inder, selbst kein Inbegriff der Pünktlichkeit, war ärgerlich und zappelig. Wir vertrieben uns die Zeit mit Klatsch über Journalisten in London, von denen er alle, ich einige wenige, und die auch nur oberflächlich, kannte.

»Dicky sagte immer, sosehr er auch die Vulgarität und den Zusammenbruch des zivilisierten Lebens in Großbritannien verabscheut, wird er doch immer dort leben.« Inder war bei seinem Lieblingsthema. »Er hat natürlich vollkommen recht. Ich habe über kein Land etwas zu sagen außer über Indien, und meine Gedichte können nur in der Landschaft des Pandschab wurzeln.«

»Aber du hast doch deine ganze Kindheit und Jugend in Delhi und dann in Cambridge verbracht.«

»Unwesentlich, absolut unwesentlich. Ich glaube, daß man mit einer geistigen Landschaft geboren wird, dem Resultat generationenlanger Auseinandersetzung mit Kunst, Gelehrsamkeit und Kultur. Die Landschaft ist Teil der eigenen Sprache, der eigenen klassischen Literatur, der eigenen Mythologie. Die Kultur ist wie ein großer Baum, dessen Zweige, wir, nicht abgeschnitten werden können, ohne zu sterben.«

Ein junger Mann in Jeans und Polohemd kam auf unseren Tisch zugeschwankt. Er grüßte Inder, indem er die Handflächen aneinanderlegte und mit dem Kopf wackelte. »Es ist mir so wirklich peinlich für mein Zuspätkommen«, sagte er mit einem hanebüchenen indischen Akzent. Dann wandte er sich mir zu und sagte in breitem Cockney: »Alles klar, Mann?« In der Annahme, dies sei als Witz gemeint, lachte ich höflich.

Er bestellte Champagner, in Indien ein ausgefallenes und kostspieliges Getränk, und versuchte, eine Entziehungskur zu beschreiben, die er gerade in einer kalifornischen Spezialklinik hinter sich gebrachte hatte. »War echt affengeil«, sagte er. »Es befand sich verflucht fabelhaft«, wiederholte er zu Inders Frommen. Ich versuchte herauszufinden, ob diese ermüdende Sprechweise der Absicht zu erheitern entsprang oder ob sie ein Teil von Jais Persona war, wie ein nervöser Tic, der ihm selbst gar nicht mehr bewußt war. Seine merkwürdige Art war viel fesselnder als das, was er eigentlich zu sagen hatte: abwechselnd Londoner Klatsch und Geschichten von fürstlichen Gelagen und Jagdexpeditionen für europäische Adlige.

»Klar«, sagte Jai gedehnt, »Ranji. 'türlich kennst du die berühmte Geschichte.« Ich fragte, welche. »Na ja, er spielte nämlich grad gegen die Australier. Zwei Typen, ein Engländer und ein Aussi, kucken vom Pavillon aus zu, da schlägt Ranji eine Sechs. Eine riesige, affengeile Sechs. Der Engländer dreht sich zum Aussi und sagt« (hier verfiel Jai in den Akzent eines typischen Upper-class-Stutzers:) »›Ein Prinz, übrigens.‹ Dann kommt der nächste Ball und fegt Ranjis *wicket* um. ›Scheißnigger‹, sagte der Engländer.«

Ich lachte. Inder lächelte. Jai aber prustete so unkontrolliert los, daß ich befürchtete, er könnte an seinem Gelächter erstikken. Er heulte wie ein Seehund. Er tupfte sich die Tränen mit der Serviette aus den blutunterlaufenen Augen. Als seine Heiterkeitskrämpfe allmählich abgeklungen waren, sagte Jai: »Du muß' unbedingt…« Abgesehen vom Cockney klang er wie Inder. »Du muß' unbedingt Binkie kennenlernen.«

»Binkie?«

»Klar, Ranjis Neffe. Wirklich 'n heißer Typ. Und eins kann ich dir verraten…«

»Ja?«

Jai beugte sich (sein verquollenes Gesicht war unter den Spuren seiner Ausschweifungen noch immer bemerkenswert schön) nach vorn: »Ranji haßte die Briten.« Zuerst fiel mir das nicht auf, aber er hatte das ohne auch nur einen Anflug von Cockney-Akzent gesagt.

Der Zug nach Jodhpur roch, nicht unangenehm, nach Curry und Klosetts. Die Eintönigkeit der ausgedörrten Landschaft, blaßgelb mit ockerfarbenen Flecken, wurde hier und da durch vereinzeltes Buschwerk aufgelockert. Wir waren in dem Teil von Indien, der das Land der Toten genannt wird. Inder und ich hatten über Religion diskutiert, eine Auseinandersetzung, die in einem Streit enden mußte.

Wir saßen in der alten Bibliothek eines ehemaligen Palastes in Jodhpur, wo ich im mit Schnitzereien verzierten Teakholzregal ein Exemplar von Ranjis *The Jubilee Book of Cricket* fand. Es war »Mit ihrer gnädigen Erlaubnis Ihrer Majestät der Königin-Kaiserin gewidmet«. Die Bibliothek war in Wirklichkeit nicht viel mehr als ein baufälliges Zimmer, in dem der antiquierte Charme des Raj in all seiner verblaßten Herrlichkeit konserviert war. Verstaubte Pfauenfedern zierten noch immer die knallbunten chinesischen Vasen, und auf einem Tisch entlang der Wand waren die fleckigen alten Speisekarten längst vergessener Bankette wie Museumsstücke für nostalgische Touristen ausgestellt. Ein 1928 zu Ehren des Maharadschas von Bissau gegebenes Fest begann mit einer Cocktail Panachée, gefolgt von einer Crème Madrilène, einem Gigot d'Agnelet und Plats Indiens; den Abschluß bildete eine Surprise de Boudoir Turque. Nach dem Mahl gab es Tanz zu Melodien von Ivor Novello, gespielt von einer Kapelle aus Goa.

Engländer lieben so etwas. Es erinnert sie an BBC-Fernsehspiele, an ihre kollektiven Träume von *Englishness*, so glorreich, so herzzerreißend, so bittersüß in der ressentimentgeladenen Schäbigkeit des heutigen kleinen Englands. Ich bin kein Engländer. Es besteht für mich keinerlei Veranlassung zu nostalgischen Gefühlen. Trotzdem habe ich durchaus einen Sinn für die wehmütige Atmosphäre solcher Orte. Die Erhabenheit dieser mitleiderregenden Artefakte der Vergangenheit liegt genau in dem Eindruck von Unechtheit, von Illusion, den sie erwecken, in ihrem offenkundigen Bemühen um eine dunkel erahnte und mit grobschlächtigen Mitteln erzielte Wirkung. Über Erfindungsgabe zu verfügen heißt, ein Mensch zu sein.

Hier war es, wo ich meinen ersten Krach mit Inder hatte. Ich machte eine abfällige Bemerkung über Gurus. Ich sagte, die meisten von ihnen seien Hochstapler, die aus der Leichtgläubigkeit ihrer wirrköpfigen Anhänger Kapital schlügen. Inder fing an zu brüllen: Meine Äußerungen, sagte er, seien ebenso gönnerhaft wie falsch, da es einwandfrei erwiesen sei, daß manche Gurus durchaus die Macht hätten, Wunder zu wirken, und wenn ich mich weigerte, das zu akzeptieren, nun, dann liege das einfach an meiner spirituellen Oberflächlichkeit und meinem blinden Materialismus. Ich müsse doch wohl zugeben, daß das Leben mehr in sich berge, als das Auge sehen könne, ja, daß es eine verborgene Dimension gebe, die nur von einigen wenigen, mit besonderen Fähigkeiten ausgestatteten Auserwählten wahrgenommen werde.

Daß es vielleicht Kräfte gibt, die wir nicht sehen können, wollte ich gar nicht bestreiten, nichtsdestoweniger erfüllen mich Leute, die von sich behaupten, besonderen Zugang zu diesen Geheimnissen zu besitzen, mit tiefstem Argwohn – und das um so mehr, wenn sie mit der ein oder anderen Form von Erlösung hausieren gehen. Ich habe es schon immer merkwürdig gefunden, daß manche Teile der Welt buchstäblich von Gurus, Geistern und anderen wunderbaren Erscheinungen überschwemmt zu sein scheinen, während andere offenbar nichts Entsprechendes aufzuweisen haben. Ist es eine Frage des Klimas, der Landschaft, der Sprache? Inder behauptete, daß es dafür eine völlig rationale Erklärung gebe: Während man im Westen die Vernunft bis zum Exzeß entwickelt habe, sei die Spiritualität eine Funktion des Ostens, das Ergebnis jahrtausendelanger Bemühungen, das diskursive Denken zu umgehen und in größere Tiefen vorzustoßen. Aus dem Westen, sagte er, sei noch nie eine bedeutende Religion gekommen.

Völlig richtig, sagte ich, aber sei die Philosophie nicht etwas Höheres und Wertvolleres als die Religion? Genau hier, erklärte Inder, zeige sich die Überlegenheit der indischen Kultur: Philosophie und Religion seien in Indien ununterscheidbar miteinander verschmolzen. »Du wirst doch wohl zugeben«, sagte ich, »daß der Durchschnittsguru ganz gewiß kein Philosoph ist.« »Schon«, sagte Inder, »aber selbst, wenn du einen träfest, der einer ist, würdest du das nicht merken. Du bist einfach zu sehr in deinen kulturellen Vorurteilen befangen.« Und damit hatte es sich. Er sagte nichts mehr. Und wandte sich wieder seinen *Skizzen von Boz* zu.

Ich ging hinaus. Der Hotelbesitzer hatte mich zu einem Ausflug mit seinem Jeep eingeladen. Während wir durch Dörfer in die Wüste hinausbrausten, machte mich der Hotelier, ein freundlicher Radscha und äußerst sportlicher Fahrer, darauf aufmerksam, wieviel besser die Mahraradschas für ihr Volk gesorgt hätten als die indische Regierung. Wir kamen an primitiven Brunnen vorbei, »vom Maharadscha gebaut und zu allen Zeiten vom Volk benutzt«. Was die moderne Zisterne anbelangte, eine funktionell aussehende Betonkonstruktion, so tat sie der Radscha mit einer verächtlichen Geste ab: »Von der Regierung gebaut, vom Volk nicht benutzt.« Genau dasselbe mit den Straßen: ein vom Maharadscha angelegter unbefestigter Weg, vom Volk geliebt; asphaltierte Straßen, von der Regierung gebaut, »nicht für unser Volk geeignet«. Es gab noch eine dritte Straße oder, genauer gesagt, eine Kamelpiste, die zwischen der unbefestigten und der asphaltierten Straße verlief und auf der sich der mit Abstand größte Teil des Verkehrs – hauptsächlich Dromedare und Ochsenkarren – abzuspielen schien. Die Maharadschas, müßte ich einsehen, verstanden das Volk, weil sie mitten unter ihm lebten, während die Regierung eine artfremde und unpersönliche Einmischung in das Leben von Menschen darstellte, die kein Delhi-Heini je zu verstehen hoffen konnte. Die Delhi-Heinis verbreiteten lediglich Habgier und Ungerechtigkeit.

Die Dörfler, durch die vom Jeep aufgewirbelten Wolken von Wüstenstaub nur schemenhaft zu erkennen, begrüßten den Radscha als »Bapu«, »Vater«. Sie strahlten uns an in der Hoffnung, wenigstens einen Blick von oben herab zu erhaschen. Der Radscha sah stur geradeaus und würdigte sie nur gelegentlich einer flüchtigen Handbewegung, als scheuchte er eine Fliege weg.

»Wie Sie sehen, hat jede Kaste und Gruppe ihre eigene Kleidung«, erklärte er. »Sie sind alle glücklich, jeder auf seine Weise.« Hier und da hielten wir an, damit der Radscha für sein Volk sorgen konnte; Süßigkeiten wurden in kleine Hände gedrückt und Tropfen aus einem Fläschchen, das der Radscha in einer Innentasche verwahrte, in die milchigen Augen dankbarer Trachomkranker gespritzt. »Indien ist so verdammt kompliziert«, sagte der Radscha, »und die Westler, wenn Sie mir meine Offenheit verzeihen, so verdammt unwissend. Ständig reiten sie auf den sogenannten Unberührbaren herum. Ich möchte Ihnen ein paar Unberührbare zeigen. Sie sind absolut zufrieden.«

Wir fuhren in einen Weiler hinein und hielten vor einem kleinen Haus. Ich hörte ein scheppperndes Geräusch, als schlage jemand gegen eine Blechbüchse. Wir betraten das Haus. Ein dünner, dunkelhäutiger Mann in einem schmuddeligen Hemd begrüßte uns, ohne zu lächeln. Seine Kinder, schmutzig und rotznäsig, hielten Abstand. Das Haus selbst war tadellos sauber. Die Kastengebote untersagten uns, die Küche zu betreten, und dem Mann, der mit einem unterwürfig weinerlichen Ton sprach, uns irgend etwas zu trinken anzubieten. Das einzige, was wir durften, war, uns in diesem Raum umsehen, indes der Mann mit beiden Händen ununterbrochen an seinem Hemd herumrieb. An der Wand hing ein Bild von einem Maharadscha auf einem weißen Pferd. »Einer meiner Vorfahren«, erklärte der Radscha mit großer Befriedigung. »Hier verehren sie den Maharadscha, wissen Sie, das ist ihre Religion.«

Die Wüstenluft war eisig, als wir im Jeep dahinbrausten. Meine Augen tränten vom Fahrtwind. Der Radscha sah ungerührt aus, sein gewachster Schnurrbart ragte starr empor, seine Augen schützte eine elegante Pilotenbrille. Ich dachte an Inder und seine Apologie des Kastensystems. Es hatte etwas mit Stolz zu tun, hatte er gesagt, mit Zugehörigkeit. Es band die Menschen in die kosmische Ordnung ein, wodurch das Leben erst seinen Sinn erhielt. Einen Menschen seiner Kaste zu berauben bedeutete, ihn nackt, einsam, ohne Halt in eine sinnentleerte Welt zu werfen. Jeder sei glücklich, auf seine Weise. Mit seiner eigenen Kleidung, seinen eigenen Farben. In die kosmische Ordnung eingebunden. Es erschien alles so vollkommen logisch, so beneidenswert gut eingerichtet. Wir fuhren durch die Peripherie von Jodhpur, eine Einöde aus Sand, abgestorbenen, im Wind dahinrollenden Büschen und verwahrlosten Hütten. Frauen in farbigen Lumpen gruben am Straßenrand.

»Schrecklich«, sagte der Radscha, »furchtbar schrecklich. Sehen Sie, sie haben ihre Dörfer verlassen. Auf der Suche nach den Lichtern der Großstadt. Ihre traditionelle Lebensweise ist dahin. Keine Moral. Eine verdammte Schande.« Die Lippen des Radschas bildeten eine gerade, dünne Linie strenger Mißbilligung.

Wieder in der Wüste: nichts als Sand und Steine und eine gelegentliche Kamelkarawane. Der Radscha lächelte, bis die gewachsten Spitzen seines Schnurrbarts auf seine Ohren zeigten: »Hier draußen ist das Leben so, wie es früher war, bevor es die Briten störten.«

»Wir störten es die Briten denn?«

»Ach, die haben die Eisenbahn gebaut, wissen Sie, die Elektrizität, den ganzen verdammten Unsinn.«

»Das war doch sicher keine so schlechte Sache.«

Das Gesicht des Radschas blieb gelassen, nur seine Stimme verriet eine gewisse innere Bewegung. »Es war nichts, absolut gar nichts. Schauen Sie nur, was wir in vierzig Jahren der Unabhängigkeit erreicht haben. Verglichen damit, waren hundert Jahre Raj bedeutungslos, völlig bedeutungslos. Die Briten haben vielleicht die Elektrizität gebaut, aber wir haben Kernkraftwerke. Die Briten haben uns ein paar Autos gegeben, Rolls-Royce und den ganzen Klimbim, aber wir haben jetzt unsere eigenen indischen Wagen. Darauf sind wir stolz. Eins haben wir allerdings verloren, und das ist Disziplin. Die Briten lehrten uns Disziplin. Aber wir haben sie verloren. Die Inder haben die Disziplin vergessen.«

Die Fahrt nach Rajkot wollte und wollte nicht enden. Die Landschaft war eintönig: Wüste, Gestrüpp und wieder Wüste. Da ich mich nicht mehr mit Inder, der nach Delhi zurückgekehrt war, streiten konnte, langweilte ich mich und fühlte mich allein. Ich versuchte mir vorzustellen, wie Ranji sich nach seiner Rückkehr aus England gefühlt haben mochte, ob er vielleicht an sein Haus an der Themse oder an die Esplanade von Brighton dachte, während er über ausgetrocknete Flußbetten und die khakifarbene Erde von Gujarat wieder heimwärts ratterte. Er konnte die Hitze des indischen Sommers nicht ausstehen. Die Feuchtigkeit verschlimmerte sein Asthma. Deshalb kehrte er immer wieder gern nach England oder, in späteren Jahren, nach Irland zurück. Und doch war es hier, in Rajkot, in einem viktorianisch-neugotischen Haus mitten im Sand, wo er gelernt hatte, Kricket zu spielen und ein englischer Gentleman zu sein.

Früher konnte man das Rajkumar College schon von weitem sehen, da seine zwei Türme die einzigen hohen Bauwerke der Stadt waren. Jetzt verschwand es schier neben den Kaufhäusern, die an der anderen Seite des staubigen *maidan*, wo Mohan Lals Zauberzirkus sein Zelt aufgeschlagen hatte, emporragten. Jungen spielten Kricket im Sand. Dörfler schnitzten rohe Schlaghölzer, die dann von den Frauen am Rand des *maidan* verkauft wurden. Tagsüber machten und verkauften sie die Schläger, und nachts rollten sie sich da, wo sie waren, in ihren Tüchern zusammen.

Ich kam am Unabhängigkeitstag an, und es war gerade ein Kricketmatch ehemaliger Studenten im Gange. Die Old Boys trugen Blazer, alte Schulschlipse und Tennisshorts, und sie amüsierten sich königlich. Sie riefen lautstarke Kommentare in einem Gemisch aus Englisch, Gujarati und Hindi. »Good shot!« brüllten sie vom Pavillon aus, wo ich gerade ein altes Foto von Ranji betrachtete. »Bad luck, Sir!« riefen sie, als ein O. B. sich selbst austrickste, indem er bei einem links abgeprallten Effetball ins Leere schlug. »Sehr gut, Shiva!« schrien sie, als Shiva, der für die Schule spielte, den Ball direkt über die Stäbe zurückschlug.

Plötzlich dröhnte eine englische Stimme über den Platz: »Herrlicher Spaß, herrlicher Spaß!« Sie gehörte dem Direktor Mr. Haylock (Tonbridge und Balliol). Er war ein leutseliger Mann knapp über die Sechzig. Sein weißer Haarschopf hob sich von einem gesunden, hummerfarbenen Gesicht und einem kanariengelben Tuch ab, das um seinen Hals geknotet war. »Ganz famos«, sagte er und machte mich mit einigen Old Boys bekannt. Es gab einen massigen Mann in Shorts, der mich bat, ihn »Pat« zu nennen, da er aus Patiala stammte. Eine Gruppe jüngerer Männer machte ihrem alten Direktor überschwenglich Komplimente. Die Schule, erklärten sie, sei die schönste Zeit ihres Lebens gewesen, und alles nur wegen Sir. Etwas, was sie nie vergessen würden: Sirs Güte.

»Ach, Unsinn, Unsinn«, sagte Mr. Haylock, und sein purpurrotes Gesicht ging lächelnd in die Breite. Er schlang einen

Arm um Pats gewaltige Taille, wobei seine Hand nicht weiter als bis zur Rückenmitte reichte, die er liebevoll tätschelte. »Ihr seid alles prächtige Jungs, ganz prächtige Jungs.«

Mr. Haylock lud mich zum Lunch ein. Sein Bungalow war schlicht eingerichtet, fast wie ein englisches Landpfarrhaus: weiße Wände, chintzbezogene Sofas, ein paar indische Nippsachen, silbergerahmte Fotos von Mr. Haylocks Mutter und Schwester sowie verschiedener O. B.s, einige davon in Militäruniform. Es gab kalte Spiegeleier, grüne Erbsen, Kedgeree, ein mildes Curry, zu dem Reis gereicht wurde, und als Nachtisch Custard – alles ein bißchen wie Mr. Haylocks Akzent: kerniges Public-School-Englisch mit einem leichten indischen Einschlag.

Es war verlockend, die *Englishness* von Rajkumar, die »good shots« und »bad lucks«, das Porträt Königin Viktorias in der Aula, die gestreiften Blazer und die sentimentalen Reden über Sir, all das als eine Karikatur, als ein absurdes Wodehouse-Stück in der Wüste zu betrachten. Manche Engländer könnten das entzückend finden, als entdeckten sie in einem düsteren Antiquitätenladen ein vergessenes Familienerbstück. Rajkumar College ist englisch auf eine Weise, die es nicht mehr gibt oder die es vielleicht überhaupt nur in Indien, als ein Stück Raj-Theater, gegeben hat. Die besten Jahre unseres Lebens, Sirs Güte – das waren nicht die Redensarten von Indern, die versuchten, britisch zu sein, ebensowenig wie die arabischen Gebete indischer Moslems ein Versuch sind, sich für Araber auszugeben. Nein, Pat und seine beblazerten Freunde waren Inder durch und durch, so indisch wie das Bildnis der Kaiserin von Indien in der Aula.

Die O. B.s hatten sich dort versammelt, um Mr. Haylocks Rede zum Unabhängigkeitstag zu hören. Durch die farbigen Glasfenster gefiltertes, helles Sonnenlicht malte hübsche Muster auf den Holzfußboden, als Sir, in einen schwarzen Talar gekleidet, in einer Weise zum Podium schritt, die die Feierlichkeit des Anlasses gebührend zum Ausdruck brachte: nicht zu langsam, nicht zu schnell, mit erhobenem Kopf, die

Augen geradeaus, ernst, aber gütig. Als er in einem stockenden Hindi seine Rede begann, wurde es in der Halle schlagartig still. Die einzigen englischen Sätze, die er sprach, waren ein Zitat aus einer patriotischen Rede, die Nehru 1947, am ersten Tag der Unabhängigkeit, gehalten hatte. Die für Nehru so typischen Begriffe – Charakter, persönliche Integrität, Verantwortlichkeit, Disziplin – waren die eines viktorianischen Gentleman. Und sie ernteten den meisten Applaus.

»Ah, Ranji«, sagte Mr. Haylock und strich sein gelbes Halstuch zurecht, während uns im Bungalow Tee und Kuchen serviert wurden, »ja, ja, herrlicher Spaß, herrlicher Spaß. Ich möchte Ihnen eine Geschichte erzählen.« Und er erzählte mir die folgende verblüffende Anekdote: Erst vor kurzem reiste Ranjis Großnichte nach London. Sie stieg in ein Taxi, um sich von der Victoria Station zu ihrem Hotel fahren zu lassen. Es war Sommer. Der Fahrer öffnete die Glastrennwand und fragte höflich, ob es sie störe, wenn er sich das Test Match im Rundfunk anhöre. Oh, keineswegs, erwiderte sie. Im Gegenteil, sie interessiere sich selbst ein wenig für Kricket. Das Fenster wurde geschlossen, aber schon bald öffnete es der Fahrer wieder. Wie es komme, fragte er, daß sie als eine indische Dame sich für Kricket interessiere. Oh, sagte sie, einer ihrer Verwandten sei einst ein recht brauchbarer Spieler gewesen. Wieder wurde das Fenster geschlossen, nur um kurz darauf erneut aufgeschoben zu werden. Und wer bitte, fragte der Fahrer, sei dieser Verwandte gewesen? Oh, sagte sie, ein Gentleman namens Ranjitsinhji, der Jam Saheb von Nawanagar. Gütiger Himmel, sagte der Fahrer und hielt das Taxi an, gütiger Himmel, eine Verwandte von Ranji! Seine Nichte, erklärte sie. Na, da soll mich doch, sagte er, und für den Rest der Woche chauffierte er sie, wohin immer sie wollte, und weigerte sich, dafür auch nur einen Penny anzunehmen.

Es war eine fast unvorstellbare Geschichte. Mr. Haylock versicherte mir aber, sie sei wahr. Es bestand kein Zweifel, daß er selbst daran glaubte. Das ließ ihn so merkwürdig weltfremd erscheinen, so absolut nicht auf dem laufenden in bezug auf das heutige England, wo Taxifahrer überhaupt nicht reden und sich erst recht nicht so verhalten. War mit der Geschichte im Zuge ihrer Nacherzählung vielleicht etwas passiert? Konnte es sich dabei um ein englisches Märchen, ein viktorianisches Sittenstück handeln, das nach und nach in einen indischen Mythos transformiert worden war? Oder verhielt es sich möglicherweise genau umgekehrt: ein indischer Mythos, der sich in eine englische Geschichte verwandelt hatte?

Mr. Haylock war stolz auf seine Jungs. Er erzählte mir, über Ranji, den berühmtesten Old Boy, wüßten sie alle Bescheid. In seinem Büro sah ich einen Kricketschläger, ein Porträt in Öl von Chester Macnaghten, dem Direktor des Internats zu Ranjis Zeiten, und ein Bild von Ranji selbst. Es klopfte leise an der Tür. »Herein«, rief Mr. Haylock. Ein kleiner dunkelhäutiger, etwa elfjähriger Junge trat ein und wünschte uns beiden einen guten Morgen. »Bitte, Sir«, fragte er schüchtern, ohne die Augen von seinen blankgeputzten Schuhen zu heben, »darf ich in den Computerraum gehen können, Sir?«

»Nicht ›darf gehen können‹, Rajiv, ein einfaches ›darf gehen‹ genügt. Ja, du darfst hinauf, aber nicht bevor du ›Gardiners Tribut‹ für unseren Gast hier aufgesagt hast.« Mr. Haylock zwinkerte mir zu. Diesmal war ich es, der seine Schuhe in Augenschein nahm. »Sie können das alle auswendig«, klärte mich Mr. Haylock auf.

Rajiv nahm einen dunkleren Farbton an. »Ja, Sir«, sagte er beinahe flüsternd und begann, die berühmten Zeilen vorzutragen; das heißt, in Indien berühmt, in Großbritannien nicht mehr, denn auch das war mittlerweile zu einer indischen Legende geworden: »Der letzte Ball ist geworfen. Die Tribünen rings um Lord's sind menschenleer, verlassent…«

»Verlassen, Rajiv, v-e-r-l-a-s-s-e-n.«

»… menschenleer, verlassen. Dem Kricket haben wir lebwohl gesagt. Lebwohl dem König aller Spieler. Das Spiel wird mit dem Frühling wiederkommen, der König aber kommt nie mehr. Es hat vor ihm schon Könige gegeben, denen wir freudig Reverenz erwiesen. Ja, es gab Giganten vor dem Jam Saheb, und doch, meine ich, ist es un … un … unba …«

»Unbestreitbar.«

»… ist es unbestreitbar, daß, als Schlagmann, der Inder als der bedeutendste Vertreter des Spiels des Engländers weiterleben wird.«

»Ganz recht, ganz recht. Jetzt lauf in den Computerraum, mein lieber Junge.«

Mohan Lals Zauberzirkuszelt auf dem *maidan* strahlte wie ein Leuchtfeuer bei Nacht. Die Schlagholzschnitzer und -händler schliefen tief und fest in ihren Lumpen. Ich stapfte durch den Sand auf das Zirkuszelt zu und hörte wilde Hunde in der Dunkelheit herumschnüffeln. Im Zelt war es hell und gemütlich. Hunderte von strahlenden Augen starrten unverwandt auf die Bühne. Dann trat Mohan Lal selbst auf, angezogen wie ein Maharadscha aus dem Märchen. Er war ein dicker Mann, und Schweißtropfen ließen seine Schminke in kleinen Bächen das glänzende Gesicht hinunterlaufen. Buntes Glas funkelte an seinem Turban, und sein Körper war in Schwaden von goldenem und blauem Satin eingehüllt. Er erzählte Witze auf gujarati und zauberte weiße Tauben aus einer Silberdose hervor. Die Menge rief »Uuh!«, als er ein nicht enden wollendes Taschentuch aus dem Ärmel zog. Und dann kündigte Mohan Lal, augenzwinkernd und anzüglich grinsend, seine Hauptattraktion an, die Nummer, auf die wir alle die ganze Zeit gewartet hatten: Er würde eine junge Dame entzweisägen.

Im Zelt gingen die Lichter aus, Donnergrollen und Bombayfilm-Musik erfüllten die Luft. Eine neue Dekoration wurde, durch einen mit silbernen Sternen übersäten Satinvorhang zum Teil unseren Blicken entzogen, geräuschvoll auf die Bühne gekurbelt. Die Bombayfilm-Musik ging in ein Diskostück über, der Vorhang hob sich, die Lichter wurden eingeschaltet, und da stand Mohan Lal, böse um sich blickend, in einem langen weißen Ärztekittel, mit einem Stethoskop um den Hals und einem funkelnden Spiegel an der Stirn. Er grinste dämonisch in den grünen Spot, und die Kinder kreischten vor Vergnügen.

Sein Operationssaal war eine Folterkammer voller Sägen, Messer, Scheren und grotesken, piepsenden Apparaten. Eine dralle junge Frau in einem engen Trikot legte sich auf den OP-Tisch, wo Mohans Assistentin sie in eine glänzende weiße Kiste einschloß. Dann wählte Mohan die am gemeingefährlichsten aussehende Kettensäge, und kleine rote Lichter begannen an der piepsenden Maschine zu blinken. Das alptraumhafte Labor war die Heimstatt des Bösen. Mohan Lals Magie war Amok laufende Wissenschaft.

»Wenn du in Rajkot bist«, hatte Inder nach Beilegung unseres Streits zu mir gesagt, »mußt du unbedingt Jacky treffen.« Ich hatte die Adresse in mein Notizbuch gekritzelt. Jacky hieß eigentliche Jagdish Bathia. Er war seinerzeit ein leidenschaftlicher Kricketspieler gewesen und könnte mir, meinte Inder, von großem Nutzen sein, weil er Ranjis Neffen kannte, den Mann, den jeder Binkie nannte. Über Binkie wußte ich nicht viel mehr, als daß er in einem Boot irgendwo in der Nähe von Jamnagar wohnte und ein Exzentriker war. Da ich Ranjis alten Palast besichtigen wollte, war er für mich wichtig, denn der gegenwärtige Jam Saheb war nie zu Hause. Als der nächste Verwandte konnte mir nur Binkie die Erlaubnis geben, die Räume, in denen Ranji einst gelebt hatte, zu betreten. Die Leute schrien nicht direkt nach dem Exorzisten, wenn Binkies Name fiel, aber es hatte doch etwas Beunruhigendes, wie ihn jeder als »einen sehr seltsamen Mann« bezeichnete.

Jacky bildete diesbezüglich keine Ausnahme: »Binkie-Sahib, ja, in der Tat, ein sehr, sehr seltsamer Mann.« Dann Schweigen. Jacky war kein gesprächiger Mensch. Er sann über meine Fragen lange nach und beantwortete sie dann mit einem einzigen Satz. Ich fragte nach Ranji. Er dachte eine Weile nach. Dann, endlich: »Ein sehr, sehr großer Kricketspieler.« Wußte er vielleicht sonst noch etwas, was mir helfen würde, den großen Kricketspieler zu verstehen? Schweigen. »Ein sehr großer englischer Gentleman.« Ein englischer Gentleman? »Ja, ja, ein englischer Gentleman. Er war ein englischer Gentleman.« Schweigen.

Da mir nichts mehr einfiel, was ich noch hätte fragen können, blieben wir einfach so im Kricketpavillon nebeneinander sitzen, sahen auf den Platz hinaus, wo Ranji seine ersten Läufe verbucht hatte, und meditierten über den tieferen Sinn des Ganzen. Dann, zu meiner großen Erleichterung, aus heiterem Himmel, eine Anekdote: »1901 schaffte Ranji 285 *not out* gegen Somerset, ein sehr, sehr schönes *innings*. Das Publikum erhob sich von den Plätzen und applaudierte ununterbrochen, bis er den Umkleideraum erreicht hatte, aber als die Leute ihm auf die Schulter klopften und ihm zu seiner großen Leistung gratulierten, zeigte Ranji auf zwei rote Flecke an seinen Beinschützern. ›Der Werfer hat mich zweimal getroffen. Ganz und gar nicht gut.‹ Genau das hat er gesagt: ›Ganz und gar nicht gut.‹« Jacky lächelte zum erstenmal und blickte wehmütig zum anderen Ende des Spielplatzes, wo eine weiße Kuh pißte und einen dunklen Fleck im Staub hinterließ.

Ich fragte Jacky nach der heutigen Situation des indischen Kricket. Wieder dauerte es lange, bis die Antwort kam, aber ich hatte gelernt, mich in Geduld zu fassen. Kricket sei kein Kricket mehr, sagte er. »Keine Disziplin auf dem Platz, keine Disziplin auf den Tribünen. Kricket ist ein Spiel für Gentlemen, und Ranji war ein großer Gentleman, ein sehr, sehr großer Gentleman.«

»Was ist mit dem jetzigen Jam Saheb?«

»Oh, ja, gewiß, aber er ist meistens im Ausland. Sie werden ihn nicht sehen können. Binkie müßte Ihnen eigentlich helfen können. Ein seltsamer Mensch, aber ein guter Mensch. Er wird Ihnen helfen. Aber eins dürfen Sie nicht vergessen. Sie müssen ihn Eure Hoheit nennen. Er besteht darauf.«

»Ist er ein Prinz?«

»Nein, nicht direkt … nun ja, ein seltsamer Mensch, äußerst seltsam. Nicht vergessen – Eure Hoheit.«

Allmählich sah ich meinem Aufenthalt in Ranjis alter Stadt mit einiger Besorgnis entgegen. Gleichzeitig war ich aber auch überaus neugierig, besonders als ein ältlicher Arzt im rumpelnden Bus nach Jamnagar die Stirn in Falten legte und sagte: »Glauben Sie mir, mein Freund, Sie kommen zu einer sehr traurigen Zeit in unsere Stadt. Sie werden sie im Nadir ihrer Geschichte erleben. Sie werden Zeuge des Zerfalls einer sehr großen Familie sein.«

Meine einzige Kontaktperson in Jamnagar war ein Mr. Patel, ein alter Cousin von Jacky. Jacky hatte mir nicht viel über ihn erzählt, außer daß er in seiner Kindheit wiederholt bei Ranji in England gewohnt hatte. Ich rief Mr. Patel von meinem Hotel aus an. Ein Mann antwortete: »Ach, du willst meinen Alten sprechen, klar, Mann, komm gleich rüber.« Ich konnte im Hintergrund Rockmusik plärren hören.

Im Wohnzimmer der Patels war der ganze Fußboden mit großen Kissen ausgelegt. Es roch aufdringlich nach süßlichem Weihrauch, wie in einem Hindutempel. Jede Konversation wurde von den Rolling Stones aus dem Kassettenrecorder übertönt. Reproduktionen tibetischer Seidenmalereien zierten die Wände. Ein Junge in engen Jeans schlief, alle viere von sich gestreckt, auf dem Boden. Die Szene erinnerte mich, wie ein altes Foto, an meine Zeit in Notting Hill Gate 1970, als zur wechselnden Population meiner Souterrainwohnung gelegentlich auch ein indischer Hippie gehört hatte. Wir lebten damals unter einer beständigen Dunstglocke aus Hasch, Räucherstäbchen und Ravi-Shankar-Musik. Indien war das Land unserer Träume.

»Eh, Mann, mach's dir gemütlich«, sagte ein Mann mittleren Alters mit langem grauem Haar. Er mußte brüllen, damit ich ihn inmitten des Lärms verstehen konnte. »Ich bin Ajit, und das«, er klopfte dem schlafenden Jungen auf den Allerwertesten, »ist mein Sohn Vijay. Willst'n Joint?« Während der Joint hin- und herwanderte, gab mir Ajit ein kurzes Resümee seines Lebens. In den späten Sechzigern hatte er vier Jahre lang in London gelebt, die meiste Zeit nur ein paar Schritte von meiner Souterrainwohnung in Notting Hill entfernt. »Aber heute ist London tot«, sagte er finster, »absolut mausetot.« Nach seiner Rückkehr nach Indien hatte er als Geschäftsmann etwas Geld gemacht. Dann hatte er sich halb zur Ruhe gesetzt und beschlossen, Künstler zu werden. Seine Frau war auch Künstlerin, und gleichfalls ein Künstler war Vijay, sein Sohn. Einige ihrer Werke hingen an der Wand, zwischen den Mandalas. Diese Gemälde, die am treffendsten als farbenprächtige Kritzeleien bezeichnet werden konnten, erinnerten ebensosehr an Notting Hill wie die Kissen, die Räucherstäbchen und die unablässig dröhnende Rockmusik. Die Familie stand außerdem »schwer auf Video«, und Ajit begann prompt und nicht enden wollend was von »real time« und »reel time« zu faseln. Ich sank in die Polster zurück und gab mir den Anschein, interessiert zuzuhören. Ich wünschte, Inder hätte an dieser Erfahrung teilhaben können.

»Du willst also zu meinem Vater?« Es kam mir vor, als sei ich schon Stunden in dem Haus. Ja, ich wollte zu seinem Vater. »Stock höher, Mann.« Ich folgte seinen Anweisungen, und als ich die Treppe hinaufstieg, sah ich, wie Ajit, auf seinem Kissen zusammengesackt, auf die Kritzeleien an der Wand starrte und, zum Rhythmus der Musik nickend, seinem Sohn den Hintern tätschelte.

Anfangs konte ich Mr. Patel nicht entdecken. Sein Zimmer, nicht viel mehr als eine Dienstbotenkammer, war winzig. Dann, als ich mich an die Dunkelheit gewöhnt hatte, sah ich ihn auf einem Gurtbett liegen und mich mit großen Augen betrachten. Unten jammerte Bob Dylan vor sich hin. Ich wünschte Mr. Patel einen guten Abend. »Ebenfalls schönen guten Abend«, erwiderte er mit einer überraschend klaren Stimme. »Darf ich Ihnen etwas Tee anbieten?« Ich sagte, das wäre sehr freundlich, und er klingelte mit einem Glöckchen, das neben seinem Bett lag.

Die einzige Einrichtung des Zimmers bestand in dem Bett und einer kleinen Truhe. An der Wand hing ein großes, gerahmtes Foto von Ranji: in Knickerbockers und Reitjacke, beides aus Tweed, über einen toten Leoparden gebeugt. Tweedsachen in Indien? »O ja, o ja, immer britisch gekleidet«, sagte Mr. Patel.

Mr. Patel war das genaue Gegenteil seines Cousins. Er konnte gar nicht genug reden – es sprudelte und strömte förmlich aus ihm heraus, als ob ein lange Zeit unter Druck stehender Damm endlich gebrochen wäre. Er erzählte von den Englandaufenthalten in seiner Kindheit; wie er und seine Schwestern von der Victoria Station abgeholt und in Ranjis Rolls-Royce zum Haus in Staines gefahren worden seien; wie Ranji sie englische Tischsitten gelehrt habe – ordentlich mit Messer und Gabel zu essen, gesittet Tee zu trinken, sich gewählt auszudrücken, alles, »damit wir uns in den erlesensten Kreisen von unserer vorteilhaftesten Seite zeigen konnten«. Jeden Abend sei Ranji in das Kinderzimmer heraufgekommen, um ihnen Kiplings Dschungelgeschichten und *Alice im Wunderland* vorzulesen. Und jeden Morgen, wenn das Wetter schön war, wurde Mr. Patel im Rolls-Royce zum örtlichen Kricketplatz mitgenommen, wo der alte Profi ihm Privatstunden gab. Dann gab es die Picknicks in Inkpen, die Bootsfahrten bei Henley, Tennis im Garten. Und dann, ebenso plötzlich wie Mr. Patels Erinnerungen hervorgebrochen waren, versiegte die Sturzflut. Es kam kein Tropfen mehr, nicht die kleinste Auskunft, die einen Einblick in Ranjis Charakter gewährt hätte, außer daß er ein außergewöhnlich feiner Gentleman gewesen sei.

Also gab ich es auf und erkundigte mich, was ich tun müßte, um Ranjis Palast zu besichtigen. Unglücklicherweise, erklärte er, sei der Jam Saheb aus geschäftlichen Gründen abwesend, daher müsse ich mich in der Angelegenheit an Binkie wenden. Das da sei Binkie, auf diesem Bild ... Mr. Patel zeigte auf ein kleines Foto auf der Truhe. Ich sah eine Gruppe von Männern, die sich mit ernsten Gesichtern auf jemandes Rasen aufgestellt hatten. »Das ist der Jam Saheb«, sagte Mr. Patel und deutete auf einen korpulenten Mann mit einem Zopf,

»und das ist Binkie.« Wenn der Jam Saheb korpulent war, so war Binkie unförmig dick, ein in ein weißes Zelt gewandeter Berg. Man konnte sein Schnurrbärtchen gerade eben ausmachen, wie es von seinen Wangen abstand, zwei pfirsichzarten Hügeln, zwischen denen die Nase, die wie eine kleine rote Kirsche auf einer Torte aussah, zusammengequetscht wurde. »Ein guter Mensch«, sagte Mr. Patel, »aber ein wenig launisch. Ich hoffe inständig, daß er Sie empfangen wird. Ja, ich hoffe inständig.« Er faltete die Hände und legte sie sich an die Brust. »Aber wenn Sie gestatten...« Mr. Patel klatschte ungeduldig in die Hände. Ein ältliches Faktotum erschien in der Tür, bereit, seine Befehle entgegenzunehmen. Mr. Patel kritzelte ein paar Zeilen und trug ihm auf, die Botschaft bei Binkie-Sahib abzugeben. »Vielleicht wird das etwas nützen. Ich hoffe inständig...«

Ich dankte Mr. Patel und verabschiedete mich von ihm und den übrigen Familienmitgliedern, die jetzt vollzählig wach waren und, auf die Polster hingefläzt, einen Joint hin- und hergehen ließen. »Sicher, daß du wegwillst, Mann?« fragte Ajit. Ich sagte, ich sei sicher. Die Rolling Stones spielten ein altes Chuck-Berry-Stück, als ich die Tür leise hinter mir zuzog.

Es gibt wenigstens drei große Paläste in Jamnagar, zwei davon zu Ranjis Zeiten erbaut. Im prächtigsten – eine Hochzeitstorte mit Mogulkuppeln, dorischen Säulen und italienisch anmutenden Loggien inmitten eines lang vernachlässigten, jetzt völlig verwilderten englischen Gartens – hat nie jemand gewohnt. Er wurde gerade rechtzeitg fertig, um die zu Ranjis Bestattung angereisten Gäste aufzunehmen, steht aber seitdem leer. Ich versuchte, mir die zerbrochenen Fenster mit ihren schön geschnitzten Rahmen, die verrottenden Holztüren und die verwitterten, mit Vogelkot überkrusteten Mauern etwas mehr aus der Nähe anzusehen, doch ein Wächter in einer prächtigen, aber sehr abgewetzten Uniform forderte mich auf zu verschwinden und drängte mich aus der Stacheldrahtumzäunung hinaus.

Der Lal-Palast, weniger prächtig als die leere Hochzeitstorte, aber immer noch prächtig genug, wurde 1921 fertiggestellt, um den Prince of Wales bei seinem Indienbesuch zu beherbergen. Betrüblicherweise ließ sich der Prinz in Jamnagar nicht blicken, und der Palast blieb unbewohnt, bis die Regierung des mittlerweile unabhängigen Indien ihn zu einer Herberge für hohe Beamte und Staatsgäste umfunktionierte. Innen roch es stark nach Kampfer und Möbelpolitur. Das massive Teakholzmobiliar konnte ohne weiteres seit 1921 da stehen. Dasselbe galt für die ausgestopften Leopardenköpfe an einer Wand des Billardzimmers, die Geweihe in der Eingangshalle, die Perserteppiche auf den Parkettböden, die viktorianischen Stilleben mit allerlei totem Wild und die Pfauenfedern in den bunten chinesischen Vasen. Ein paar der Schlafzimmer waren mit Staatsbeamten belegt, die unter ihren Moskitonetzen ein Nickerchen machten. Ein solcher Gentleman mit einem weißen Käppi, das ihn als Congress-Mann auswies, hatte es verabsäumt, die Badezimmertür abzuschließen, und erleichterte sich gerade unter großer Geräuschentfaltung, wobei er mich großäugig und unverwandt anstarrte wie eine vom Strahl einer Taschenlampe überraschte Eule.

Während ich über die *crescents, squares* und *circuses* von Jamnagar schlenderte, wußte ich, daß dieser Ort mich an einen ganz anderen erinnerte, ohne daß ich hätte sagen können, an welchen. Die Architektur war das, was man in Indien indo-sarazenisch nennt, eine Mischung aus hinduistischen, europäischen und Mogulelementen, eine von europäischen Ingenieuren ausgeheckte orientalische Phantasie. Irgendwie erschien der Stil von Jamnagar, die unzähligen Paläste, die opulenten Villen, künstlichen Seen und luxuriösen Häuser, allzu prachtvoll für diese Provinzstadt, so als versuche sie etwas zu beweisen, eine Rolle zu spielen, die eigentlich ein paar Nummern zu groß für sie war.

Das gilt natürlich für einen Großteil der Raj-Architektur, die schließlich den alleinigen Zweck verfolgte, die Eingeborenen mit britischer Größe zu beeindrucken, sie von Britannias

Recht zu herrschen zu überzeugen. Die meisten Bauwerke des Raj sind Monumente der Macht und einer erfundenen Tradition, die jetzt, vierzig Jahre danach, teilweise recht nett, ja sogar eindrucksvoll, aber stets ein bißchen schrill wirken. Jamnagar ist ein bißchen schrill.

Dann, mit einem Mal, erkannte ich das Offensichtliche: Es sah aus wie Brighton, mit seinen palastartigen Hotels, seinen wunderlichen Orientalismen, seiner theatralischen Eleganz. Jahrelang hatte Ranji dort gelebt, inmitten von Prinzchens architektonischen Spinnereien und obszönen Postkarten, und in Hotels am Wasser sein Asthma kuriert. Brightons fantastische Mixtur aus georgianischer Eleganz und indo-sarazenischer Chinoiserie muß ihn inspiriert haben. Jamnagar war im wesentlichen die Stadt eines Dandys: auf das sorgfältigste geplant, extravagant, ein heroisches Monument in einem dekadenten Zeitalter. Jamnagar war eine Stadt, die sich sozusagen selbst erfunden hatte.

Das einzige Monument, das völlig fehl am Platze wirkte, war ein großes goldenes Standbild von Ranji, das erst nach seinem Tod vollendet worden war. Es stand am Lakotha-See, wo Ranji eine Reihe von Statuen seiner illustren Vorfahren hatte aufstellen wollen. Ranji hatte einem in Paris ansässigen amerikanischen Bildhauer mit Namen Herbert Haseldine persönlich Modell gestanden. Um dem Werk noch größere Authentizität zu verleihen, ließ er ein Kathi-Vollblut mit den charakteristischen, nach innen eingerollten Ohrspitzen aus Indien herbeischaffen. Der Bildhauer war so angetan vom indischen Hengst, daß er zur großen Heiterkeit seiner Freunde darauf bestand, ihn mit Tee und Gebäck zu bewirten. Während seiner Rückfahrt nach Indien brach sich das Pferd allerdings die Knie an den Wänden seiner Box, und man mußte ihm den Gnadenschuß geben. Das Reiterstandbild blieb leider unvollendet.

Die Straße von Jamnagar nach Sarodar, dem Dorf, wo Ranji das Licht der Welt erblickte, war so steinig, daß ich um die

Stoßdämpfer des Ambassador-Taxis fürchtete. Wir waren von ausgedörrter brauner Erde umgeben. Das einzige, was da wuchs, war eine Art Dorngestrüpp, das büschelweise aus dem Sand ragte. Die Dörfer aus khakifarbenem Lehm, mit an den Hausmauern angeklatschten Kuhfladen gesprenkelt, sahen so aus, als seien sie nicht so sehr in die Landschaft hineingebaut worden als vielmehr ein organischer Teil von ihr. Es gab kaum Autos auf der Straße, nur Prozessionen von Kamelen, Ochsen und Ziegen. Der Gedanke, in einem zusammengebrochenen Ambassador mit einem Fahrer, der kein Wort Englisch sprach, hier draußen steckenzubleiben, behagte mir nicht sonderlich. Ich hatte Visionen von Banditen, die des Nachts die Wüste durchstreiften. Es gefiel mir gar nicht, wie der Fahrer jedesmal, wenn der Wagen an einer besonders üblen Unebenheit den Boden unter den Reifen verlor, verzweifelt eine Hand hin und her schlenkerte.

»Jam Saheb!« sagte er plötzlich und deutete auf einen fernen Busch. Es war ihm bekannt, daß ich mich für Ranji interessierte. Ich blickte hinaus und sah einen kleinen steinernen Wachtturm, der vermutlich für eine von Ranjis Jagdexpeditionen errichtet worden war. Hier mußte es gewesen sein, wo er mit seinen Gästen ganze Nächte verbracht hatte, die Augen unverwandt auf eine angepflockte Ziege gerichtet, deren Geruch und ängstliches Geschrei die Raubtiere vor die Büchsen der Weidmänner lockten.

Ein Stück weiter die Straße hinunter machte ich die Überreste von vier griechischen Säulen aus, die eine entfernte Ähnlichkeit mit den Ruinen von Delphi oder Ephesus aufwiesen. Sie standen in den Ecken eines steinigen Felds. »Jam Saheb?« fragte ich, als wüßte ich es nicht ganz genau. »Jam Saheb, Jam Saheb.« Er nickte.

Die Säulen waren offenbar alles, was von einem Fest übriggeblieben war, das man Anfang der zwanziger Jahre für den Vizekönig veranstaltet hatte. Das steinige Feld war ein Lager gewesen. Die Säulen, an die sechs Meter hoch, waren mit Darstellungen sagenhafter Helden bemalt gewesen. Wo erst wenige Monate zuvor nichts als Sand und Felsen in der Sonne geglüht hatte, dehnten sich grüne Rasenflächen aus. Zum Bankett gab es Tanzmädchen und Kapellen aus Goa und Feuerwerk und künstliche Blumen und eigens aus Paris eingeführte erlesene Weine. Und die Angelegenheit wurde von elektrischen Lichterketten beleuchtet, die die ganze Umgegend erhellten. Die Einheimischen hatten vor dieser magischen Darbietung Reißaus genommen. Glücklicherweise wurde aber, kaum daß das Fest vorüber war, alles wieder abgerissen.

»Sarodar«, sagte der Fahrer, nachdem wir zwei weitere Stunden die Straße entlanggeholpert und -gerumpelt waren. Ranjis Dorf schien, wie alle anderen, aus dem trockenen Boden herausgewachsen zu sein. Die Gebäude waren primitive Lehmhütten – mit Ausnahme von zweien, die die Szene beherrschten. Auf einander gegenüberliegenden Anhöhen errichtet, sahen sie aus wie Gegner in einer versteinerten Fehde. Das eine war ein kleines, verfallenes Fort mit vier gedrungenen Türmen, die die Ebene nach allen Seiten überschauten. Das andere war ein großer Bungalow, der meiner Ansicht nach in den dreißiger Jahren erbaut worden sein mußte. »Jam Saheb«, sagte der Fahrer und deutete auf das Fort. Und das andere Gebäude? Er wackelte bestätigend mit dem Kopf: »Jam Saheb.«

Ich kraxelte zum Fort hinauf mit einem Schwarm neugieriger Bälger im Schlepptau. Das alte Holztor war abgeschlossen. Die kleinen Jungen gaben mir durch Zeichen zu verstehen, ich möge warten, während einer von ihnen zu einem nahe gelegenen Haus rannte, aus dem er in Begleitung eines älteren Mannes zurückkehrte, der mir grinsend den Schlüssel zeigte. »Jam Saheb«, sagte der Mann. Ranjitsinhji? Er wakkelte mit dem Kopf: »Ranjitsinhji.« Das Tor wurde aufgeschlossen, und wir betraten einen Innenhof voller Stroh und Kuhmist. Die Jungen scharten sich um mich herum, als erwarteten sie irgendeine besondere Darbietung. Der Mann zeigte auf die verschiedenen Türen, die auf den Hof gingen, und winkte mir, ihm zu folgen. Die Zimmer waren in einem überraschend guten Zustand. Eins davon, klein, mit weißlichen Wänden und einem Fenster mit Blick auf das Dorf, schien besondere Aufmerksamkeit zu verdienen. »Jam Saheb, Ranjitsinhji, Baby, sehr alt«, erklärte der Mann. War er in diesem Zimmer auf die Welt gekommen? »Ranjitsinhji«, sagte der Mann. Wieder im Hof, bemerkte ich eine roh in die steinerne Mauer gemeißelte Darstellung eines Rajputenkriegers mit gezücktem Schwert.

Wir spazierten zum gegenüberliegenden Hügel. Im Garten vor dem Haus stand ein altes Hindutempelchen mit einem rostigen Dreizack darinnen. Ein ältlicher Wärter im *dhoti* wartete auf der Veranda. Eindeutig dreißiger Jahre, dachte ich, als ich die klaren Bauhaus-Linien der Villa betrachtete. Der Wärter wirkte beunruhigt. »Ihr werter Name?« fragte er. Ich nannte ihn. »Sie haben Genehmigung?« Ich log, ich hätte eine. Er forderte mich auf, mich in einem Buch einzutragen, und schloß widerstrebend die Tür auf. Drinnen gab es nicht viel zu sehen außer Vogelkot und ein paar Marmorkaminen. Die Badezimmer waren allerdings noch intakt und mit schönen Porzellanwannen ausgestattet. »Made in England«, sagte der Mann, der mich im Fort herumgeführt hatte, und sein breites Grinsen offenbarte ein von Betelnuß gefärbtes, blutrotes Gebiß. »Jam Saheb, sehr alt«, fügte er hinzu.

Die Villa sah zu modern aus, um von Ranji, der schließlich 1933 gestorben war, stammen zu können. Ich wußte, daß er in Sarodar eine Jagdhütte gebaut hatte, auf dem Hügel gegenüber dem Fort. Das war also eindeutig die Stelle. Der verfallende Bungalow war offenbar von Ranjis Nachfolger errichtet worden. Ich glaube, ich verstand, was der Mann mit sehr alt meinte. Das Fort, dieser Bungalow, die griechischen Säulen auf dem Feld waren ebenso alt – oder ebenso neu – wie alle übrigen Bauwerke in Indien: so alt wie die Mogulmausoleen in Delhi, so neu wie das Victoria Memorial in Kalkutta. Alle sind inzwischen Teil einer zeitlosen Vergangenheit. Alle werden mit der Zeit von der Landschaft verschluckt werden.

Im Hotel erwartete mich eine Nachricht. Es war eine persönlich zugestellte, kurze Mitteilung von Binkie. »Wo sie schon mal da sind«, entzifferte ich das Gekritzel, »könnte ich Sie genausogut in dem alten Kasten herumführen. Kommen Sie morgen zum Tee, vier Uhr. Mein Diener holt Sie ab.«

Um halb vier kam ein dunkelhäutiger Mann um die Fünfzig in einem verbeulten Ambassador an. Er schwieg während der ganzen Fahrt zu Binkies Haus, das sich als eine alte Jacht im Hafen von Rozi entpuppte. Das Schiff wies Spuren einstiger Eleganz, ja Pracht auf, die die Zeit noch nicht ausgelöscht hatte. Das Deck war seit Ewigkeiten nicht mehr geschrubbt worden, aber es bestand aus ausgezeichnetem Holz, und die Messingbeschläge, in der feuchten Hitze schon längst grün angelaufen, waren eine tadellose Arbeit aus Chatham, 1911. Binkie konnte mit seiner Jacht, selbst wenn er gewollt hätte, nicht mehr in See stechen, denn der Hafen, einst der Stolz und die Freude (und, durch den Schmuggel, die Haupteinkommensquelle) von Ranjis Fürstenstaat, war vollkommen versandet. Die Jacht war für alle Zeit auf den Strand gesetzt.

Der schweigsame Diener führte mich an Bord, wo uns ein schlanker Junge in einem langen weißen Hemd entgegenkam und mich warten hieß. Ich setzte mich in eine rostige Kajüte. An den Wänden hingen, mit Reißzwecken befestigt, alte Drucke mit nautischen Motiven. Nach etwa zehn Minuten öffnete sich eine Tür, und der Junge trat rückwärts ein, indem er sich lautlos vor jemandem in der angrenzenden Kabine verneigte. Die Hände verschränkend, forderte er mich auf einzutreten.

»Lieber Junge«, flüsterte eine tiefe, keuchende Stimme, »kommen Sie doch herein.« Ein riesiger Mann in etwas, was wie ein Seidenkaftan aussah, sich aber als ein einfaches Hemd entpuppte, saß wie ein Pascha auf einem Haufen Kissen und trank Tee. Er war von einem verblüffenden Sortiment an Krimskrams umgeben: ausgestopfte Vögel unter Glasglokken, Silberschalen voller Perlenketten und allerlei anderen Juwelen, Sporttrophäen, Zierhufeisen, Jagdgewehre, achtlos herumliegende Ballen und Stücke schöner indischer Seide, leere französische Weinflaschen, alte Ausgaben von *Country Life* und, wenn ich recht sah, indische Horoskopdiagramme.

Er war so fett, daß es unmöglich war, sein Alter zu schätzen. Er trug das Haar schulterlang, und sein Mondgesicht bügelte jede Falte aus, die er vielleicht sonst gehabt hätte. Seine Arme waren wie gigantische Batzen von Talg, die in zwei Wurstbündeln gipfelten, und seine gewaltigen Oberschenkel schienen nahtlos in zwei geräumige, cowboystiefelförmige Lederbehälter überzugehen.

»Ja, famos, famos, etwas Tee? Oder vielleicht was von unserem einheimischen Gift? Fürchte, ich kann Ihnen nicht allzuviel bieten, mein alter Freund. Entsetzlich arm zur Zeit. In einer verflixten Klemme, um genau zu sein. Die wollen uns kleinkriegen, sage ich Ihnen.«

Die joviale Ausdrucksweise stand in einem merkwürdigen Kontrast zur leisen, keuchenden Stimme. Sie wirkte störend wie ein Kind, das Obszönitäten von sich gibt. Ich war mir nicht ganz sicher, wen er mit »die« meinte, vermutete allerdings, daß er auf die Behörden anspielte, die den Überresten der Fürstenfamilien nicht immer wohlgesinnt waren. »Verdammte Politiker«, murmelte er vor sich hin. Ich hatte recht.

»Also, was darf's sein, hm?« Ich bat um eine Tasse Tee. »Famos, famos.« Und ein von einem breiten Ring in der Mitte zusammengequetschter Wurstfinger streckte sich nach einem der Summer aus, die sich neben dem Kissenhaufen befanden. Als nichts geschah, bekundete der Finger seine Ungeduld, indem er wiederholt und mit Gewalt auf den Knopf einstach. Endlich kam der Junge katzbuckelnd angerannt. Binkie verlangte nach Tee und zeigte auf sein rechtes Bein: »Und wo du schon da bist, Ajay, könnntest du…« Ajay blickte auf. »Könntest du…?« fragte Binkie wieder, diesmal in einem etwas schärferen Ton. Ajay trat an seinen Herrn und Meister heran, ergriff dessen rechtes Bein und schaffte es, dasselbe mit großer Anstrengung um ein paar Zentimeter anzuheben, woraufhin Binkies Lendengegend ein hoher Trompetenton entfuhr. »Aah...« sagte Binkie, »das verdammte Gedärm«, und das Bein wurde wieder losgelassen. »Ajay, bring mir meine schwarzen Pillen.« Der Junge wackelte mit dem Kopf und verschwand ohne ein Wort.

»Nicht mal mehr auf die eigenen Leute ist Verlaß«, sagte oder besser flüsterte Binkie. »Nach allem, was man für sie getan hat. Verdammt schlimm, sage ich Ihnen, verdammt schlimm. Es geht alles zu Ende, wissen Sie. Es ist alles aus.« Binkie verfiel in ein schwermütiges Schweigen und starrte konzentriert auf den Perserteppich zu seinen Füßen, als könnte er im komplizierten, aber verblichenen Muster die Lösung seiner Probleme finden.

Ich wußte nicht recht, was ich sagen sollte, daher freute es mich zu sehen, daß die ungefüge Masse plötzlich wieder zu relativem Leben erwachte. »Schön, schön, schön, ja, ja, Sie interessieren sich also für Ranji?« Ich bejahte. »Schade, daß der Jam Saheb nicht da ist. Er hätte Sie sich vorknöpfen können.« Das sei in der Tat schade, bestätigte ich. »Na schön, wir werden sehen, was sich tun läßt. Nicht allzuviel, fürchte ich. Trotzdem, Sie könnten sich den verdammten Kasten genausogut ansehen. Ajay!« Der Finger begab sich erneut zum Summer und stach zu. Ajay erschien wieder, diesmal ziemlich prompt. »Ajay, begleite unseren Gast zum Jam-Palast. Wenn Sie mich entschuldigen, alter Junge, muß ein wenig die Matratze abhorchen.« Ich dankte Seiner Hoheit für ihre Güte und stand von meinem Stuhl auf. »Hören Sie, mein Lieber, würde es Ihnen etwas ausmachen...« »Ganz und gar nicht«, sagte ich, und Ajay und ich ergriffen je einen von Binkies Armen und begannen zu ziehen. »Hau ruck, hau ruck«, keuchte Binkie, während seine massige Unform sich langsam, zentimeterweise, vom Kissen hob. Ajay und ich blieben nach Luft schnappend stehen, indes Binkie wie ein großes weißes Rhinozeros aus der Kabine stapfte.

Binkie besaß einen wunderschönen alten Chevrolet aus den fünfziger Jahren mit großen, verchromten, jetzt stark angerosteten Flossen. Als wir losfuhren, versanken Ajay und ich in den rissigen Ledersitzen. Sobald wir seine Wirkungsstätte verlassen hatten, entpuppte er sich als ein ziemlich gesprächiger Junge. Wenn er lächelte, entblößte er ein makellos weißes Gebiß mit sauberem rosigen Zahnfleisch. »Ich bin Sahibs Spitzenpupe«, gab er ungefragt Auskunft. »Ich gebe eine Menge Befriedigung.« Ich nickte wortlos, weil ich keinen Wunsch verspürte, tiefer in Binkies private Arrangements einzudringen. »Aber er hat verdammtes Darmproblem. Viele, viele Male der Sahib ruft mich.« Ich atmete auf, als wir am Palast ankamen. Ajay sagte, ich solle warten, und stieg aus, um mit dem Wachposten zu reden. Wir durften passieren.

Mit einem kleinen Kniff in meinen Arm und vergnügt kichernd verabschiedete sich Ajay. Ich blieb allein in einem Vorzimmer stehen. Schon bald öffnete sich die Tür, und es erschien ein sehr alter Diener. Der Mann wirkte kaum noch lebendig. Er war mager und von ledriger Beschaffenheit, und seine tristen Züge schienen keinen anderen Ausdruck zu kennen als den völliger Unbewegtheit. Er bat mich, ihm zu folgen. Wir durchschritten eine große Eingangshalle, deren beide Längsseiten mit Ölbildern vollgehängt waren. Ich bemerkte einen Alma-Tadema, zwei Landseers, ein Porträt von Gladys Cooper von de Laszlo und eine mittelmäßige Reproduktion von Davids *Napoleon* auf seinem weißen Roß. Wir betraten ein Speisezimmer, in dem es nach Schimmel und Staub roch. Die Fenster schienen seit Jahren nicht mehr geöffnet worden zu sein. An der Wand hing ein großes Ölbild, betitelt *Mutter Indien*, auf dem eine vielarmige Göttin zu sehen war, und ein anderes, das den unter dem Bodhibaum meditierenden Buddha zeigte. Sie waren beide von bemerkenswerter Scheußlichkeit. Der Künstler war, wie ich nachlas, ein gewisser A. Alston, R. A.

»Kommen Sie, kommen Sie«, wisperte der Diener, als ich mich zu lange bei den Gemälden aufhielt. Wir gelangten in ein dunkles, recht großes Zimmer, in dem es ebenfalls modrig roch.

»Jam Sahebs Zimmer«, verkündete er und zog sich in eine

Ecke zurück, wo er vollkommen reglos stehenblieb. Es war genauso, wie ich gelesen hatte: Da war der leere Papageienkäfig und dort ein großes Bild mit badenden Knaben, von Sir Edward Tuke, R.A.; und dort das Bett und der Reliquienschrein, die Vitrine mit den sechs Glasaugen des Kricketspielers, die wie in Sahne schwimmende Schokoladenkügelchen aus ihren mit Satin ausgeschlagenen Etuis hervorlugten; Juwelen, Nadeln, Manschettenknöpfe, Medaillen und Sporttrophäen, alles in tadellosem Zustand. In einer anderen Vitrine waren Schlaghölzer ausgestellt, wie die Waffen eines berühmten Kriegers. Ranjis Bett war ordentlich gemacht, als könnte der Jam Saheb jeden Augenblick zurückkommen.

Gerade als ich mir das Foto von C.B. Fry auf dem Nachttisch aus der Nähe ansah, hörte ich ein Zischen. Es war der steinalte Domestik. »Sahib«, wisperte er, und als ich mich umdrehte, sah ich mich einem mir zwecks Begutachtung entgegengehaltenen Paar verblichener Samtpantoffeln gegenüber. Sie trugen die Initialen K.S.R., in Gold gestickt. »Von Seiner Hoheit getragen«, erklärte er in einem Ton tiefer Ehrerbietung.

In einem schönen geschnitzten Bücherregal aus Mahagoni bemerkte ich ledergebundene Ausgaben von Shakespeare, Carlyle, Herbert Spencer, Dumas père, Brysons *Norfolk Shoots* und Ranjis eigenes *The Jubilee Book of Cricket*. Es gab außerdem eine Auswahl von Sherlock-Holmes-Geschichten, E.W. Hornungs »Raffles«-Bücher und eine große Zahl Memoiren von Kricketspielern, die zumeist eine Widmung des Autors enthielten. Aber die Hauptattraktion, ein Traum für jeden Bibliophilen, war eine saffiangebundene Tacitusausgabe, die einmal Napoleon gehört hatte. Auf dem Rücken waren ein großes goldenes N und der kaiserliche Adler eingeprägt.

Neben dem Bücherregal stand ein wuchtiger englischer Sekretär aus dem achtzehnten Jahrhundert. Ranji war, soweit ich wußte, kein großer Briefschreiber gewesen, deshalb erwartete ich nicht, da etwas besonders Interessantes zu finden. Ich öffnete trotzdem die Klappe. Ich konnte die Blicke des alten Dieners spüren, mit denen er, auch wenn er keinen Laut von sich gab, jede meiner Bewegungen verfolgte. Da war ein Stapel Fotos, die meisten davon in einem ziemlich schlechten Zustand. Eines zeigte zwei englische Mädchen – Zwillinge offenbar –, die in einem Garten Tee tranken, ein anderes C. B. Fry in weißem Tropenanzug und mit Kreissäge vor einem europäischen Hotel. Natürlich gab es auch mehrere Fotos von Ranji selbst: am Steuer eines neuen Automobils; über den Kadaver eines Tigers gebeugt; Kricket spielend; auf einem Elefanten thronend; sich vor dem König-Kaiser verneigend, bei dessen Durbar in Delhi; in Frankreich indische Truppen inspizierend. In einem Silbermedaillon war das Bild einer indischen Dame. Seine Mutter? Der Diener wackelte stumm mit dem Kopf. Der Sekretär enthielt außerdem auch Ranjis Reisepaß, der ihn als Hindu, Rajputen und regierenden Fürsten auswies. Besondere Kennzeichen: Pockennarben im Gesicht. Auf dem Foto war Ranjis Glasauge leicht auszumachen.

Es war offensichtlich, daß der noch immer stocksteif dastehende Domestik dieses Durchwühlen von seines Herrn Reliquien überhaupt nicht billigte. Vielleicht war es Besorgnis, die seine Zunge löste. »Was hoffen Sie zu sehen?« fragte er. »Hat Seine Hoheit irgendwelche Briefe hinterlassen?« fragte ich zurück. »Ah«, sagte er, »ich glaube, ich weiß, von was Sie sprechen«, und flink wie ein Gespenst huschte er davon.

Während ich auf seine Rückkehr wartete, warf ich noch einen kurzen Blick auf die Glasaugen, als könnte ich sie irgendwie dazu bringen, zurückzuschauen und ein Lebenszeichen von sich zu geben. Ein Zimmer ganz in seinem ursprünglichen Zustand zu konservieren, wie eine Kultstätte, ist, wie eine Leiche einzubalsamieren – als konnte man das Leben festhalten, indem man seinen Anschein bewahrt; als ob man, indem man alles so läßt, wie es einmal war, etwas vom lebendigen Geist einfangen könnte, ebenso wie eine fotografische Platte das Licht oder, noch besser, ein Infrarotfilm die Schatten der Geschichte einfängt. Ich mußte an manche S-Bahnstationen in Berlin denken, seit Jahrzehnten mit Brettern vernagelt, aber noch immer unbestimmt auszumachen, wenn man durch diese spinnwebverhangenen, von Ratten wimmelnden unterirdischen Fenster in die Vergangenheit donnert.

»Sahib«, sagte der Domestik und machte meinen Betrachtungen über Ranjis Glasaugen ein Ende. Er überreichte mir einen großen braunen Umschlag. »Zu dienen«, sagte er und schlurfte in seine Ecke zurück. Ich öffnete den Umschlag, und ein dickes Bündel Briefe plumpste auf den Schreibtisch. Ich entdeckte ein noch verschlossenes Telegramm, aber als ich es öffnen wollte, zischte der Domestik und sagte, das komme nicht in Frage. Nichts dürfe in irgendeiner Weise verändert werden.

Die Korrespondenz hatte größtenteils mit Staatsgeschäften zu tun: Briefe vom Vizekönig in Delhi oder dem britischen Residenten in Rajkot; Dankschreiben von verschiedenen Personen, die bei Ranji in Jamnagar zu Gast gewesen waren; ein paar längere Briefe von Jacques Cartier in London, in denen die Geschichte und der mögliche Kauf von Edelsteinen erörtert wurden. »Sind sie von Interesse, Sahib?« wisperte der Diener. Ich sagte, das seien sie ganz gewiß.

Ein Bündel war noch durchzusehen, ein dicker Stoß beschriebener Blätter, der von einem cambridgeblauen Seidenband zusammengehalten wurde. Ich löste behutsam den Knoten. Das erste Blatt trug das Datum 1921, war in Jamnagar geschrieben und begann mit »Mein lieber Charlo«. Es war eindeutig Ranjis elegante, schwungvolle Handschrift. Aber wenn dieser Brief von Ranji selbst stammte, was hatte er dann hier zu suchen? Konnte es sein, daß er ihn gar nicht abgeschickt hatte? Der unterschiedlichen Farbintensität der – manchmal dunklen, manchmal hellen und wäßrigen – Tinte nach zu urteilen, war das Dokument über einen Zeitraum von mehreren Wochen, vielleicht sogar Monaten, entstanden. Der Brief war nämlich enorm lang. Als ich ihn überflog, gewann ich den Eindruck, daß es sich dabei um eine weitschweifige

Schilderung von Ranjis Leben handelte. Und Charlo mußte Ranjis enger Freund sein, C.B. Fry, der für Sussex und England Kricket gespielt hatte. Es war ganz klar, daß ich den Brief haben oder zumindest lesen mußte, denn keine Biographie, und mochte sie noch so gut recherchiert und ausführlich sein, würde ein so getreues Bild von Ranji zeichnen wie seine eigene Schilderung. Natürlich brauchte diese nicht in allen Punkten der Wahrheit zu entsprechen, aber selbst Lügen vermitteln unschätzbare Einblicke in den Charakter ihres Urhebers. Würde ich die Erlaubnis bekommen? Würde Binkie sie mir geben können?

Nach zwei Tagen, die ich mit ziellosen Wanderungen durch die Straßen und *crescents* von Ranjis Stadt verbrachte, schaffte ich es, eine weitere Audienz bei Binkie zu erhalten. Bis ich die Jacht erreichte, war es schon dunkel, und rund die Hälfte der bunten Lichter rund um das Deck brannte. Binkie war an seinem gewohnten Platz, saß reglos auf seinen Kissen und nippte an einem Whisky Soda.

»Schön, schön, schön, Sie sind also noch immer da, mein alter Freund? Na, was wollen Sie denn diesmal? Ich bin entsetzlich beschäftigt, wie Sie sehen können, entsetzlich beschäftigt. Die sind hinter mir her, müssen Sie wissen. Die Bluthunde sind auf meiner Fährte.« Nach dieser Eröffnung bewegte er die Beine kaum merklich, gähnte lautstark und schloß die Augen. Seine bläulichen Lippen verschwanden im Tal seiner Kinne. »Ähem, Eure Hoheit…« versuchte ich, aber er schien fest zu schlafen. »So müde…« quengelte er, »die Bluthunde… Alles aus… So schrecklich, schrecklich müde…« Dann erschütterte ein Beben seine Masse: »Ja, ja, was wollen Sie also?«

Ich erklärte die Sache mit den Briefen. Zuerst öffnete sich ein Auge und durchbohrte mich, dann das andere. »Nehmen Sie sie, nehmen Sie sie alle!« rief er heiser. »Die Geier nehmen sowieso alles weg, da können Sie genausogut gleich mitfleddern… So müde, so furchtbar müde…« Und schlief wieder ein.

Ich faßte dies als seine Erlaubnis auf, mir die Briefe auszuleihen, und entfernte mich daher so schnell wie möglich für den Fall, daß er sich eines anderen besann. Man wußte nie, was für spleenige Einfälle dieser schläfrige Kopf ausheckte, dessen Launen so wechselhaft waren wie Aprilwetter. Anderntags machte ich mich wieder zum alten Palast auf, wo ich eine Verabredung mit dem betagten Domestiken hatte, um von ihm die Unterlagen entgegenzunehmen. Verglichen mit unserer ersten Begegnung wirkte er jetzt entschieden lebhaft. Als ich den Palast verließ, schüttelte er mir die Hand und sagte in einem Ton, den man fast als begeistert bezeichnen konnte: »Seine Hoheit war ein sehr feiner Gentleman.«

II

»... Fälschung war das Verbrechen, das Wildes Weise der Selbstdarstellung vielleicht am nächsten kam.«

Richard Ellmann über Oscar Wilde

Jamnagar
Februar 1921

Mein lieber Charlo,

ich hoffe, daß Du gesund und guter Dinge bist. Was meine Gesundheit anbelangt, so geht es mir, abgesehen von meinen üblichen bronchialen Beschwerden, recht gut. Die Saison war bislang höchst erfreulich. Ich wollte, Du hättest mich auf meiner letzten Spritztour nach Kaschmir begleiten können, wo wir, wie gewohnt, gegen das Team des Maharadschas Kricket gespielt haben. Gehe ich recht in der Annahme, daß Du Seine Hoheit kennst?

Indes, nicht um Seine Hoheit ist es mir gegenwärtig zu tun. Der Zweck dieses Briefes ist, meiner tiefen Enttäuschung über ein höchst betrübliches Ereignis Ausdruck zu verleihen. Ich spiele auf die kurzfristige Änderung der Pläne Sr. K. H. des Prince of Wales an, dessen Reise nach Indien, wie Du weißt, unmittelbar bevorsteht. Ich hatte erwartet, er würde meinen Staat besuchen, was, wenn ich mich nicht sehr irre, auch der Wunsch Sr. K. H. war. Wir hatten uns beträchtlichen Mühen unterzogen, um Sr. K. H. mit dem Allerbesten, was wir in diesem Teil der Welt zu bieten haben, aufwarten zu können, was vielleicht nicht ganz an die Möglichkeiten der besten Häuser Englands heranreicht, aber nichtsdestoweniger den Vergleich mit keinem anderen indischen Fürstenstaat zu scheuen braucht.

Infolgedessen erfüllte mich, mein lieber Charlo, die Nachricht, Jamnagar sei aus der Reiseroute Sr. K. H. gestrichen worden, mit unendlichem Bedauern. Es hat mich tief verletzt, denn ich liebe das englische Volk – eine Liebe, die mir, wie ich glaube, bei vielen Gelegenheiten vergolten worden ist. Du weißt sehr wohl, wie sehr mir die Größe des britischen Empire von jeher am Herzen liegt, deren Symbol, ja mehr als das, deren Garant die herzlichen und fast familiären Beziehungen zwischen den Fürsten Indiens und unserem Monarchen, dem König-Kaiser, sind. Ich habe schon immer versucht, der Liebe und Wertschätzung, die ich für Großbritannien hege, mit allen mir zu Gebote stehenden Mitteln Ausdruck zu verleihen.

Worin habe ich also gefehlt, mein Freund, um diese Behandlung zu verdienen? Ich zweifle keinen Augenblick an Sr. K. H. freundlicher Gesinnung mir gegenüber, noch glaube ich, daß er persönlich an dieser Änderung der Pläne beteiligt gewesen sein kann. In der Tat habe ich Grund zu der Annahme, daß Gerüchte in Umlauf gesetzt wurden des Inhalts, in meinem Staat gebe es Malaria, was eine Gefährdung der Gesundheit Sr. K. H. darstellen könne. Solch verächtliche Reden können nur einer Quelle entstammen, derselben, die in letzter Zeit Ursache so vieler Unruhen gewesen ist: den einheimischen Politikern. Sie lassen nicht davon ab, das Volk gegen uns aufzuhetzen – dies trotz der Tatsache, daß die meisten von uns (ich kann leider nicht sagen: alle) ihren Untertanen die Liebe und Sorge entgegenbringen, die Eltern ihren Kindern vorbehalten. Die Politiker sind darauf aus, altehrwürdige Traditionen umzustürzen, ohne die leiseste Ahnung zu haben, was sie, ist ihnen dies erst einmal gelungen, an ihre Stelle setzen könnten. Ich glaube noch immer, daß Indien zum Fundus gemeinsamer Ideale, die unser Empire beseelen, viel beisteuern kann, nicht aber, wenn es Agitatoren gelingt, Groll zu säen gegen diejenigen unter uns, die die besten Voraussetzungen dafür mitbringen, diese Ideale zu verstehen und zum Wohle der Allgemeinheit zu befördern. Wenn ungebildete Geister durch die verantwortungslosen politischen Phrasen von Männern, deren eigentliche Motive eher Habgier und persönlicher Ehrgeiz sind als der ernsthafte Wille, für das Gemeinwohl zu arbeiten und Opfer zu bringen, entflammt werden, so kann daraus, wie ich befürchte, nur Chaos und Zerstörung erwachsen.

Natürlich kämen die einheimischen Agitatoren nicht allzu weit, besäßen die Männer, die ausgesandt werden, unser Empire zu verwalten, mehr Format, als es tatsächlich der Fall ist. Im Ausland herrscht (und ich sage dies mit unendlichem Bedauern) unleugbar der gemeine Geist des Clubs. Das britische Gegenstück zum einheimischen Politiker ist der kleine Funktionär, der am Schreibtisch sitzt und über Millionen gebietet – nicht, weil er an irgendein höheres Ideal glaubt, sondern weil er dafür bezahlt wird, seine Arbeit zu verrichten. Sobald die tägliche Arbeit getan ist, zieht er sich in seinen Club zurück, um in der Gesellschaft seiner engstirnigen, wohlbestallten Freunde zu schwelgen.

Ich weiß nur zu gut, daß wir trotz unserer zunehmenden Zivilisation noch immer der Führung und Unterstützung durch Großbritanniens starke Hand bedürfen, doch weiterentwickeln können wir uns nur, wenn unsere Führer Männer von Charakter und Vorstellungskraft sind. Deshalb bedauere ich die Anwesenheit dieser Kleingeister, die sich wie die einheimischen Politiker anmaßen, sich in die Angelegenheiten von Prinzen zu mischen, die seit Jahrhunderten hier herrschen.

Mein lieber Charlo, wir sind jetzt schon seit so vielen Jahren, auf dem Spielplatz und außerhalb, Freunde, daß ich hoffe, Du wirst mir meine Zudringlichkeit nicht übelnehmen. Ich bitte Dich nämlich um nichts Geringeres, als mein Richter zu sein. Sage mir, was ich getan habe, daß mir das Land, das ich ebensosehr liebe wie mein eigenes, die kalte Schulter zeigt. Um meine Sache so gut wie möglich zu vertreten, werde ich Dir die Geschichte meines Lebens erzählen – die Dir natürlich zu einem großen Teil bereits bekannt ist. Nichtsdestoweniger schmeichle ich mir, mit Deiner Geduld rechnen zu können. Ich beabsichtige nicht, meine

Memoiren zu schreiben, da ich keinerlei literarische Ambitionen habe. Diese Notizen – denn als mehr kann ich sie nicht bezeichnen – sind weder zur Veröffentlichung noch für einen anderen Leser als Dich bestimmt. An wen sonst, mein Freund, könnte ich mich in der Stunde der Verzweiflung wenden? Nimm dies also bitte als meine private Zeugenaussage entgegen, Dir zu einer Beurteilung vorgelegt, die, dessen bin ich gewiß, von der Weisheit und Vernunft durchdrungen sein wird, die Deiner klassischen Bildung und Deinem britischen gesunden Menschenverstand entspringen.

Meine besten Empfehlungen an Madame, Deine teure Gattin.

Stets der Deine,
Ranji

Charles Burgess Fry, Altphilologe, Sportsmann, gescheiterter Politiker und Prätendent auf die albanische Krone, war, gelinde gesagt, ein etwas befremdlicher Richter. Und gesunder Menschenverstand ist vielleicht nicht gerade das, was einem zuerst einfällt, wenn man sich seine vielen Tugenden ins Gedächtnis ruft.

Doch er sah zweifellos hinreißend aus. Mit seinem gewellten goldenen Haar, seinem immens hohen Wuchs, seinen blauen Augen, seiner Adlernase hätte er »direkt dem Parthenonfries entstiegen« sein können, wie es ein Oxforder Zeitgenosse formulierte. Oder, was das angeht, einer dieser Chester-Berrie-Anzeigen für Tweedanzüge, die mich als Kind so faszinierten. Sie waren für mich wie Traumbilder. Ich blätterte alte Nummern des *Punch* durch, und es erfüllte mich mit einem beinahe ehrfürchtigen Gefühl, wenn meine Augen liebevoll über die Abbildungen von Kavalleriehosen aus Köper, Jermyn-Street-Hemden, Viyella, Pfeffer-und-Salz, Schottenkaro, Fischgrät, Prince of Wales, Cutaways, Zweireihern, Clubbindern schweiften. Und die Männer in diesen Träumen: lange

Beine, weiße Schnurrbärte, blond, gebräunte Gesichter mit einem Anflug von Lächeln, vollkommene, mühelose Überlegenheit signalisierend. Als ich dann, Jahre später, diese Traumwesen zum Leben erwachen sah und die größten Platitüden reden hörte, war ich tief enttäuscht. Der Traum als solcher dauerte jedoch fort. Und seine Zentralgestalt war C.B. Fry: ein englischer Gott, eine Ikone der Sportlichkeit, eine spätviktorianische Karikatur des Helden von *The Boy's Own Book*, einer der letzten einer aussterbenden Kaste.

Fry wurde am 25. April 1872 in Croydon, Surrey, geboren und behauptete, »ursächsischer Herkunft« zu sein; sein Geschlecht, erklärte er mit Stolz, stamme von den Weald-Männern aus Forest Ridge in Sussex ab. Zu den vielen Eigenschaften, die dieser großmütige Kritiker an anderen Kricketspielern lobte, gehörte die »angenehme nordische Ungezwungenheit« ihrer sportlichen Darbietung.

Fry war ein Mann mit vielerlei Interessen, aber nahezu besessen war er sein Leben lang von der Disziplin, und zwar insbesondere im Zusammenhang mit dem, was er »Knabenerziehung« nannte. Dies könnte etwas mit seinen ersten schulischen Erfahrungen zu tun haben, die er in einer Anstalt namens Hornbrook House in Chislehurst sammelte. Geleitet wurde die Schule von einem bärtigen Patriarchen mit dem Spitznamen »Old Cribber« und seiner einen Meter achtzig großen Gattin, Mrs. Humphrey, deren Lust am Verhängen von Strafen keine Grenzen kannte. Der Tag begann mit dem gemeinschaftlichen Absingen von Hymnen unter Old Cribbers Leitung; anschließend wurde Porridge gefrühstückt, den Fry ekelerregend fand und wovon er Furunkel bekam. Dies mißfiel Mrs. Humphrey, und sie zwang ihn, mehr Porridge zu essen.

In Repton erwarb sich Fry dann einen Ruf als Sportsmann und Schauspieler. Seine Leistung in Aristophanes' *Fröschen* wurde als besonders vortrefflich gelobt. Auf dem Kricketplatz »hält er sein Schlagholz gerade und verteidigt sein *wicket* gut«, und er gewann Preise für lateinische und griechische

Verskunst. In Oxford kam der Sportsmann und Altsprachler so gut an, daß er mit »Allmächtiger« und, gelegentlich, mit »Lord Oxford« angeredet wurde.

Während seiner Lehrtätigkeit in Charterhouse begann Fry, sich ernsthafter mit seinen Knabenerziehungstheorien zu befassen, und gelangte bald zu der Überzeugung, die englischen Public Schools, so ausgezeichnete Institutionen sie auch seien, könnten noch viel besser werden, wenn sie mehr nach den Richtlinien des Royal Naval College geführt würden. Das Problem mit den Schulen sei, daß die Lehrer »keine Offiziere sind, die ihre Offizierspflicht erfüllen«. Wie Fry später erklärte, »mißtraute er jeder Form von Knabenerziehung, die nicht auf einem Fundament echter Disziplin aufbaute«. Auftritt Charles Hoare, der Bankier, und sein Knabenerziehungsschiff *Mercury.*

Die *Mercury*, ein tüchtiges Schiff aus Teak, war ein Teeklipper im Chinahandel gewesen. Sie wurde von Hoare, einem frommen Katholiken und bekannten Master of Fox Hounds, aufgekauft und zu einem Schulschiff umgebaut, auf dem Jungen aus der Arbeiterklasse auf ihre spätere Tätigkeit bei der Königlichen Kriegs- oder der Handelsmarine vorbereitet werden sollten. Hoare ließ sich namentlich die seelisch-geistigen Bedürfnisse der Jungen angelegen sein, zu deren Befriedigung er eine Kirche – zu Ehren des »Karfreitagshelden« – und ein dem Bayreuther Festspielhaus nachgebildetes Theater baute.

Er hielt sich eine Mätresse namens Beatrice, mit der er Kinder hatte. Das war eine recht skandalöse Sachlage, aber für den überzeugten Katholiken kam eine Scheidung unter keinen Umständen in Frage. Fry war ein begeisterter Kricketspieler, seine beschränkten Mittel gestatteten es ihm jedoch nicht, das Spiel zu seiner ausschließlichen Beschäftigung zu machen. Da Hoare Beatrices Zukunft sichern wollte, einigte man sich auf eine für beide Seiten zufriedenstellende Vereinbarung: Fry und die acht Jahre ältere Beatrice heirateten, sie übernahmen die *Mercury*, Fry konnte seine Ideen über Disziplin verwirklichen und den Rest seiner Zeit dem Kricket widmen.

Mrs. Fry, von der ihr Gatte immer nur als von »Madame« sprach, war ebenso furchterregend wie Mrs. Humphrey. Sie ging fortan nur noch in Uniform, komplett mit Krawatte, Hut und Socken, die oft nicht zusammenpaßten. Auch sie hielt viel von Disziplin. Für Bestrafungen bevorzugte sie die Zeit vor dem Frühstück, wenn die Luft noch frisch war und die Knaben noch ganz unausgeschlafen. Sie ließ sie an ein Seitpferd schnallen und auspeitschen, bis ihre nackten Rücken grünlichblau wurden. Ernstere Vergehen wurden dadurch geahndet, daß der Missetäter gezwungen wurde, im Morgengrauen eines Wintertages, wenn das Wasser kurz vor dem Gefrieren stand, die *Mercury* zu umschwimmen. Im Sommer ließ sie die Jungen barfuß auf Schotterwegen marschieren. »Sehen Sie sich diesen Jungen an«, sagte sie einmal zu einem zu Besuch weilenden Würdenträger, »er ist eine Meile barfuß gegangen, und er mag es.«

Der Prince of Wales – derselbe, der sich in Jamnagar nicht blicken ließ und später als Eduard VIII. abdankte – besuchte die *Mercury* im Jahre 1927 und soll allen Berichten zufolge tief beeindruckt gewesen sein. (Auch er war ein großer Bewunderer von Disziplin und willensstarken Frauen.) Daß man speziell für den königlichen Sachverständigen eine Bestrafung arrangierte, ist nicht wahrscheinlich, aber er kam immerhin in den Genuß eines Abends im Wagnertheater, wo das Vorspiel aus dem *Parsifal* von einem symbolischen Dreiakter aus der Feder eines von Frys Söhnen mit dem Titel *The Everlasting Choice* gefolgt wurde. Das Stück war mit wagnerianischer Musik untermalt und handelte von den Mühsalen der Seele, die sich immer wieder aufs neue zwischen zwei Wegen entscheiden muß: dem der Selbstsucht und Bequemlichkeit und dem des Strebens nach Höherem und der völligen Selbstaufopferung.

1934 reiste Fry nach Deutschland, um mit eigenen Augen zu sehen, was die Hitlerjugend bis dahin erreicht hatte. Er war vom HJ-Vertreter in London als der geeignetste Mann ausgewählt worden, zwischen der deutschen Bewegung und den britischen Boy Scouts freundliche Bande zu knüpfen. Fry war sehr angetan von dem, was er sah: »Jeder kannte seinen Platz und nahm ihn ein, sobald er aufgerufen wurde.« Gut gefiel ihm auch Rudolf Heß, »hager und kraftvoll, mit kurzgeschnittenem, welligem schwarzem Haar, faszinierenden blauen Augen, scharfgeschnittenen Zügen und einer charmanten Art«. Er lernte den preußischen Kultusminister, Herrn Rust, kennen, Baldur von Schirach, den Reichsjugendführer, und Joachim von Ribbentrop, der auf ihn den Eindruck eines »begeisterten, hellwachen und resoluten Mannes« machte. Ästhetischen Genuß verschaffte Fry die Begegnung mit der Gräfin Bernsdorff, »groß und schlank, mit einem wahrhaft angelsächsischen Teint, weiß, mit einem glühenden Schimmer roten Bluts unterlegt. Sie hat ruhige blaue Augen und eine herrlich gelassene Kopfhaltung. Ihr gelbes Haar war so lang, daß sie es zu einem griechischen Zopfkranz geflochten tragen konnte...«

Die Gräfin besuchte die Frys in England und legte eine fast manische Schwäche für Gardegrenadiere an den Tag, die, wie Fry bemerkte, sich als »unwiderstehlich für ihr urpreußisches Blut« erwiesen.

Das Berlin von 1934 hinterließ in Fry »den Eindruck einer Welt, die ein frischer Wind sauber ausgefegt hat und die seither angeregt, energiegeladen und arbeitswillig ist, ohne ihre Fähigkeit, sich zu amüsieren, eingebüßt zu haben«. Hitler gewährte ihm eine Audienz in der Reichskanzlei. Der Führer, der auf seinem bevorzugten Louis-seize-Stuhl saß, sah frisch und leistungsfähig aus und bestach Fry durch seine Höflichkeit, Aufmerksamkeit und geistige Klarheit. Er erläuterte die Ziele der Hitlerjugend und wies auf die Doppelgefahr Juden und Kommunismus hin. Die Juden, sagte Hitler, hätten Finanz, Medizin, Justiz und alle akademischen Berufe an sich gerissen; sie seien ein Staat im Staat – eindeutig eine untragbare Situation.

Hitlers Ansichten wirkten auf Fry vernünftig. Sicher, über Staats- und Gesellschaftsformen konnte man sich streiten, aber »wir können die Richtigkeit der deutschen Theorie nicht leugnen, daß das, was wirklich zählt, der Charakter der Männer ist, die diese Formen prägen und verwalten«. Und eben in der Charaktererziehung waren die Deutschen den Briten überlegen. Denn »ob es uns paßt oder nicht, wir fördern unsere nationalen Tugenden, wie großartig sie auch sein mögen, nicht dadurch, daß wir einen nationalen Straußenkopf in einen nationalen Sand stecken und weiterhin behaupten, zufällige Freiwilligkeit könne zu denselben Ergebnissen führen wie organisierte Disziplin«.

Kraft durch Freude, Ranji und Fry: Wer wird sie je vergessen, wie sie das Publikum in Hove entzückten – ein Salzgeruch in der Luft, die Sitzreihen voll glücklicher Zuschauer. Mit Neville Cardus' unsterblichen Worten zu sprechen: »Ost und West für Stunden vereint, das Okkulte und das Rationale.«

Ich wurde am 10. September 1872 in Sarodar geboren. Ich kann mich natürlich nicht an das Ereignis erinnern, aber man sagte mir, daß es für meine liebe Mama keine leichte Sache gewesen sei. Sie erwähnte das nie vor mir, aber schließlich hat sie nie etwas getan, was mir hätte Kummer bereiten können.

Ich nehme an, daß meine Geburt, als die des ältesten Sohnes, mit dem in unserem Dorf üblichen Pomp und Gepränge gefeiert wurde, somit weit bescheidener, als es in der Hauptstadt unseres Staates der Fall gewesen wäre. Zweifellos wurden Trommeln geschlagen, und ein Zicklein wurde, um alle Übel abzuwenden, über unseren Köpfen im Kreis geschwungen, bevor man es lebendig begrub. Wäre ich im Palast zu Jamnagar auf die Welt gekommen, hätte natürlich weit mehr dazugehört, weil ich dann von Geburt an der Erbprinz gewesen wäre. Doch wie es sich traf, war der Thronfolger ein Junge namens Kalobha, Sohn der Dhanbai, der moslemischen Konkubine des Jam Saheb. In meiner Familie galt dies als ein Skandal, und ich erfuhr später, daß man sich mit dem Gedanken getragen habe, die Frau verhexen zu lassen. Schließlich hätte man es bereits als einen Schandfleck auf der Familienehre eines jeden Rajputenfürsten betrachtet, wenn er auch nur einem kaiserlichen Befehl aus Delhi gehorcht und seine Tochter dem moslemischen Herrscher als Frau angeboten hätte! Es überraschte uns daher nicht zu erfahren, Dhanbai habe versucht, den Jam Saheb zu vergiften. Der Junge wurde natürlich verbannt.

Meine frühesten Erinnerungen an mein Leben in Sarodar sind hauptsächlich Erinnerungen an Mama, die mich, wie ich fürchte, viel zu sehr verwöhnte. Ich war ein schwächlicher Junge und hatte selten Gelegenheit, mit den anderen Kindern zu spielen, also sah ich den Dorfjungen meist nur von meinem Fenster aus zu und fragte mich, wie es wohl wäre, so wie sie nackt im schlammigen Teich herumzuplanschen. Und wenn ich so auf die trockene, gelbbraune Ebene jenseits des Dorfes starrte, wo meine Vorfahren große Schlachten ausgefochten hatten, begannen meine Gedanken abzuschweifen. Bald darauf schlief ich ein, um erst Stunden später, eingehüllt in den süßen Duft von Mama, die neben mir lag und mein Haar streichelte, wieder aufzuwachen. Manchmal versuche ich, mir diesen Geruch erneut zu vergegenwärtigen: eine Mischung aus Kokosnußöl und Weihrauch.

Sie war es, glaube ich, von der ich zum erstenmal die Geschichten meines Geschlechts hörte, auf das man mich lehrte, stolz zu sein. Wir gehören der Mondrasse an, dem Chandravamsha, der sich von Krishna herleitet. Damit sind wir, wie ein Engländer einmal ganz richtig bemerkte, älter als die Kinder Israels, denn Krishna herrschte vor mehr als dreitausend Jahren. Mama liebte es, über Krishna zu sprechen. Besonders gern mochte sie Geschichten über ihn als spitzbübischen kleinen Jungen, der auf der Flöte spielte. Ich glaube, sie nannte mich manchmal ihren kleinen Krishna.

Sie war eine wahrhaft hervorragende Erzählerin. Sie sprach mit einer leisen Stimme, die mich regelrecht in ihre

Geschichten hineinzog, bis sie mir so real erschienen, daß ich für einen Augenblick meinte, die Personen, die sie beschrieb, wirklich sehen zu können. Ich kann mich zum Beispiel noch heute an die Geschichte von Krishna und Putana erinnern. Ich werde sie hier nacherzählen, weil ich keinen Zweifel daran hege, daß solche Märchen, die wir in unserer Kindheit hören, einen starken und nachhaltigen Einfluß auf uns ausüben, und da ich möchte, daß Du Dir ein Urteil über meinen Charakter bildest, könnte Dir deren Kenntnis von Nutzen sein.

Krishna wurde geboren, um die Welt vom bösen König Kamsa zu befreien. Man hatte dem Despoten gesagt, das achte Kind von seines Onkels Tochter würde eines Tages kommen und ihn töten. Um dies zu verhindern, ließ Kamsa seine Cousine und deren Mann in das Verlies seines Palastes werfen und tötete alle ihre Kinder unmittelbar nach ihrer Geburt. Treuen Freunden des armen Ehepaares gelang es allerdings irgendwie, das achte Neugeborene aus dem Kerker zu schmuggeln. Dieses Kind war Krishna. Da der König nicht wußte, wo sich sein Feind aufhielt, befahl er der Dämonin Putana, alle kleinen Jungen im Königreich zu töten, die um dieselbe Zeit wie Krishna geboren worden waren. Sie bereitete sich auf ihre Aufgabe vor, indem sie sich in eine schöne Frau verwandelte, doch anstelle von Milch enthielten ihre Brüste, aus denen alle Jungen, deren Gier bekannt ist, bei der ersten sich bietenden Gelegenheit trinken würden, ein tödliches Gift.

An dieser Stelle der Geschichte begann ich immer zu zittern, und Mama zog mich näher zu sich heran. Ich muß gestehen, daß ich die Symptome von Furcht bisweilen bewußt übertrieb. Doch ich will fortfahren.

Eines Tages gelangte Putana in einen entlegenen Landstrich namens Gokula, wo Krishna versteckt gehalten wurde. Als sie das Kind entdeckte, gab sie vor, es zu lieben, und bot ihm die Brust an. Krishna sog stärker und stärker, bis nicht ein Tropfen Milch übrig war und Putana nicht nur all ihr Gift, sondern auch noch ihr Leben verloren hatte. Sie sank (Krishna hing noch immer an ihrer Brust) entseelt zu Boden und verwandelte sich wieder in die Teufelin zurück, die sie eigentlich war.

Ich fragte Mama, was mit Krishna weiterhin geschah. Sie beruhigte mich, er sei gewiß gerettet worden, denn andernfalls wären wir, seine Nachkommen, heute nicht hier und könnten seine Geschichte nicht erzählen. Tatsächlich, sagte sie, erschien Krishna einmal unserem berühmtesten Vorfahren, Jam Rawal, der unsere Leute aus Sind führte, im Traum. Krishna offenbarte ihm, daß Jam Rawals Nachkommen eine große Zukunft im Süden erwartete, wo sie mit einem Geschlecht von Riesen Frieden schließen und für alle Zeiten herrschen würden. Die Riesen, sagte man mir, waren die Briten, deren loyale Freunde wir seither gewesen sind.

Meine Mutter war natürlich nicht die einzige, die mir in Sarodar Geschichten erzählte. Tatsächlich war das ganze Leben eine endlose, immer wiederkehrende Folge von Geschichten, vor allem über Tapferkeit in der Schlacht. Man schärfte uns immer wieder ein, daß Rajputen niemals dem Feind den Rücken kehrten. Andere Rassen mochten aufgeben und hoffen, ein anderes Mal wiederzukommen und weiterzukämpfen, aber wenn unsere Männer auf solch feige Weise heimgekehrt wären, hätten ihnen die Frauen die Tür vor der Nase zugeschlagen.

Ich muß um die vier Jahre alt gewesen sein, als mir mein Vater die berühmte Geschichte von Raysinhji erzählte. Wann immer dieser große Mann gegen die Heere der Moguln kämpfte, wurde er von einem Standartenträger begleitet, der die Anweisung hatte, sollte sein Herr in der Schlacht fallen, die Fahne zu senken. Die Frauen beobachteten den Kampf aus einiger Entfernung, denn im Falle einer sich abzeichnenden Niederlage hätten sie sich gerüstet und wären ihren Männern zu Hilfe geeilt. Da senkte der Standartenträger einmal die Flagge, und Raysinhjis acht Ehefrauen glaubten, ihr Gatte sei gefallen. Sieben von ihnen folgten ihm in den Tod, indem sie sich in einem Brunnen ertränkten. Die achte lehnte es ab, eine *sati* zu werden.

Als jedoch die Schlacht vorbei war, erschien zu jedermanns Verblüffung Raysinhji siegreich und lebendig. Wie sich herausstellte, hatte der Standartenträger die Fahne nur hingelegt, um seine Notdurft zu verrichten. Raysinhji trauerte um seine sieben Frauen, geriet aber in hellen Zorn darüber, daß sich die achte vor ihrer Pflicht gedrückt hatte. Man drängte sie, wie es sich ziemte, in den Tod zu springen, und nach einigem Zureden tat sie es denn auch. Seit damals haben wir nie wieder eine Frau aus ihrem Clan geheiratet.

Wenn mein Vater seine Erzählung beendet hatte, pflegte er mir immer in die Augen zu blicken und die drei Grundprinzipien des Königtums zu wiederholen: Lauterkeit, Pflichtbewußtsein und Opferbereitschaft. Und ich mußte die Schlachten hersagen, in denen unsere Ahnen gesiegt hatten. Da ich mich nie an alle Namen erinnern konnte, wurde ich hinausgeschickt und mußte im Hof stehen, ohne mich zu rühren, bis sie mir entweder eingefallen waren oder mein Vater die Zeit für gekommen hielt, mich zu erlösen. Da stand ich also in der glühenden Sonne, starrte auf die Darstellung von Raysinhji an der Mauer und stellte mir vor, er sei Zeuge meiner Schmach. Zweifellos meinte es mein Vater gut mit mir, und seine Lektionen hatten eine heilsame Wirkung, aber diese Art von Behandlung erfüllte mich nicht gerade mit Zuneigung zu ihm.

Mama war mir viel näher, und da ich, wie ich schon sagte, ein schwächlicher Junge war, fiel es mir nicht leicht, mir mich als Krieger vorzustellen. Der Rajpute verehrt sein Pferd, sein Schwert und die Sonne. Als kleiner Junge fand ich es schwer, auch nur eins dieser Dinge zu verehren. Alles in allem war ich eine tiefe Enttäuschung für meinen Vater, der mir gern eine männlichere Erziehung hätte angedeihen lassen. Während die anderen Jungen ihre Körper stählten, indem sie mit Schweinen rangen und sich untereinander balgten, hörte ich mir lieber Geschichten an. Ich war, wie ich gestehen muß, eine fürchterliche Heulsuse, was meinen Vater zur Weißglut trieb, da man uns von Kindesbeinen an einschärfte, wir dürften nur mit geschlossenem Mund weinen. Wenn wir aber den Mund öffneten und brüllten, bekamen wir als Draufgabe auch noch eine saftige Ohrfeige.

Über den Jam Saheb in Jamnagar hörte ich nur wenig. Angelegenheiten, die die Hauptstadt betrafen, erörterte mein Vater nur im Flüsterton, als enthielten sie schreckliche Geheimnisse, aber ich erinnere mich doch, gehört zu haben, wie über das plötzliche Ableben meines Onkels geredet wurde, wenngleich ich nie genau erfuhr, was eigentlich geschehen war. Ich wußte, daß er der nächste Verwandte des Jam Saheb gewesen war und daß sein trauriges Schicksal etwas mit der Person zu tun hatte, von der meine Eltern andauernd nur als von »dieser Mohammedanerin« sprachen.

Es muß etwa um diese Zeit gewesen sein – ich war ungefähr sieben –, als mir eins meiner nachhaltigsten Erlebnisse widerfuhr. Wir feierten gerade Holi, unser Frühlingsfest zu Ehren von Krishna. Ich bin mir nicht sicher, warum wir es Holi nennen, aber ich habe gehört, Holi sei der Name eines Kriegers gewesen, der in Sind gegen die Riesen kämpfte. Jedenfalls ist es, wie Du weißt, ein recht ausgelassenes, wildes Fest.

Ich sah vom Dach aus zu, wie die Dorfjungen Staub von der Straße aufwirbelten und sich gegenseitig mit Sandalen bewarfen. Die Vorstellung, mich ihnen anzuschließen, war furchterregend und berauschend zugleich. Als unten das Tor geöffnet wurde und eine Horde von Jungen »Holi! Holi!« schreiend zu mir heraufgerannt kam, war ich so entsetzt, daß ich mich umdrehte – und meinen Vater erblickte, der mir, wie ein Dämon grinsend, den Weg verstellte. Ich spürte auf meinem Rücken einen Schwall kalten Wassers, das nach Kuhmist roch. Ich drehte mich um und bekam einen zweiten Eimer ab. Da begriff ich, daß es vollkommen sinnlos war, Widerstand zu leisten, und machte mich, mit ganzer Kraft »Holi!« brüllend, zusammen mit den anderen

Jungen auf die Jagd nach weiteren Opfern. Wir wälzten uns im Staub, erschreckten ältere Leute, planschten in der Zisterne herum und rannten vor den rasenden Frauen davon, die uns mit Eimern voller Kuhpisse verfolgten.

Es wurde auch viel getanzt und gesungen, und die Hijras, unsere Hermaphroditen, gaben derbe theatralische Darbietungen zum besten, die mich damals ziemlich verblüfften: Krishna, meine ich mich zu erinnern, führte sich den Milchmädchen gegenüber ungebührlich auf, indem er sie mit einer langen Stange verfolgte, auf die sie sich rittlings setzten. Ich kann noch immer ihr hysterisches Gekreisch hören, dessen wahre Natur mir damals verständlicherweise entging. Wie Du aus solchem Treiben ersehen kannst, waren wir ein ungeschliffenes Volk, das sich noch nicht allzuweit vom Naturzustand entfernt hatte. Auf jeden Fall habe ich dieses Fest nie vergessen, das, wie ich wirklich glaube, das bis dahin glücklichste Ereignis meines Lebens darstellte.

Kurz darauf erkannte ich allerdings, daß etwas Wichtiges im Gange war. Eine Gruppe von Menschen aus dem Palast in Jamnagar, zu der auch ein bärtiger Brite gehörte, kam zu uns. Obwohl ich etwas Englisch gelernt hatte, war ich noch nie zuvor einem Briten begegnet, und ich muß gestehen, daß der Anblick mich in ziemliches Erstaunen versetzte: das große, rote Gesicht, das aus dem curryfarbenen Bart hervorlugte; und der Geruch! – nach Schweiß, gemischt mit süßem Tabak. Desungeachtet schien er ein freundlicher Mann zu sein, denn er zwinkerte mir zu, während die Inder in seinem Gefolge, schnauzbärtige Gestalten mit Dolchen und roten Turbanen, stur geradeaus blickten, ohne ein Wort zu sagen. Ich wurde zu Mama geschickt, während die Männer, endlos lange, wie es mir vorkam, miteinander sprachen. Die ganze Zeit über strich mir Mama über das Haar, wie um mir zu versichern, daß es keinen Grund zur Sorge gebe. Ich erinnere mich genau an ihre Worte: Es ist nichts, mein kleiner Krishna, überhaupt nichts, und dann schlief ich in ihren Armen ein.

Am folgenden Tag richtete mir ein Diener aus, ich möge mich zu meinem Vater verfügen. Dies erfüllte mich immer mit Furcht, da ich ihn in der Regel nur zu Gesicht bekam, wenn er mir eine Strafpredigt halten oder zumindest einen ernsten Verweis erteilen wollte. Meine Stimmung wurde kaum besser, als ich meines Vaters Zimmer betreten hatte, denn da waren der Brite und die Inder, die mich alle streng ansahen – obwohl ich mir einbildete, im Auge des Engländers ein Zwinkern zu erkennen. Ich grüßte sie alle respektvoll und wurde aufgefordert, mich zu setzen. Ein großer Segen sei unserem Haus zuteil geworden, sagte mein Vater. Eine große Verantwortung, eine schwere und edle Bürde sollte schon bald auf meinen jungen Schultern lasten. Selbstaufopferung und harte Arbeit würden mein Los sein. Ich sollte meinem Volk ein Beispiel geben. Kurzum, hier räusperte sich mein Vater, und die Männer tauschten bedeutungsvolle Blicke, ich würde der nächste Herrscher auf der *gaddi* von Nawanagar sein und müsse zu diesem Zweck vom Jam Saheb adoptiert werden. Das aber bedeute, daß ich Sarodar Lebewohl sagen und mich sogleich auf die Reise nach Jamnagar machen müsse. Dann hieß er mich strammstehen, während er die Worte deklamierte, die er immer zu solch wichtigen Anlässen sprach: *Yatha raja, tatha praja!* Wie der Fürst, so das Volk!

Ich war, wie Du Dir vielleicht vorstellen kannst, vollkommen verwirrt. Ja, so groß war der Schock, daß selbst die Erinnerung daran mir noch Qualen verursacht. Der Gedanke, mit dem Engländer fortzugehen, der mir, als wir einander vorgestellt worden waren, beinahe die Hand zermalmt hatte, war mehr, als ich ertragen konnte. Indes halfen alle Tränen nichts, denn mein Vater ohrfeigte mich und erinnerte mich an meine Pflicht und die einzigartige Ehre, die mir und meiner Familie zuteil geworden sei. Ich rannte zu Mama hinauf in der vergeblichen Hoffnung, sie würde einschreiten und mich dableiben lassen. Doch selbst sie konnte mir keinen anderen Trost spenden als das Versprechen, daß ich von Zeit zu Zeit würde zurückkommen und sie besuchen dürfen. Sie wiederholte meines Vaters Worte, ich müßte meine Pflicht erfüllen, meinem Volk ein Vorbild sein und in die erlauchten Fußstapfen meiner Ahnen treten. Heute erkenne ich durchaus die Schönheit und Wahrheit dieser Gedanken, aber ich muß gestehen, daß sie sich für mich damals vollkommen abscheulich anhörten. Ja, ich fühlte mich so elend, daß ich kaum atmen konnte. Es war, als stünde mir jemand mit schweren Stiefeln auf der Brust.

Wir brachen am nächsten Morgen in aller Frühe auf. Unterwegs redete man nicht viel mit mir. Colonel Berthon (das war der Name des Engländers) sprach mit meinem Vater über Staatsgeschäfte. Nur einmal richtete der Engländer das Wort direkt an mich, und zwar um ich zu fragen, welchen Sport ich triebe. Als ich entgegnete, ich würde keinerlei Sport betreiben, sagte er, daß sich das bald ändern werde. »Ein Sport muß sein«, sagte er, »ein Sport muß sein.«

Ich war froh, als wir den Palast erreichten, denn die Stadt hatte auf mich keinen sehr einnehmenden Eindruck gemacht: Die Straßen waren schmutzig und ebenso, wie mir schien, die meisten Menschen, die in ihnen lebten. Der Palast allerdings war das Schönste, was ich je gesehen hatte: wie ein großer weißer Edelstein, der über den stinkenden Straßen schimmerte. Ich weiß noch, daß Hörner erklangen, als wir zu den Gemächern des Jam Saheb geführt wurden. Die Männer verneigten sich, als wir vorübergingen, indes mein Vater drängte, wir hätten keine Zeit zu verlieren. Ich erinnere mich, daß große kristallene Kronleuchter von der Decke herabhingen, und ich sah zum erstenmal Drucke von Engländern auf Pferden. Aber mein Vater trieb mich zur Eile an. Wir betraten einen Raum voll von farbigen Lichtstrahlen, die durch die buntbemalten Fensterscheiben drangen. Und dort, auf seinem bestickten Seidenthron, saß der Jam Saheb.

Ich legte meine Handflächen zum Gruß aneinander, und er sah mich nicht unfreundlich an. Er hatte einen eigentümlichen Tic: Ab und zu wurde sein ganzes Gesicht von unkontrollierbaren Zuckungen erfaßt, und seine Kinne bibberten dann wie Wackelpudding. Es entsetzte und faszinierte mich zugleich, so daß ich nicht umhin konnte, ihn in Erwartung des nächsten Anfalls anzustarren. Er fragte seine Höflinge, die in mehreren Reihen beiderseits des Throns saßen, ob alles vorbereitet sei. Sie bejahten, und der Jam Saheb machte sich zum Aufbruch bereit.

Wir eilten eine lange Treppe hinunter, und der Jam Saheb fing an zu zucken und zu zittern. »Die Frauengemächer«, flüsterte mein Vater und schob mich weiter. Man half mir in eine geschlossene Kutsche, die normalerweise für verschleierte Damen gedacht war. »So kann man uns nicht sehen«, sagte der Jam Saheb im Dunkeln, als der Wagen sich in Bewegung setzte. Er wirkte sehr besorgt. Ich spürte, wie seine schwere Hand mein Knie umklammerte, und er fragte mich, ob es mir gutgehe. Ich merkte, wie er in der pechschwarzen Dunkelheit zuckte. Es war, wie zusammen mit einem großen Raubtier eingesperrt zu sein: Man wußte nie, wann es sich auf einen stürzen würde. Ich wagte nicht, ihn zu fragen, warum man uns nicht sehen dürfe. Ich war zu verwirrt, um auch nur ein Wort herausbringen zu können.

Erst viel später brachte ich den Mut auf, Colonel Berthon zu fragen, warum die ganze Sache so überstürzt vonstatten gegangen sei und welchen Zweck die Geheimnistuerei verfolgt habe. Er sah mich eine Weile konzentriert, schweigend an und erklärte mir dann, das sei alles zu meiner Sicherheit geschehen. Ich sei vom Jam Saheb adoptiert worden, sagte er, weil sein verstorbener Sohn, mein Onkel Raysinhji, ein ziemlich übles Ende genommen habe. Das waren genau seine Worte: »Ein ziemlich übles Ende.«

Nach einer etwa anderthalbstündigen Fahrt blieb unsere geschlossene Kutsche abrupt stehen. Die Tür öffnete sich, und ich wurde augenblicklich von der Sonne geblendet. Sobald ich mich an die Helligkeit gewöhnt hatte, sah ich einen großen künstlichen Badeteich neben einem Tempel, vor dem sich Männer aufgereiht hatten, um uns zu empfangen. Man hieß mich hinabsteigen und ins heilige Wasser tauchen – keine sehr erfreuliche Aussicht, aber ich gehorchte. Das abgestandene Wasser mochte vielleicht heilig sein, aber es war auch kalt und roch unangenehm. Ich konnte einen monotonen Singsang aus dem Tempel hören und die Räucherstäbchen riechen, die darin verbrannt wurden. Jemand händigte mir eine Blumengirlande als Opfergabe aus, und der Singsang wurde lauter, als man mich hineinführte.

An die nun folgenden Ereignisse kann ich mich nur sehr undeutlich erinnern. Ein Mann, soviel weiß ich noch, opferte eine Ziege, und seine Hände glänzten von frischem Blut. Es war dunkel im Tempel. Unsichtbare Hände schoben mich vor eine steinerne Figur, eine große liegende Gestalt, aus deren Nabel eine Lotosblüte emporwuchs. Jemand flüsterte mir ins Ohr, das sei Padmanabha, unsere Familiengottheit. Ich konnte seine Züge kaum erkennen, und der Weihrauchgeruch raubte mir fast die Sinne. Man hieß mich niederknien und den Gott anbeten, und als meine *puja* vollendet war, wurde ich wieder hinausgeführt, dorthin, wo mein Vater zusammen mit dem Jam Saheb auf mich wartete. Der Jam Saheb legte mir die Hand auf die Stirn. Dann nannte er mich seinen Sohn, was in Gegenwart meines wirklichen Vaters ein entschieden merkwürdiges Gefühl in mir hervorrief, und sagte zu mir, ich würde mit Colonel Berthon nach Rajkot fahren und dort eine angemessene Erziehung erhalten. Danach habe ich meinen neuen Vater, den Jam Saheb von Nawanagar, nie wieder gesehen.

Inder und ich diskutierten über die Engländer, eins unserer bevorzugten Gesprächsthemen. Diesmal ging es um ihre Leidenschaft für Biographien. »Es ist ihr Sinn für Theatralik«, sagte er und schob sich die Brille an die Nasenwurzel. Ja? stachelte ich ihn an (nicht, daß Inder je einer Anstachelung bedurft hätte).

»Die Engländer betrachten das Leben als eine öffentliche

Darbietung – keine überraschende Haltung in einer derart ritualisierten Gesellschaft. Die Menschen spielen die Rollen, die ihrer Klasse entsprechen – beziehungsweise der Klasse, der sie angehören möchten, was sogar noch theatralischer ist. Mein Lieber, England ist ein einziges riesiges Theaterstück, eine ununterbrochene Vorstellung, die Tag und Nacht weiterläuft. Ich finde das durchaus nicht unamüsant. Aber andererseits brauche ich keine Rolle zu spielen.«

Ich ließ das durchgehen und schlug eine andere Richtung ein. Ja, sagte ich, aber inwiefern unterscheide sich das von Indien, der vielleicht am stärksten ritualisierten Gesellschaft zwischen Großbritannien und Japan?

Inder schnaubte und sagte: »Indien ist natürlich etwas ganz anderes.«

Wieso?

»Wir haben keine Klassen, wir haben Kasten, und das ist ein himmelweiter Unterschied. Wir spielen keine Rollen, die nicht für uns bestimmt sind. Das wäre völlig sinnlos, siehst du das nicht ein?«

Da ich eine weitere Diskussion über die Vorzüge des Kastensystems vermeiden wollte, sagte ich nichts. Aber Inder kam jetzt erst richtig in Fahrt.

»Außerdem haben wir, gerade im Zusammenhang mit dem Theater, einen vollkommen anderen Zeitbegriff. Das indische Drama ist nicht psychologisch, die Personen machen keine Entwicklung durch. Das Bombaymusical ereignet sich in einem zeitlosen Universum.«

Der Unterschied, steuerte ich bei, sei also der zwischen einem historischen und einem mythischen Ansatz?

»Ganz recht«, sagte Inder. »Geschichte ist schließlich die Anhäufung menschlicher Entscheidungen, während der Mythos kraft seiner Zeitlosigkeit ein endloser Kreislauf von Ereignissen ist, den der Mensch letztlich weder aufhalten noch verändern kann – wie das Kastensystem übrigens. Natürlich beweist das keineswegs die Überlegenheit des europäischen Rationalismus im Vergleich zum mythischen indischen

Bewußtsein. Ganz im Gegenteil, es zeigt vielmehr die arrogante Naivität des abendländischen Denkens, die sich in der Unterstellung äußert, wir hätten Macht über das Universum. Ja« (an dieser Stelle gerieten Inders Schnaubgeräusche zunehmend außer Kontrolle), »indem es die Zeit transzendiert und eine umfassendere kosmische Ordnung anerkennt, vermittelt das billigste Bombaymusical tiefere Erkenntnisse als das intellektuellste Londoner Stück.«

Inder starrte mich triumphierend an, während ich versuchte, aus dieser Gestalt im gestreiften Hemd und mit Cambridgeakzent, die wie ein orangegewandeter Guru redete, schlau zu werden.

»Wahres Wissen«, fuhr Inder fort, »heißt wissen, daß man nichts wissen kann.«

Das konnte ich nicht durchgehen lassen. Wissen, sagte ich, setze doch eindeutig voraus, daß man sich von aller Mythologie befreit habe. Dies sei aber unmöglich, solange man sich an eine unwandelbare kosmische Ordnung oder eine tragische Lebensauffassung klammere, denn erst durch den Glauben an die Möglichkeit der Veränderung könnten wir die Freiheit des Geistes erlangen, die wir benötigten, um die Wahrheit zu erkennen und unser Schicksal positiv zu beeinflussen. Die Biographie und der Roman seien die Künste einer säkularen Gesellschaft: Sie drückten den Sieg des Menschen über das Schicksal aus – oder Gott oder wie immer man das nennen wolle.

»Aha«, sagte Inder hinter seiner schiefsitzenden Brille, »du sagst, daß wir an die Möglichkeit der Veränderung glauben müssen, also räumst du ein, daß es eine Frage des Glaubens ist. Genauso wie du an die Wissenschaft und den verdammten Fortschritt glaubst. Warum sollten wir einen Glauben akzeptieren, der im Namen des Fortschritts die ganze Welt in die Luft jagen könnte?«

Die Bombe – ich wußte, daß sie früher oder später ins Gespräch kommen mußte; das ist immer so. Sie ist die Erbsünde des naturwissenschaftlichen Westens, die wie ein ewiges

Damoklesschwert über dem spirituellen Osten schwebt. Nicht, daß Indien nicht selbst insgeheim stolz auf seine eigene Bombe wäre. Tatsächlich verehren die Inder die Macht, die Macht zu schaffen ebenso wie die Macht zu zerstören, die beide in der Hand derselben Göttin liegen. Als beleidigend empfinden sie allerdings die Vorstellung, die menschliche Vernunft vermöchte es, solche Macht zu kontrollieren, denn unser Schicksal kann transzendiert, niemals jedoch kontrolliert werden.

Aber Inder und ich waren noch nicht miteinander fertig. Wie stehe es, fragte ich, mit der Wahrheit im indischen Drama? Sei es nicht so, daß bei dramatischen Aufführungen des *Ramayana* das Böse, durch Ravana personifiziert, auf der einen Seite der Bühne und ihm gegenüber die Wahrheit, in Gestalt von Rama, sitze? »Mit anderen Worten, wenn man, wie du sagst, nichts wissen kann, wie kann es dann eine Wahrheit geben? Es scheint doch …«

»Hör zu, hör zu«, sagte Inder, und die Tonlage seiner Stimme verriet große Erregung. »Was uns in Indien interessiert, ist eine ethische Wahrheit. Rama siegt, um das ethische Universum vor dem Chaos zu bewahren. Wahrheit ist für uns gleichbedeutend mit kosmischer Ordnung, und die kann sich niemals ändern.«

Die Vorstellung eines unveränderlichen ethischen Universums, in dem jeder Mensch seinen Platz kennt, in dem Gut und Böse einander in einem komplementären Ringen ausgleichen, in dem das Schicksal von Göttern bestimmt wird, die wir zu besänftigen hoffen, aber niemals kontrollieren können, hat vielleicht etwas Tröstliches an sich. Das ist auch der Grund, weshalb der tragische Held, der das Schicksal herausfordert, sich aber am Ende fügen muß, ein tröstlicher Held ist: Er definiert die Grenzen unserer Handlungsfreiheit. Er weist auf eine göttliche Wahrheit, was oft dazu führt, daß die Göttlichkeit auf ihn abfärbt. Vielleicht war das der Grund, weswegen ich in indischen Häusern ständig Bilder von Napoleon sah: der Inbegriff des tragischen Helden als Objekt der Verehrung.

Ich wollte Inder diesbezüglich nach seiner Meinung fragen. Die Gelegenheit dazu bot sich eine knappe Woche nach unserem Theaterstreitgespräch. Wir tranken Tee in seinem Arbeitszimmer in New Delhi. »Elementar, mein lieber Freund«, sagte er. »Napoleon war klein, er war mächtig, und er kämpfte gegen die Briten – lauter sehr bewundernswerte Eigenschaften, findest du nicht?«

Ich wußte nicht recht, was ich dazu hätte sagen sollen. Also sah ich mich statt dessen um. Ich kannte das Zimmer mittlerweile recht gut: das moderne indische Ölbild, eine Tänzerin darstellend, das Porträt von Shelley, der afghanische Teppich auf dem Fußboden, die mit Büchern bedeckte Wand, auf englisch, französisch, hindi geschriebene Bücher. Dann entdeckte ich etwas, was schon die ganze Zeit dagewesen sein mußte, mir aber bislang noch nie aufgefallen war: eine kleine weiße Büste, auf dem Regal direkt über dem Computer – eine kleine weiße Büste von Napoleon, die plötzlich der auffälligste Gegenstand im Zimmer zu sein schien, schimmernd wie ein phosphoreszierendes Licht im Dunkeln. »Wie ich sehe«, sagte ich und versuchte, nicht herablassend zu klingen, »rechnest du dich selbst zu den Napoleonverehrern.« Es war eins der wenigen Male, daß ich Inder erröten sah. »Absoluter Unsinn, ich habe das Ding einfach irgendwo gefunden, es hat für mich keinerlei Bedeutung, absolut keine Bedeutung.« Und goß mir Tee nach.

Meine Erinnerungen an die Schulzeit werden immer mit dem Schrei des braunen Ibis verknüpft sein. Der klagende Ruf dieses anmutigen Vogels ruft in mir noch immer ein Gefühl süßer Wehmut wach, ähnlich dem Gedenken an ferne Freunde. Ich pflegte nach dem Sportunterricht, bei Sonnenuntergang, auf das Dach zu klettern, nur um den Ibis rufen zu hören. Ich war traurig, fühlte mich einsam und zugleich vollkommen ruhig, als hätte die Welt für ein Weilchen aufgehört, sich zu drehen. Ebendort, auf dem Dach, suchte ich Trost, einsam dem Ibis lauschend, nachdem ich von der

Entscheidung des Jam Saheb erfahren hatte, mich zu enterben. Doch ich greife vor. Kehren wir zum Tag meiner Ankunft in der Schule zurück.

Es war heiß und feucht, als wir Rajkot erreichten – wir, das heißt, Colonel Berthon, ich selbst und ein Gefolge von siebzehn Mann. Am Schultor rief der Colonel nach dem Wächter, der ihn anfangs nicht zu hören schien. Der Colonel rief immer lauter und lauter: »*Chokidar*! *Chokidar*!« Und ich hoffte die ganze Zeit, es würde niemand kommen, so daß wir wieder nach Sarodar würden zurückfahren können. Zuletzt tauchte der *chokidar* allerdings doch noch auf und zeigte den Männern, wo sie meine Habe auspacken könnten. Nach einer kurzen Ruhepause wurden wir zum Büro des Schuldirektors geleitet, meines geliebten Lehrers und Freundes Chester Macnaghten, der jetzt – leider! – nicht mehr unter uns weilt.

Anfangs war ich ein wenig ängstlich, denn unser Weg hatte uns durch eine Spießrutengasse (so empfand ich es wenigstens) von Schülern und ihren furchterregenden arabischen Leibwächtern geführt. Als wir an ihnen vorbeigingen, verstummten die Jungen, von denen die meisten entweder schmächtig wie ich oder entschieden fleischig waren, und beäugten mich mit offenkundiger Feindseligkeit.

Mr. Macnaghten hatte einen langen Bart, blaue Augen und roch wie Colonel Berthon nach Pfeifentabak. Und trotz der Bemühungen eines Dieners, der emsig den Deckenfächer schwang, schien er entsetzlich unter der Hitze zu leiden: Er schnappte nach Luft und wischte sich in einem fort mit einem großen weißen Taschentuch über das rote Gesicht. Ich glaube nicht, daß er viel von unserem Klima hielt, und ich kann nicht behaupten, daß ich ihm das verdenke. Ich erinnere mich genau an die ersten Worte, die er an mich richtete: »Bekommst du auch genug Bewegung?« fragte er, indem er meine Arme betastete, die, wie ich gestehen muß, wirklich sehr mager waren. Ich muß irgend etwas

Unbestimmtes gemurmelt haben. »Nun«, sagte er, »das wirst du jedenfalls bald, und dann werden wir sehen, aus welchem Holz du geschnitzt bist.« Das klang eindeutig drohend.

Aber er hatte natürlich vollkommen recht, als er einen schwachen Kern in mir vermutete, der in Form gebracht werden mußte. Denn in Wahrheit wurden unsere Vorfahren, so große Krieger manche von ihnen auch gewesen sind, ausschließlich zum Müßiggang erzogen. Zügellosigkeit und Extravaganz wurden ihnen als heiligste Fürstenpflichten ans Herz gelegt. Erst in den englischen Schulen lernten wir die Lektion des *noblesse oblige*. Erst dort wurde unser Charakter geformt und unser Verstand geschärft. Und dafür kann ich meinem alten Lehrer nie genug danken.

Wenngleich die Kameradschaft ein Eckstein in der Erziehung eines jeden gesunden Jungen ist, konnten anfangs kaum Freundschaften zwischen den Schülern entstehen, da unter uns ein tiefer Argwohn herrschte, so daß bewaffnete Leibwächter unerläßlich waren; das war jedenfalls unsere Überzeugung, bis Mr. Macnaghten uns unseren Irrtum vor Augen führte. Mit ihren recht prunkvollen Uniformen in den Farben ihres jeweiligen Herrn bildeten die Araber, zahlenmäßig den Jungen bei weitem überlegen, die größte und auffälligste Gruppe in der Schule. Schon das kleinste Anzeichen von mangelndem Respekt konnte zu einem erbitterten Faustkampf wenn nicht zu Schlimmerem führen. Ich erinnere mich, daß einmal auf dem Kricketfeld eine Mordsschlägerei zwischen Dhrangadras und Sihors Wachen stattfand – die Folge, wie ich später erfuhr, einer Drohgeste, mit der Babhutsinhji von Dhrangadra Ramsinhji von Sihor, einen schüchternen Jungen, der aus welchen Gründen auch immer eine panische Angst davor hatte, mit Eulenzungen vergiftet zu werden, bedacht hatte. Der Kampf nahm eine böse Wendung: Dolche wurden gezogen, und es brach ein Tohuwabohu aus, in dessen Verlauf ziemlich viel Blut floß. Fünf stramme Burschen wurden, ziemlich schwer verletzt, unter viel Geschrei und Aufregung auf Bahren vom Platz getragen.

Ich weiß nicht, was aus diesen Burschen geworden ist, aber schon am folgenden Tag bestellte man uns alle in die Aula, wo Mr. Macnaghten wegen des Zwischenfalls zu uns sprechen wollte. Unseren Leibwächtern befahl man, draußen zu warten, was einen gewaltigen Aufstand verursachte, da sie den Auftrag hatten, stets bei ihren Herren zu bleiben. (Selbst nachts: Da schliefen sie im Freien vor unseren Fenstern.) In der Aula herrschte indes eine feierliche, ehrfurchtgebietende Atmosphäre, in der unsere rauflustigen Araber zugegebenermaßen ziemlich fehl am Platz gewesen wären und die, wie ich zu meinem Bedauern sagen muß, unseren eigenen zerfallenden Tempeln durchaus abgeht. Hinter Mr. Macnaghtens Rednerpult hing ein großes Porträt der verstorbenen Königin-Kaiserin, die mit einem Ausdruck tiefen Ernstes, aber auch großer Güte auf uns alle herabblickte.

Wir wurden aufgefordert, uns von den Sitzen zu erheben, und Mr. Macnaghten trat ein. Sein langer schwarzer Talar rauschte, als er an uns vorüberschritt. Er nahm seinen Platz am Rednerpult ein, wartete einige Sekunden schweigend und fing dann an zu sprechen. Ich werde seine Worte nie vergessen.

Eines Tages, sagte er, würden viele von uns über eine große Anzahl von Menschen herrschen. Dies bedeute nicht, daß wir uns auf ein Leben der Ausschweifung freuen dürften, sondern im Gegenteil, daß wir uns auf ein Leben der Pflichterfüllung vorbereiten müßten. Eine unserer Pflichten würde darin bestehen, unserem Volk ein Leben in Frieden und Sicherheit zu gewahrleisten, und um das zu erreichen, würden wir lernen müssen, der Gewalttätigkeit in unseren eigenen Herzen Herr zu werden. Eine der großen Leistungen des britischen Empire sei, daß es vermocht habe, diesem großen Kontinent den Frieden zurückzugeben; das aber habe es nicht durch Anwendung von Waffengewalt vollbracht, wenngleich Strenge bisweilen vonnöten sei, um aufsässige Elemente in die Schranken zu weisen, sondern durch eine moderne, von Männern von Charakter getragene Administration.

Der Zweck unserer Schule sei nicht lediglich, unsere Köpfe mit Kenntnissen zu füllen, denn es gebe schon genug Professoren auf dieser Welt. Wir sollten vielmehr die schönsten Tugenden unserer alten Kultur mit den edelsten Lehren verquicken, die die moderne britische Erziehung uns zu vermitteln vermöge.

All das war mehr, als mein ungeschulter Verstand auf einmal in sich aufnehmen konnte, aber da ich unseren Direktor zu vielen anderen Gelegenheiten, öffentlichen wie privaten, mehr oder weniger die gleiche Rede habe halten hören, bin ich imstande, sie hier wiederzugeben. Woran ich mich allerdings sehr gut erinnere, ist, daß Mr. Macnaghten damals für mich wie ein Gott aussah: mit seinen lodernden Augen, seiner sanften, männlichen Stimme, die bis in die fernste Ecke der Halle trug. Mitunter klang es beinahe so, als bräche er in Gesang aus: Es war alles in allem eine höchst formidable Darbietung. Dann hielt er inne und schlug ein kleines Buch auf – das Buch, das ich später so liebgewinnen sollte.

Es war natürlich *Tom Browns Schuljahre*. Wenn ich ehrlich sein soll, erinnere ich mich nicht mehr, was er uns an jenem Tag daraus vorlas, könnte mir aber vorstellen, daß es die Passage war, in der Tom ehrenvoll gegen die Männer von Lord's verliert. Für den Fall, daß Du, mein lieber Charlo, die fragliche Szene vergessen haben solltest, was mich aufrichtig überraschen würde, werde ich hier Toms unsterbliche Worte zitieren und mir dabei Mr. Macnaghten vorstellen, wie er vor so vielen Jahren in der Aula zu uns sprach.

»›Aber es ist mehr als ein Spiel. Es ist eine Institution‹, sagte Tom. ›Ja‹, sagte Arthur, ›das Geburtsrecht der britischen Jungen, ob jung oder alt, wie die Habeaskorpusakte und das Schwurgerichtsverfahren das des britischen Mannes sind.‹ ›Die Disziplin und das wechselseitige Vertrauen, die es lehrt, sind, glaube ich, so wertvoll‹, fuhr der Lehrmeister fort, ›daß es eigentlich vollkommen selbstlos gespielt werden sollte. Es läßt den einzelnen in der Elf aufgehen; er spielt nicht, um zu gewinnen, sondern damit seine Mannschaft siegt.‹«

Der Gedanke an unseren teuren Direktor treibt mir die Tränen in die Augen. Ich erinnere mich noch heute an die Ausführungen, die er dann folgen ließ: Der Adel des Kricketspiels, sagte er, lasse sich durch eine rein wissenschaftliche Betrachtungsweise nie vollständig erfassen. Es erfordere Charakter, Urteilsvermögen, Wachsamkeit, Anerkennung fremder Verdienste und ein Höchstmaß an Wahrhaftigkeit und Pflichttreue. Das Kricketspiel würde uns Dinge lehren, die kein Schulunterricht je vermitteln könnte – den Wert des Selbstvertrauens, der Gelassenheit und des Mutes sowie, vor allem, der Zusammenarbeit und des Teamgeistes.

Und dann kam er auf die Hauptsache zu sprechen: Von diesem Tage an würden wir unsere kämpferischen Instinkte ausschließlich auf dem Spielplatz üben und auf Posten und Wachen verzichten, deren Anwesenheit einen Affront gegen die zivilisierten Werte darstelle, nach denen wir alle lebten und für die wir, wenn der Ruf an uns erging, zu sterben bereit seien.

Wie Du Dir wahrscheinlich vorstellen kannst, brach da ein gewaltiges Geschrei aus, aber Mr. Macnaghten wich nicht von seinem Standpunkt ab und schreckte auch nie davor zurück, auszuführen, was er für richtig hielt. Ich kann nicht für die anderen Jungen sprechen, aber für mich war er ein wahrer Held und ein leuchtendes Beispiel für die Tugenden seiner Rasse, von denen wir nur hoffen können, daß unser Volk sie sich langsam, aber sicher gleichfalls zu eigen macht.

Desungeachtet, und das wird Dich vielleicht überraschen, kann ich, wenn ich ehrlich bin, nicht behaupten, daß ich auf Anhieb ein Freund sportlicher Aktivitäten geworden wäre. Ich war noch immer ein verzärtelter Junge, und die Praxis, allmorgendlich um sechs aufzustehen und Runde um Runde um den Spielplatz zu laufen (»*eccers*« nannten wir diese vorgeschriebenen körperlichen Exerzitien), sagte mir ganz und gar nicht zu.

Was das Kricket selbst anging, so mußte ich zwei schwere Hindernisse überwinden: Das erste war meine Abneigung gegen die Kunst des Feldspiels, für die ich keinerlei Sinn hatte. Ja, ich fand es erniedrigend, einem Ball nachzulaufen, den ein anderer geschlagen hatte, eher eine Arbeit für Diener als für einen künftigen Herrscher! Wie aufgeblasen man doch war! Das andere Problem war meine Angst, von schnellen Bällen getroffen zu werden. Die größeren Jungen, durchweg stolze Rajputen, wollten unbedingt jeder der stärkste *bowler* sein und sahen wirklich äußerst furchterregend aus. Es war meine Angewohnheit, wann immer es so aussah, als könnte ich getroffen werden, dem Ball aus dem Weg zu gehen, was in der Mehrzahl der Fälle gleichbedeutend war mit dem Verlust meines *wickets*.

Das war der Grund, weswegen unser Krickettrainer, ein ehemaliger Sergeant-Major namens Ridley, eine Abneigung gegen mich faßte und mich »Herzogin« taufte. Er war ein Mann niederen Standes, der, anders als Mr. Macnaghten, unserem Land keinerlei Achtung entgegenbrachte. Er bezichtigte uns ständig des – wie er es nannte – Bummelns, Kneifens und Ausbüchsens. »Mal wieder am Bummeln, Kneifen und Ausbüchsen, Herzogin?« sagte er grundsätzlich zu mir, wenn ich das Unglück hatte, ihm über den Weg zu laufen. Es bereitete ihm eine diebische Freude, mich im Fangen zu trainieren und mir dann, bösartig grinsend, den Ball mit aller Kraft aus nächster Nähe entgegenzuschleudern. »Nicht gekriegt, Herzogin?« sagte er dann, sobald der Ball, was unweigerlich der Fall war, mit einem schmerzhaften Schlag gegen meine Brust knallte. Ich konnte wirklich nicht verstehen, warum in aller Welt Mr. Macnaghten diesen ungehobelten Gesellen angestellt hatte.

Ridley hegte nicht gegen alle »Schwarzen«, wie er uns zu nennen pflegte, eine Abneigung, hatte vielmehr durchaus seine Favoriten. Einer von ihnen war ein Bursche, den er »Bill« nannte, der Erbe der *gaddi* von Bilkha. Bill war groß und stark und ein grausam schneller Werfer. Ridley stellte mich beim Training oft als Schlagmann gegen ihn auf. Das versetzte mich in Angst und Schrecken, wie ich Dir versichern kann, denn er kam zum *wicket* angerast und schmetterte den Ball mit einer windmühlenartigen Armbewegung so heftig auf den Boden, daß er wie eine explodierende Bombe Staub aufwirbelte. Alles, was ich da tun konnte, war, dem Ball auszuweichen, wenn er an meinen Ohren vorbeisauste. Ich wette, er war so schnell wie Jonah in seiner besten Zeit, als er den Ball glatt durch W. G. Grace' Bart schlug! Und die ganze Zeit über ertönte Ridleys winselnde Stimme: »Zu schnell für dich, Herzogin? Ich dachte, ihr Rajputen wäret besonders mutig. Wo bleibt dein Kampfgeist?« Und so weiter und so fort. Es war mehr, als ich ertragen konnte. Ja, wenn ich an dieses elende rotgesichtige Männlein zurückdenke, fängt mein Blut noch heute an zu kochen!

Und so schmiedete ich einen Racheplan, denn ich wollte ihn demütigen – ein zweifellos tadelnswerter, wenn auch vielleicht, selbst im nachhinein betrachtet, verständlicher Wunsch. Es traf sich, daß Colonel Berthon in Rajkot weilte und ich ihm über meine schulischen Fortschritte Bericht erstatten sollte. Mittlerweile mochte ich »Colonel«, wie ich ihn nannte, sehr gern und, dessen bin ich gewiß, er mich ebenso. In seiner Gesellschaft fühlte ich mich sicher, und, was noch wichtiger war, er überbrachte mir immer kostbare Briefe von meiner Mama. Da waren wir nun, im Haus des Residenten, und tauschten Neuigkeiten aus. Er fragte mich, ob es mir in der Schule gefalle. Ich muß leider gestehen, daß ich ihn anlog und erklärte, es gefalle mir da ganz ausgezeichnet. Dann fragte ich ihn, ob er so liebenswürdig sei, mir etwas Briefpapier zu geben, da ich meiner Mama zu schreiben wünschte. »Wie könnte ich dir irgend etwas abschlagen, mein lieber Junge«, sagte er und gab mir ein paar Bögen seines eigenen Briefpapiers. Dann kniff er mir in die Wange – das war seine Angewohnheit, und obwohl es weh tat, ertrug ich es mit Anstand, da er so ein freundlicher Mann war – und schickte mich mit meinem Diener wieder zurück.

Noch in derselben Nacht machte ich mich ans Werk. Mein Plan bestand darin, einen Brief von Colonel Berthon an Sergeant-Major Ridley zu fälschen, in dem dieser darüber in Kenntnis gesetzt wurde, daß der Colonel am Donnerstag die Schule besuchen würde und daß er, Ridley, in voller Uniform anzutreten habe. Er solle einen Kricketschläger tragen und um zwölf Uhr mitten auf dem Hof auf die Ankunft des Colonels warten. Es war natürlich ein alberner Scherz, dessen unreifen Urheber jeder mit mehr Scharfsinn als Ridley Begabte sofort erschlossen hätte. Die angemessene Ausdrucksweise zu treffen war keine leichte Aufgabe für einen indischen Schuljungen, und der Brief fiel zweifellos recht unbeholfen aus; er war indes auch sehr kurz, und Ridley würde, wie ich hoffte, zu aufgeregt sein, um seine sprachlichen Mängel zu bemerken.

Ich ließ meinen Diener das Schreiben heimlich in Ridleys Briefkasten werfen und schlief in freudiger Erwartung des Spaßes am nächsten Tag ein. Der Donnerstag kam: Wir machten unsere *eccers*, bereiteten unsere Lektionen vor, frühstückten und gingen zum Unterricht. Vom Klassenzimmer aus hatte ich einen kapitalen Blick auf den Brunnen in der Mitte des Hofes, und ebendort erschien Ridley zur angegebenen Zeit in voller Montur und führte einen Kricketschläger mit sich, als wäre er ein Gewehr. Er machte Front vor der Aula, das Schlagholz an der Schulter, das feuerrote Gesicht vor Schweiß triefend. Eine Viertelstunde später trat, wie ich es erwartet hatte, Mr. Macnaghten in Begleitung des Colonel, mit dem er freundlich plauderte, aus dem Tor ins Freie. Kaum hatte er sie erblickt, vollführte Ridley eine absurde Ehrenbezeigung. Seine Uniform war dunkel vor Schweiß; ich dachte schon, der Mann würde jeden Augenblick ohnmächtig werden. Mr. Macnaghten sah Ridley an, als habe dieser den Verstand verloren, und der Colonel warf Mr. Macnaghten einen fragenden Blick zu.

Ich kann nur vermuten, was nun folgte, denn die genauen Worte sind mir entfallen, bin aber ziemlich sicher, daß meine Rekonstruktion des Gesprächs nicht allzusehr vom Original abweicht:

»Also gut, Ridley, was soll das Ganze?« sagte Mr. Macnaghten.

»Aber, Sir ... Sie ... ich wurde aufgefordert ...«

»Ja, Ridley, wozu wurden Sie aufgefordert, sagen Sie's schon, Mann!«

»Hier zu sein, Sir ... Colonel Berthon ...«

»Unsinn, Ridley, ich habe Sie nie dazu aufgefordert, etwas Derartiges zu tun, und ebensowenig Colonel Berthon, oder, Colonel?«

Der Colonel schüttelte den Kopf.

»Jetzt gehen Sie wieder an Ihre Arbeit, Ridley.«

Dieser kleine Zwischenfall hatte die Aufmerksamkeit der ganzen Schule erregt, und jeder hatte begierig Ridleys Augenblick der Schmach mit verfolgt. Ich gestehe, daß mich der Erfolg meines Streiches mit großer Genugtuung erfüllte. Es bereitete mir ein ungeheures Vergnügen, zu sehen, daß Menschen sich exakt so verhielten, wie ich es vorausberechnet hatte. Vielleicht, mein lieber Charlo, hätte ich Stückeschreiber statt Kricketspieler werden sollen!

Unglücklicherweise hatte ich das Nachspiel meiner kleinen Posse nicht vorhergesehen. Die Wahrheit kam ans Licht, als Ridley Mr. Macnaghten den Brief zeigte und dieser sehr schnell dessen Herkunft erschloß. Ich wurde in sein Büro bestellt, das sich hinter der Treppe in einer Ecke des Hofs befand. Ich klopfte. Mr. Macnaghten hieß mich hereinkommen. Im Büro saßen, an beiden Seiten eines großen Schreibtisches, der Direktor und der Colonel. Mr. Macnaghten blickte sehr finster drein, und der Colonel stand auf und verabschiedete sich. »Schöne Zustände«, sagte er, »wirklich schöne Zustände.« Doch als er mir schmerzhaft in die Wange kniff, sah ich auf und meinte, ein amüsiertes Funkeln in seinen Augen zu entdecken.

»Nun, junger Mann, das war schlau, sehr schlau«, sagte Mr. Macnaghten. (Hier muß ich mich teilweise wieder auf meine Vorstellungskraft verlassen, aber ich glaube schon, daß das seine Worte waren, und wenn meine Erinnerung auch nicht immer wortgetreu ist, so versichere ich Dir, daß sie den Geist der Rede exakt wiedergibt.) Er forderte mich auf, mich vor ihn hinzustellen, so daß wir von Mann zu Mann miteinander sprechen könnten. Ich trat so nah an ihn heran, daß ich praktisch seine Knie berührte. Er fragte, ob ich etwas zu meiner Verteidigung sagen wolle. Ich schüttelte den Kopf, denn ich kann nicht behaupten, daß ich mich wegen meiner Tat besonders geschämt hätte.

»Ist dir eigentlich bewußt«, fuhr er fort, »daß Fälschung ein sehr gemeines Verbrechen ist?« Er begann es mir zu erklären: Wenn man dem Wort eines Gentleman nicht mehr vertrauen könne, dann würden wir der Barbarei anheimfallen. Nichts stehe höher als das Vertrauen zwischen Gentlemen, denn wir seien es – die wenigen Auserwählten, durch Geburt und Erziehung dazu bestimmt, über die ungebildeten Massen zu herrschen –, die eine Lanze für die Zivilisation brechen sollten; unsere heilige Pflicht sei es, alles Edle im Menschen zu verteidigen; nur indem wir uns in der unserer Geburt gemäßen Weise verhielten, könnten wir anderen, von der Natur weniger Begünstigten, als Vorbild dienen; denn nichts stehe zwischen uns und dem Barbarentum. »Kannst du mir folgen, junger Mann, kannst du mir folgen?« Ich gab zu verstehen, daß ich das könne.

Mr. Macnaghten hieß mich näher treten und begann, mir liebevoll über das Haar zu streichen, doch dann gab er mir einen festen Klaps auf den Hinterkopf, und als er die Hand zurückzog, sah ich, daß sie zitterte. Das war, wie ich gestehen muß, ein ziemlicher Schock, denn der Direktor war ein sanfter Mann, der selten Zuflucht zu körperlichen Züchtigungen nahm.

Es folgte ein betretenes Schweigen. Dann nahm Mr. Macnaghten unvermittelt meine Hand in die seine, die noch immer bebte, und fragte mich, ohne loszulassen, ob ich die zwei schönsten Schöpfungen des Menschen kennen würde. Sehr verwirrt und noch immer benommen vom unerwarteten Schlag, gestand ich meine Unwissenheit. Da nannte er sie mir: der Parthenonfries und Kricket spielende Gentlemen. Die Begründung lautete, wenn ich mich recht erinnere, folgendermaßen: In der antiken Skulptur und im edlen englischen Spiel sähen wir die Apotheose klassischer Form, beide in ihrer Art vollkommen: den jeweiligen Ausdruck zweier großer Kulturen, in denen Logik und Schönheit eins seien, in denen die Gesellschaft durch Harmonie und Tradition regiert werde, deren Kontinuität edle Männer gewährleisteten, die sich von der breiten Masse durch ihren selbstlosen Pflichteifer unterschieden. Nun sei es unbestreitbar, daß Männer Rivalen sein könnten, doch die rohe Feindseligkeit des Konkurrenzkampfes müsse durch gute Manieren und gentlemanhaftes Verhalten aufgewogen werden – vor allen Dingen aber durch gegenseitiges Vertrauen, damit wir alle fair spielten. Das, worum es beim Kricket gehe, sei nicht, unsere jeweiligen Leistungen nach so grobschlächtigen Kriterien zu messen wie, wer gewinnt und wer verliert, denn wir, die wir vornehm spielten, seien *alle* höhere Menschen. Ja, schöner sei es, elegant zu verlieren, als ohne Anmut zu gewinnen. Das also habe der moderne englische Gentleman mit den vornehmen Bürgern des alten Griechenland gemein. Man könne es Form nennen. Wenn aber einer von uns, bildlich gesprochen, das Team im Stich lasse, werde die Harmonie zerstört, die Form unausgewogen und die Zivilisation den Barbaren ausgeliefert.

Ich sah Mr. Macnaghten in die Augen, die vor innerer Bewegung und, wie ich mir schmeicheln möchte, vor Zuneigung zu mir glänzten, und dachte an meinen Vater, wie er mir Geschichten über Rajputenhelden erzählte, und an meine Mutter, die mich mit ihren Märchen von Krishna tröstete. Es fällt mir schwer, es angemessen auszudrücken, aber Mr. Macnaghten übte eine sonderbare Wirkung auf mich aus: Er vereinte in sich die natürliche Autorität meines Vaters mit der Zärtlichkeit meiner Mutter. Seine Worte berührten mich tiefer, als ich sagen kann, und ich darf wahrlich behaupten, daß ich ihn seit jenem Tage liebte und daß ich alles in meiner Macht Stehende tat, um ihn zu erfreuen.

Mr. Macnaghten ließ meine Hand los, richtete sich auf und verkündete, daß jetzt unglücklicherweise für ihn der Zeitpunkt gekommen sei, dem unangenehmen Teil seiner Lehrerpflicht Genüge zu tun. Er hieß mich über seinen Schreibtisch beugen und meine Hose herunterzulassen, wie ein echter Gentleman. »Die Pflicht, mein Junge, ist ein Stab, den Irrenden zu leiten«, sagte er, und ich hörte seinen Rohrstock sausen und fühlte ihn sechsmal brennen. Mr. Macnaghten atmete heftig. In der Tat schien er vor Anstrengung ganz außer Atem geraten zu sein. Er ließ sich auf seinen Stuhl fallen und entließ mich wortlos mit einer zitternden Handbewegung. Selten hat ein Mann je wieder einen solch grauenhaften, erbarmungswürdigen Eindruck auf mich gemacht: Eine geisterhafte Blässe hatte sich seiner normalerweise blutvollen Züge bemächtigt, sein Bart hing in verfilzten Strähnen herab, seine Augen sahen mich flehentlich an. Ganz offensichtlich hatte er unter der Züchtigung mehr gelitten als ich.

Auch ich konnte in dieser Nacht nur schwer atmen: Meine Brust fühlte sich an, als zwängte sie ein stählerner Reif zusammen. Und während ich bis in die frühen Morgenstunden wachlag, gingen mir Mr. Macnaghtens Worte immer wieder durch den Kopf. Ich war fest entschlossen, das Team nie mehr im Stich zu lassen. Gleichgültig, wie grimmig Bilkha seine Donnerkeile verschleuderte, fortan würde ich mich ihnen stellen, ohne zu kneifen.

Alljährlich im Dezember spielte die Schulelf gegen das Rajkot-Team, und ich hatte mir geschworen, daß ich, koste es, was es wolle, für das Match aufgestellt werden würde. Von da an widmete ich jede Minute meiner Freizeit dem Schlagtraining. Ich ging dabei streng wissenschaftlich vor und forderte die Jungen auf, kurz oder lang, nach der *leg*- oder der *off*-Seite zu schleudern, um mit der Zeit jeder nur denkbaren Spielsituation gewachsen zu sein. Wenn Bill oder einer der anderen Jungen müde wurde, verdonnerte ich sogar meinen armen Diener dazu, mir den Ball zuzuwerfen, was sich als ein ziemlich riskantes Unterfangen erwies, da das Zielvermögen des Burschen einiges zu wünschen übrigließ. Langsam, aber sicher verbesserte sich meine Technik. Ich begann, den Ball immer sauberer zu schlagen, und ich bildete mir ein, ich sähe Mr. Macnaghten mir aus einiger Entfernung zuschauen und anerkennend nicken. Selbst Ridley konnte mich nicht mehr des Bummelns, Kneifens und Ausbüchsens bezichtigen, wenngleich unsere Beziehungen noch immer nicht die freundschaftlichsten waren. Wir sollten ihn allerdings bald zum letztenmal sehen – doch mehr davon in Kürze.

Gott sei Dank zahlten sich meine Anstrengungen aus, denn ich wurde pünktlich für das Spiel aufgestellt. Mr. Macnaghten schien sich darüber ebensosehr zu freuen wie ich, und als er kam, um mir zu gratulieren, flüsterte er mir ins Ohr: »*Noblesse oblige*, mein Junge, denke immer daran.«

Am Tag des Spiels war es recht frisch, aber das *wicket* war so hart und staubig wie immer – der ideale Boden für hohe Bälle, etwas, worin der Rajkoter Kapitän, wie ich hörte, ein wahrer Meister war. Er war der Sohn des Premierministers, ein Banian namens M. K. Gandhi – ja, mein lieber Charlo, derselbe, der uns gegenwärtig soviel Ärger bereitet! Er war, genau wie ich, ein zerbrechlich aussehender Jugendlicher und trug eine Brille. Ich erinnere mich gut an seine leise Stimme und sein tadelloses Englisch. Es war damals wahrhaftig schwer, sich vorzustellen, was für ein Volksverhetzer er später werden würde.

Ich habe gerade das Protokoll des Spiels in einem alten Schulbuch überflogen, um meine Erinnerung an das Ereignis aufzufrischen. Die Rajkoter schlugen als erste. Vor ihrer Kraft fürchteten wir uns nicht allzusehr, da die meisten von ihnen Banians oder Brahmanen waren. Aber sie waren gewitzte Burschen, und die knappen, trockenen Schläge, mit denen sie die schnellen, flachen Bälle, die Spezialität unserer Werfer, abwehrten, verschafften ihnen einen vielversprechenden Einstieg. Ja, als sie anderthalb *centuries* erreicht hatten, machten wir uns schon ernsthafte Sorgen. Glücklicherweise gelang es Bill und einem Burschen namens Gambhirsinhji, der in der Schule als »Gambo« bekannt war, den letzten von ihnen auszuballen. Gandhi, kein großer Schlagmann, brachte es auf fünf Läufe.

Da standen wir also vor der schwierigen Aufgabe, ihre 168 einzuholen. Ajitsinhji und Kiritsinhji schufen eine solide Grundlage von dreißig Läufen, bevor sie von einem Jungen namens Bhanu ausgeschlagen wurden. Anfangs spielte ich vorsichtig, denn die langsamen, hohen Bälle dieser Banians konnten heimtückisch sein. Bald aber begann ich Spaß an der Sache zu haben und knallte die Bälle in alle Ecken des Platzes. Meine Partner erwiesen sich leider als nicht ganz so gut: Ramsinhji war aus mit Null, Takhtsinhji ging mit einer bescheidenen Vier, und Shivsinhji, der wenigstens ein Weilchen drinblieb, um mir Gesellschaft zu leisten, brachte es auf fünfzehn.

Trotzdem hatte ich bis dahin an die achtzig Läufe für mich verbucht, und es standen noch vier *wickets* aus. Es war offensichtlich, daß Gandhi mein gefährlichster Gegner war, denn seine langsamen Bälle hatten die Angewohnheit, von links abzuprallen, und da die Oberfläche des *wicket* höchst uneben war, wußte man nie genau, wo der Ball zu guter Letzt landen würde. Daher behandelte ich seine Würfe, selbst als ich die anderen Burschen abfertigte, mit großem Respekt. Als ich ein *century* vollendete, erhob sich der erste – und laute – mir geltende Hurraruf aus dem Pavillon, und Mr. Macnaghten, der einer der Unparteiischen war, strahlte übers ganze Gesicht. Ich glaube tatsächlich, das war das erste Mal seit meiner Ankunft in der Schule, daß ich wirklich beliebt war. Zwei *wickets* fielen kurz hintereinander, und es fehlten uns noch immer fünfzehn Läufe. Baubha, der gegen Gandhi antrat, hob sein Schlagholz hoch empor – er war ein starker, großer, gutgebauter Junge – und versuchte, den abprallenden Ball glatt aus dem Platz und über den *maidan* hinaus zu schmettern. Der Ball flog höher und höher und sauste dann mit immer größerer Geschwindigkeit hinunter, direkt in die Hände eines *fielders*. Bilkha kam herein, und ich wußte, daß jetzt alles von mir abhing. Ich fühlte mich ein bißchen wie Tom Brown, als er versuchte, die Niederlage gegen die Männer von Lord's abzuwehren. Ich sagte Bill, er möge sein Tor blockieren und nichts Waghalsiges versuchen. Das gelang ihm zu meiner großen Erleichterung auch, während ich langsam die Läufe zusammenbrachte, eine Zwei da, einen *single* hier, und mich dabei immer bemühte, Bill vor den Werfern zu decken.

Als nur noch zwei Läufe zum Sieg fehlten, stand Bill Gandhi gegenüber. In der Hoffnung, einen schnellen Lauf zu schaffen, betrat ich das *pitch*, als Gandhi zum Werfen hereinkam. Plötzlich blieb Gandhi am *wicket* stehen und fegte die Querhölzer herunter. Er rief den Unparteiischen an, und mit trauriger Miene erklärte mich Mr. Macnaghten für aus. Ich war sprachlos, denn einen solchen Trick hatte ich noch nie gesehen. Ich sah Mr. Macnaghten an in der Hoffnung, er würde seine Meinung ändern. Er forderte mich unzweideutig auf, den Platz zu verlassen, da Gandhi durchaus im Rahmen der Kricketspielregeln gehandelt habe. Als ich mich auf den Weg zum Pavillon machte, sah ich Gandhi süffisant lächeln. Ich fand ihn absolut widerlich, denn wenn seine Vorgehensweise auch vielleicht nicht gegen die Regeln des Kricket verstoßen hatte, so doch mit Sicherheit gegen den Geist des Spiels.

Da ich Ridleys vorzeitigen Abgang bereits erwähnt habe, kann ich jetzt ebensogut auch die Umstände beschreiben, die dazu führten – wenngleich es vielleicht nicht ganz richtig ist, von Umständen zu sprechen, da die Sache ganz allein sein Werk war. Folgendes trug sich zu: Ridley hatte die löbliche Angewohnheit, jeden Morgen bei unseren *eccers* mitzulaufen. Dies bedeutete für ihn eine erhebliche Anstrengung, da wir jung und gut in Form waren, er aber langsam in die Jahre kam und zur Korpulenz neigte. Es war die heiße Jahreszeit vor dem Monsun, und die *eccers* begannen, selbst am frühen Morgen, ihren Tribut zu fordern. Dann, an einem besonders heißen Tag, wurde es für Ridley zuviel. Er blieb weit hinter uns zurück, schnaufte und keuchte und wurde mit jeder Minute röter und röter. Ein paar von uns – es schmerzt mich zu sagen, daß ich nicht zu ihnen gehörte – hatten Mitleid mit dem armen Kerl und baten ihn, sich auszuruhen, aber er wollte nichts davon hören und trottete weiter, wenngleich mittlerweile viel langsamer, bis er schließlich zusammenbrach.

Wir drängten uns um ihn herum und fächelten seinem purpurroten Gesicht Luft zu. Ein Mann zog sein Hemd aus und rollte es zu einem improvisierten Kissen zusammen. Ridleys Augen waren geschlossen, und sein Keuchen ging in ein seltsam pfeifendes Geräusch über. Mehrmals versuchte er, etwas zu sagen. Es gelang uns nicht zu verstehen, was es war; Bilkha beugte sich sogar hinunter und legte sein Ohr ganz nahe an den Mund des Trainers. Aber wir sollten seine letzten Worte niemals erfahren, denn das Pfeifen wurde lauter, und mit einem letzten gurgelnden Atemzug verschied der arme Ridley.

Die Schauspielerei begeisterte mich fast ebensosehr wie das Kricket. Meine erste Darbietung war ein Vortrag von Sir Walter Scotts *Young Lochinvar*. Es war eine ausgezeichnete Übung in englischer Aussprache, ohne Zweifel, und die Worte waren sehr schön, aber darin erschöpfte sich der Wert der Sache keineswegs, denn das Theaterspielen stellte die beste uns zur Verfügung stehende Annäherung an das englische Leben dar; die Bühne war sozusagen ein Fenster, durch das wir einen Blick auf eine – uns schließlich immer noch fremde – Kultur erhaschen konnten. Natürlich wurde unsere eigene Kultur keineswegs vernachlässigt, da Mr. Macnaghten wünschte, daß wir auf unser Erbe stolz seien. Ich erinnere mich, daß ich »Praise of Queen Victoria the Good« auf Gujarati sang und in einer Szene aus dem *Mahabharata* den Arjuna spielte.

Die indischen Stücke waren von Engländern geschrieben, die, meines Erachtens mit Erfolg, danach gestrebt hatten, das Beste aus beiden Welten miteinander zu verbinden: die moderne Technik des Westens mit der spirituellen Schönheit des Ostens. Ich hielt dies für eine gute Verfahrensweise, da die englischen Schriftsteller uralte Vorstellungen so in moderne Begriffe zu übersetzen wußten, wie es der Einheimische damals noch nicht vermocht hätte.

Ein solches Stück, betitelt *Raja's Last Stand*, stammte, wenn ich mich recht erinnere, aus der Feder von Major Henry Stokes. Ich spielte den Radscha von Jodhpur, der eine verzweifelte Schlacht gegen die eindringenden Marathen schlug. Obwohl seine Mannen links und rechts fielen, wich der Radscha nicht von der Stelle, bis er schließlich der letzte Rajpute war, der seinen Boden verteidigte. Es bedurfte tausend Marathen, um ihn niederzustrecken, und die Briten verfügten, daß die Radschas von Jodhpur fortan Maharadschas sein sollten. Das Stück endete mit einer langen Rede, die mein Gedächtnis auf eine verdammt harte Probe stellte, in der die edlen Gefühle des Radschas im Angesicht seines sicheren Todes beschrieben wurden. Obwohl ich mir nicht vorstellen kann, daß mein Vortrag besonders gut war, soll er, wie man mir sagte, Mr. Macnaghten zu Tränen gerührt haben.

Ich hatte an solchen Auftritten eine ungeheure Freude. Die Schauspielerei bereitet einen Genuß, den sich niemand außer einem professionellen Psychologen oder Hypnotiseur so recht vorstellen kann. Die Fähigkeit, seine Mitmenschen, sei es zum Lachen, sei es zum Weinen, zu bewegen, verleiht dem Schauspieler ein geheimnisvolles Gefühl von Macht und Hochstimmung. Ob dieses Hochgefühl der Bewunderung entspringt, die man in den Herzen des Publikums erregt, oder aber dem Bewußtsein, daß man anderen Freude schenkt, sei dahingestellt. Vielleicht gibt es auch noch einen dritten, weniger erhabenen Grund für das intensive Glücksgefühl, das ich empfand, während ich auf der Bühne agierte, nämlich meine Schwäche für prachtvolle Verkleidungen. Darin bin ich ein echter Inder: Die Liebe zu schönen Stoffen, leuchtenden Farben, kostbaren Juwelen liegt mir im Blut. Ich glaube aber auch fest an die Wahrheit der britischen Maxime »Kleider machen Leute«, denn unser Kostüm bestimmt in wesentlichem Maße unser Auftreten, unser Benehmen, kurz, unseren öffentlichen Charakter. Diesem aber messe ich die größte Bedeutung bei, denn eben durch die Vorführung unseres Charakters – im Gegensatz zu unseren privaten Gedanken – erwerben wir uns die Achtung unserer Mitmenschen.

Aus demselben Grunde legte ich zum Dinner mit dem Direktor so gern meine schwarze *sherwani* an. Mr. Macnaghten bestand darauf, und zwar, wie ich glaube, durchaus zu Recht. Einige Jungen fanden das lästig, aber für mein Empfinden drückte sich darin unser aller gegenseitiger Respekt aus. Mr. Macnaghten selbst war immer wie ein Gentleman angezogen, und ebenso große Aufmerksamkeit widmete er unserer Kleidung. Tatsächlich war er es, der unsere Kavallerieuniformen, auf die wir so maßlos stolz waren, entwarf.

Nur neunzehn Jungen, darunter zu meiner Freude auch mir, wurde die Ehre zuteil, für die Mounted Volunteers ausgewählt zu werden. Unsere Uniform bestand aus einem blaßblauen, mit einer vergoldeten Agraffe verzierten Turban, einem langen, schwarzen Kavallerierock mit rotem Kummerbund, weißen Kordbreeches, schwarzen Reitstiefeln und Sporen. Ich muß sagen, wir waren eine wirklich prächtige kleine Truppe. Stell Dir nur einmal das Bild vor, mein lieber Charlo, wie wir nach unserer Übungsstunde auf dem Polofeld durch die Stadt zurückritten! Mr. Macnaghten schien nie müde zu werden, uns zu exerzieren, und zuvor unterzog er uns stets einer gründlichen Inspektion. Ein nicht polierter Knopf, ein loser Schnürsenkel, hängende Schultern forderten seinen augenblicklichen Tadel heraus. Ein Junge – ich werde seinen Namen nicht nennen –, ein ziemlich lascher Geselle, bekam einmal wegen schlechter Haltung vor unser aller Augen vom Direktor sechs mit der Rute abgezählt. Haltung ist Charakter, pflegte Mr. Macnaghten zu sagen. Du kannst Dir also vorstellen, daß wir anderen von da an unseren Eifer verdoppelten!

Ich weiß nicht, ob es mein rajputisches Erbe war oder Mr. Macnaghtens inspirierender Einfluß, aber ich merkte, daß mir das militärische Leben so sehr zusagte, daß ich mich seitdem oft gefragt habe, ob ich nicht als Soldat am glücklichsten geworden wäre. Es hat jedoch nicht sollen sein. Und abgesehen von einer gänzlich unbefriedigenden Karriere im Großen Krieg stellten die Exerzierübungen, die wir vor Besuchern der Schule vorführten, meine größte Annäherung an das Soldatenleben dar.

Unsere Gäste reichten, was ihre Wichtigkeit anbelangte, von politischen Agenten bis hin zum Vizekönig höchstpersönlich. Der denkwürdigste Besuch während meiner Schulzeit war zweifellos der des Herzogs und der Herzogin von Connaught. Für mich persönlich war er auch beinahe eine Katastrophe. Auf Grauschimmeln reitend trabten wir davon, um die herzogliche Gesellschaft ein paar Meilen außerhalb der Stadtgrenze zu empfangen, von wo aus wir sie dann zur Schule eskortierten. Mr. Macnaghten ritt natürlich mit uns und mehrte dadurch den Glanz unserer kleinen Kavalkade. Der Herzog – sein gezwirbelter und gewachster Schnurrbart wölbte sich unter der Adlernase eines echten Edelmanns – sah sehr hoheitsvoll aus, und die Herzogin war mit ihrem blonden Haar und ihren blauen Augen die schönste Frau, die ich je gesehen hatte.

Die Beinahe-Katastrophe ereignete sich allerdings erst später, als wir uns in der Aula versammelt hatten, um den Direktor und den Herzog reden zu hören, und einige von uns im Anschluß daran etwas zur Unterhaltung der Gäste vortragen sollten. Ich hatte lange gebüffelt und die Rede des Marcus Antonius sowie Sir Walter Scotts »The Cavalier« auswendig gelernt. Ich saß zur Rechten des Herzogs, wartete auf meinen Auftritt und dachte, ich müßte mich vor Nervosität übergeben. Der Herzog machte, wie ich mich erinnere, ein paar Bemerkungen über einen Jungen aus einer bedeutenden Rajputenfamilie, der fest davon überzeugt sei, daß seine Vorfahren von einem Alligator abstammten. Nun sei dieser Junge ein fleißiger Schüler, ein Gentleman und ein Kricketspieler. In Anbetracht dieser Entwicklung von einem Alligator zu einem Kricketspieler sagte uns der Herzog rasche Fortschritte voraus.

Dann erhob sich Mr. Macnaghten und begann seinerseits zu sprechen. Mittlerweile pochte mir das Herz bis zum Hals, und das Atmen kostete mich immer größere Mühe – ein Zustand, der noch dadurch verschlimmert wurde, daß ich ihn zu verbergen versuchte, was schließlich damit endete, daß ich – möglichst geräuschlos – nach Luft schnappte. An die Worte des Direktors kann ich mich beim besten Willen nicht erinnern. Sie waren ohne Zweifel bedeutend, aber ich rang nach Atem.

Ich versuchte zuzuhören, als meine Kameraden ihre Sachen vortrugen – wahrscheinlich waren es die üblichen alten Kamellen: »After Blenheim« oder »Ye Mariners of England«. Es kam bestimmt noch einiges, aber ich kann mich an nichts mehr erinnern. Alles, was ich tun konnte, war, als mein Name aufgerufen wurde, blind zum Rednerpult zu stolpern.

»Mitbürger! Freunde! Römer! hört mich an...« begann ich, und plötzlich sah ich, daß der Herzog mit dem Fuß auf den Boden klopfte, als könnte er das Ende meiner Rede nicht erwarten. Die Herzogin musterte mich durch ihr Opernglas, und der liebe Mr. Macnaghten gab mir freundlich Zeichen fortzufahren. Aber ich konnte nicht. Es war ein absolut alptraumhafter Augenblick, denn der Text, den ich mir mit so großer Sorgfalt eingeprägt hatte, war ganz einfach aus meinem Gedächtnis verschwunden. Es hatte mir buchstäblich die Rede verschlagen. Mr. Macnaghten flüsterte mir etwas zu, aber ich hätte ebensogut taub sein können, denn ich verstand kein einziges Wort. Für einen Augenblick erwog ich, die Flucht zu ergreifen, doch dann besann ich mich eines Besseren. Ich hörte Stimmen flüstern, Füße scharren. Der Zauber, der einen so beglückend umfängt, wenn man das Publikum in seinem Bann hält, war verflogen, scheinbar für immer zerstört. Ich hatte das Gefühl, keinerlei Kontrolle über meine eigenen Handlungen mehr zu haben, geschweige denn über meine Zuhörer. Es war fast so, als könnte ich mich von weitem sehen: eine leblose, vor Grauen erstarrte Marionette. Genau in diesem Moment sah ich empor zum Bildnis unserer geliebten Königin-Kaiserin, und sie blickte mich so gütig an, daß sie ohne weiteres im Geist hätte zugegen sein können, um mich vor der Schmach zu bewahren – ich bin fest davon überzeugt, daß solche Dinge möglich sind. Vielleicht werden solche Begebenheiten, die jenseits der Grenzen wissenschaftlicher Forschung liegen, eher vom asiatischen Geist wahrgenommen. Dem Himmel sei Dank, ich war endlich imstande zu wiederholen, was Mr. Macnaghten mir die ganze Zeit über zugeflüstert hatte: »Begraben will ich

Cäsarn ...« und so weiter. Danach war der »Cavalier«* ein Kinderspiel.

Ich bin schon wiederholt von Engländern gefragt worden, was die englische Dichtung oder Geschichte für uns, die wir Indien noch nie verlassen hatten, für eine Bedeutung haben konnte. Waren die Balladen und Erzählungen, die man uns vortragen ließ, dem indischen Gemüt nicht fremd und bedeutungslos? Solche Bemerkungen sind ohne Zweifel gut gemeint. Und es stimmt, daß die Beschreibungen der englischen Landschaft, der Täler, Auen und Hügel, die die Dichter so gern heraufbeschwören, unsere jugendliche Vorstellungskraft auf eine harte Probe stellten und daß die großen britischen Städte noch gänzlich unerforscht und, von Rajkot aus betrachtet, unendlich fern waren. Doch ich antworte darauf stets mit derselben Gegenfrage: Ist Shakespeares Verona dem durchschnittlichen englischen Schuljungen etwa weniger fremd als uns? Und wie steht es mit den biblischen Geschichten, die im alten Land der Israeliten spielen, wo die Lebensbedingungen weit eher den unsrigen in Indien ähnelten als denen in den hochentwickelten Nationen Europas?

Tatsächlich war die englische Literatur für uns eine Art Bibel. Sie sprach von einem wundersamen Land, in dem die Männer noch Helden sein konnten. In unseren Augen war Tom Brown ein Heiliger, nicht weniger eindrucksvoll als die Gentlemen des Neuen Testaments, ja in mancherlei Hinsicht ihnen sogar noch überlegen, da er ein moderner

* Das Gedicht, auf das Ranji hier anspielt, lautet wie folgt:

Als der Berg noch in Nebel und Dämmergrau lag,
Bestieg mein Geliebter sein Roß: Über Hag,
Fels und Hügel und Tal ist mein Liebster jetzt schon;
Gott schütze den Tapfren, den Kämpfer der Kron'!

Für das Recht Schön-Britannias entblößt er den Stahl,
Ihr Fürst ist sein Herr, ihre Kirche sein Mal,
Seine Losung ist Ehre, und Ruhm ist sein Lohn,
Gott streit' mit dem Tapfren, dem Streiter der Kron'.

Heiliger war und kein Graubart, der die Wüste durchstreifte. Tom war ein Held, zu dem man aufsehen konnte, denn er repräsentierte ein Ideal, ein vornehmes Ideal, das Tugend und Mannhaftigkeit in sich vereinte. Es war ein Ideal, dem man nacheifern konnte, auch ohne Engländer zu sein, wenngleich ich glaube, daß es erst in England seine höchste Vollendung fand. England war unser Gelobtes Land – wegen seiner Ideale und weil es Abenteuer und Fortschritt verhieß. Wenn unsere einheimischen Politiker doch nur einsehen könnten, daß unsere einzige Hoffnung, uns weiterzuentwickeln, nicht darin liegt, unsere Lehrmeister zu bekämpfen, sondern uns an ihnen ein Beispiel zu nehmen! Aber ich schweife wieder ab. Zurück zu meiner Geschichte.

In der Schule begann eine sehr angenehme Zeit für mich, denn ich sammelte Läufe zuhauf, war beliebt und wurde zum zweiten Schulsprecher ernannt. Die mir anfänglich so beschwerliche und ungewohnte Disziplin empfand ich jetzt als einen kräftigenden, ja erhebenden Einfluß auf unser junges Leben. Sie hatte mich vom empfindlichen Pflänzchen, das ich bei meiner Ankunft gewesen war, in einen gesunden, begeisterten Jüngling verwandelt. Wenn das Älterwerden mich allerdings etwas gelehrt hat, so dies: Genau dann, wenn man das Gefühl hat, das Leben sei eitel Sonnenschein, schlägt das Unglück wie ein Blitz aus heiterem Himmel auf uns hernieder.

Als der Colonel erschien, um den Direktor zu sprechen, wußte ich sofort, daß etwas nicht stimmte, denn er machte einen sorgenvollen und erschöpften Eindruck. Dazu kam noch, daß ich in der Nacht die Krähen hatte krächzen hören, was immer ein schlechtes Omen ist. Ich befürchtete schon, Mama sei etwas passiert. Außerdem blieb der Colonel so viel länger im Büro des Direktors, als es sonst seine Angewohnheit war, daß ich, als man mich hineinrief, schon mit dem Schlimmsten rechnete.

Beide Männer blickten sehr ernst drein; es war der Colonel, der als erster sprach. Wie ich befürchtet hatte, überbrachte er mir eine schlechte Nachricht, aber als ich begriff, daß sie nichts mit Mama zu tun hatte, war ich sehr erleichtert. Allerdings war das, was mir der Colonel mitteilte, schlimm genug: Der Jam Saheb hatte sich für einen neuen Thronfolger entschieden. Eine seiner Konkubinen hatte offenbar einen Sohn namens Jaswantsinhji geboren und den Jam Saheb dazu überredet, ihn zu seinem Nachfolger zu bestimmen.

Ich war, mein lieber Charlo, wie vom Donner gerührt: das bedeutete, daß ich enteignet war. Was ich damals nicht wußte – denn der Colonel war, was das betraf, äußerst diskret –, war, daß die Regierung in Bombay diese Entscheidung zwar für nichtig erklärt, der Vizekönig aber wiederum deren Urteil aufgehoben hatte. Ich weiß, daß Lord Ripon ein höchst ehrenwerter Mann war, daher kann ich nur den Schluß ziehen, daß er in Unkenntnis unserer inneren Angelegenheiten gehalten wurde und mithin außerstande war, sie irgendwie zu beeinflussen. Das ist durchaus verständlich, denn wenn schon unsere eigenen Männer Opfer der Intrigen ihrer Frauen werden, wie kann man dann von einem Engländer, dem die Sitten der Zenana nicht vertraut sind, noch Rettung erwarten?

Der Colonel versicherte mir, die Rajkot Agency würde die Kosten meiner Erziehung tragen, aber auch wenn ich diese leidige Angelegenheit nicht überbetonen möchte, muß ich doch eins erwähnen: Diese schmachvolle Episode bedeutete nicht nur einen Fleck auf meiner Ehre, sondern auch einen schweren finanziellen Rückschlag. Um es ganz unverblümt zu sagen: ich war pleite. Als sei dieser plötzliche Umschwung in meinen Verhältnissen noch nicht drastisch genug, war weiterhin beschlossen worden, mich zur Vollendung meiner Ausbildung nach England zu schicken. Die nicht unerheblichen Kosten würden von der Staatskasse getragen werden. Dies, meinte der Colonel, hätte den zusätzlichen Vorteil, mich vor möglichen Gefahren zu schützen. Ich brauche kaum hinzuzufügen, daß er damit auf die Komplotte anspielte, die hinter dem undurchdringlichen Schleier der Frauengemächer geschmiedet wurden. Nachdem sich der Colonel verabschiedet hatte, forderte mich Mr. Macnaghten auf, noch eine Weile in seinem Büro zu bleiben.

Er könne, sagte er, seine Bedenken gegen die Entsendung junger Einheimischer nach Großbritannien nicht verhehlen. Denn Großbritannien sei ein Land voller nicht nur gefährlicher, sondern auch dem indischen Temperament durchaus wesensfremder Versuchungen. Vieles Einheimische, das besser bewahrt werden sollte, würde ihnen zum Opfer fallen. Niemand könne einen verwestlichten Orientalen vorbehaltlos bewundern, und die englische Luft habe die unselige Tendenz, die indische Seele von vielen ihrer alten, teils guten, teils schlechten Verankerungen loszureißen. Um also dafür Sorge zu tragen, daß uns die zur Erweiterung unseres Horizonts möglichst besten Bedingungen geboten würden, würde er uns auf unserer langen Reise begleiten und in der Anfangszeit als unser Vormund fungieren.

Im ersten Moment wußte ich nicht, wie ich auf diesen Beweis seiner Güte reagieren sollte, und die Erschütterungen der letzten Minuten hatten mich vollkommen überwältigt: Schluchzend wie ein Kleinkind (wie sehr hätte mein Vater es mißbilligt!) warf ich mich Mr. Macnaghten in die Arme. Er umarmte mich, und ich vergrub mein Gesicht in seinem Anzug, dessen Duft nach süßem Tabak mir so vertraut war. Während ich versuchte, mich zu beruhigen, spürte ich, daß er, zweifellos auch in der Gewalt starker Emotionen, zitterte. Und er fing an von Gott und Sünde zu sprechen.

Seine Worte machten auf mich einen tiefen Eindruck, gerade weil sie so vollkommen unerwartet waren: »Wenn wir nur die Gegenwart Gottes spüren könnten«, sagte er, »dann erlägen wir gewiß nicht so leicht den Verlockungen der Sünde.« Er ließ mich los, schwer atmend, mit glänzenden Augen. Für einen Moment dachte ich, er würde in Tränen ausbrechen. »Wenn wir nur Gottes Gegenwart spüren könnten!« wiederholte er, wobei er nahezu verzweifelt klang. Er forderte mich auf, mich mit ihm auf den Boden seines Arbeitszimmers zu knien. Zu erschüttert, um mich darüber zu wundern, tat ich wie geheißen. »Denk einen Augenblick nach, mein liebster Junge! Spüre Seine Gegenwart! Was könnte wundervoller und erhabener sein!« Mr. Macnaghten schien völlig außer sich zu sein, und er entließ mich mit derselben Handbewegung wie zu anderen Gelegenheiten nach einer Bestrafung. Ich ging, verwirrt, aber auch etwas getröstet, da ich meine eigenen Probleme vollkommen vergessen hatte. Es war ein Anblick, den ich nie wieder vergessen würde: mein Direktor, der kniend nach Atem rang.

Ich wählte diesen atemlosen Augenblick, um in Ranjis Erzählung eine Pause einzuschieben. Mein Hotelzimmer ging hinaus auf eine der belebtesten Straßen von Jamnagar, voller hupender Ambassadors und Ochsenkarren. Ich war froh, dem Trubel der Stadt für ein Weilchen entronnen zu sein. Aber selbst hier, hinter verschlossenen Fenstern, holte einen der allgegenwärtige Geruch nach Kuhmist, Abgasen und Bratöl wieder ein.

Ich versuchte mich daran zu erinnern, wann ich zum erstenmal bewußt eine Sprache gespielt hatte – anstatt sie einfach nur zu sprechen. Es ist nicht ganz dasselbe, wie eine Rolle zu spielen. *Daran* kann ich mich sehr gut erinnern. Ich muß ungefähr fünf gewesen sein, als ich die Eigenheiten meines Großvaters auf der Kanzel imitierte. Er war ein protestantischer Geistlicher einer nüchternen und liberalen Konfession, was ihn aber nicht daran hinderte, den theatralischen Aspekt seiner Tätigkeit zu genießen. Er befleißigte sich einer strengen Miene und einer tremolierenden Stimme, die ich beide nachzuahmen versuchte, wenn ich auf meine improvisierte Kanzel stieg. Auch die Weise, wie er vor den Mahlzeiten betete, zielte darauf ab, Aufmerksamkeit zu erregen und, vielleicht sogar in erster Linie, meine Großmutter zu ärgern. Es war eine maßlos in die Länge gezogene Prozedur, die so lange dauerte, bis meine Großmutter sich sichtlich aufzuregen begann, weil das Essen kalt wurde. Erst dann öffnete er die Augen, sehr langsam, mit zuckenden Lidern, als erwache er allmählich aus einer tiefen Trance.

Vermutlich lernte ich von ihm, Sprache und Gesten gezielt um des Effektes willen einzusetzen. Nicht, daß sein Verhältnis zur Religion in irgendeiner Hinsicht unehrlich gewesen wäre; er war bestimmt ein guter Christ. Trotzdem glaube ich, daß er gegenüber den Ritualen seiner Konfession etwas wie eine ironische Distanz wahrte. Seine einstudierten Eigenheiten waren Ausdruck seines Gespürs für eine gewisse Diskrepanz zwischen Form und Inhalt. Ich glaube nicht, daß die zwei für ihn je ganz dasselbe gewesen sind.

Soweit ich mich erinnere, wurde mir zum erstenmal bewußt, daß ich Sprache spielte, als ich anfing, englische Wörter absichtlich mit holländischem Akzent auszusprechen. Ich wurde in einer Stadt an der niederländischen Küste geboren, wo es in einer bestimmten Schicht zum guten Ton gehörte, sich englisch zu geben. Man war im Cricket Club, wo man sich jeden Sonntag zum wöchentlichen Match mit dem *Daily Telegraph* oder der *Times* in der Tasche seines Blazers sehen ließ. Man schaltete die BBC ein, um den neuesten *Test Match score* zu hören. In der Schule trug man lange Regenmäntel aus Gabardine und gestreifte Collegeschals und feste Halbschuhe. Diese *brogues* mußten absolut echt, das heißt englisch sein. Da gab es den traurigen Fall des Jungen, der gerade aus der Provinz angekommen war. Er sah, daß *brogues* die unverzichtbare Bedingung dafür waren, in dieser neuen Umgebung akzeptiert zu werden, und bat seine – in diesen Dingen leider ungeschulte – Mutter, ihm ein Paar zu kaufen. Es waren holländische, deutlich als Imitationen erkennbar, ohne die erforderliche Anzahl von Löchern. Ich weiß nicht mehr, ob man ihm gegenüber je eine Bemerkung darüber fallen ließ, aber alt wurde er in unserer Schule nicht.

Kricket fing ich mit sieben an zu spielen. Ein Schlagholz bekam ich zu Weihnachten von meiner englischen Großmutter geschenkt. Aber da wir nicht auf Gras-*wickets*, sondern auf Strohmatten spielten, fehlte meiner Keule das kleine, dunkle Dreieck von getrockneter Erde an der Rückseite der Spitze, mit der englische Spieler auf den Boden klopfen, um ihn zu glätten. Es gab nur einen Weg, dieses unscheinbare, aber außerordentlich wichtige Mal zu erwerben, und der bestand darin, hinters Haus, in den Garten, zu gehen und so lange auf den Rasen zu klopfen, bis sich das Dreieck abzuzeichnen begann. Am besten wäre es natürlich gewesen, wenn es sich um englische Erde gehandelt hätte, aber Erde war schließlich Erde, und wer konnte den Unterschied schon sehen? Der Vorgang war durchaus mit dem Fälschen einer antiken Schale vergleichbar: ein brandneues Gefäß erwirbt in einem Bad aus starkem Tee binnen weniger Tage die Patina der Zeit. Das Ganze wäre schlicht und einfach albern gewesen, hätte ich nicht in einer Anglophilenstadt gewohnt. Trotzdem gab es einen wesentlichen Unterschied zwischen den anderen Anglophilen und mir; unsere Ideale waren nämlich keineswegs dieselben. *Ihre* Anglophilie hatte weniger mit England zu tun als mit gesellschaftlichem Status in Holland. Das letzte, was meine Freunde im Cricket Club wollten, war, Engländer zu sein. Die Schals, die Krawatten, die Tweedkleidung, das Kricket unterschieden sie von den Plebejern, die auf Berufsschulen gingen, Polyestersachen trugen und kein Kricket spielten. *Ich* dagegen wollte ein Engländer sein.

Der Jargon des Kricketspiels war natürlich englisch: »How's that!«, »Well played!«, »batting«, »bowling«, »fielding«, »leg break«, »silly mid-off« und so weiter. Aber diese Ausdrücke – diese Lautgebilde, die für das englische Ohr *Englishness* schlechthin signalisieren – mit einem englischen Akzent auszusprechen hätte bedeutet, sich lächerlich zu machen. Also sprach ich sie genau wie meine Freunde aus und achtete peinlich darauf, jedes »th« in ein »d« zu verwandeln. Es ist klar, daß weder ein Engländer, der »How's that«, noch ein Holländer, der »Hausdet« sagt, sich wie ein Schauspieler fühlen würde. Aber ich, der ich die Wörter in Holland falsch und in England korrekt aussprach und dadurch in beiden Ländern als Einheimischer durchging, fühlte mich wie ein Komödiant. Ich spürte die ironische Diskrepanz zwischen Wörtern und dem, was mit ihnen assoziiert wurde. Bis auf den heutigen Tag kann ich Ausdrücke wie »a nice cup of tea« nicht verwenden, ohne sie gleichsam in Anführungsstriche zu setzen.

Lange nachdem ich aufgehört hatte, Kricket zu spielen, begann Japan mich zu faszinieren. Das hatte durchaus einen Grund, der über den bloßen oberflächlichen Reiz des Exotischen hinausging: In Japan wird die Idee der einzigartigen Kultur, die *natürlich* aus der heimatlichen Erde hervorwächst, bis zum Extrem getrieben. Ein Japaner, meinen die Japaner gern, verhält sich so, wie er sich verhält, nämlich natürlich, einfach weil er ein Japaner ist. Kultur ist in Japan nichts, was man sich aneignen könnte; sie ist etwas, womit man geboren wird, eine biologische Tatsache, eine Sache der Gene.

Es ist daher vollkommen logisch, daß Ausländer, die Japanisch sprechen lernen, als Imitatoren, Schauspieler, dressierte Äffchen, Hochstapler angesehen werden. Denn bis zu einem gewissen Grad sind sie es tatsächlich: Wenn man eine Fremdsprache gut genug spricht, bringt man Einstellungen und Sitten (die »nice cup of tea«) zum Ausdruck, die nicht die eigenen sind, sondern einstudiert, gespielt. Natürlich divergieren auch in Japan Form und Inhalt, aber das eine sagen und das andere meinen ist dann eben auch Teil »japanischen« Verhaltens. Was beim *native speaker* fehlt, ist der reflexive Akt des sich beim Agieren Zusehens.

Für viele Japaner vertritt die Sprache mittlerweile die Stelle einer Nationalreligion: Sie ist erfüllt von einer einzigartigen spirituellen Kraft, die sich nur dem Einheimischen erschließt. Der Japaner, und nur der Japaner, kann diesen mystischen Begriff von Japanität zum Ausdruck bringen, der ebenso natürlich wie unerklärlich ist. Deswegen birgt das Japanische etwas, was sich der Vermittlung durch Worte entzieht. Daraus folgt natürlich, daß Ausländer die Sprache nur nachahmen, sie aber niemals wirklich sprechen können. Ebenso zwangsläufig folgt daraus, daß die Japaner sich von Natur aus mit anderen Sprachen schwertun, denn eine fremde Sprache zu gut beherrschen bedeutet, sich der Gefahr aussetzen, den Kern der eigenen Identität, den Geist hinter der Maske zu verlieren. Das ist auch der Grund, weswegen viele Japaner Fremdsprachen, vielleicht unbewußt, aber absichtlich, schlecht sprechen. Und aus demselben Grund erinnerte mich Japan oft an meinen britischen Großvater, den Sohn deutscher Juden, der sein Französisch, meiner Meinung nach durchaus bewußt, falsch aussprach. Dadurch fühlte er sich als Brite.

Ich ging das heikle Problem des Japanischsprechens von verschiedenen Seiten an. Zunächst einmal hielt ich mich an die Schule des *method acting*: Ich versuchte, die Formen, die ich zum Ausdruck brachte, zu verinnerlichen – ja ich versuchte, japanisch zu sein. Das verlegene Kichern, das zischende Lufteinsaugen zwischen den Zähnen, die übertriebenen Bekundungen von Zustimmung oder Demut: Ich bemühte mich zu vergessen, daß diese Formen nicht spontan kamen; ich gab vor, sie täten es, und zwar so konsequent, daß das Zischen, die halben Verbeugungen, das Gekicher, die Demutsgebärden selbst dann aufzutauchen begannen, wenn ich Niederländisch oder Englisch sprach.

Das kann eine Zeitlang gutgehen, und die wohlwollenden Komplimente – »Sie sind sehr japanisch« – wurden anfangs dankbar entgegengenommen. Sie gaben mir die Illusion, akzeptiert zu werden, ebenso wie ich in England akzeptiert wurde. Aber schon bald verwandelte sich die Freude in eine Belastung – denn in Wirklichkeit wurde ich keineswegs akzeptiert: Die Komplimente galten meinen schauspielerischen Fähigkeiten, und man kann nicht ununterbrochen auf der Bühne stehen: Jeder Mensch muß sich, wenigstens gelegentlich, der Illusion hingeben können, daß die anderen ihn mehr oder weniger so sehen, wie er sich selbst sieht. Für viele Japaner impliziert dies notwendigerweise diesen unaussprechlichen Kern von Japanität; aber was war ich? Brite? Holländer? Europäer? Abendländer? Alles zusammen? Wie konnte ich irgendeine dieser Identitäten ohne Unaufrichtigkeit oder Ironie zum Ausdruck bringen?

Was ich allerdings tun konnte, war, mich von meiner japanischen Rolle zu distanzieren, und zwar nicht durch eine bewußt falsche Aussprache oder indem ich auf alle nonverbalen Eigenheiten verzichtete, sondern ganz im Gegenteil indem ich diese übertrieb, die Darbietung stilisierte: statt *method acting* Brecht. Indem ich den Vorgang als das vorführte, was er war, als reines Theater, schuf ich eine ironische Distanz zu der Rolle. Ich setzte mein Japanisch in Anführungszeichen. Auf Japaner, für die solches Schmierentheater verständlicherweise nach Sarkasmus roch, konnte das zutiefst beleidigend wirken. Aber was versuchte ich zu schützen? Könnte es sein, daß die atavistische Angst, den Geist hinter der Maske zu verlieren, nichts spezifisch Japanisches ist?

Ich diskutierte diese Frage mit Inder, wieder einmal beim Teetrinken (»taking tea«) in seinem Haus in Delhi. Er führte eine neue weitgeschnittene Khakihose vor, die von seinem Schneider angefertigte Kopie eines Originals, das er bei Marks and Spencer in London gekauft hatte. Inder war mit der Hose so zufrieden, daß er sich gleich sechs Stück davon hatte nähen lassen. Von nun an, erklärte er, würde er keine andere Art von Hose mehr tragen. Ich fragte Inder, ob er sich nie wie ein Schauspieler fühle.

Er dachte ein Weilchen nach, die Teetasse anmutig in der Rechten, die Brille fast auf der Nasenspitze balancierend. »Schau«, sagte er, »ich glaube nicht an die Universalität von Schönheit.«

»Ja, aber ...«

»Nein, nein, laß mich ausreden. Ich habe ausschließlich englischsprachige Schulen besucht, ich fühle mich wohl in englischer Kleidung. Die Hosen und Tweedjacken geben mir nicht das Gefühl, eine Rolle zu spielen, sie sind ein Teil von mir. Aber eigentlich, letztlich, sind sie belanglos, reine Staffage. Ein englisches Gedicht ist schön in seinem Kontext, in England. In Indien verliert es seine Wirkung, oder zumindest seine spezifische Kraft, weitere Dichtung hervorzubringen. Vielleicht ist Resonanz ein besseres Wort – es verliert seine Resonanz.«

»Aber ich dachte, du wolltest selbst dichten.«

»In Cambridge, ja. Aber hier könnte ich nicht auf englisch schreiben. Um mich selbst als Inder, hier in Indien, auszudrücken, muß ich auf pandschabi schreiben und aus unseren Klassikern schöpfen. Die Landschaft, das Wetter, das Essen, die Sprache sind verschiedene Aspekte *einer* Sache, die nicht umgepflanzt werden kann, ohne ihre Bedeutung zu verlieren. Das ist der Grund, weswegen ich hier und nicht in England lebe. Hier gehöre ich hin, das ist der wesentlichere Teil von mir.«

»Aber trotzdem schreibst du noch auf englisch, und zwar, soweit ich es beurteilen kann, besser als auf pandschabi oder hindi.«

Inder lachte, ziemlich laut, es klang fast wie Gebell: »Ja, und das ist auch der Grund, weswegen ich aufgehört habe, Gedichte zu schreiben.«

Nachdem ich mich von Inder verabschiedet hatte, schlenderte ich durch die Straßen von New Delhi, an den eleganten Lutyens-Bungalows vorbei, und dachte an Disraeli, der ein so feines Gespür für die Theatralik des Empire besessen hatte. Er hätte einen hervorragenden Vizekönig von Indien abgegeben.

Disraeli war natürlich selbst ein sehr theatralischer Mensch gewesen: Er schminkte sich gern die Wangen mit Rouge und redete seine männlichen Freunde mit »Darling« an. Vielleicht *spielte* Dizzy eher Englisch, als daß er es gesprochen hätte. Es gab einige Leute, die Dizzys Darbietung zu durchschauen meinten und sich über die geschickte Täuschung ärgerten. Sie hatten das Gefühl, die Zielscheibe eines privaten Juxes zu sein.

»Es war etwas«, sagte Colonel Ponsonby, Königin Viktorias Sekretär, »in seinen überhöflichen Äußerungen über die Königin oder ›seinen lieben Colonel‹, was in mir den Eindruck erweckte, er spiele mit mir…« Zu einer anderen Gelegenheit bemerkte er: »Disraeli hegt, dessen bin ich mir vollkommen sicher, eine große Bewunderung für den Prunk, für Herzoginnen mit Perlenschnüren, für Reichtum und Pracht, eine Bewunderung, die, wie ich gleichfalls meine, von einem zynischen Grinsen und satirischen Hintergedanken über dieselben begleitet wird … Seine Rede über die ›monumentale Herrlichkeit‹, der Königliche Leibarzt, der ihn behandelte, der Königliche Lakai, der auf jeden Wink von ihm reagierte, das kostbare Geschirr und so weiter – alles war zu einem halb ernstgemeinten, halb komischen Ausdruck der Bewunderung für das Königtum und die Königin arrangiert. Doch unter all dem könnte sich auch ein gewisser Sarkasmus verborgen haben.«

Eher etwas wie ironische Distanz, würde ich sagen.

Ich beschloß, einen bengalischen Schriftsteller zu besuchen, dessen Buch über Kricket ich sehr bewunderte. Besonders faszinierend fand ich seine Darstellung der Weise, wie indische Traditionen zu einer Art einheimischer Nachäffung britischer Einstellungen wiederbelebt oder verzerrt wurden.

Ich rief ihn in seiner Wohnung in Delhi an. Er nahm selbst ab, und wir verabredeten uns für den folgenden Tag. Bevor er auflegte, fragte er: »Übrigens, sind Sie Inder?« Ich verneinte. »Ach«, sagte er, »ich dachte, nur Inder würden ein solches Englisch sprechen.«

Allein auf dem Dach der Schule, wo ich dem klagenden Ruf des braunen Ibis lauschte, die Sonne über der gelbbraunen Ebene sinken sah, erlag ich dem Ansturm widerstreitender Emotionen: Ich war traurig, daß ich mein Heimatland verlassen, durch ganze Kontinente von Mama getrennt werden sollte, und es war schmerzlich, aufs neue von den Verschwörern in Jamnagar herumgehetzt zu werden; aber gleichzeitig erfüllte mich die Aussicht, die größte Nation auf Erden mit meinen eigenen Augen zu sehen, mit gespannter Begeisterung. Endlich würde es mir vergönnt sein, jene Stätten, die ich nur aus Büchern kannte, in ihrer ganzen Herrlichkeit zu erblicken: Lord's Cricket Ground, Saint Paul's Cathedral, Pall Mall, das Tal des White Horse, Rugby College ... Es sah wirklich so aus, als sollten bald alle Wunder der Welt mein sein!

Von der Fahrt nach Bombay ist mir nur wenig erinnerlich. Baroda und Ahmedabad hinterließen keinen tiefen Eindruck, aber das lag zweifellos an der Tatsache, daß mein Herz bereits auf größere Abenteuer eingestellt war. Bombay bezeichnete Mr. Macnaghten als einen bösen Ort, der uns auf tausenderlei Wegen in die Irre führen könne. Es bestand indes keine große Gefahr, auf einen dieser Abwege zu geraten, da der Direktor dafür Sorge trug, daß wir unverzüglich an Bord der *Assam* gingen.

Abgesehen von einigen kurzen Atempausen dann und wann, hatte ich wenig Gelegenheit, mich an Bord zu amüsieren, da bald offensichtlich war, daß ich nicht zum Seemann bestimmt war. Ein Rajpute durch und durch, konnte ich mich einfach nicht an den Seegang gewöhnen und litt einen Großteil der Zeit an *mal de mer*. Dieser Umstand machte, gepaart mit schweren bronchialen Beschwerden, mein Leben zu einer unbeschreiblichen Qual. Vielleicht war es die verdiente Strafe dafür, daß ich die Gesetze meiner Religion, die die Überquerung des Ozeans verbieten, verletzt hatte. Das ist vermutlich der Preis, den wir für den Fortschritt zahlen müssen.

Nichtsdestoweniger fehlte es durchaus nicht an denkwürdigen Augenblicken. Unter den Passagieren war eine Gruppe lebhafter junger Engländer, die ihre Heimreise feierte und dabei recht verschwenderisch mit den Whiskyvorräten des Schiffes umging. Ebenso sorglos war ihre Ausdrucksweise, namentlich wenn sie sich auf meine Landsleute bezog. Dies bereitete Mr. Macnaghten großen Verdruß, und er tat sein Bestes, um uns von ihnen fernzuhalten. Trotzdem, so abstoßend ihre Manieren auch auf mich wirkten, waren diese jungen Männer mit ihren knallroten Gesichtern, rosigen Beinen und lockigen blonden Haaren faszinierende Exemplare: hatte ich doch, mit Ausnahme von Ridley, ihresgleichen noch nie zuvor gesehen.

Diese jungen Männer hatten auf Deck eine merkwürdige Lustbarkeit arrangiert – das heißt, merkwürdig für jemanden, der englische Lustbarkeiten nicht kannte. Es war eine Nigger Minstrel Show, wie sie in England durchaus gang und gäbe ist, in Kathiawar indes eher selten zur Aufführung gelangt. Sie schwärzten sich das Gesicht und schminkten sich die Lippen rot, so daß sie Mohren ähnelten, und sangen zotige Lieder mit einem komischen Akzent, wobei sie wie Affen herumhüpften. Von der Vorstellung sah ich leider nur wenig, denn kaum hatte Mr. Macnaghten Wind von der Sache bekommen, befahl er uns, in unsere Kabinen zu gehen. Aber was ich sah, brachte mich so sehr zum Lachen, daß ich fast meine Seekrankheit vergaß. Wir befanden uns noch immer in den Tropen, und es war ein heißer Tag, und das Allerkomischste überhaupt war, wie ihre schwarze Schminke in der sengenden Hitze schmolz und in dünnen schwarzen Bächlein ihre weißen Hemdbrüste hinablief.

Unter den Passagieren an Bord der *Assam* befanden sich zudem ein älterer Bengale, der Bier aus einem Champagnerglas trank, eine vornehme englische Dame mit ihrer Tochter, die ständig in Tränen aufgelöst zu sein schien, und ein rotwangiger Vikar, der sich darauf kaprizierte, mir jedesmal, wenn wir uns begegneten, den Kopf zu tätscheln. Seine Frau redete mich mich mit »Maharadscha« an, was mir sehr gefiel, und ich hielt es nicht für angezeigt, sie über ihren Irrtum aufzuklären. Ja, meine Mitprinzen erklärten es sogar für einen rechten Hauptspaß und gaben sich als meine Brüder aus. Nur gut, daß Mr. Macnaghten nichts von unserem kleinen Betrug erfuhr, denn ansonsten wäre uns eine scharfe Rüge wegen Unehrlichkeit sicher gewesen.

Mein erster Blick auf England erfüllte mich mit einem Gefühl tiefer Erleichterung. Nicht, daß es ein sonderlich einnehmender Anblick gewesen wäre, aber zumindest bedeutete er das Ende meiner langen Leidenszeit. Mr. Macnaghten befand sich in einem Zustand großer Erregung und rief uns auf Deck. »Da liegt es in all seiner Herrlichkeit«, sagte er, »unser modernes Babylon, die Hauptstadt der Welt!« Es war noch früh, und wir standen fröstelnd im kalten Morgennebel, durch den wir gerade eben die Kräne und Docks von Tilbury ausmachen konnten.

Mein größter Schock bei der Ankunft in England war weder das unfreundliche Wetter, auf das man uns schließlich vorbereitet hatte, noch das Tohuwabohu im Hafen von Tilbury, das sich nur wenig von dem unterschied, was wir in Bombay erlebt hatten. Nein, was mich wirklich überraschte, war, Briten niedere Arbeiten verrichten zu sehen. Die Schauerleute wirkten mit ihrer schmutzigen Kleidung und ihren in einem unverständlichen Idiom ausgestoßenen Schreien äußerst bedrohlich. Ich fragte Mr. Macnaghten, was das für Menschen seien, und er erklärte mir, es seien Iren. Ich fragte, ob dies bedeute, daß sie einer niederen Kaste angehörten, und Mr. Macnaghten antwortete, sie sähen vielleicht so aus, aber wenngleich jedem Menschen eine bestimmte Aufgabe zugewiesen sei, gebe es in den Augen Gottes keine Kasten, worauf ich so klug war wie zuvor. Ich erwähne dies, um zu illustrieren, was für ein unerfahrener Knabe ich war und wie wenig ich über die Sitten meiner Wahlheimat wußte.

Meine vorherrschende Erinnerung an diesen ersten Sommer in England ist Regen: Es schien, als würde er nie mehr aufhören. Manchmal fiel er in Strömen wie indischer Monsunregen; manchmal als Sprühregen oder auch nur als leichtes Nieseln; aber ständig lauerte er über uns in dunkelgrauen Wolken, die den Tag beinahe zur Nacht machten. Den größten Teil des Sommers waren wir gezwungen, uns die Welt durch die Fenster von Mr. Macnaghtens Haus anzusehen, und ich muß gestehen, daß es Augenblicke gab, in denen ich mich nach dem sonnigen Himmel von Kathiawar sehnte. Ich machte mir nicht allzuviel aus den nassen Straßen von London, in denen es ununterbrochen nach Ruß roch.

Erträglicher wurde die allgemeine Düsternis indes dank der periodischen Besuche, die wir Mr. Macnaghtens Schneider in der Jermyn Street abstatteten. Er bestand hartnäckig darauf, daß unsere Eleganz unserem Stand entsprechen müsse, eine Auffassung, der ich mich von ganzem Herzen anschloß. Wie liebte ich diese Besuche, mein Freund! Sie boten mir die Gelegenheit, mich herauszuputzen, und es schmeichelte mir sehr, vom Schneider mit »junger Prinz« angeredet zu werden. Wir gaben Anzüge, Hemden, Stiefel und mehrere elegante Westen in Auftrag. Und dann fühlten wir uns wie echte englische Gentlemen.

Die Geschäfte und Ausstatter von Saint James's waren das Wundervollste, was ich jemals gesehen hatte, denn natürlich war ich noch nie mit einem solchen Überfluß in Berührung gekommen: die schimmernden Seidenstoffe und schön gearbeiteten Kragenknöpfe, die Waffengeschäfte und Zigarrenhändler, die Hutmacher und Stiefelmacher und Juweliere. Ich hätte Tage damit zubringen können, all die schönen Dinge, die in diesen damals noch unzugänglichen Schatzkammern ausgebreitet lagen, einfach nur anzustarren. Um die Wahrheit zu sagen, auch wenn das Leben es seither gut mit mir gemeint hat und ich imstande gewesen bin, meiner Passion für schöne Dinge bedenkenlos zu frönen, haben die Geschäfte von St. James's nie ihre magische Anziehungskraft für mich verloren; jedesmal, wenn ich durch diese geliebten Straßen spaziere, ist es so, als sähe ich sie zum erstenmal.

Zur Förderung unserer Allgemeinbildung zeigte man uns die Gemälde in der Royal Academy, die Elgin Marbles im British Museum und die Westminster Abbey – und zweifellos anderes noch, woran ich mich jetzt nicht mehr erinnern kann. Mr. Macnaghten hielt uns einen höchst instruktiven Vortrag über die Marbles, deren Schönheit ihn zutiefst zu bewegen schien. Er forderte uns auf, den harmonischen

Genius der Antike zu gewahren, deren Geist die führenden Rassen unserer Zeit noch immer inspiriere. Nach beendetem Vortrag strich er mir über das Haar, wie er es so oft als Zeichen seiner Zuneigung tat, und ich sah eine Träne seine Wange hinabrollen. Wahrhaftig, er war ein Mann von großer Empfindsamkeit. Natürlich war auch ich tief beeindruckt von diesen Antiken und konnte nicht umhin, sie, und zwar zu ihrem Vorteil, mit den knallbunten und oft sogar aufreizenden indischen Artefakten zu vergleichen. Der Hinduglaube ist von neuzeitlichen Brahmanen zu einer Ansammlung absurder Märchen und Superstitionen entstellt worden. Das war natürlich nicht immer so. Wenn wir nur die Fäulnis und den Moder unserer heutigen Zivilisation ausmerzen und zu den Ursprüngen zurückkehren könnten, als die indische Kunst und Kultur nicht weniger harmonisch und schön waren als die griechischen Plastiken! Es wäre vielleicht, mehr als alles andere, eine Frage der Disziplin, denn echte Religiosität besteht in richtigen Grundsätzen, einem aufrechten Charakter und einer reinen Seele.

Ein anderes Artefakt, das mich zu einigen Reflexionen veranlaßte, war die sogenannte Tiger-Mann-Orgel im Victoria and Albert Museum. Sie stellte einen indischen Tiger beim Verzehr eines Engländers dar, wobei das Raubtier dank einer mechanischen Vorrichtung grauenerregend brüllte und der Sahib seiner Todespein durch ein merkwürdig gurgelndes Geräusch Ausdruck verlieh. Es war überaus verblüffend und ein wenig schockierend, denn diese Apparatur hatte Tippu gehört, dem Sultan von Mysore, eine Persönlichkeit, die kaum geeignet war, die Inder mit Stolz auf ihre Rasse zu erfüllen. Tippu war den Briten, die den mohammedanischen Herrscher, völlig zu Recht, als ein Hindernis auf dem Weg zum Fortschritt in Indien ansahen, ein fürchterlicher Dorn im Auge gewesen. Zu meiner Freude kann ich sagen, daß meine eigenen Vorfahren nach Kräften dazu beitrugen, diesen perfiden Sultan endlich gefügig zu machen. Nachdem er sein Leben lang an der Seite der Franzosen, an denen er einen unerklärlichen Gefallen fand, gekämpft hatte, wurde er von einer vereinten Streitmacht indischer und britischer Truppen besiegt und starb während der Belagerung seiner Hauptstadt im Jahre 1799 eines unehrenhaften Todes. Aber trotz meiner Abneigung gegen diesen unmöglichen Helden konnte ich nicht umhin zu lachen, denn es war wirklich eine höchst kuriose Sache. Was für ein seltsames Volk die Engländer doch waren: zuzusehen, wie einer ihrer Leute von einem asiatischen Untier verspeist wurde, und den Anblick auch noch zu genießen! In Indien würde Derartiges mit Sicherheit nie geduldet werden, aber ich könnte mir denken, daß es den Appetit der Engländer auf orientalische Abenteuer anregte.

Vielleicht steckte allerdings noch mehr dahinter – denn ich beobachtete ein weiteres, dem mechanischen Menschenfresser verwandtes englisches Phänomen, nämlich den – von der Presse befriedigten – Geschmack, den das Volk an spektakulärer und blutrünstiger Gewalt hat. Tatsächlich war das erste, was ich hörte, als ich in Tilbury an Land ging, der Schrei, mit dem Zeitungsverkäufer den neuesten Mordfall bekanntgaben. Ich begriff zwar schon damals, daß sie sich an ein plebejisches Publikum richteten, aber trotzdem bereitete es einem gewisse Schwierigkeiten, dieses Vergnügen an anderer Leute Grausamkeit mit dem sanften Temperament der englischen Rasse zu vereinbaren. Nicht, daß ich an Gewalt oder Schilderungen von Bluttaten nicht gewöhnt gewesen wäre; derlei war schließlich Bestandteil auch unserer Kultur. Aber die Geschichten, die den Lesern der volkstümlichen Presse aufgetischt wurden, schienen sich durch einen eklatanten Mangel an Vornehmheit und ein Übermaß an recht unerquicklicher Lüsternheit auszuzeichnen. Konnte es sein, daß die sittlichen Werte der Zivilisation in England noch nicht bis zum gemeinen Volk durchgedrungen waren? Es fiel mir äußerst schwer, dies zu glauben, und ich glaube es noch immer nicht, denn ich habe den englischen Arbeiter stets als im großen und ganzen anständig und gesittet kennengelernt, und ich bin immer bestrebt gewesen, ihm den ihm gebührenden Respekt entgegenzubringen.

Ich kann schwerlich mit meiner Geschichte fortfahren, ohne zu schildern, wie ich Lord's meinen ersten Besuch abstattete, da dieses geheiligte Gelände doch eine solch bedeutsame Rolle in meinem späteren Leben spielen sollte. Glücklicherweise war Mr. Macnaghten Mitglied des MCC, und er erklärte sich gütigerweise bereit, mich zum Spiel der Australier gegen die englische Elf mitzunehmen, deren Kapitän natürlich niemand anders als W. G. Grace war. Nicht einmal in meinen kühnsten Träumen hätte ich mir damals vorstellen können, daß ich eines Tages selbst in seinem Team spielen würde. In jenem Sommer fühlte ich mich wie ein Künstler, der nach Italien reist, um den großen Meistern seine Ehrerbietung zu erweisen, oder wie ein Pilger, der nach Jerusalem wallfahrtet, um an einer heiligen Stätte zu beten. Quietschvergnügt und mit meinem besten Sommeranzug angetan, brach ich auf, stolz, unter Mr. Macnaghtens Obhut zu stehen, der den berühmten Ei-und-Tomate-Schlips trug.

Das einzige Haar in der Suppe dieses ansonsten vollkommenen Tages war die Tatsache, daß wir M. K. Gandhi treffen würden, an den ich mit keiner übertriebenen Zuneigung zurückdachte, dem man jedoch aus gesellschaftlichen Rücksichten Höflichkeit erweisen mußte. Er war offenbar praktisch allein in London, und es wäre flegelhaft gewesen, ihn gänzlich zu meiden. Und so hatten wir verabredet, uns vor dem Haupteingang zu treffen, von wo aus wir uns gemeinsam zur öffentlichen Tribüne begeben wollten. Wenngleich, wie ich schon sagte, Mr. Macnaghten MCC-Mitglied war, erachtete er es nämlich für unklug, uns in den Pavillon mitzunehmen; nicht etwa weil, soweit mir bekannt ist, die Anwesenheit indischer Gäste ausdrücklich untersagt gewesen wäre, sondern weil dies einen Verstoß gegen die Etikette bedeutet hätte und er vermeiden wollte, Mißfallen zu erregen.

Zu meiner großen Erleichterung war Gandhi bei unserer Ankunft nicht an der verabredeten Stelle, und nachdem wir anstandshalber eine Zeitlang auf ihn gewartet hatten, hinterließen wir am Eingang, wo er uns finden konnte. Dr. Grace schlug gerade in Englands zweitem *innigs*, und welch ein herrliches Exemplar er war! Ich kannte den großen bärtigen Helden von Abbildungen, aber ihn hier, in Person, zu sehen war, als sähe man einen Gott unter Sterblichen wandeln. Dr. Grace' Partner am anderen Ende war, wenn ich mich recht erinnere, W. Barnes, der schon bald wegen eines unüberlegten Schlags vom Feld mußte. Er wurde durch Mr. W. W. Read ersetzt, und genau in dem Augenblick kam ein Mann herüber und tippte Mr. Macnaghten diskret auf die Schulter. Er sagte, draußen sei ein junger Eingeborener, der hartnäckig darauf bestehe, uns zu sprechen – zweifellos der vermaledeite Gandhi. Wir begaben uns zum Eingang, und da stand er tatsächlich mit seiner blitzenden Brille inmitten mehrerer aufgeregter Aufseher, als habe er ein Recht, dazusein. Er war für meine Begriffe ziemlich stutzerhaft gekleidet, in eine weiße Hose und eine auffällige gestreifte Jacke: eher etwas für eine Bootsfahrt als für den Besuch eines Kricketmatchs. Mr. Macnaghten holte ihn natürlich herein, was Gandhi mit einem bemerkenswerten Mangel an Dankbarkeit quittierte. In der Tat wirkte sein ganzes Verhalten in höchstem Maße ungehobelt.

Man bemühte sich trotzdem um einen freundlichen Umgangston. Und ich nehme an, wir wären ganz passabel miteinander ausgekommen, wenn er nicht die ärgerliche Angewohnheit gehabt hätte, grundsätzlich alles besser wissen zu wollen. Wann immer ich mich zu einem schönen *off-break* äußerte, behauptete er, es habe sich im Gegenteil um ein *leg-break* gehandelt. Wenn ein Ruf nach *Leg Before Wicket* vom Unparteiischen zurückgewiesen wurde und ich dies für eine gerechte Entscheidung hielt, behauptete er, es sei eindeutig eine Linie gewesen. Wahrhaft unerträglich wurde seine Pedanterie, wenn er offensichtlich unrecht hatte. Er beharrte beispielsweise darauf, Mr. W. W. Read sei ein Professioneller, während er doch ganz offenkundig ein Gentleman war.

Unser Wortwechsel hatte angefangen, unwillkommene Aufmerksamkeit zu erregen, was Mr. Macnaghten veranlaßte, uns über den Gegenstand aufzuklären. Er bestätigte, was ich ganz genau gewußt hatte, Mr. Read sei in der Tat ein Gentleman reinsten Wassers. Allerdings, fügte er hinzu, lasse sich der Unterschied zwischen Gentlemen und Players nicht auf Umkleideräume und Titel reduzieren. Es sei weniger eine Frage der Zeit, die man dem Spiel widme, als vielmehr eine Frage des Geistes, in dem man es ausübe. Unter den Players gebe es viele lautere Männer, beseelt von den erhabensten Prinzipien; aber um der reinen Freude am Spiel willen zu spielen und dadurch seinen Charakter zu veredeln bedeute, um weit mehr zu ringen als um bloßen materiellen Gewinn, und das eben mache den Unterschied zwischen Gentlemen und Players aus. Es sei ein geistiger Unterschied, für den die soziale Distinktion zwischen Titeln und Initialen oder getrennte Umkleideräume bloße Symbole seien.

Seine abschließenden Worte zum Thema waren eine heilsame Lektion für mich, und ich habe sie niemals vergessen. Ja, ich habe sie selbst zu vielen Gelegenheiten wiederholt, wenn ich jene Art von Snobismus bemerkte, zu der ich als unerfahrener grüner Jüngling selbst geneigt hatte: »Wenn die französischen Vicomtes und Barone sich nur dazu herabgelassen hätten, mit ihren Bauern Kricket zu spielen, wären ihre Châteaus niemals in Flammen aufgegangen.«

Diese zutiefst zivilisierten Gedanken wurden von Gandhi mit einem selbstgefälligen Grinsen aufgenommen, das sicherstellte, daß ich ihn fortan als den engherzigen Banian verachtete, der er war und immer sein würde. Ich bange um Indiens Zukunft, sollte sie jemals in die Hände solcher Männlein gelegt werden, wie er einer ist.

In seiner 1944 erschienenen Verherrlichung des Kricket, *Cricket Country*, beschrieb Edmund Blunden den englischen Nationalkult mit blumigen, aber nichtsdestoweniger exakten Wendungen. Sein »Traumland« war das Dorfkricket, bei dem der Schmied gegen den Gutsherrn *bowlt* und natürlich umgekehrt. Zur Kennzeichnung des Geistes solcher Spiele verfiel Blundon auf den Begriff »Abstufung«, wie in:

> Tilg Abstufung, verstimme *diese* Saite,
> Und höre dann den Mißklang!

Es war Krieg, und Blunden sorgte sich um Englands Zukunft. Würde die Harmonie des englischen Lebens von Konflikten zerstört werden? »Vielleicht«, gab er zu bedenken, »wird ›Abstufung‹ getilgt werden, ohne daß sich so schmerzliche Folgen ergeben. Doch bislang ist bei uns auf dem Lande das vielgeschmähte Prinzip der gesellschaftlichen Ränge, der Schichten, nicht zwangsweise, sondern aus Neigung beibehalten worden, und um die Aufrechterhaltung sozialer Unterschiede und getrennter Welten bemühten sich nicht lediglich diejenigen an der angeblichen Spitze, sondern ebensosehr jene, die das Schicksal akzeptieren und sich am anderen Ende der Stufenleiter auskennen...«

Der Krieg änderte natürlich einiges an diesem Sachverhalt, aber nicht so viel wie auf dem Kontinent. Gerade weil die Welt der Gentlemen und Players in England noch immer fortbestand – wenngleich formell nur noch für einige wenige Jahrzehnte –, verschrieben sich die holländischen Gentlemen der Anglophilie und dem Kricket. Frankreich hatte für die Elite kleinerer Anrainerstaaten schon seit langem seine aristokratische Faszination verloren, und Deutschland war natürlich völlig indiskutabel. Aber England war noch da, ein Muster an Abstufung und feiner Lebensart, und so gingen die holländischen Gentlemen jeden Sommersonntag, wenn das Wetter schön war, durch die freundlichen, von Bäumen gesäumten Straßen, an den freundlichen, sorgsam besprengten Vorgärten vorbei zu den freundlichen grünen Rasenflächen ihrer Kricketclubs, wo die Erste Elf gegen andere Gentlemen, aus Haarlem oder Wassenaar, spielte oder, bei besonderen Anlässen, gegen echte Engländer auf Tournee. Im aufgewühlten Europa der Nachkriegszeit sah es so aus, als würde es immer ein England geben, ein Kricketland, ein Traumland, in dem man noch im Zustand der Gnade leben konnte, »einen langen lauen, sanft verregneten Nachmittag lang, umfriedet von fedrigen Waldungen, fernab von den Sorgen der Welt ...«

Vielleicht um zu verhindern, daß ich über die Stränge schlug, hatte Mr. Macnaghten mit Reverend Louis Borissow, dem Kaplan von Trinity, vereinbart, daß ich für die Dauer meines ersten Jahres in Cambridge bei ihm und seiner reizenden Familie wohnen würde. Nicht, daß seine Entscheidung irgendwelche Unannehmlichkeiten für mich nach sich gezogen hätte; nicht im geringsten; ganz im Gegenteil eigentlich: Ich hatte bemerkenswert wenig Probleme damit, mich ihrer englischen Lebensweise anzupassen – abgesehen von ihrer Vorliebe für Roastbeef, dessen ich mich natürlich aus religiösen Gründen enthalten mußte. Ansonsten aber entschied ich gleich zu Beginn, es sei das beste, solange ich sozusagen in Rom war, es den Römern gleichzutun, und da im Haus eine zutiefst religiöse Atmosphäre herrschte, erschien es mir nur recht und billig, an den einschlägigen Veranstaltungen teilzunehmen. Nun könntest Du mich vielleicht fragen, ob die christliche Konfession mit dem Glauben meiner Väter vereinbar sei, und meine Antwort wäre ein vorbehaltloses Ja. Es ist meine feste Überzeugung, daß wir mit einer beliebigen Anzahl verschiedener Religionen leben können, da alle Menschen, so unterschiedlich sie die Sache auch angehen mögen, mehr oder weniger denselben Gott verehren. Dies trifft meines Erachtens jedenfalls auf alle höherentwickelten Kulturnationen zu; die Ähnlichkeiten zwischen uns und den Wilden sind in der Tat schwieriger zu erkennen – das heißt natürlich, sofern überhaupt welche bestehen.

Doch wie ich schon sagte, fiel es mir nicht schwer, mich in die Lebensgewohnheiten der Borissows einzufügen. Besonders gut kam ich mit den jungen Töchtern des Reverend aus, an deren Spielen und Streichen ich mich mit beträchtlichem Vergnügen beteiligte. Wie oft habe ich nicht den Elefanten gespielt, während die beiden wie erfahrene *mahouts* auf meinem Rücken ritten! Es ist eigenartig, aber ich habe die Gesellschaft junger Mädchen immer als besonders reizvoll empfunden, da für meine Begriffe die Angehörigen des weiblichen Geschlechts dann am bezauberndsten sind, wenn sie sich im Stadium kindlicher Unschuld befinden und noch nicht von den Mühsalen und Kümmernissen des Frauseins zermürbt sind.

Ich könnte mir denken, daß der Reverend mich für einen ziemlichen Dummkopf hielt, denn anstatt zu büffeln, verbrachte ich all meine Zeit mit Kricketspielen. Aber ich tröstete mich mit Mr. Macnaghtens häufig geäußerter Ansicht, ein ehrliches Spiel habe mehr Seele als die meisten Gesangbücher. Natürlich hütete ich mich, solche Gedanken vor meinem gütigen Gastgeber zu äußern, da sie sich kaum mit den Überzeugungen des strenggläubigen Kirchenmannes gedeckt hätten. Allerdings versuchte ich meine akademischen Mängel dadurch wettzumachen, daß ich für die Mädchen ein Gebet verfaßte, das wir dann jeden Abend, nachdem ich ihnen Passagen aus der Bibel vorgelesen oder, was häufiger der Fall war, mit ihnen Fang-den-Schuh um den Eßzimmertisch herum gespielt hatte, gemeinsam rezitierten. Ich war nicht wenig stolz auf meine Leistung, und Du wirst Dir vorstellen können, wie geschmeichelt ich war, als viele Jahre später eine überarbeitete Version meines Gebets Eingang in britische Schulbücher fand: Ich, ein einfacher »Heide« aus dem Morgenland, predigte den Kindern Englands! Hätte es sich nicht um solch eine ernste Angelegenheit gehandelt, wäre ich wohl in Gelächter ausgebrochen.*

Mein erstes Jahr in Cambridge war allerdings, trotz der herzlichen Aufnahme, die ich bei meinen Gastgebern gefunden hatte, nicht ganz leicht, da es mir oft an fröhlicher Gesellschaft mangelte. Dies schrieb ich der Tatsache zu, daß ich außerstande war, Gäste zu bewirten, und unter diesen Umständen schwerlich von anderen erwarten konnte, daß sie mir ihre Freundschaft anboten.

Natürlich fehlte es mir nicht gänzlich an geselligem Umgang, da ich für St. Faith's Kricket und im Liberal Club Billard spielte. Aber namentlich in letztgenannter Einrichtung neigte ich dazu, recht merkwürdige Gesellen anzuziehen. Ein Mann, an dessen Namen ich mich nicht mehr erinnere, überredete mich, in einem Etablissement, das sich Society for Psychical Research nannte, einen Vortrag anzuhören. Der Redner, ein Colonel außer Dienst, berichtete umständlich, wie ein ihm bekannter Mahatma plötzlich aus einem abgeschlossenen Zimmer verschwunden sei und nur seine Kopfbedeckung zurückgelassen habe. Mit einer triumphierenden Miene legte der Colonel als Beweis seiner Aussage einen schmuddeligen Turban vor. Dann wandte er sich zu meiner großen Verlegenheit mir zu und fragte mich, ob ich als Eingeborener des Ostens nicht von ähnlichen Erfahrungen zu berichten hätte. Einen Augenblick lang erwog ich, ihn auf den Arm zu nehmen, aber da ich mir aus dem Stegreif keine glaubwürdige Geschichte ausdenken konnte, bekundete ich mein Bedauern und verabschiedete mich unverzüglich, denn ich befürchtete, die Leute würden mich für einen Zauberer halten!

* Ranjis Gebet lautet wie folgt: »O ewige Mächte, macht, daß ich die Regeln des Spiels einhalte. Helft mir, nicht nach den Sternen zu greifen. Helft mir, billiges Lob weder zu spenden noch willkommen zu heißen. Macht, daß ich immer ein guter Kamerad sein möge. Helft mir zu siegen, wenn ich siegen kann, aber – und das, ihr Mächte, vor allem – wenn ich nicht siegen kann, macht mich zu einem guten Verlierer. Amen.

Ein anderer Freund meinte, es könnte mir Vergnügen bereiten, eine Menagerie aus Worcester, die in die Stadt gekommen war, zu besuchen. Wir zogen abends los und mußten uns unseren Weg zuletzt durch eine Horde von Juden bahnen, die versuchten, uns billige Schmuckstücke zu verkaufen. Im hellerleuchteten Zelt herrschte ein absolut ohrenbetäubender Lärm, da jeder, Student wie Philister, seinen Ehrgeiz dareinsetzte, das Gekreisch und Geschrei der eingesperrten Vögel und Tiere zu übertönen. Der Wärter versuchte tapfer, uns über die interessanteren Eigenarten seiner animalischen Familie zu informieren, derweil Männer und Jungen sich nach Kräften bemühten, die Tiere zu reizen. Ein Mann kniff einen Panther in den Schwanz, worauf die Bestie ein wütendes Gebrüll anstimmte, und mehrere Stadtjungen quälten einen armen Affen, indem sie ihn mit brennenden Zigarren bewarfen.

Meine Gemütsverfassung während dieser Einführung in das Leben von Cambridge läßt sich vielleicht am besten dadurch veranschaulichen, daß ich aus einem Brief zitiere, den ich Mama schickte. Ich begann folgendermaßen:

Meine liebste Mama,

ich hoffe, Du bist gesund und guter Dinge. Sei tausendmal bedankt für Deinen letzten Brief, der wie immer viel Sonnenschein in mein Dasein gebracht hat. Indien erscheint so schrecklich fern, und die Tage sind so schrecklich dunkel, aber man sorgt sehr gut für mich, und ich gebe mir alle Mühe, nicht den Mut zu verlieren.

Vielleicht ist es nur zum Guten, daß ich weit weg bin, denn die Behandlung, die mir diese Verschwörer in Jamnagar haben angedeihen lassen, erfüllt mich noch immer mit Zorn und Bitterkeit. Ach, wenn Du nur hier wärest, meine liebe Mama, und zu mir sprächest, denn ich bin allein mit meinen Gedanken! Die Engländer sind freundlich, gewiß, aber die Angelegenheiten von Jamnagar berühren ihr Leben nicht, und alle Versuche, meine guten Freunde im

Liberal Club – von dem ich in meinem letzten Brief berichtet habe – für meinen Fall zu interessieren, sind leider auf taube Ohren gestoßen.

Es ist wirklich sonderbar, wie wenig Gedanken die Menschen, die hier im Zentrum unseres großen Empire leben, ihren überseeischen Besitzungen zu widmen scheinen. Während wir hier sind, um die Errungenschaften der modernen Welt kennenzulernen, die es uns ermöglichen sollen, unser Volk aus seinem gegenwärtigen Zustand der Verrohung herauszureißen, interessieren sich die Engländer nur insofern für unseren Teil der Erde, als er ihnen exotisch und fremdartig erscheint. Für den britischen Durchschnittsbürger ist Indien ein Land wilder Tiere, die zu seinem Vergnügen in Käfigen ausgestellt werden, und turbantragender Zauberer, die sich im Handumdrehen in Luft auflösen. Ich habe keine Ahnung, wie der gewöhnliche Engländer mich sieht, aber ich vermute als eine Mischung aus wildem Tier und Fakir!

Jetzt aber, meine liebe Mama, möchte ich Dir mit meinen Problemen, die Dir im höchsten Grade trivial erscheinen müssen, nicht länger zur Last fallen. Ich habe viele wunderbare Dinge in diesem großen Land gesehen. Cambridge ist eine ausnehmend schöne, prächtige Stadt, und ich gewöhne mich sehr gut an den englischen Lebensstil, der allerdings gelegentlich noch immer gewisse Überraschungen für mich bereithält …

Und so weiter und so fort. Ich hatte, wie gesagt, durchaus neue Freunde, aber es handelte sich selten um Männer meines Schlages. Zum Beispiel knüpfte ich eine kurze Bekanntschaft mit einem kränklichen Burschen von King's namens Ross an. Er war das, was man einen Ästheten nennt (Du erinnerst dich natürlich an die Ästhetinnen mit ihren absurden, weiten Gewändern und ihrem verträumten Gehabe). Er trug sein Haar außergewöhnlich lang und kleidete sich in extravagante Samtanzüge. Recht angetan war ich allerdings von seiner angenehmen Art und namentlich von seinem ehrlichen Interesse an meinem Schicksal als des rechtmäßigen Anwärters auf die *gaddi*. Er hatte die Liebenswürdigkeit, mich mit Prinz anzureden, was, obgleich es zu jener Zeit strenggenommen noch unzutreffend war, mich maßlos erfreute.

Ross war ein großer Liebhaber von Gedichten, die er mir oft und gern mit einer wunderschönen Stimme vorlas. Er pflegte außerdem seine recht verletzenden Ansichten in Zeitschriften wie *Granta* zu veröffentlichen, was ihn oft in Teufels Küche brachte – beziehungsweise in den Brunnen des Front Court, wo ihm nämlich ein paar erzürnte Stutzer zu einem unfreiwilligen Bad verhalfen. Dieses Erlebnis nahm ihn sehr mit, aber da ich fand, er habe sich unklug verhalten, fiel es mir schwer, ihm mein Mitgefühl auszusprechen, und unsere Beziehung schlief bald ein. Natürlich hatten wir ohnehin nie viel gemeinsam gehabt. Ich brauche nur zu sagen, daß Ross ein tiefes Desinteresse für jede Art von Sport an den Tag legte, was bei einem Mann meines Erachtens stets ein Zeichen von Kränklichkeit ist – höchstwahrscheinlich geistiger Kränklichkeit.

Wenn ich Ross dennoch nie vergessen werde, so deshalb, weil ich durch ihn den berüchtigten Päderasten Oscar Wilde kennenlernte. Ich hatte damals natürlich keine Ahnung von seinen widernatürlichen Neigungen und fand ihn recht amüsant. Er war physisch außerordentlich wenig einnehmend, groß und bleich, mit vorstehenden Zähnen von höchst unattraktiver Farbe, und er kleidete sich äußerst merkwürdig. Seine Hand zu schütteln war, wie einen toten Fisch anzufassen, und er kicherte wie eine Frau, wobei er sich die große weiße Hand vor den Mund hielt. Er war ganz und gar nicht mein Typ, und ich verstand nicht die Hälfte von dem, was er sagte, aber er hatte eine einnehmende Art, und ich konnte mir nicht helfen, ich mußte einfach über seine Scherze lachen. Er bekundete ein großes Interesse an meiner Heimat und versprach, daß er eines Tages eine Geschichte, oder besser tausendundeine Geschichte – so seine

Worte – über mich und mein märchenhaftes Königreich schreiben würde. Es war natürlich alles Geschwätz und Unsinn, aber, wie ich zugeben muß, recht unterhaltsamer Unsinn.

Ich sah ihn ein einziges Mal, und das Denkwürdigste an dieser Begegnung war die Weise, wie er uns verließ. Wir hatten bei Ross zu Mittag gegessen und uns dann zum Bahnhof begeben, um Wilde zu verabschieden. Ross und ich waren nicht die einzigen dort, denn Wilde hatte eine beachtliche Gefolgschaft, größtenteils kraftlose junge Ästheten, die mir überhaupt nicht zusagten. Sie waren weder Männer noch Frauen, wie unsere indischen Hijra-Tänzer, die einem an besonderen Festtagen vielleicht Glück bringen können, aber kaum die Sorte Mensch sind, mit der man gesellschaftlich verkehren würde. Umgeben von diesen Geschöpfen bestieg Wilde seinen Zug nach London. Er lehnte sich aus dem Fenster, ließ eine Zigarette in seiner rechten Hand baumeln und verströmte einen ununterbrochenen Schwall von geistreichen Bemerkungen, die seinen hingerissenen Anhängern eine Lachsalve nach der anderen entlockten. Erst als der Zug sich in Bewegung setzte, nahm Wilde Platz, aber dann geschah etwas sehr Kurioses: Der Zug blieb stehen und fuhr wieder in den Bahnhof zurück, wo wir noch immer standen und Wilde nachwinkten. Nun aber würdigte er uns nicht einmal eines Blickes. Sein Auftritt war vorbei, sein Fenster fest verschlossen, und seine ganze Aufmerksamkeit galt jetzt ausschließlich seiner Zeitung. Was für ein ungewöhnlicher Bursche er war! Nichts, was ich seither über ihn las, hat mich sonderlich überrascht. Er bekam zweifellos, was er verdiente, aber meiner Meinung nach waren es diese verweichlichten jungen Gespielen, die ihn auf dumme Gedanken brachten. Sie waren alles andere als Gentlemen.

Der bengalische Schriftsteller, dessen Buch mir so gefallen hatte und der übrigens Subhas Chakravorty hieß, hatte sich mit mir im Maidens Hotel verabredet, dessen einstige Herrlichkeit erst kürzlich halbwegs wiederhergestellt worden war. Subhas meinte, mir würde sein »Raj-Ambiente« gefallen. Wir tranken Tee auf der Terrasse. Vereinzelt saßen indische Familien rings um den Rasen, die Männer in schicken blauen Blazern und Clubkrawatten. Die Frauen trugen Saris und zwitscherten ununterbrochen wie elegante Vögel in einer Mischung aus Englisch und verschiedenen indischen Sprachen. Ich hörte zufällig, wie ein rundlicher Gentleman einem anderen erklärte, es sei »wirklich sehr wichtig, wirklich äußerst wichtig, Milch zum Tee zu nehmen, ihn nicht in Milch zu kochen, wohlgemerkt, was die ganze verdammte Chose verdirbt, sondern sie zum Tee zu nehmen«.

»Schauen Sie«, sagte Subhas. Er sprach sehr schnell, und seine rechte Hand beschrieb dabei elegante Muster in der Luft. »Ranji erinnerte die Briten an das, was Michel Foucault heroische Ambivalenz nennt. Das Kricket befand sich im viktorianischen England in einer eigentümlichen Übergangsphase – gewissermaßen einem Diskurs zwischen vorindustriellen, spielerischen, aristokratischen Wertvorstellungen einerseits und puritanischen, industriellen, männlichen, wissenschaftlichen, professionellen andererseits – die Texte, wenn wir so wollen, der Tradition gegen die der Moderne. Die Gentlemen repräsentierten erstere, die Players letztere. Und damit die Gentlemen die Früchte der Modernität ohne die, marxistisch gesprochen, Entfremdung der Industrialisierung genießen konnten, erledigten die Players die professionelle Arbeit, während die Gentlemen über Fair play plauderten. Die Professionals wurden später natürlich *middle-class* und nahmen den Persönlichkeitstyp an, den Erich Fromm marktorientiert nennt, ein Typus, der es der Person gestattet, sich als Ware anzubieten und zu verkaufen. Aber jetzt reden wir bereits über eine Periode, die Ranji nicht mehr erlebte.«

Er unterbrach sich nur, um rasch Luft zu schöpfen, runzelte die Stirn und fuhr fort.

»Sehen Sie, worauf ich hinauswill, ist, daß das heidnische, aristokratische, androgyne Indien noch immer den Wertvorstellungen einer Gesellschaft anhing, wie sie existiert hatte, bevor Arnold das männliche Christentum und all das einführte, bevor ...«

Ja, versuchte ich mich behutam in Subhas' sintflutartigen Redeschwall einzuschalten, aber Ranji habe sich doch sicherlich mit der kriegerischen Tradition seiner Kaste identifiziert. Er sei wohl kaum androgyn gewesen...

»Völlig richtig, völlig richtig, schon verstanden. Aber das indische Kshatriyatum, worauf Sie, glaube ich, anspielen, war die einheimische Antwort auf das männliche Christentum. Nun gut, die Inder brauchten ihr Pendant zum aggressiven viktorianischen Imperialisten, also unterdrückten sie ihre androgyne Wesensstruktur. Nur eben, daß sie nicht vollständig unterdrückt werden konnte. Unsere Götter blieben androgyn und wie sie, durch Extension, auch unsere säkularen Helden.«

Wir verstummten und lauschten ein Weilchen dem leisen Geklirr der Teelöffel und dem Plock-Plock der Tennisbälle auf den angrenzenden Courts. Subhas warf mir einen schalkhaften Seitenblick über seine fleischige Nase hinweg zu und nahm den Faden wieder auf: »Ich möchte wetten, daß es gerade Ranjis weibliche Seite war, die C.B. Fry so anzog, und genau das Gegenteil, würde ich sagen, reizte Ranji an Fry. Und so«, Subhas legte die Hände auf seinen recht umfangreichen Bauch, der vor Lachen zu beben begann, »und so habt ihr Kerls es geschafft, uns jahrhundertelang zu vergewaltigen.«

Du wirst Dich vielleicht fragen, mein lieber Charlo, was aus meinen Mitprinzen in England wurde. Tatsache ist, daß ich sie äußerst selten sah, weil ich, wenn ich ehrlich sein soll, recht wenig von ihnen hielt, am allerwenigsten aber von Swaroopsinhji. Du wirst das sicher herzlos von mir finden, aber er wirkte wahrhaftig wie die Verkörperung der Verschlagenheit, die für unsere Rasse leider so typisch ist. Ich mag in diesem frühen Stadium noch kein vollendeter Kenner des englischen Lebens gewesen sein, aber gewisse Unterschiede zwischen dem britischen Charakter und unserer, der Eingeborenenseele waren für mich schon zu jener Zeit offenkundig. Ich möchte ein wenig näher darauf eingehen, da ich glaube, daß meine damaligen Erwägungen manche meiner späteren Handlungen, die Dir andernfalls unverständlich bleiben würden, durchaus begreiflicher erscheinen lassen.

Wir entstammen einer uralten Kultur, die im Lauf der Zeit große Religionen, schöne Künste und viele edle und weise Herrscher hervorgebracht hat, die aber im Zuge der natürlichen Auslese in unserem Volk auch eine Anlage zu Tücke und Verschlagenheit, deren man zum Überleben in einem heißen und oft unfruchtbaren Land bedarf, hat entstehen lassen. Unsere Eingeborenenseele ist tief, rätselhaft und melancholisch, auf ewig verschlossen dem Außenstehenden, der sehr rasch von ihren Geheimnissen benebelt wird. Wer tollkühn genug ist, die verborgenen Tiefen des Ostens ergründen zu wollen, wird daraus völlig verwirrt und, wie ich fürchte, als ein weit schlechterer Mensch wieder hervorkommen, weil er versucht hat, in einen Bereich einzudringen, der tabu bleiben sollte. Du, Charlo, hast Dich oft beklagt, Du seist von Schwarzen betrogen worden. Wie recht Du hattest! Denn kein Sohn der Tropen wird je einem Weißen gegenüber aufrichtig sein; zu tief wurzelt die List in seiner Seele.

Wie verschieden ist der Charakter des Engländers: so offen und hell, wie die Eingeborenenseele dunkel ist. Der englische Charakter ist fast kindlich in seinem ewigen Optimismus und seinem Glauben an den Fortschritt, während die indische Seele an ihre morbide Schicksalsgläubigkeit gekettet bleibt. Natürlich ist mir bewußt, daß es in jedem Korb faule Äpfel gibt, aber der schlechte Engländer fängt selten schlecht an; die Fäule kommt von außen, von der zersetzten Hitze fremder Gegenden, von der Verderbnis von Völkern, deren Verworfenheit und Tücke der Rückstand von Jahrtausenden ist. Denn England ist so jung und Indien so alt. Wir können nur noch hoffen, von einer kraftvollen Nation vor der Gebrechlichkeit unserer uralten Vergangenheit gerettet zu werden. Und beten wir, daß wir eines Tages unsere Jugend wiedergewinnen und im Licht des Fortschritts wandeln mögen.

Swaroop war, wie ich zu meinem Bedauern sagen muß, eine verderbte und verderbliche Seele. Er führte in Cambridge ein liederliches Leben, umgab sich mit anrüchigen Männern. Das einzige Spiel, das er beherrschte – und worin er es zugegebenermaßen nicht an einer gewissen Geschicklichkeit fehlen ließ –, war Whist. Doch die Einsätze waren hoch, und er hatte bald alles verloren und kam dann zu mir, damit ich ihm aus der Verlegenheit half. Ich wurde der Sache überdrüssig und beschloß, daß ich fürderhin nichts mehr mit dem nichtswürdigen Trottel zu tun haben würde. Prompt begannen merkwürdige Geschichten über mich zu kursieren, die ich größtenteils lieber nicht wiedergeben möchte. Einem solchen Gerücht zufolge war ich ein Hochstapler, der unrechtmäßig einen Titel führte. Der Zweck der Übung war, mich mit demselben Schmutz zu besudeln, der an meinem Mitprinzen haftete, nämlich dem Makel der Unehrlichkeit. Es schmerzt mich noch immer, daran zu denken. Glücklicherweise sank der Bursche schon bald darauf wieder in die Namenlosigkeit zurück, aus der er gekommen war. Aber genug dieser Klagen über Nullitäten. Ich werde die Vergangenheit ruhen lassen und mit meiner Geschichte fortfahren.

Erst nachdem ich mehrere Jahre lang die Gastfreundschaft der Borissows genossen hatte – deren Liebenswürdigkeit ich niemals werde vergelten können –, beschloß ich, auf eigenen Beinen zu stehen, und richtete mir eine Wohnung in der Sydney Street 22 ein. Ich war dort sehr glücklich, und man sorgte gut für mich. Ich konnte außerdem endlich meiner Lust an schönen Gegenständen aus Silber und Elfenbein frönen – Edelsteine konnte ich mir wegen der notorischen Kreditunwilligkeit der Juweliere damals noch nicht leisten. Ich erstand auch bequeme englische Möbel, ein paar Perserteppiche, und bald erachtete ich meine Wohnung für tauglich, Gäste zu empfangen. Wenngleich ständig ohne Bargeld, war ich doch nicht völlig mittelos, und zu jener Zeit, als die Bande des Vertrauens noch mehr bedeuteten als alle Vorschriften und Reglementierungen unserer geschäftsmäßigeren Epoche, räumte man einem Gentleman noch das Privileg ein, auf Kredit zu leben.

Ich war natürlich in das Trinity College übergewechselt – ein problemloser Vorgang, da keine Aufnahmeprüfung verlangt wurde –, gelangte aber bald zu der Einsicht, daß ich, da ich mich nie durch große Gelehrsamkeit ausgezeichnet hatte, schwerlich je als Wissenschaftler ernst genommen werden würde. Statt dessen beschloß ich, aufs Ganze zu gehen und mir einen Namen als Kricketspieler zu erwerben. Das war, wie Du sehr gut weißt, leichter gesagt als getan, denn in jenen Jahren erlebte das Kricket in Cambridge eine herrliche Blüte, vor allem dank solcher Prachtexemplare wie C. M. Wells, F. S. Jackson und D. L. A. Jephson. In der Umgebung solcher Gentlemen war es fast unmöglich, sich bemerkbar zu machen.

Aus diesem Grunde erschien es mir vernünftig, zu meiner Ausbildung die besten Trainer zu verpflichten, die Cambridge zu bieten hatte: Richardson und Lockwood, zwei ausgezeichnete Professionals. Ich hatte damals Probleme mit meinem rechten Bein, das ich einfach nicht ruhig halten konnte, also pflockte ich es fest und forderte meine Trainer auf, nach meinem *leg*-Stab zu zielen und mir den Ball möglichst nah vor die Füße zu schleudern. Auf diese Weise vervollkommnete ich meine *back-foot*-Schläge, die damals, wie ich fürchte, noch viel zu wünschen übrigließen. Stunde um Stunde übte ich *cuts*, *pulls* und *drives*, immer und immer wieder, bis meine Technik sich entschieden verbessert hatte. Ich pflegte einen Sovereign auf meinen linken Stab zu legen und ihn demjenigen zu überreichen, der ihn herunterschlug, was immer seltener geschah, wie ich zu meiner Freude sagen kann, da ich andernfalls bald verarmt wäre.

Manche fachkundige Beobachter äußerten später die Ansicht, mein Spiel habe an Hexerei gegrenzt, aber ich versichere Dir in aller Aufrichtigkeit, daß davon keine Rede sein kann. Meisterschaft auf jeglichem Gebiet ist eine Kombination von angeborener Fähigkeit, Wissenschaft und Fleiß. Was das erste betrifft, so ist ein rascher, scharfer Blick den Angehörigen meiner Rasse von Natur aus eigen. Engländer wissen, wann der Ball kommt, und gehen in Position für den Schlag, wenn der Ball bereits mehr als die Hälfte der Entfernung zurückgelegt hat. Ich dagegen weiß es, wenn der Ball noch zwei Drittel seines Fluges vor sich hat. Darüber hinaus rast die Botschaft – vom Auge zum Gehirn und von da zu den Muskeln – bei mir mit einer solchen Blitzgeschwindigkeit, wie es bei keinem Engländer der Fall ist. Das ist also ein natürlicher Vorteil. Doch um die Gaben der Natur in technische Perfektion zu verwandeln, bedarf es wissenschaftlichen Denkens, etwas, worin die Engländer bis heute unübertroffen sind. Nur durch die Theorie – und ihre beharrliche Umsetzung in die Praxis – kann man die physischen Werkzeuge, mit denen Gott einen ausgestattet hat, verbessern. Im Falle eines einzelnen Mannes erfordert das Selbstdisziplin; geht es darum, andere, der Theorie noch Unkundige, zu leiten, eine starke Führung.

Meine eigenen Gaben erregten, wie ich ohne falsche Bescheidenheit sagen kann, schon bald Aufmerksamkeit in Parker's Piece, wo ich den Zuschauern recht gute Unterhaltung bot. Einmal verbuchte ich drei *centuries* an einem einzigen Tag – in drei verschiedenen Spielen! Die Geschichte ist schon so oft und in so vielen verschiedenen Versionen erzählt worden, daß Du sie jetzt ebensogut auch vom Protagonisten selbst hören kannst. Der erste Hunderter war für meinen eigenen Club, Cassandra, und ich erledigte ihn mühelos lange vor dem Lunch. Dann schlenderte ich zu einem anderen Spiel hinüber und wurde prompt zum Mitmachen eingeladen. »Smith« nannten mich meine Sportsfreunde damals, »Smith«, liebevoll, versteht sich, »ein bißchen dreschen?« Und so drosch ich zu und schaffte über hundert *runs* in wenig mehr als einer Stunde. Ich hatte inzwischen schon eine ziemliche Menschenmenge angelockt und amüsierte mich königlich über ihre Bemerkungen, als ich vom *wicket* zurückkam. »Meinst du, der redet Englisch?« fragte ein neugieriger Bauerntölpel einen anderen. »Na klar doch«, lautete die weise Antwort, »der heißt doch Smith.« Ich konnte meine Heiterkeit kaum unterdrücken.

Da mein Club zu dem Zeitpunkt noch immer am Schlag war, beschloß ich, mir noch ein wenig Spaß zu gönnen, und ging, zum Entzücken der Menge, die inzwischen fast so groß war wie seinerzeit die in der Menagerie, für eine dritte Mannschaft schlagen – die Harlequins, wenn ich mich recht erinnere. Die Werfer stellten kein großes Problem dar, und ich jagte den Ball nach allen Seiten des Platzes, bis ich mein drittes *century* voll hatte und das *wicket* verließ. Das Publikum war angesichts meiner Darbietung begeistert, und man ließ mich eine Ehrenrunde um den Platz marschieren, während die Leute ihre Hüte in die Luft warfen und riefen: »Ein dreifach Hoch auf Smith!« Ein Bursche versuchte, die Feststimmung zu verderben, indem er brüllte: »Ein dreifach Nieder mit dem Nigger!« Doch er wurde sofort von allen Seiten mit Rufen getadelt wie: »Pfui! Ein dreifach Nieder mit *Ihnen*, Sir!« Dieser Freundschaftsbeweis rührte mich zutiefst.

Zur Feier des Tages lud ich alle Cassandra-Männer in meine Wohnung zu einem festlichen Souper ein. Die Speisen und der Bordeaux waren, wie ich glaube, durchaus nach ihrem Geschmack. Und zum Andenken an das Ereignis schenkte ich jedem Gast ein Paar silberne Manschettenknöpfe, worüber alle große Freude bekundeten. Es war nur ein kleines Zeichen meiner Zuneigung, und es ist wahrlich eine größere Freude, zu geben, als zu nehmen – die größte

Freude aber ist, als Gegengeschenk die Freundschaft seiner Kameraden zu empfangen.

Mein lieber Charlo, an diesem Punkt meiner Geschichte muß ich berichten, wie ich meinen besten und wahrsten Freund (Dich ausgenommen natürlich) kennenlernte, meine liebste Popsey. Es war eine Zufallsbegegnung, da ich trotz der Popularität, die ich neuerdings beim Publikum in Parker's Piece genoß, in Cambridge, ehrlich gesagt, ein ziemlich einsames Leben führte. Ich verbrachte viel Zeit mit Billardspielen, und die Männer im Liberal Club waren ohne Zweifel sehr freundlich und ebenso meine Jagdkameraden. Desungeachtet saß ich oft allein in meiner Wohnung und dachte an Indien und Mama – schwermütige Gedanken, die ich unmöglich mit meinen Freunden teilen konnte, da sie mich nie verstanden hätten. Solche Stimmungen schadeten meiner Gesundheit, da sie Schlafstörungen verursachten, die durch mein Asthma nur noch weiter verschlimmert wurden. Und obgleich es keinen geringen Trost für mich bedeutete, bei meinem Schneider, bei dem ich viele glückliche Stunden mit dem Aussuchen von Hemdenstoffen oder dem Anmessen neuer Anzüge verbrachte, eine ansehnliche Rechnung auflaufen zu lassen, vermochten es diese Expeditionen nie, meinen Trübsinn restlos zu verscheuchen. Was ich brauchte war, mit einem Wort, ein vertrauterer Gefährte.

Wie Du weißt, befand sich unter meiner Wohnung eine Bäckerei, die George Barnes, meinem Hauswirt, gehörte. Nach hinten hinaus gab es ein nettes kleines Wirtshaus, das wir gern auf einen Drink aufsuchten: Ginger-ale für mich und Bitter und Dünnbier für Barnes. Das erste Mal, als ich Popsey bemerkte, *sah* ich sie gar nicht: Ich hörte sie, und was ich hörte, war bemerkenswert genug, denn sie fluchte wie ein Fuhrknecht! (Ich glaube, sie hatte früher einem Matrosen Gesellschaft geleistet.) Trotzdem hatte ich die liebe Kleine kaum zu Gesicht bekommen, als ich auch schon wußte, daß sie die Meine werden mußte. Es war, wie man so sagt, Liebe auf den ersten Blick. Sie war ganz grün, mit Ausnahme eines roten Flecks an der Rückseite ihres lieben Köpfchens (das mittlerweile leider völlig kahl geworden ist), und trotz ihrer zotigen Reden war sie wirklich die Sanftmut in Person. Zufällig war der Gastwirt froh, sie loszuwerden, und ich zahlte ihm einen angemessenen Preis.

Um die Zeit, als ich die liebe Popsey erwarb, hatte ich eine Jagd in Norfolk gepachtet, wo ich manch herrlichen Tag verbrachte. Einfältige Leute fragen sich bisweilen, wie ein begeisterter Jäger, dem wie mir nichts soviel Vergnügen bereitet, wie ein Paar Rebhühner oder einen starken Hirsch zu erlegen, behaupten kann, er liebe die Tiere. Eine solche Ansicht gründet sich auf einer eklatanten Unkenntnis der menschlichen und, wie ich meine, auch der tierischen Natur. Denn es behaupte niemand, ich liebte die Tiere nicht. Tatsächlich glaube ich, daß Freude an der Jagd durchaus nicht unvereinbar ist mit Zuneigung zur Beute: im Gegenteil, je tiefer die Liebe zur Natur und ihren Geschöpfen, desto größer das Vergnügen. Wer aus Haß jagt oder schießt, ist ein Mörder und kein Sportsmann. Meines Erachtens empfindet man das größte Glück in dem Augenblick, da man das Tier im Visier hat, denn zu keiner Zeit verspüren Mensch und Tier eine innigere Verbundenheit als dann, wenn des einen Leben in des anderen Hand liegt. Den exakten Augenblick des Todes eines anderen Geschöpfes zu bestimmen ist kein Akt des Hasses, sondern viel eher ein Akt der Barmherzigkeit, der Aufopferung, ja der Liebe.

Gott bewahre, daß ich je den Wunsch verspüren sollte, der lieben Popsey das Leben zu nehmen, denn sie ist mir eine viel zu teure Gefährtin. Selbst jetzt, während ich schreibe, tröstet und erquickt mich die Anwesenheit meines lieben Vogelfräuleins, denn es kann mir etwas geben, was ich von keinem Menschen erwarten kann: absolute Loyalität. Kein Geschöpf ist so rein, so frei von aller Falschheit wie mein süßes Papageienmädchen, das einst so schmutzige Reden führte. Andererseits bestand der Gewinn in gewissem Sinne eben in ihrer Fähigkeit zu fluchen, denn sie brachte die Menschen zum Lachen, was vielleicht die größte Gabe ist, die die Natur gewähren kann, bietet sie doch weit besseren Schutz als alle Waffen, die der Mensch je ersonnen hat.

Ab und an, wenn ich keine Lust mehr zu lesen hatte, nahm ich mir Fotos von Ranji vor in der Hoffnung – wenn ich sein Gesicht nur lang genug musterte –, daß sich etwas Unerwartetes oder Neues offenbaren würde, irgendein verborgener Hinweis, den Worte nicht vermitteln konnten. Einmal lernte ich einen Japaner kennen, der während des Krieges bei der Geheimpolizei in Shanghai gearbeitet hatte und für die Vernehmung gefangener Partisanen verantwortlich gewesen war. Er sprach weder Englisch noch Chinesisch, aber er war ein Kenner der menschlichen Physiognomie und hatte vor dem Krieg auf Tempelfesten den Leuten aus der Hand gelesen und damit ein gutes Auskommen gehabt. Um seine Kunden zu beeindrucken, brauchte er sich nur ihre Gesichter anzusehen und ihnen ein ungefähres Bild ihres Charakters zu zeichnen. Nach dem Krieg kehrte der alte Vernehmungsbeamte zum Jahrmarkt zurück und nahm sein früheres Gewerbe wieder auf.

Die Physiognomik hat einiges für sich, aber gibt es etwas in den glatten Zügen, sagen wir, eines Heinrich Himmler, was die Bösartigkeit des Massenmörders offenbart? Ich habe geschaut und geschaut und sehe noch immer nicht, was dieses aufgedunsene, schweinsäugige Gesicht außer der schlaffen, selbstgefälligen Mittelmäßigkeit eines rücksichtslosen Bürokraten verriete.

Und doch, was verleiht einem bestimmten Gesicht (dem Anthony Edens) ein so englisches oder einem anderen (dem De Gaulles oder Mitterrands) ein so französisches Aussehen? Die Sprache vielleicht? Münder sind offenbar besonders aufschlußreich: Sie scheinen durch die Worte geprägt zu werden, die über die Lippen kommen – schmale, verkniffene Lippen im Fall eines Upper-class-Engländers, wie das Mundstück einer

Trompete gewölbte im Fall eines Franzosen. Ranjis Gesicht aber blieb ein Rätsel. Er war seit seiner Zeit in Cambridge ein begeisterter Fotograf gewesen. Ebensogern wie er Bilder schoß, ließ er sich selber auf die Platte bannen. Aber es war schwierig, wenn nicht gar unmöglich, anhand der Aufnahmen zu sagen, was für ein Mensch er gewesen war, denn er schien nur einen einzigen Gesichtsausdruck gekannt zu haben: ein unverbindliches, halbes Lächeln – wie die idealisierten Porträts von Göttern und Politikern auf modernen indischen Postern, alterslos und ohne ausgeprägten Charakter, ein bißchen wie in die Jahre gekommene Putten.

Nicht, daß Ranji nicht eitel gewesen wäre. Seitdem er bei einem Jagdunfall ein Auge verloren hatte, hielt er den Kopf immer etwas abgewandt, damit man die Verletzung nicht sah. Ja, eitel war er schon. Er gab nur nichts preis. Jedenfalls nichts von seinem privaten Charakter. Mit seinem öffentlichen Ich hielt er sich keineswegs so zurück. Bilder von Ranji hatten etwas von japanischen Farbholzschnitten: das Gesicht stilisiert, ohne Details, aber die Kleider – das war eine andere Sache.

Im Palast zu Jamnagar sah ich ganze Stapel staubiger Fotos durch, die der alte Diener für mich herausgelegt hatte. Da war er: Ranji, der junge Kricketspieler in Cambridge, mit seiner hellblauen Kappe, die ihm ein bißchen zu klein zu sein schien, das Schlagholz schräg an seiner Seite, die Rechte zwanglos in die Tasche seines blauen Blazers gesteckt, alles vollkommen durchdacht; und da war Ranji in weißer Kricketkleidung, wie er in Hove, unverbindlich lächelnd, am Kerbstrich seine Verteidigungsposition einnimmt; und da, wie er, in gestreiftem Blazer, neben C.B. Fry auf einer Mauer sitzt, in entspannter Urlaubspose; da, in seiner Sänfte auf dem Rücken eines prachtvoll geschmückten Elefanten, auf dem Weg zu seiner Inthronisation als Jam Saheb; oder in seiner britischen Militäruniform während des ersten Weltkriegs; oder in Tweedknickerbockers, neben einem erlegten Tiger kauernd; oder in leuchtende Seide gekleidet und mit Juwelen behangen im

Palast irgendeines Maharadschas – ein Bild, eine Pose und eine Uniform für jede Gelegenheit.

Warum diese Leidenschaft für die Fotografie? Ist Fotografieren eine Form des Sammelns, des Jagens und Beutemachens? Vielleicht ist das Auswählen des Augenblicks, der für immer im Bild festgehalten werden soll, wie Schmetterlinge fangen oder wilde Tiere schießen und sich ihre Köpfe an die Wand hängen, Andenken an die Macht über Leben und Tod. Der Jäger wählt den entscheidenden Augenblick.

»Natürlich kann man die Fotografie unmöglich als eine Kunst bezeichnen.«

Es war mir klar, daß Inder das sagen würde. Er rebellierte demonstrativ gegen die Technik, selbst wenn er ihre Segnungen genoß. Er schrieb mit der Hand – »Auf einem Computer kann man nicht dichten«. Er weigerte sich, Autofahren zu lernen. Er sah nie fern.

»Die Fotografie ist keine Kunst, mein Lieber. Das einzige, was sie leisten kann, ist, die Wirklichkeit zu reproduzieren, oder eigentlich nicht einmal das, denn ein Foto ist nicht real – eher eine Form von Mimikry, und Mimikry kann per definitionem niemals Kunst sein.«

Ja, sagte ich, aber warum hatten dann so viele Maharadschas eine solche Leidenschaft für die Fotografie entwickelt?

»Ah«, sagte Inder, »das war, weil sie überhaupt keine Poesie mehr in der Seele hatten. Sie waren Hybriden, Züchtungen der Briten. Ständig unterwegs, hierhin und dorthin und wieder zurück, hatten sie keine anderen Wurzeln als den Inhalt ihrer Koffer. Wie hätten sie sich ausdrücken können? Das einzige, was sie tun konnten, war, ihre Mimikry zu dokumentieren.«

Tief innen hegte Inder noch immer den hartnäckigen, atavistischen Glauben, die Technik und damit natürlich die Fotografie raube dem Menschen seine Seele. Und wenngleich selbst ein glänzender Mime, haßte Inder jede nichtironische Mimesis, die er als einen bloßen minderwertigen Ersatz betrachtete. Er glaubte an die Poesie der Seele, die für ihn so real war wie das Blut in unseren Adern. Und der Beweis ihrer Realität war die Unmöglichkeit, sie zu fälschen; sie konnte nicht erworben oder erlernt oder gesammelt werden, da sie nur, wie eine schöne Blume, in heimatlicher Erde wachsen konnte.

Das Leben in der Sydney Street kam allmählich in Fahrt, und zwar im wörtlichen Sinn, denn ich hatte mir einen sehr schönen einzylindrigen Peugeot-Viersitzer gekauft – den ersten auf Cambridges Straßen! Es sollte Jahre dauern, bis ich ihn abbezahlt haben würde, aber da ich nie auf die Jagd fuhr, ohne meinen Gläubiger einzuladen, und da er ein famoser Bursche war, gewährte er mir mit Freuden Kredit. Es wird oft behauptet, ein ähnliches Fahrzeug im Besitze von C.S. Rolls – dem Burschen, der später selbst anfing, Automobile herzustellen – sei das erste gewesen, aber das stimmt nicht, denn ich kaufte meines vier Jahre vor ihm. Ich muß schon sagen, wir erregten ziemliches Aufsehen, wenn wir die Passanten auf der Petty Curry wie die Tauben auseinanderstieben ließen. Ich fühlte mich wahrhaft wie ein Gott unter Sterblichen, wenn ich mit einer dem Menschen bis dahin unbekannten Geschwindigkeit so dahinbrauste. Es war auch eine recht nützliche Methode, die verschiedenen Händler, bei denen ich offene Rechnungen hatte, bei Laune zu halten, indem ich sie nämlich mit ihren Frauen, wenn sie sich nicht allzusehr fürchteten, zu Spritzfahrten einlud. Und anschließend bewirtete ich sie alle in meiner Wohnung mit einem Bombensouper – wobei die Gerichte oft von den Gästen selbst geliefert worden waren.

Indes war ich keineswegs auf Rosen gebettet. Auch wenn ich bereits für die College-Elf spielte, blieb mein größter, innigster Wunsch – in der Universitätsmannschaft zu spielen – weiterhin unerfüllt. Dies bereitete mir allmählich immer heftigere Qualen, da ich, wenn ich ehrlich sein soll, mitunter die traurige Gewißheit verspürte, ich würde, gleichgültig welche Fortschritte meine Technik machte, einfach deswegen nie die Chance bekommen, für die Universität zu spielen, weil ich ein Eingeborener war. Es gab keine konkreten Anhaltspunkte, an denen ich dieses Gefühl hätte festmachen können. Aber ermüdend fand ich es schon, daß viele mein Spiel eher als eine amüsante Vorführung orientalischer Zauberkunst betrachteten denn als etwas, was eine ernstere Würdigung verlohnt hätte.

Dann, eines Tages, als ich, direkt hinter Trinity, am Cam entlangschlenderte – und, lieber Himmel, war das damals noch ein übelriechender Fluß! –, hatte ich eine Vorahnung. Es war ein in keinerlei Hinsicht bemerkenswerter Frühlingstag. Ich blieb an der Brücke stehen, sah hinunter auf das Wasser, wo Fetzen verschmutzten Papiers wie kleine, zerknautschte Boote dahintrieben und von den hungrigen Ratten unter der Brücke aufgeschnappt wurden, und hatte plötzlich die seltsamste Empfindung: Alles sah aus wie immer und doch zugleich ganz anders, so als sei ich nicht mehr Teil meiner Umgebung. Vielleicht war es nur Einbildung, wenngleich ich das nicht glaube, aber ich hörte deutlich eine Stimme, die mich in meiner Muttersprache aufforderte, schnellstens heimzukehren, da bald ein Bote mit einer guten Nachricht eintreffen würde. Ich gestehe, daß ich aus dem Ganzen nicht klug wurde. War das meine eigene innere Stimme gewesen? Ich sah mich um, wer gesprochen haben konnte. Aber es war niemand da außer einem unscheinbaren Mann in einem grauen Anzug, der auf einer Bank saß und mich entfernt an Mr. Macnaghten erinnerte. Er aß gerade ein Brötchen, lächelte mich an und sagte kein Wort. Ich versuchte mich zusammenzureißen und richtete meine ganze Aufmerksamkeit auf den Cam, der friedlich unter der Brücke dahinfloß. Doch als ich wieder hinter mich blickte, war der Mann verschwunden. Wirklich äußerst merkwürdig! War das eine Antwort der Götter, zu denen ich gebetet hatte? Ich glaube noch heute, daß es das gewesen sein muß. Aber wer war der Mann auf der Bank? Natürlich werde ich es nie erfahren, aber ich sollte erwähnen, daß unsere Götter wahre Meister der Verkleidung sind.

Wieder in meiner Wohnung, konnte ich nicht aufhören, über den Vorfall nachzudenken. Doch wenn weitere Beweise dafür nötig waren, daß mir nicht lediglich meine Phantasie einen Streich gespielt hatte, so brauchte ich nicht lange auf sie zu warten: Schon bald traf wirklich ein Bote ein und überbrachte mir einen Brief, in dem F.S. Jackson, der Kapitän von Trinity und Cambridge, mich bat, ihn in seinen Räumen aufzusuchen.

Er wohnte im College, und als ich die Treppe hinaufstieg, war ich entsetzlich nervös. Ich wagte kaum, an seine Tür zu klopfen, und mußte all meinen Mut zusammennehmen, um nicht im letzten Augenblick die Flucht zu ergreifen. Nun, ich brachte es hinter mich, und da, in seiner Wohnung, auf verschiedene Sofas und Sessel verteilt, rekelte sich die *crème de la crème* des Cambridger Krickets: P.H. Lathern von Malvern, blond und geschmeidig, ein Gott von einem Mann, H.E. Bromley-Davenport, ein breitschultriges, braungelocktes Prachtexemplar, und F.S. Jackson selbst, der ehemalige Kapitän von Harrow, der Inbegriff des englischen Patriziers. (Wie hätte ich mir damals träumen lassen können, mein lieber Charlo, daß Jacker eines Tages zu unseren besten Freunden gehören würde?) Sie tranken heißen, gewürzten Port, und Bromley-Davenport blies elegante Ringe aus Zigarrenrauch in die Luft und maß mich mit seinen redlichen braunen Augen. Ich fühlte mich wahrhaftig, als hätte ich den Olymp erklommen, um Zwiesprache mit den Göttern zu halten.

Das Gespräch nahm, soweit ich mich entsinnen kann, ungefähr folgenden Verlauf:

Bromley-Davenport: »Ich hoffe, Sie verstehen Englisch gut genug?«

Ich versicherte ihm, daß ich das täte.

»Ja, tut ihr Burschen scheinbar alle. Sie kennen Patiala?«

Ich sagte, ich hätte natürlich schon vom Maharadscha von Patiala gehört, hätte allerdings noch nicht die Ehre gehabt, seine Bekanntschaft zu schließen.

»Wie steht's mit dem alten Sir Pratap Singh?«

Ich sagte, er sei mein Onkel.

F. S. Jackson: »Prachtvoller Bursche. Hat uns exzellentes Kricket geboten, als wir in eurem Teil der Welt waren. Aber das nur nebenbei. Wir denken, Sie könnten eine brauchbare Keule abgeben.«

Ich sagte, ich hätte einige gute *innings* gehabt.

P. H. Lathman: »Ja, haben ein paar davon gesehen. Leicht unorthodoxer Stil allerdings. Massenhaft Burschen, die Läufe machen können, aber was wir suchen, ist der Bursche, der Läufe bringt, wenn man sie am nötigsten braucht. Charakter, darauf kommt's an. Sie kommen mir etwas ungebärdig vor. Was wir wissen wollen: Können Sie sich zum Wohl des Teams zusammenreißen?«

Ich sagte, es würde mir eine solche Ehre sein, zum Team zu gehören, daß ich ohne Frage mein Äußerstes geben würde.

F. S. Jackson: »Recht so. Seien Sie am Samstag morgen auf dem Platz. Gegen die Gentlemen von England.«

Damit war der geschäftliche Teil abgeschlossen. Man bot mir einen Stumpen und Port an. Bei Gott, war ich glücklich! Jackson, Latham, Bromley-Davenport – mich zu ihresgleichen zählen zu dürfen! Wie freute ich mich darauf, ihnen zeigen zu können, daß ich ihres Vertrauens würdig, daß ich imstande war, mich in das Team einzufügen. Ich wäre lieber gestorben, als sie zu enttäuschen. Ja, als ich mich verabschiedet hatte, war ich so begeistert – und auch ein wenig beschwipst –, daß ich am liebsten den ganzen Heimweg tanzend und singend zurückgelegt hätte. Das wäre indes, auf dem Rücksitz meines Automobils, mit einigen Schwierigkeiten verbunden gewesen, und so beschenkte ich statt dessen meinen Fahrer mit einem Sovereign.

Da niemand da war, mit dem ich mein Glück hätte feiern können, mußte ich mich mit Popseys entzückender Gesellschaft begnügen. Und als ich mich an jenem Abend zur Ruhe begab, hörte ich sie vergnügt plappern. Ich glaube jedenfalls, daß sie vergnügt war, denn genau weiß ich nicht mehr, was sie sagte, aber ich meine, es war »Good show!« Das wäre schon in sich ein kleiner Sieg gewesen, denn ich versuchte seit Monaten, ihr diese zwei Worte beizubringen.

Am Tag meines Debüts war es heiß, und das frischgemähte Gras verströmte den Duft, den ich mehr als alle anderen Wohlgerüche liebe: den Duft des englischen Sommers. Das Stadion war voll, denn zur Mannschaft der Gentlemen gehörten ein paar kapitale Spieler: Dr. W. G. Grace und Lord Harris, natürlich, sowie Du selbst, Charlo, ausgewählt, wie ich mich entsinne, wegen Deiner Qualitäten als Werfer. Das war natürlich, bevor Du als das anerkannt wurdest, was Du tatsächlich warst: der Inbegriff des englischen Heroen – will sagen, ein *batsman*, und nicht einfach nur irgendein *batsman*, sondern der größte Deiner Generation.

Ich wurde als sechster hineingeschickt und war nervös wie eine Katze. Unsere Seite hatte sich bis dahin nicht sonderlich gut gemacht, da sowohl Jacker als auch J. W. H. T. Douglas ziemlich billig abgefertigt worden waren. Ich weiß noch, wie mir im Pavillon mehrere Männer auf den Rücken klopften und mir Glück wünschten. Ich fühlte, daß eine große Verantwortung auf meinen Schultern lastete, ging es doch um die Ehre meiner Rasse ebenso wie um die Erwartungen dieser guten Leute, die ich unmöglich enttäuschen durfte.

Als ich an der Aufstellungslinie meine Position einnahm, hörte ich zufällig, wie einer der *slip-fielders* – wer immer es gewesen sein mag, ich möchte es nicht mehr wissen – zu einem anderen sagte: »Mal sehen, wie dem kleinen Schwarzen ein Schlag englischer Senf schmeckt!« Das war natürlich nur im Scherz gesagt, aber es schärfte meinen Ehrgeiz, es zu schaffen, nur noch mehr. Du, mein lieber Junge, warst der Werfer, anmutig wie ein griechischer Athlet in vollem Lauf, und Du schleudertest Deine Donnerkeile wie Zeus persönlich. Der erste Ball schlug mir schmerzhaft gegen die

Rippen. Ich muß leicht aufgestöhnt haben, denn derselbe Feldspieler bemerkte: »Ich weiß nicht, was der redet, aber Englisch ist das nicht.« Dies rief große Heiterkeit hervor, und ich beschloß, mir einen Spaß mit den Gentlemen zu erlauben, und blieb stumm. Wie ich zu meiner Freude sah, gehörtest Du nicht zu denen, die auf meine Kosten lachten, was mich gleich von Anfang an für Dich einnahm. Deine Würfe waren nichtsdestoweniger schreckenerregend: Der nächste Ball kam entsetzlich schnell angeflogen und prallte von rechts herein. Die Stäbe klapperten hinter mir wie Kegel, und ich wußte, daß ich mit einer glatten Null *out* war.

»Sie sind aus, alter Junge«, sagte einer der Männer, als ob ich das nicht selbst gemerkt hätte. »Vielleicht versteht er wirklich kein Englisch«, meinte ein anderer. Als ich zum Pavillon zurückging, herrschte ringsum eine entsetzliche Stille. Ich wußte, daß ich alle im Stich gelassen hatte. Und sosehr ich auch versuchte, mir zu sagen, ich müsse es wie ein Mann tragen, ein guter Verlierer sein, es das nächste Mal besser machen und so weiter, gelang es mir nicht, ein Gefühl bitterer Enttäuschung zu unterdrücken. Die Männer im Umkleideraum murmelten: »Pech gehabt, Smith« und ließen mich allein mit meinem Elend. Das einzig Gute war, daß Mr. Macnaghten meine Demütigung nicht miterlebt hatte.

Gott sei Dank bekam ich eine weitere Chance in unserem zweiten *innings*. Das war, nachdem wir uns an einer brillanten Leistung des Doktors geweidet hatten. Welch einen Stil er hatte! Welch eine Kraft! Es ist meine feste Überzeugung, daß er das Kricket revolutionierte, denn er verwandelte es von einer Fertigkeit in eine Wissenschaft; er machte Nützlichkeit zum Maßstab des Stils. Die Eleganz seiner Schlagarbeit war die eines komplizierten mathematischen Problems: Es paßte alles zusammen; es gab nichts Überflüssiges, keinerlei Firlefanz; er bewegte sich wie eine neue, gut geölte Maschine, eine Läufe machende Maschine, und herrlich war es anzusehen! Nach dieser Darbietung hätte eigentlich nichts mehr kommen dürfen. Andererseits konnte man nicht mehr tun, als sein Bestes geben, und so spazierte ich wieder voll ängstlicher Sorge zum *wicket* hinaus, und wieder ertrug ich schweigend die freundlichen Spötteleien Deiner Bande. Ich entschied, daß eine klassische, wissenschaftliche Verteidigung das beste sein würde, um mich aus allen Schwierigkeiten herauszuhalten, und so spielte ich nach vorn, sehr gerade, und hielt mein rechtes Bein völlig ruhig, und um Läufe zu machen, drehte ich mein Schlagholz erst im allerletzten Augenblick nach *short leg*, so daß ich den größtmöglichen Vorteil aus der Geschwindigkeit des Balls zog. Ich hatte diesen Schuß monatelang geübt, und ich muß sagen, er trug jetzt ganz nette Früchte, denn ich war schon bald in den zweistelligen Zahlen.

Manchen Gentlemen gefiel das überhaupt nicht. Ich glaube, es war Lord Harris, der den Schlag »einen verdammten indischen Seiltrick« nannte und erklärte, das sei »kein Kricket«. Ich werde es dem guten Doktor, diesem größten aller Männer, ewig danken, daß er später in seiner unnachahmlichen Weise für mich in die Bresche sprang: »Wenn das kein Kricket ist«, sagte er, »bin ich ein gottverdammter Hindu!« Und ein Hindu war er ganz gewiß nicht. Jedenfalls schaffte ich es, vierzig Läufe herauszuschlagen, bevor ich im *gulley* gefangen wurde. Alles in allem war es keine allzu diskreditierende Vorstellung.

Du wirst Dich noch entsinnen, daß der Tag mit einem famosen Souper ausklang, in dessen Verlauf zahlreiche Toasts ausgebracht wurden. Ich blieb stumm und lauschte den Reden, die sich zu immer höheren Gipfeln der Eloquenz hinaufzuschrauben schienen. Irgendwann hörte ich zu meinem freudigen Erschrecken, daß auf mich angespielt wurde, als einer der Festredner die Liebenswürdigkeit besaß, »unseren dunklen jungen Freund, entsprossen dem Kronjuwel Ihrer Majestät«, willkommen zu heißen. Dies ließ Rufe nach einer Erwiderung meinerseits laut werden – und das war genau die Gelegenheit, auf die ich gewartet hatte.

Ich erhob mich, sammelte all meine – am Wetzstein von Shakespeare und Scott geschärften – rhetorischen Kräfte und hielt eine Rede über die menschlichen Bande, die, verstärkt noch durch den Geist, der über den Sportplätzen Englands waltet, unser großes Empire zusammenhalten. Meine Worte wurden, glaube ich, durchaus wohlwollend aufgenommen, aber rings um die Tafel gab es etliche rote Gesichter, als die Gentlemen erkennen mußten, daß ich ihre Muttersprache ausgezeichnet beherrschte. Und ich versichere Dir, ich genoß diesen Augenblick sehr, denn jetzt waren *sie* die Dummen.

Ich gestehe, daß ich solche Streiche liebe wie jeder andere auch – vielleicht sogar noch mehr. Wenn ich ehrlich sein soll, war dies nicht das erste, noch sollte es das letzte Mal sein, daß ich meine Englischkenntnisse verheimlichte, um meine Umgebung zu narren. Die Menschen waren es damals noch nicht gewohnt, Indern zu begegnen, sie wußten einfach nicht, was sie erwartete, und so wird man es mir hoffentlich nachsehen, wenn ich ab und zu dem unwiderstehlichen Drang nachgab, mich ein wenig auf ihre Kosten zu amüsieren.

Einer der denkwürdigeren Streiche dieser Art war der Besuch des Königs von Sansibar. Der König war natürlich ich selbst, geziemend ausstaffiert von einer erstklassigen Londoner Kostümschneiderei. Wir hatten dafür gesorgt, daß der Bürgermeister von Cambridge am Tag zuvor die Nachricht erhielt, der König von Sansibar werde der Stadt einen offiziellen Besuch abstatten und würde sich glücklich schätzen, die Bekanntschaft des Bürgermeisters zu machen. Und tatsächlich, als ich, mit einer schimmernden Seidenrobe angetan, von meinen blausamten livrierten Freunden umgeben, aus dem Zug stieg, stand der Bürgermeister nebst einigen Honoratioren der Stadt schon da, um uns zu empfangen. Auch er war in vollem Ornat mit den Amtsketten um den Hals und begrüßte mich, der arme Mann, mit überschwenglichen Worten. Wie geschmiert lief auch alles beim Diner, wo mir meine Höflinge meine eigene Schüssel Haschee servierten, da ich, wie wir erklärten, mich ausschließlich von Affenhirn ernährte. Findest Du nicht auch, daß die Leute erstaunlich leichtgläubig sind? Anschließend wurden Reden ausgetauscht, in denen eine Vielfalt an edlen Empfindungen ihren Ausdruck fand, und man führte uns zu einigen der berühmten örtlichen Sehenswürdigkeiten – wo wir ein paar bange Minuten ausstanden, mußten wir doch befürchten, von jemandem aus unserem Freundeskreis erkannt zu werden.

Doch alles lief ganz ausgezeichnet, bis es Zeit für uns wurde, uns zu verabschieden. Dies stellte uns vor ein Problem, denn während wir nicht die geringste Absicht hatten, wieder nach London zurückzufahren, bestand der Bürgermeister darauf, uns das Geleit zum Bahnhof zu geben. Ich sah nur einen Ausweg: Ich bekundete meine Absicht, dem öffentlichen Erfrischungsraum einen Besuch abzustatten, und insistierte darauf, bei diesem Gang von meinen Höflingen begleitet zu werden: zweifellos ein überraschendes Ansinnen, aber schließlich haben Monarchen ein Recht auf ihre Launen. Sobald wir drinnen waren, vergewisserten wir uns, daß niemand uns beobachtete, kletterten aus dem rückwärtigen Fenster ins Freie und rannten so schnell wir konnten in meine Wohnung, wo wir uns beinahe schimmelig lachten!

Doch das war noch nicht das Ende der Geschichte. Der gute Bürgermeister war, wie sich herausstellte, ein großer Bewunderer des lokalen Krickets und ein regelmäßiger Besucher von Fenner's. Das Unvermeidliche geschah: Als ich einmal hinaustrottete, um für Cambridge gegen den MCC zu schlagen, wem mußte ich auf den Stufen des Pavillon über den Weg laufen, wenn nicht ausgerechnet dem Bürgermeister? Ich sah, wie seine Kinnlade herunterfiel, aber ich tat so, als sei alles in bester Ordnung. Da er natürlich nicht riskieren konnte, sich lächerlich zu machen, setzte er sich und schüttelte ungläubig den Kopf.

Eine knappe Woche nach dieser unerwarteten Begegnung ließ ich im Amtszimmer des Bürgermeisters ein recht schönes Zigarettenetui abgeben, durch das sich, wie aus der Gravur hervorging, S. K. H. der König von Sansibar für die liebenswürdige Gastfreundschaft erkenntlich zu zeigen wünschte. Ich freue mich sagen zu können, daß der Bürgermeister einen süperben Sinn für Humor bewies, indem er mir mit einer kurzen Note für das kostbare Geschenk dankte und mir viel Glück auf dem Kricketplatz wünschte!

Als W. H. Auden über den Charakter Jagos schrieb, schilderte er den typischen Witzbold: »... auch wenn seine Streiche harmlos und außerordentlich amüsant sein mögen, haftet jedem Witzbold etwas leicht Unheimliches an, da sein Handeln ihn als jemanden verrät, der es liebt, hinter den Kulissen Gott zu spielen. Anders als der gewöhnliche Ehrgeizige, der nach Macht in der Öffentlichkeit strebt und es genießt, Befehle zu erteilen und zu sehen, wie andere sie ausführen, möchte der Witzbold andere dazu bringen, daß sie ihm gehorchen, ohne sich seiner Existenz bewußt zu sein – so lange, bis der Augenblick seiner Theophanie kommt und er sagt: ›Seht den Gott, dessen Marionetten ihr gewesen seid, und seht, er gleicht keinem Unsterblichen, sondern er ist ein Mensch genau wie ihr.‹«

Jagos Selbstbeschreibung lautet: »Ich bin nicht, was ich bin.« Wer oder was war Ranji? Er selbst bezeichnete sich als englischen Kricketspieler und indischen Fürsten. Soweit bekannt ist, sagte er das ohne jede Ironie. Als Beschreibung ist sie so gut wie jede andere auch. Manchen erschien er allerdings doch ein wenig komplizierter: Als englischer Kricketspieler benahm sich Ranji wie ein indischer Fürst und als indischer Fürst wie ein englischer Kricketspieler.

Eins der Dinge, die mich an Inder am meisten faszinierten, war das zentrale Rätsel seiner Persönlichkeit: Er spielte immer Theater, aber es war unmöglich zu sagen, was artifizieller war, sein englisches oder sein indisches Ich. Öfter als einmal hatte ich versucht, ihn darüber auszuhorchen, aber nie mit großem Erfolg: Immer entschlüpfte er mir und brach mein Verhör mit einem eleganten Wortspiel ab. Das Problem war, daß er über seine *Englishness*, die er gern als eine kunstvolle Verkleidung darstellte, lachen konnte, nicht aber über seine indische Seite; die war eine ernste Angelegenheit.

Es gab einen sehr alten indischen Schriftsteller, den Inder und ich sehr bewunderten, namens Nayan Dasgupta. Jedesmal, wenn ich ihn in seinem Haus in Oxford besuchte, sprach er dieselbe Warnung aus: »Ein Inder wird einem Ausländer nie die Wahrheit sagen. Sie werden niemals herausfinden, was die Inder, abgesehen von einer kleinen Minderheit, wirklich denken. Sie beherrschen ihre Sprachen nicht, und Inder werden Ihnen nie die Wahrheit sagen. Sie reden und reden, aber nicht wie ich, um die Wahrheit, sondern um Unwahrheiten auszudrücken.«

Dasgupta war ein winziges Männchen, das man gewöhnlich in einem blütenweißen *dhoti* sah, wenngleich er, als er noch in Indien lebte, gutgeschnittene englische Anzüge bevorzugt hatte. Er sprach mit großem Sachverstand über Literatur, Musik, indische und europäische Philosophie, französische Weine, Militärgeschichte, Gartenblumen – eigentlich über alles, sofern es nur mit hoher Zivilisation und Kultur zu tun hatte. Wir saßen in seinem Arbeitszimmer bei Tee und indischen Süßigkeiten. Die Wände waren mit Bücherregalen bedeckt, und wo etwas Platz zwischen den Büchern blieb, hatte er ein paar schöne Stiche aus dem achtzehnten und neunzehnten Jahrhundert aufgehängt: von Benares, Kalkutta, Oxford und Napoleon.

Obwohl er schon weit über neunzig war, hatte Dasgupta die Angewohnheit, auf Tische und Stühle zu springen, um Bücher herunterzuholen, die er zur Illustration seiner Thesen benötigte. Als ich ihn nach Ranji fragte, hüpfte er augenblicklich auf einen wackelig aussehenden Hocker und griff sich einen großen Bildband vom obersten Regalbrett.

»Schauen Sie her«, sagte er, »ich zeig' Ihnen was.« Er setzte sich neben mich und wackelte mit dem Kopf voller Vorfreude auf das Vergnügen, das da kommen sollte. Er fand das Bild, das er gesucht hatte: ein 1910 aufgenommenes Porträt einer indischen Fürstenfamilie.

»Schauen Sie sich bloß diese Wichte an«, sagte er. »Schauen Sie sich dieses mißgestaltete Geschöpf an, wie ein verdammter Affe!« Er quiekte vor Entzücken. »Jetzt sehen Sie selbst, warum wir diese erbärmlichen Prinzen so abgrundtief verachteten.«

Waren sie alle Philister?

»Keine Philister, sie waren Barbaren. Trotz ihrer Jagdhunde, ihrer Muranogläser und all dem Zeugs wurden sie ihr angeborenes Barbarentum niemals los.«

Dasgupta verstummte, um ein Stück von seinem Kuchen abzubeißen. Ich sah mir die Napoleonbilder an. Er nahm den Faden wieder auf.

»Sie maskierten sich natürlich nach Kräften. Schauen Sie, ich habe in meinem ganzen Leben noch nie englische Kleidung getragen...«

Ich wollte ihm nicht sagen, daß ich über anderslautende Informationen verfügte. Ebensowenig erinnerte ich ihn an diese seine Behauptung, als er mir bei einem späteren Besuch stolz eine schöne karierte Tweedjacke vorführte, die er sich vom besten Schneider in Oxford hatte anfertigen lassen.

»... aber mein Innenleben ist anglisiert. *Die* waren nur halb anglisiert. Ich zeige es Ihnen...«

Flink wie ein Spatz hüpfte er auf ein anderes Tischchen, um ein weiteres Buch herunterzuholen.

»Jetzt wollen wir mal sehen...« Er wackelte mit dem Kopf und blätterte ruhelos. »Ah, hier ist es, sehen Sie her.« Es war ein Brief von Sir Pratap Singh, dem Maharadscha von Idar, Ranjis Onkel. Da war auch ein Foto von Sir Pratap, wie er neben Ranji stand. Ranji sah wie üblich nett aus, Sir Pratap dagegen ausgesprochen grimmig: die linke Hand in die Taille seines halb englisch, halb indisch anmutenden Uniformrocks gestemmt, den Kopf, den ein Kaiser-Wilhelm-Bart zierte, stolz erhoben.

»Dieser Mann«, sagte Dasgupta, »wollte nach Kalkutta fahren, um einen bengalischen Babu persönlich aufzuspießen. Glücklicherweise schaffte es einer seiner Ratgeber, ihm die Sache auszureden.«

Vor Lachen fast erstickend, verlas Dasgupta den Brief, den Sir Pratap an einen Freund in England geschrieben hatte. Das Englisch war das eines nicht sehr begabten Grundschülers.

»Natürlich liebten ihn die Briten. Die Briten verachteten nämlich Inder, die gut Englisch sprachen. Kipling, der der beste über Indien schreibende britische Schriftsteller war, verglich die bengalischen Babus mit Affen. Sie waren die Bandar Log in seinem unvergleichlichen *Dschungelbuch*. Mit den – bewußtseinsmäßig vielleicht nicht direkt neolithischen, aber gewiß bronzezeitlichen – indischen Massen kamen die Briten zurecht. Aber intelligente Inder – *die* haben sie schlicht verabscheut.«

Dasgupta sprang vom Sofa hoch, auf dem ich unter einem Haufen aufgeschlagener Bücher saß. »Ich möchte Ihnen etwas zeigen.« Er zog aus einer Schreibtischschublade einen Ordner voller Zeitungsausschnitte hervor. Es waren Artikel über die Dekadenz des modernen Großbritannien, die Dasgupta für den *Daily Telegraph* geschrieben hatte, voller Fußnoten und Zitate aus verschiedenen – zum Teil absichtlich unübersetzt gelassenen französischen und italienischen – Klassikern.

»Sehen Sie«, sagte er, und setzte sich wieder neben mich. »Britische Redakteure bitten mich, einen Inder, nein, einen Bengalen, diese Artikel zu schreiben, weil die britischen Journalisten nicht mehr imstande sind, diese Zusammenhänge herzustellen. Tocqueville, Macauley, Gibbon, Bacon, die kennen sie alle nicht – ich, ein Babu, der in seiner Kindheit wegen seines Akzents von den Briten verspottet wurde, muß ihnen etwas über ihre eigene Literatur und Geschichte beibringen.«

Er lachte in sich hinein und packte mich mit seiner knochigen Hand fest am Knie: »Wissen Sie, daß ich nach England kam, war ein Racheakt.« Er schwieg für ein paar Sekunden, ohne mein Knie loszulassen. Dann fiel sein Blick auf ein Buch, das auf einem altmodischen Beistelltisch lag. Das erfüllte ihn mit neuer freudiger Erregung.

»Ich muß Ihnen etwas sehr Amüsantes zeigen.« Das Buch war auf bengali geschrieben. »Es handelt vom Niedergang des bengalischen Geisteslebens. Und darin habe ich mir den größten Witz der ganzen modernen Bengaliliteratur geleistet. Hier, schauen Sie sich das an...« Er zeigte auf eine Fußnote und klatschte sich voll Schadenfreude auf den Oberschenkel. »Was ist das für eine Sprache?«

»Griechisch«, sagte ich. Dasgupta kreischte vor Lachen.

»Darum hassen sie mich in Indien. Wegen meiner Mutwilligkeit. Ich tue solche Dinge nicht, um mit meinem Wissen zu prunken. Es macht mir einfach Spaß, frivol zu sein.«

Ich lachte und sah ihm ins verhutzelte Gesicht. Eine Träne der Heiterkeit rollte ihm die Wange hinunter.

Ich verließ Trinity 1894 und beendete damit ein, wie ich glaube, doch recht anerkennenswertes *innings*. Anders als Du fügte ich den Annalen der britischen Gelehrsamkeit keine Auszeichnung hinzu – das gebe ich offen zu –, aber meine Bemühungen in Cambridge könnten nichtsdestotrotz zur Aufrechterhaltung der Standards auf anderen Gebieten beigetragen haben. Mir wurde die seltene Ehre zuteil, in den Hawks Club aufgenommen zu werden, was mit Gewißheit mehr wert war, als eine Million staubiger Wälzer durchgelesen zu haben. Dies bedeutet allerdings, daß mein Weiterkommen nicht nur eine Frage persönlichen Stolzes und persönlicher Befriedigung war – wenngleich ich nicht leugnen will, daß derlei durchaus eine Rolle spielte –, sondern einem weit höheren Zweck diente;

in der Tat nichts weniger als der Zukunft unseres großen Empire.

So sehr hing ich an Cambridge, daß ich meine Wohnung in der Sydney Street behielt, selbst als die liebe Popsey und ich für die Kricketsaison nach Brighton zogen. Obwohl ich freundlicherweise gebeten worden war, für Surrey zu spielen, beschloß ich, mich Sussex anzuschließen. Ich tat dies aus zweierlei, oder vielleicht sollte ich besser sagen, aus dreierlei Gründen, als da wären: meine echte Zuneigung zu Brighton, worauf ich gleich näher eingehen werde; die große Tradition des Sussex-Krickets; und die Tatsache, daß Du, mein geliebter Freund, selbst ein Sussexmann warst, weshalb ich auf glückliche gemeinsame *innings* hoffen konnte – eine Hoffnung, die, wie ich zu meiner Freude sagen kann, niemals enttäuscht worden ist.

In Sussex, mit seinen welligen Downs und seinen alten Traditionen, schlägt für mein Empfinden Englands Herz am lebendigsten. Aus London habe ich mir, offen gesagt, nie allzuviel gemacht, so sehr ich das edle, geschichtsträchtige Lord's auch liebe. Die Hauptstadt empfand ich von jeher als einen recht seelenlosen Ort, eher geeignet für Handel und Industrie – beides in ihrer Art durchaus vortreffliche Betätigungen, doch, da ich nicht zum Geschäftsmann geboren wurde, für mein Temperament nicht eigentlich geeignet.

Brighton andererseits war für einen Mann meiner Veranlagung absolut perfekt. Ich liebte die See und den Fischgeruch am West Pier, die herrlichen Hotels und die Theater, in denen ich so viele glückliche Stunden verbrachte. Der große Dan Leno, Eugene Stratton, G.H. Chirgwin: Wie könnte ich diese wunderbaren Künstler je vergessen! Das erste Mal, als ich Stratton sein »Candy-coloured Coon« bringen sah, wäre ich bald vor Lachen gestorben! Hier vermisse ich solche Amüsements. (Ich habe versucht, in Jamnagar eine Minstrel Show zu organisieren, aber es war ihr leider kein Erfolg beschieden.) Der Kricketplatz in

Brighton war, wie man ihn sich nur wünschen kann – und das will schon etwas heißen, denn damals war die Zeit der langweiligen Zement-*wickets*, bei denen das Unentschieden mehr oder weniger von vornherein feststand. Auf den *wickets* von Sussex gab es keinen Zement: Sie waren so natürlich und echt wie die Erde selbst und die Männer, die ihrem Schoß entsprangen. Ja, Sussex schien großartige *cricketers* hervorzubringen, deren natürliche Anlagen sich in der Schönheit seiner unvergleichlichen Landschaft zu voller Blüte entfalteten.

Schließlich gab es noch den Pavillon, der, wenngleich von manchen als geschmacklos kritisiert, mir von jeher großartig erschien. Ich meine, daß dieses »Prinzchen« es absolut richtig gemacht hat: Hier zeigt sich der Geist des Orients in seinem modernsten Gewande – prunkvoll, aber nicht vulgär, eindrucksvoll, aber nicht protzig. Brighton repräsentierte für mich, vielleicht mehr als London, die vollendetste Erfüllung imperialen Strebens, denn dort konnten sich Prinzen wie Gemeine von den Mühsalen des jeweiligen Alltags in Ruhe erholen. In Brighton *spielte* das Empire. Dort konnte jeder gebürtige Engländer das Gefühl haben, daß auch er die Voraussetzungen dafür mitbrachte, ein König zu sein.

Indes begann mein erstes Jahr bei Sussex leider unter einem unseligen Vorzeichen, denn es war das Jahr, in dem der Jam Saheb starb, wodurch ich mich, da mir die Stände von Nawanagar kein Einkommen mehr garantieren konnten, in recht beengten Verhältnissen fand. Ich war gezwungen, ein bescheidenes Gehalt in Anspruch zu nehmen, das mir Colonel Berthon und andere wohlwollende Freunde, deren Güte ich, sobald meine Situation sich zum Besseren gewendet haben würde, zu vergelten hoffte, zur Verfügung stellten. Das war natürlich entsetzlich unfair, da ich des verblichenen Jam Saheb Adoptivsohn und Erbe war, aber wieder einmal hinderten mich finstere Intrigen in der Zenana daran, das, was rechtens mein war, in Besitz zu nehmen. Statt dessen bestieg der junge Jassaji, der Sohn einer Konkubine, an meiner Stelle die *gaddi* – eine höchst unbefriedigende Sachlage. Desungeachtet mußte man seinen gesellschaftlichen Verpflichtungen nachkommen, aber ich war zu meinem großen Glück mit sehr verständnisvollen Gläubigern gesegnet, deren Nachsicht mir die Aufrechterhaltung eines angemessenen Lebensstils erlaubte.

Doch anstatt mein Gedächtnis weiter zu strapazieren, möchte ich mit Deiner Erlaubnis wieder auf meine Korrespondenz mit Mama zurückgreifen, da sie, wie ich meine, den getreuesten Eindruck meines Gemütszustands zu jener Zeit wiedergibt:

Norfolk Hotel, Brighton
Juni 1895

Meine liebste Mama,

ich hoffe, Du bist gesund und guter Dinge. Sei tausendmal bedankt für Deinen Brief, der viel Sonnenschein in mein Dasein gebracht hat, welches durch die traurige Nachricht über das Ableben des Jam Saheb noch immer etwas getrübt war. Ich muß gestehen, daß ich mir Hoffnungen gemacht hatte, wieder in den mir zustehenden Rang versetzt zu werden, aber Colonel Berthon hat mir bereits mitgeteilt, daran sei, wenigstens vorläufig, nicht zu denken. Natürlich werde ich niemals die Hoffnung aufgeben, denn wenn ich in diesem großartigen Land etwas gelernt habe, dann dies, daß man für seine angestammten Rechte eintreten muß – und zwar nicht um des Ruhmes oder materiellen Gewinnes, sondern um des Prinzips willen.

Abgesehen davon, meine liebe Mama, geht es mir prächtig: famose Jagdausflüge im Winter und herrliches Kricket diesen Sommer. Ich hatte ein paar anständige innings *für Sussex und MCC: 94 gegen Cambridge in Lord's, 146* not out *gegen eine südafrikanische Elf und 137* not out *gegen eine Mannschaft von Holländern, die für Ausländer ein recht ordentliches Spiel boten.*

Die britische Presse hat es sehr gut mit mir gemeint – meinen Leistungen auf dem Platz wurde gelegentlich sogar noch mehr Aufmerksamkeit zuteil als Oscar Wildes Prozessen! Allerdings muß ich sagen, daß man nicht immer auf die Wahrhaftigkeit der Presseberichte vertrauen kann. Tatsächlich wurden mir Dinge in den Mund gelegt, die ich keineswegs gesagt habe, und man gab mir nicht einmal die Möglichkeit zu einer Richtigstellung. Das ist ganz besonders betrüblich, weil mich solch verzerrte Darstellungen bei einigen der Gentlemen, die die All-England-Elf *auswählen, in ein schlechtes Licht setzen. Die Aufnahme in die Nationalmannschaft ist natürlich eine der größten Ehrungen, die dieses Land zu vergeben hat. Und jetzt hat mich ein Mitglied der Auswahlkommission schon zum »Zugvogel« abgestempelt, der es nicht wert sei, aufgestellt zu werden.*

Meine liebe Mama, mit meiner Gesundheit ist alles bestens bestellt, mach Dir also bitte meinetwegen keine Sorgen. Es stimmt, daß ich gelegentlich Probleme mit dem Atmen habe, aber das sind meine gewohnten Beschwerden, mit denen ich mich einfach werde abfinden müssen. In diesen schlaflosen Nächten wende ich mich wieder und wieder Deinen Briefen zu, die wie Balsam für meine Seele sind, da sie mir fast das Gefühl geben, Du seist bei mir, in meinem Zimmer, während der Regen an die Fenster peitscht und der Wind über die Esplanade heult...

Ich kann nicht behaupten, je glücklicher gewesen zu sein als in jenen goldenen Jahren bei Sussex, und zu einem großen Teil hatte ich es Dir, mein lieber Charlo, zu verdanken. Die wundervollen Rebhuhnjagden in Duxford, bei denen Admiral Walker in den Schießpausen mit Dir über Aristoteles' *Ethik* diskutierte, die herrlichen Stunden am Wasser, mit Köder und Schwimmer – wie Du weißt, wurde ich erst spät zur Flugangelei bekehrt – und die Ausflüge mit dem Automobil. Niemals werde ich diese Freuden vergessen, mein teurer Freund, nicht solange ich lebe.

Von allen Sportarten scheint mir das Angeln diejenige zu sein, die die größte Ähnlichkeit mit Kricket aufweist: Man wartet auf den entscheidenden Augenblick und ergreift ihn, denn eine zweite Gelegenheit wird einem nicht geboten. Kein Nervenkitzel ist mit dem vergleichbar, den man in dem Bruchteil der Sekunde erlebt, da man weiß, daß der Ball oder der Vogel getroffen werden, der Fisch anbeißen wird. Denn dann und nur dann befinden sich Gedanke und Tat in vollkommenem Einklang, ohne daß eins das andere überflügelt: ein Augenblick des Zögerns, und die Gelegenheit ist auf immer verspielt.

Die Jagd, das Angeln und das Kricket haben aber noch ein weiteres gemeinsam: das Gefühl der Einsamkeit inmitten der Gefährten. Ich meine damit, daß man, obwohl man sich in Gesellschaft befindet, allein handeln muß, denn die Konzentration, ohne die sich kein Erfolg einstellen kann, ist das Ergebnis eines Ringens, und zwar nicht mit einem Gegner, sondern mit sich selbst. Das ist keine Frage morbider Selbstbeobachtung, sondern vollkommener Harmonie zwischen Gehirn und Muskeln, das heißt, zwischen Gedanke und Tat.

Beträchtlich gesteigert wird das Vergnügen dabei natürlich durch die Kameradschaft, die so sehr ein Teil des Spiels ist. Wenn ich an die *innings* zurückdenke, die wir zusammen für Sussex und England austrugen, so erinnere ich mich mit der größten Freude an das Gefühl, den Ball sauber zu schlagen und dann flink zur anderen Seite zu rennen, Dir dabei auf halbem Wege zu begegnen und meinen Blick in Deine ehrlichen blauen Augen, so voller Jugend und Lust und Kraft, zu versenken. Es war fast wie eine Vereinigung der Seelen, so, als seien wir zu einem einzigen Wesen verschmolzen.

Der Sommer des Jahres 1896 stellte vielleicht den Höhepunkt jenes Goldenen Zeitalters dar. Ich werde Dich nicht mit Statistiken langweilen, die Dir ohnehin zu einem großen Teil sicherlich bestens vertraut sind, denn was bedeuten schließlich schon nackte Zahlen? Es müßte eigentlich genügen, wenn ich sage, daß ich sogar den Rekord des Old Man brach. Die größte Ehre allerdings, die mir widerfahren sollte, eine Ehre, deren alles überschattende Größe nie durch bloße Zahlen oder Rekorde ausgedrückt werden kann, war die Einladung, für England zu spielen. Da Du zu der Zeit für Charterhouse spieltest, möchte ich hier die Gelegenheit ergreifen, die Umstände zu schildern, unter denen der lang ersehnte Ruf erfolgte.

Für das Lord's-Spiel gegen die Australier, ein erstklassiges Team unter der Führung des ehrfurchtgebietenden G.H.S. Trott, war ich abgelehnt worden. Dies bedeutete für mich natürlich eine herbe Enttäuschung, aber den Grund für meinen Ausschluß hatte mir Mr. Perkins von MCC in einem liebenswürdigen und vollkommen vernünftigen Brief auseinandergesetzt: Es wäre in hohem Grade ungewöhnlich gewesen, erklärte er, wenn ein Inder England vertreten hätte. Mit der Zeit würden sich die Leute ohne Zweifel an den Gedanken gewöhnen, aber es habe keinen Sinn, die Sache zu forcieren. Jede Veränderung – und er hege keinen Zweifel daran, daß diese Veränderung früher oder später eintreten würde – dürfe nur ein gradueller Prozeß sein, nicht aber das Ergebnis überstürzter Entscheidungen, die sich über die gegenwärtig herrschenden Konventionen hinwegsetzten.

Dennoch traten die Veränderungen früher ein, als Mr. Perkins oder ich hatten voraussehen können. Und dies war der toleranten Einstellung des Lancashire-Komitees zu verdanken, das so gütig war, mich für das Match gegen die Australier in Old Trafford auszuwählen. Ich bestand allerdings darauf, daß zuvor das australische Team konsultiert wurde. Diese vornehme Geste macht, wie ich glaube, immer einen guten Eindruck, ohne andererseits allzu große Ungelegenheiten mit sich zu bringen. Sie trägt zu jener äußeren Würde bei, die die Leute von einem Prinzen erwarten. In Anbetracht der Großzügigkeit des Denkens, die so typisch für unsere kolonialen Freunde ist, war ich erfreut, aber nicht eigentlich überrascht zu erfahren, daß sie sich vorbehaltlos einverstanden erklärten. Und so kam es, daß ich das Land repräsentieren durfte, das ich wie einer seiner Söhne liebe und dessen Farben ich, so lange ich die Kraft dazu habe, mit Stolz tragen werde.

Möglicherweise kannst Du Dich nicht mehr aller Einzelheiten dieses Matchs entsinnen, das ich übrigens noch immer als mein schönstes betrachte, deshalb möchte ich mit Hilfe eines alten Spielprotokolls, das ich als Andenken aufbewahrt habe, Deine Erinnerung ein wenig auffrischen. Wir hatten keinen guten Start, da zwei unserer besten Werfer, Lohmann und Mold, aus gesundheitlichen Gründen nicht spielen konnten. Und die Australier besaßen in E. Jones einen furchterregend schnellen *bowler*. Ich fand, daß Jonah ein prachtvoller Bursche war, aber ich hatte ihn damals in Verdacht, ein »Schmeißer« zu sein – ein Verdacht, der sich später, als wir ihm in Australien gegenüberstanden, zur Überzeugung verdichtete. Seine Bälle waren so gefährlich, daß ein paar unserer besten Männer aus Angst vor Verletzungen ihre *wickets* bewußt verschenkten. Das war bedauerlich, da die Australier eine beträchtliche Punktzahl erzielt hatten und wir gezwungen waren, direkt in unser zweites *innings* zu gehen: Weder der Old Man noch Jacker, noch selbst Archie MacLaren, dieses Muster an Harrowscher Korrektheit, hatten es im ersten *innings* auf eine nennenswerte Zahl von Läufen gebracht. Die Schlagzeilen in den Zeitungen beklagten unseren Mißerfolg und sagten ein nationales Desaster voraus.

Die Situation verschlimmerte sich noch beträchtlich, als wir in unserem zweiten *innings* vier *wickets* in rascher Folge verloren. Als wir am Samstag vormittag das Spiel wiederaufnahmen, stand ich mit J. T. Brown an der Linie. Selbst das Wetter, feucht und windig, schien unmittelbar drohendes Unheil zu verkünden. Die Götter müssen mich aber an diesem Tag begünstigt haben, denn ich schaffte es, im Spiel zu bleiben, schnippte Jonahs Geschosse kurz vor meinem Gesicht weg und jagte sie nicht selten bis zur Spielfeldgrenze. Für ein Weilchen leistete mir Archie Gesellschaft, der mit der untadeligen Eleganz spielte, die die Frucht seiner patrizischen Erziehung war, aber leider schlug er einen Ball von Trumble zu unbedacht und wurde von Jonah gefangen.

Ungeachtet solcher Mißgeschicke begann ich allmählich Spaß an der Sache zu haben und knallte Giffens Bälle munter durchs Gelände, während A. A. Lilley am anderen Ende die Festung hielt. Er wurde von Trott gefangen, nachdem er sehr beachtliche neunzehn Läufe erzielt hatte, aber Briggs und Hearne schlugen sich so wacker, daß ich mit ihnen mein *century* vollenden konnte. Bis wir alle aus waren, hatte ich unbesiegte 154 geschafft, wodurch den Australiern noch 125 zum Sieg fehlten. Wir hatten die Schande abgewendet und verließen das Feld erhobenen Hauptes, während das ganze wundervolle Lancashire-Publikum wie ein Mann aufstand, um unserer Leistung seinen Respekt zu zollen. Ich gestehe, daß ich zu Tränen gerührt war. Bei Gott, das war schon was! Hier in Manchester zu sein, ein Inder aus Kathiawar, um für die Ehre von *All England* zu kämpfen! Wir verloren das Match, aber das war von zweitrangiger Bedeutung; denn in ruhmreicher Niederlage unterzugehen ist weit ehrenvoller als ein leicht errungener Sieg. Die Erinnerung an diesen großen Tag ist noch immer so lebendig, daß ich hier aufhören muß, will ich nicht meine Zeilen mit Tränen verwischen.

Folgendermaßen berichtete ich Mama vom Abschluß jener schier überirdischen Saison:

Cambridge
30. September 1896

Meine liebste Mama,

ich hoffe, Du bist gesund und guter Dinge. Ich bin gerade nach einem unvergeßlichen Gelage aufgewacht: einem Festbankett, das im Rathaus der City of London zu Ehren Deines Sohnes gegeben wurde! Diese Ehre wurde mir aufgrund eines gewissen Erfolgs mit Schlagholz und Ball zuteil. Tatsächlich habe ich, was die Anzahl der in einer Saison erzielten Läufe anbelangt, Dr. W. G. Grace' Rekord gebrochen. Ich bin mir dessen bewußt, daß Dir das, liebste Mama, herzlich wenig sagen wird, aber ich kann Dir versichern, daß es in diesem Land durchaus einiges zu bedeuten hat.

Ach, wie sehr wünschte ich, mein geliebter Lehrer, Mr. Macnaghten, hätte hier sein und mich in der Stunde meines Triumphes sehen können! Doch leider weilt er, wie Du weißt, nicht mehr unter uns. Immerhin konnte ich ihm in meiner Rede von Herzen danken, was nur recht und billig war, da niemand anders als er mich die Regeln des Fair play lehrte.

Beim Festessen waren dreihundert Gäste anwesend, darunter all meine Kricketfreunde sowie der Bürgermeister, der Vizekönig von Irland, der Polizeidirektor, verschiedene Parlamentsminister, Dr. Butler, der Rektor von Trinity, mein alter Mannschaftskapitän in Cambridge, F. S. Jackson, und viele, viele mehr. Dies, Mama, muß der größte Tribut gewesen sein, den Engländer je einem Inder zollten!

Der Saal war in den Farben meines Klubs dekoriert, und das Essen war einfach famos. Es wird Dich amüsieren zu erfahren, daß zum Hauptgang Lamm »à la Ranjitsinhji« gehörte und das Eisdessert »à la Rajkumar« zubereitet war. Man überreichte mir eine Karikatur von mir, betitelt »John Bulls Stolz«. Und meine Freunde aus Cambridge riefen: »Ein dreifach Hoch auf Smith!« (Mein alter Spitzname auf der Alma mater.) Es war alles höchst schmeichelhaft und famos. Der Champagner floß in Strömen, und manch ein guter Mann verließ das Fest in recht angeschlagener Verfassung.

Mama, Du hättest ein paar der Reden hören sollen! Man nannte mich einen Stern aus dem Osten, einen geschmeidigen, wohlgestalten dunkelhäutigen Helden, der, sein Schlagholz voll lässiger Anmut hinter sich herziehend, aus dem Zelt trat. Meine Schläge, erfuhr ich, seien elegant wie die Bewegungen eines jagenden Panthers und meine Handgelenke so biegsam und zäh wie eine Liane aus dem indischen Dschungel. Es hieß, ich hätte mir das Kricket angeeignet und es in ein orientalisches Poem der Tat umgewandelt. Mein Gott, Mama, welch ein exotisches Tier hast Du zur Welt gebracht! Trotzdem ist es eine feine Sache, von seinen Mitgeschöpfen so sehr geschätzt zu werden, und dafür bin ich zutiefst dankbar. Ich wollte nur, Du wärest hier, den Augenblick meines Triumphes zu teilen – und zweifellos dein Bestes zu tun, um mich maßlos Eingebildeten wieder auf den Boden der Tatsachen zurückzuholen!

Ich erfreue mich bester Gesundheit, und es fehlt mir wahrlich nicht an frischer Luft und Bewegung. Mach Dir also bitte meinetwegen keine Sorgen. Gewiß habe ich bisweilen unruhige Nächte, da das englische Wetter mir erheblich auf die Bronchien schlägt. Was diese Anfälle von Schlaflosigkeit besonders qualvoll macht, ist die Tatsache, daß sie mir zuviel Zeit für morbide Gedanken lassen. Mein Sinn wendet sich nach Jamnagar und zu diesem Sohn einer Konkubine, der auf der gaddi *sitzt, während ich hier, so fern von der Heimat, weile. Ich glaube zwar durchaus, daß die englischen Menschen mich ebensosehr lieben wie ich sie; ja, diese Nation ist sehr, sehr gut zu mir gewesen; aber einer der Ihren bin ich gewiß nicht. Dennoch weiß ich, daß kein Platz für mich in Indien sein wird, solange die gegenwärtige Situation in Jamnagar fortbesteht. Ich fühle mich dadurch so verflixt nutzlos, aber was soll man machen, meine liebe Mama?*

Mein Freund, natürlich möchte man nicht allzuviel Aufhebens um seine privaten Kümmernisse machen, aber ich habe Dir einen ehrlichen Bericht versprochen, und ein solcher muß zwangsläufig neben der hellen auch die dunklere Seite meines Daseins berücksichtigen. Doch anstatt mich weiter bei meinen Problemen aufzuhalten, will ich jetzt wieder glücklichere Zeiten heraufbeschwören.

Du warst es natürlich, der vorschlug, wir sollten auf den Kontinent reisen, da sich das feuchte englische Wetter nachteilig auf mein Asthma auswirkte. Unsere erste Station war Paris, wo uns Baron Pierre de Coubertin, dank dessen mustergültiger Bemühungen in Athen die ersten Olympischen Spiele der Neuzeit durchgeführt worden waren, wahrhaft königlich bewirtete. Und Du warst es auch, glaube ich, der es kaum erwarten konnte, dem großen Franzosen, mit dem Dich ja ein lebhaftes Interesse an dem alten Griechenland verband, zu begegnen. Ich fürchte, Dein einfacher rajputischer Freund hatte zumeist keinen rechten Sinn für Deine klassischen Zitate, daher muß es eine große Freude für Dich gewesen sein, endlich eine verwandte Seele zu treffen.

Ich muß sagen, daß das Bankett beim Baron sowohl an Üppigkeit wie an gastronomischer Vorzüglichkeit alles in den Schatten stellte, was ich bislang in England kennengelernt hatte. Und die Qualität der Speisen und Weine wurde durch das hohe Niveau der Konversation beinahe noch übertroffen. Der Baron, dessen schöne aristokratische Züge eine lange Reihe adliger Vorfahren verrieten, erzählte mir von seiner glühenden Bewunderung für England und namentlich für das, was er dessen »Sportsgeist« nannte. Er habe, so informierte er mich, der Angelsächsischen Olympiade (deren Existenz mir, wie ich gestehen mußte, absolut unbekannt war) in Shropshire beigewohnt. Das zu diesem Anlaß entfaltete Gepränge habe ihn zutiefst berührt, und mit ausladender gallischer Gestik versicherte er mir, seit den alten Griechen habe einzig die angelsächsische Rasse den sittlichen, charakterbildenden Einfluß der

Körperkultur in seiner ganzen Tragweite zu würdigen verstanden.

Ich wollte ihm gewiß nicht widersprechen, aber wo, fragte ich mich, plazierte er mich auf der menschlichen Werteskala? Sah er mich vielleicht als einen Angelsachsen honoris causa an? Übrigens konnte ich nicht umhin zu bemerken, wie er Dich fast ununterbrochen mit einer Miene betrachtete, die ich nur als verzückt, ja als fast anbetend bezeichnen kann. Keine Frage: Wenn ich ein Ehrenmitglied Deiner Rasse war, so warst Du das vollgültige Original.

Ich fürchte, ich beging wohl einen Fauxpas, als ich den Baron nach den jagdlichen Möglichkeiten fragte, die seine Heimat bot, denn er bekundete nicht das geringste Interesse an dem Gegenstand. Ja, die bloße Erwähnung einer blutigen Sportart rief ein betretenes Schweigen hervor. Als allerdings die peinliche Minute verstrichen war, zeigte er sich sehr begierig, meine Ansichten über das »Arnoldianische System« kennenzulernen. Im ersten Augenblick verstand ich nicht, wovon er sprach, aber nachdem er mehrmals den Namen Tom Brown erwähnt hatte, fiel bei mir der Groschen.

»*Tom Browns Schuljahre*«, sagte er. »Es ist meine Bibel.«

Ich bestätigte, es sei in der Tat ein schönes Buch, und erzählte ihm, ich hätte es in der Schule gelesen.

»Es ist nicht nicht nur ein schönes Buch«, sagte er, »es ist das schönste überhaupt, ein unvergleichliches Werk.«

Er berichtete mir von seiner Wallfahrt nach Rugby, wo er an Dr. Arnolds Grab gebetet habe. Dort, vertraute er mir an, allein in der großen Kapelle, die Augen unverwandt auf die Grabplatte mit Thomas Arnolds Namen gerichtet, habe ihm geträumt, er sehe den Eckstein des Empire vor sich.

Dann folgte ein kurioser Dialog. Er wandte sich, indem er seine verehrungsvollen Augen für einen Moment von Dir losriß, mir zu und sagte: »Flashman!« Da er auf eine Antwort zu warten schien, bemühte ich mich, ihm auf seinem spleenigen Exkurs zu folgen, und erwiderte: »East.«

Woraufhin er »Slogger Williams!« rief. Bestrebt, diese entzückende Unterhaltung zu variieren, sagte ich dann: »Fußball.« Schnell wie der Blitz konterte er: »Kricket«, beziehungsweise, wie er es aussprach, »Craiquette«. »Craiquette! Craiquette!« schrie er und klatschte vergnügt wie ein junger Hund in die Hände.

Daran knüpfte er dann eine Bemerkung, die mich, wie ich gestehen muß, durch die Vehemenz ihres Vortrags erschreckte. »Craiquette, *mon cher prince*, wird die Welt retten!«

Darauf wußte ich auf Anhieb nichts zu erwidern. Glücklicherweise schien er keine Stellungnahme zu erwarten, denn er fuhr augenblicklich selbst fort. Seine These schien darauf hinauszulaufen, daß das Kricket, wie die Athletik der Antike, eine Religion sei, ein Kult, ein leidenschaftliches Aufstreben, das sich vom Spiel zum wahren Heroismus emporschwingen könne. Ein Held für sein Land zu sein sei nicht nur edel, sondern patriotisch. Olympia, sagte er, sei einem der Form nach rein menschlichen, materiellen Zweck gewidmet, der indes durch die Idee des Patriotismus geläutert und erhoben werde. Und das, schloß er, sei der Grund, weswegen er wolle, daß Kricket unter die olympischen Disziplinen genommen werde. Während dieser Tirade strahlten seine Augen mit einem Glanz, den ich nur als fanatisch bezeichnen kann.

Natürlich stimmte ich mit seinen Ansichten überein, seinen Eifer fand ich allerdings eine Spur beunruhigend. Als ich mich, wieder in unserem Hotel, vor Dir in diesem Sinne äußerte, erklärtest Du, Du hättest ganz im Gegenteil seinen Enthusiasmus uneingeschränkt lobenswert gefunden. Du hattest ohne Zweifel vollkommen recht. Trotzdem ging mir etwas an seiner Art gegen den Strich. Vielleicht war mir der blumige Stil der Kontinentalen einfach noch zu ungewohnt, denn so seltsam es Dir auch erscheinen mag, Baron de Coubertin bewirkte, daß ich mich englisch fühlte. Kricket war ein englisches Spiel, und ich war ein englischer Kricketspieler. Konnte etwas so spezifisch, bodenständig Englisches ein internationales Spiel werden, ohne seinen Charakter zu verlieren? Was ist mit Amerika, könntest Du einwenden, wo man uns einen so wunderbaren Empfang bereitete? Und was ist mit Australien? Oder, natürlich, mit meiner eigenen Heimat? Das sind gute, begründete Fragen. Aber die Menschen von Philadelphia und Sydney gehören derselben Familie an; sie sind Mitglieder eines großen Reiches, Untertanen desselben Monarchen, Sprecher derselben Sprache. Wo kein Englisch erklingt, kann es meiner Ansicht nach kein Kricket geben, das seinen Namen verdient.

Was Indien anbelangt, so liegt der Fall ein wenig anders: Gewiß ist auch meine Heimat ein Mitglied der Familie, aber ebenso wahr ist, daß ich mir beim besten Willen nicht vorstellen könnte, je für ein indisches Team gegen England zu spielen. (Dies, mein lieber Charlo, schon aus dem Grunde, daß es sich England bei den derzeitigen Verhältnissen kaum leisten könnte, in einem solchen Wettkampf zu unterliegen.) Kricket wird in Indien immer die Domäne einiger weniger Privilegierter bleiben, die das Glück hatten, die Segnungen einer englischen Erziehung zu genießen. Denn es kommt noch hinzu, daß die englische Sprache in unserem Land weithin unbekannt ist und immer sein wird.

Und doch hatte der Baron auch wieder recht. Denn ist es nicht eine Tatsache, daß alle Menschen in Frieden leben würden, wenn sie von den zivilisierenden Werten des englischen Spiels erfüllt wären? Und ist das etwa kein erstrebenswertes Ziel? Die Pax Britannica hat schon Millionen von Menschen überall auf der Welt mit ihren Wohltaten gesegnet, und lang möge sie es weiterhin tun! Ich weiß, daß Du für die Juden nicht allzuviel übrig hast, aber Du mußt zugeben, daß Lord Palmerstons Verteidigungsrede für Don Pacifico, den Juden aus Gibraltar, der ein Opfer griechischer Böswilligkeit geworden war, ein hervorragendes Beispiel britischer Größe darstellte: Der Jude mag kein

Queen's English gesprochen haben, doch er konnte immer noch voller Stolz sagen: Civis romanus sum!

Nichtsdestoweniger wäre es absolut naiv zu glauben, jeder Hinz und Kunz könnte, ungeachtet seiner Herkunft, ein Engländer werden oder sich auch nur die englische Lebensart aneignen. Noch wäre es überhaupt wünschenswert. Andere Länder haben andere Sitten, teils gute, teils schlechte, doch alle liegen sie denjenigen im Blut, die in ihrem Geiste erzogen wurden. Das müssen wir respektieren. Traditionelle Sitten sind die Bande, die die Menschen vereinen und sie in ihrer jeweiligen Gemeinschaft verankern, selbst wenn sie mit Fremden unter *einem* Dach, in *einem* Empire wohnen. Ohne solche natürlichen, durch die Patina der Jahrhunderte veredelten Ketten, die ebenso ein Teil von uns sind wie unsere Arme und Beine, entarten die Menschen zu Wilden und Briganten, losgelöst von allem, was wir als zivilisiert betrachten. Es ist an uns, die wir Menschen führen, sicherzustellen, daß sich dies niemals ereignet. Es ist indes nicht genug, lediglich die Vergangenheit zu bewahren; wir müssen den Weg in eine bessere Zukunft aufzeigen und mutig vorangehen, indem wir dem Vorbild fortgeschrittenerer Völker folgten, die dem hohen Ziel der Gerechtigkeit und des Friedens bereits nähergekommen sind. Das ist mein bescheidenes Ideal der Führerschaft – eins, das Du, als ein fortschrittlicher Mann, gewiß vorbehaltlos bejahen wirst.

König Georg von Griechenland, unser Gastgeber in Athen, war der vollendete Inbegriff eines progressiven Monarchen, und ich schloß ihn auf den ersten Blick ins Herz. Sein schönes Blondhaar und seine blauen Augen, die seine skandinavische Abstammung verrieten, gemahnten gleichermaßen an die Athleten des antiken Griechenlands, was seinen Wert als Herrscher über deren Nachkommen mit Sicherheit nicht wenig erhöhte. Ich war fasziniert, den Monarchen seine Pläne zur Wiederbelebung griechischer Größe in tadellosestem Englisch darlegen zu hören. Die großen Ereignisse der im vorangegangenen Jahr abgehaltenen Olympischen Spiele wurden so anschaulich wieder heraufbeschworen, daß ich wünschte, ich hätte selbst zugegen sein können. Die antiken Monumente Athens, mit vielfarbigen Lichtern illuminiert; die großen Bankette mit ihren Myriaden hochrangiger ausländischer Gäste; die griechischen Tragödien, vor antiken Kulissen aufgeführt; die Umzüge und Flaggen und Nationalhymnen; und schließlich der große Sieg des Spiridon Louis, des bescheidenen Sohnes der reinen griechischen Erde, der den Marathonlauf gewann und bei seiner letzten Runde im Stadion von den Söhnen des Königs begleitet wurde: welch Schauspiel! Welch vollkommene Einigkeit zwischen dem Herrscher und seinem Volk!

Dies sprach meine Phantasie weit mehr an als die recht langweiligen Ausführungen verschiedener Minister über die, wie sie sie nannten, »Große Idee«: die Vereinigung aller Griechen unter einem König – eine edle und gerechte Sache, zweifellos, welche aber kaum in die fragwürdige Obhut aalglatter Politiker, die eher gewohnt sind, die ihnen anvertrauten Menschen zu entzweien statt sie zu vereinigen, gegeben werden sollte. Als ich ein paar dieser Gestalten kennenlernte, konnte ich nicht umhin, den osmanischen Sultanen ein gewisses Maß an Sympathie entgegenzubringen, waren sie doch, wenngleich vielleicht etwas grob in ihren Methoden, weit mehr auf das Wohl ihrer Untertanen bedacht als die Politiker, hinter deren schwülstiger Rhetorik sich meines Erachtens ausschließlich selbstische Motive verbargen. Ich kann es nicht hieb- und stichfest begründen, aber sobald flinkäugige Männer anfangen, von Demokratie zu reden, wittere ich Gaunerei dicht unter der Oberfläche.

Keineswegs erhöht wurde meine Achtung vor den griechischen Politikern durch ihre bestürzende Verfressenheit. Wie sie während des Dinners beim britischen Konsul über das Essen herfielen! Man glaubte, Schweine am Trog zu sehen. Wäre ihr bemerkenswerter Leibesumfang nicht gewesen, hätte man meinen können, daß die armen Wichte seit Monaten hungerten. Ich werde den Anblick so leicht nicht vergessen, wie eine dieser Persönlichkeiten, den Mund voll russischen Kaviars, über die Große Idee schwadronierte, indes schwärzliche Brühe ihm das Kinn hinunterrann und sich auf seiner Hemdbrust ein karmesinroter Weinfleck ausbreitete.

Die Große Idee würde fraglos schon bald zu einem großen Krieg führen, und wie begierig warst Du, mein lieber Charlo, Zeuge des Kampfes zu werden! Da standest Du, herausgeputzt wie Byron in Deiner griechischen Tracht, in der Du, zugegeben, eine wirklich hervorragende Figur abgabst. Die Große Idee schien Deine Vorstellungskraft in erstaunlichem Ausmaße zu fesseln. Versteh mich bitte nicht falsch. Ich hegte keine Zweifel an der Richtigkeit des Ideals – weniger sicher war ich mir allerdings, was dessen Realisierbarkeit anbelangte. Wo Du die Nachfahren des Perikles erblicktest, sah ich raffgierige Politiker und träge, zerlumpte Bauern; wo Du herrliche Tempel und Theater sahst, nahm ich schäbige Ruinen wahr; wo Du Homers liebliche Sprache vernahmst, hörte ich unverständliche und – für mein ungeschultes Ohr – barbarische Laute. Dem Ideal, den Griechen ihre einstige Größe wiederzugeben, eignet durchaus, ich wiederhole es, eine gewisse Erhabenheit; doch ich frage mich, ob das ohne die feste Hand einer kraftvolleren Rasse geleistet werden kann. Hier spürte ich nur zu schmerzlich die natürlichen Grenzen der Pax Britannica. Hand aufs Herz, mein lieber Charlo, könntest Du Dir im Ernst vorstellen, gegen diese Männer Kricket zu spielen?

Louis, den großen Läufer, kennenzulernen war natürlich ein völlig anderes Paar Schuhe. Ich war begierig herauszufinden, was diesen primitiven Schäfer zu seiner bemerkenswerten Leistung getrieben, welche Natur- oder Menschenkraft ihn zu dem großen Nationalhelden gemacht hatte, dessen Ruhmeslied überall erklang, wo griechisch gesprochen wurde. Um so erstaunlicher war sein Sieg, als er, soweit ich wußte, keinerlei Erziehung genossen hatte. Der Baron de Coubertin hatte mir berichtet, daß der Schäfer, um sich auf das Rennen vorzubereiten, die letzte Nacht vor von Kerzen erleuchteten Ikonen betend zugebracht und seiner Jugendliebe, einer schönen Maid, die der Jungfrau Maria ähnelte, gelobt hatte, er würde siegen oder sterben, worauf diese ihm eine kleine griechische Flagge überreicht, sie mit ihrem Kuß geweiht und an sein Trikot genäht hatte.

Ich sollte sofort gestehen, daß auch ich vor Betreten des Feldes der Ehre meine Götter um Kraft angefleht habe, wenngleich ich noch immer glaube, daß Meisterschaft teils Mut, teils angeborenes Talent, teils Glück und teils wissenschaftliche Bemühung ist. Natürlich kann man diese verschiedenen Komponenten nicht mathematisch auseinanderdividieren, und die wahre Natur der eigenen Talente muß ewig ein Rätsel bleiben. Warum, zum Beispiel, war ich, ein Rajpute aus Sarodar, dazu auserkoren worden, W. G. Grace' Jahresdurchschnitt zu überbieten? Gewiß nicht, wie einige amerikanische Zeitungen während unserer Tournee durch dieses bemerkenswerte Land schrieben, weil mein »königlicher Vater« die Angewohnheit hatte, zum Dank für meine Siege Sklaven zu opfern! War ich mit meiner Gabe geboren worden, oder hatte ich einfach Glück mit meinen Lehrmeistern gehabt? Wieviel vom Talent, das man besitzt, ist vorherbestimmt und wieviel erworben? So lange mich diese Fragen auch schon beschäftigen, kann ich doch nicht behaupten, bislang zu einer zufriedenstellenden Antwort gelangt zu sein. Ich war daher entzückt, daß meine Neugier bezüglich Louis, den das Schicksal, wie mich, der Bedeutungslosigkeit entrissen hatte, nun befriedigt werden sollte. Der König war nur zu gern bereit, unser Zusammentreffen zu arrangieren.

Louis war ein kleiner, dunkelhäutiger Mann in der typischen Tracht seines Volkes: einem weißen Rock, einer bunten Weste und einem feschen kleinen Hut, der ihm wie ein

Plumpudding auf dem Kopf saß. Es fiel mir schwer zu glauben, daß dieser schnauzbärtige Knirps das Idol seiner Nation sein sollte. Wir gaben uns die Hand, aber er war offensichtlich befangen und sagte nichts, sondern wartete darauf, daß ich ihn anspräche. Ein britischer Diplomat und mehrere griechische Beamte standen als Dolmetscher bereit. Ich fragte ihn, was der erfreulichste Aspekt seines Sieges gewesen sei. Blitzschnell schossen seine Blicke zu den Beamten hinüber, und nachdem sie übersetzt hatten, antwortete er ohne zu zögern: »Enosis.«

»Er will damit sagen«, teilte mir ein Beamter freundlich mit, »daß sein Sieg einen großen Schritt in Richtung auf die griechische Wiedervereinigung bedeutete.«

Was, probierte ich als nächstes, habe ihn zum Laufen motiviert? Wieder lautete die Antwort: »Enosis.« Sei das, versuchte ich abermals, der einzige Grund gewesen? »Enosis«, wiederholte er. Dann fragte ich ihn nach seinen Plänen für die Zukunft, was er wieder mit diesem einzigen, zunehmend irritierenden Wort quittierte.

Das Gespräch, das ich mit solcher Spannung erwartet hatte, entpuppte sich allmählich als eine Enttäuschung. Wir alle verstummten, während Louis höflich auf meine nächste Frage wartete. Das Interview schien beendet zu sein, aber dann sah mich Louis plötzlich aus seinen blitzenden, klugen Bauernaugen an und stellte mir nun seinerseits eine Frage. Er wünsche zu wissen, warum *ich* mein Spiel spielte. Ich antwortete, ich spielte wirklich nur deswegen Kricket, weil ich Freude daran hätte. Dies wurde übersetzt, und Louis dachte eine Weile nach, schüttelte dann den Kopf und gab erstmals seine bisherige Einsilbigkeit auf: »Nein«, sagte er, »Sie spielen, weil Sie gewinnen wollen, weil es Ihnen Respekt einbringt, weil Sie sich so als Mann erweisen können.« Dann zog er einen Ölbaumzweig aus seiner bestickten Stofftasche und überreichte ihn mir. Der, sagte er, sei eigens im heiligen Hain zu Olympia gebrochen worden. Er wünsche, ihn mir als ein Geschenk von Mann zu Mann zu überreichen.

Mit Inder diskutierte ich selten über Religion. Jedenfalls kaum direkt. Er war natürlich Hindu, aber er hatte viele muslimische Freunde – worauf er ziemlich stolz war. Er trank nie Alkohol und aß auch kein Fleisch. Dafür trank er unzählige Tassen süßen Tees und aß eine Art mit Gemüse vermengte Reisgrütze, die er sein »Haschee« nannte. Es störte ihn nicht, wenn andere tranken oder Rindfleisch aßen. Seine diesbezüglichen Gewohnheiten betrachtete er als rein persönliche Angelegenheit.

Was diese anging, war er allerdings heikel, und zwar weit mehr, als man bei einem Mann, dem es ansonsten so vollkommen an Disziplin mangelte, erwartet hätte. Dies war ausschließlich dem Einfluß seines Guru zu verdanken, einem Mann mittleren Alters namens Charu Baba. Inder glaubte an Wunder, und sein Guru förderte diesen Glauben, indem er behauptete, er vollbringe welche. Zum Beispiel war Inder fest davon überzeugt, sein Guru sei imstande, durch reine Willenskraft an mehreren Orten zugleich zu sein. Er schwor mir, er habe eines Nachts nach einem schweren Anfall von Asthma mit Charu Baba gesprochen, obwohl dieser, wie er wußte, sich zum fraglichen Zeitpunkt mindestens tausend Meilen von ihm entfernt aufhielt. Natürlich habe er am anderen Morgen erheblich besser atmen können. Inder hatte immer ein Foto von Charu Baba – ein pausbäckiges, blasiert lächelndes Gesicht, das aus einer Blumenkette hervorlugte – bei sich, und das erste, was er tat, wenn er sich irgendwo einquartierte, war, dieses Bild an die Wand zu pinnen, davor niederzuknien und ein Räucherstäbchen anzuzünden. Zweimal im Jahr suchte Inder den Ashram seines Guru auf, um sich dort ein paar Wochen lang mit seinen Glaubensbrüdern frommen Übungen hinzugeben.

Aber die vielleicht seltsamste Geschichte betraf Inders sogenannten Cousin. Basu war, so will es die Geschichte, plötzlich im Haus von Inders Familie in Delhi aufgetaucht. Niemand weiß, woher er kam oder warum er sich ausgerechnet Inders Haushalt ausgesucht hatte; eines Tages war er einfach da und behauptete unter Anrufung von Charu Babas Namen, Inders Cousin zu sein. Da die bloße Erwähnung des geheiligten Namens in Inders Haus die Wirkung eines mächtigen Zauberspruchs hatte, wurde Basu ohne weitere Fragen aufgenommen.

Ich traf Basu nur ein einziges Mal. Er sprach kein Englisch, nur eine Art Vulgärhindi, und er trug ein violettes Hemd und eine rehbraune, weit ausgestellte Hose. Er sah wie siebzehn aus, konnte aber durchaus auch älter sein. Er führte das Leben eines Paschas, denn Arbeit hatte er keine, und Inder – ebenso wie seine Mutter, die vom Sohn zu Charu Babas Lehren bekehrt worden war – bediente den Jüngling von vorn bis hinten. Basu saß die meiste Zeit auf dem Bett von Inders Mutter, sah fern und mampfte Schweizer Schokolade, auf die er ganz versessen war. Der Nachschub mußte reibungslos funktionieren, denn wenn Basus Gelüst unbefriedigt blieb, wurde er unerträglich. Zuerst pflegte er zu schmollen, dann bekam er einen Wutanfall, und schließlich zerschlug er irgend etwas: ein Stück Mobiliar, eine Porzellanschüssel, ein Glas.

Ich konnte nicht begreifen, warum Inder und seine Mutter sich das gefallen ließen. Sprach ich Inder darauf an, wurde er ärgerlich. Das einzige, was er dann sagte, war, daß Basu Wunder vollbringe. Wenn ich nach einem Beispiel für seine übernatürlichen Kräfte fragte, brummelte Inder irgendwas in der Richtung, ich würde es ja doch nicht verstehen.

Monate später hörte ich, Basu sei aus einer Laune heraus nach England abgereist; sämtliche anfallenden Kosten hatte natürlich Inders Mutter getragen. Er würde sich eine Ehefrau besorgen, hatte er gesagt, und wirklich kam er nach einiger Zeit mit einem Mädchen im Schlepptau zurück, einer ordinär geschminkten Kreatur mit einem breiten Bradfordakzent und rudimentären Hindikenntnissen. Fortan gehörte sie zur Familie; das junge Paar übernahm das Schlafzimmer der Mutter, und die Tür blieb für den größten Teil des Tages fest verschlossen. Man hörte nur den Ton von Bombay-Seifenopern und das schrille Gekicher des Mädchens. Diese Entwicklung, die fast jeden an den Rand des Wahnsinns getrieben hätte, bestärkte Inder nur in seinem ohnehin schon unerschütterlichen Glauben an die geheimnisvollen Fähigkeiten seines Cousins. Hatte er schließlich nicht prophezeit, er würde eine Frau finden?

Das Kricket hatte es in den letzten Jahren des Jahrhunderts gut mit mir gemeint. Die Tournee durch Australien, wo wir von unseren kolonialen Gastgebern so vorzüglich bewirtet wurden, war schlichtweg phantastisch. Obendrein hatte ich das Glück, auch ein paar Läufe zu machen, und das trotz meiner Anfälle von Atemnot und der unerträglichen Mükken, die uns unausgesetzt heimsuchten, so daß unsere Gesichter das Aussehen von Kaktusfeigen annahmen. Ich konnte auch manch guten Schuß abgeben – so erbeutete ich bei Kalimna eine beachtliche Anzahl Schnepfen –, und es bereitete mir keine geringe Befriedigung, die Freundlichkeit der einfachen Australier zu erleben, bei denen ich mich offenbar einer gewissen Popularität erfreute. Es war zweifellos eine neue Erfahrung für mich, mein Abbild auf Streichholzschachteln, Schokoladeneinwickelpapier und ähnlichen Dingen zu sehen!

Der einzige Mißklang während der Tournee war ein Streich, den man mir bei den Rennen in Randwick spielte. Es wurde das Gerücht verbreitet, ich sei unvorstellbar leichtgläubig gewesen und hätte mich wie ein Grünschnabel verhalten. Erlaube mir, die Sache richtigzustellen. Was sich tatsächlich zutrug, war folgendes: Ich hatte zum Spaß gegen alle Wahrscheinlichkeit auf einen Außenseiter gesetzt und zu meiner eigenen Überraschung gewonnen. Dies bewog mich, den Jockey, der für mein Glück verantwortlich war, einzuladen, mich in meiner Suite zu besuchen, um ein Zeichen meiner Wertschätzung entgegenzunehmen. Es kam ein Bursche – im Auftrag, wie er sagte, des Jockeys, der indisponiert sei. Er schien ein charmanter Junge zu sein, mit dem ehrlichen, offenen Gesicht, das man so häufig beim einfachen australischen Volk antrifft. Kurzum, ich vertraute ihm rückhaltlos und händigte ihm die Belohnung samt einem Brief für den Jockey aus. Leider stellte sich heraus, daß ich einem Schwindler aufgesessen war. Natürlich darf man bei solchen Dingen seinen Sinn für Humor nicht verlieren, und so tat ich den Zwischenfall mit einem Achselzucken ab. Indes mußte ich zu meinem Schmerz erfahren, daß meine Großzügigkeit, und mochte sie auch in diesem bestimmten Fall irregeleitet gewesen sein, von gewissen Leuten, die mir, höchstwahrscheinlich aus politischen Gründen, nicht wohlwollten, als Dummheit ausgelegt wurde. Aber genug von dieser schmutzigen kleinen Affäre, die man am besten aus dem Gedächtnis streichen sollte.

Das Kricket und die Jagd sowie die hervorragende Bewirtung, die mir so viele Freunde in England zuteil werden ließen, waren natürlich schön und gut, aber ich muß gestehen, daß es Zeiten gab, da ich mich danach sehnte, meine Heimat wiederzusehen. Eine zu lange Abwesenheit würde meine Chancen, die *gaddi* zu besteigen, gewiß nicht erhöhen, da, wie Du, mein Freund, sehr wohl weißt, niemand so rasch vergessen wird wie ein Sportsmann. Denn was ist schließlich ein Kricketspieler in den Augen der Welt anderes als ein austauschbarer Narr in Flanell?

Kurz, ich spürte, daß mehr zu einem wirklichen Leben gehörte, als Läufe zu sammeln. Es war mein innigster Wunsch, für mein Volk Gutes zu tun, gleichgültig, welche persönlichen Opfer an Vergnügen und Bequemlichkeit dafür von mir verlangt würden. Ich liebte England sehr, daran gibt es keinen Zweifel, aber ich kam mir dort zunehmend nutzloser vor, und wenngleich die Aussicht, in die Hitze und den Staub Indiens zurückzukehren, mir wenig behagte, fühlte ich, daß eine wichtige Aufgabe auf mich wartete, während ich in Großbritannien immer bloß ein farbenprächtiges Anhängsel bleiben würde.

Das also war es, was mich zutiefst bewegte, als ich 1898, zehn Jahre, nachdem ich mich erstmals nach England eingeschifft hatte, zusammen mit Popsey aufbrach. Ich hatte das große Glück, auf meiner Reise von diesem reizenden Mann, Arthur Priestley, dem Abgeordneten für den Wahlkreis Grantham, begleitet zu werden, dessen glühendes Interesse für Kricket nur von seiner Geschicklichkeit im Umgang mit der Büchse übertroffen wurde – eine Geschicklichkeit, die er, wie ich hinzufügen möchte, im Verlauf unserer Reise wiederholt unter Beweis zu stellen vermochte.

Sehr angetan war Priestley, ebenso wie ich, von der üppigen tropischen Schönheit Ceylons, unserer ersten Station. Es ist wahrhaft eine nicht weniger grüne und liebliche Insel als England! Und er zeigte sich tief bewegt, als wir Ratlam besuchten, wo meine rajputischen Vorfahren, angeführt vom großen Jaswant Rao Rathor, die Heere des Aurangzeb besiegt hatten. Ihre beispielhafte Selbstaufopferung und Tapferkeit konnten es nicht verfehlen, ein englisches ebenso wie ein rajputisches Herz zu rühren. Denn in dieser Schlacht gegen die mohammedanischen Eindringlinge waren Tausende unerschrockener Männer gefallen. Wir genossen die Gastfreundschaft des Maharadschas und fanden auch Gelegenheit, ein paar treffsichere Schüsse abzugeben. Priestley erlegte zwei schöne Tiger, und wir schafften es, an einem einzigen Vormittag viertausend Vögel herunterzuholen.

Für mich persönlich waren zwei Erlebnisse einzigartig und daher wert, hier referiert zu werden: unser Aufenthalt beim Maharadscha von Patiala und mein Zusammentreffen mit Pandit Hareshwar, dem *joshi*, dessen Vorhersagen sich als so erstaunlich exakt erweisen sollten.

Der Maharadscha lud uns nach Patiala und Simla ein, wo er sich vor der Sommerhitze zurückzuziehen pflegte. Seine Hoheit war ein begeisterter Kricketspieler, was mir seine besondere Gunst eintrug – nicht unwillkommenerweise übrigens, da seine Freundschaft sich bei meinen Bemühungen, das zu erhalten, was rechtmäßig mein war, als von beträchtlichem Wert erweisen konnte. Ich dachte, ich hätte in manchen englischen Landhäusern schon einiges gesehen, was es nicht unstatthaft erscheinen ließ, sie als Stätten gesunder und unschuldiger Vergnügungen mit dem Paradies zu vergleichen, aber Patiala übertraf an Pracht und Reichtum alles, was mir bis dahin vor Augen gekommen war. Die Badezimmer im Moti-Bagh-Palast waren so groß wie Ballsäle, das Personal so zahlreich wie eine kleine Armee, und auf Seiner Hoheit Kunst- und Schmucksammlung wäre selbst ein erstklassiges europäisches Museum stolz gewesen. Die Möbel bestanden aus reinstem Kristall und das Geschirr aus massivem Gold. Seine Hoheit hatte auch für Damen ein gutes Auge, und seine Zenana, die die größte in Indien gewesen sein dürfte, enthielt, wie er sich auszudrükken beliebte, Blumen von vielerlei Farbe. Auf alle Fälle lernte ich es nie, die zahlreichen Kinder auseinanderzuhalten – ausgenommen Michael, Dicky und Roger, die einen Großteil ihrer Zeit auf meinem Knie zubrachten, wo sie Geschichten von großen Taten in Lord's lauschten. Vielleicht erschienen sie ihnen als eine willkommene Abwechslung nach all den traditionellen Schilderungen rajputischen Heldenmuts, mit denen sie so lange traktiert worden waren, bis sie sie buchstäblich nicht mehr hören konnten.

Seine Hoheit selbst war ein Bild von einem Mann, von stolzem Auftreten und stets tadellos gekleidet. Alltags bevorzugte er englische Kleidung – ich sehe ihn noch jetzt vor mir, das Gewehr in der Hand, in seinen Rankin-Knickerbockers –, aber bei besonderen Anlässen, wenn er wichtige Gäste empfing, was naturgemäß sehr häufig der Fall war, trug er schöne Seidengewänder, geschmückt mit Schnüren von schwarzen Perlen, erlesenen Smaragdhalsketten und einer Brustplatte, dicht besetzt mit den schönsten, in Antwerpen geschliffenen Diamanten. Es war, beiläufig gesagt, Seine Hoheit, die mich mit meinem guten Freund, Jacques Cartier, bekannt machte.

Seine Gastfreundschaft war natürlich legendär. Da er meine Liebe zum Sport kannte, nahm er uns fast täglich in seinem Rolls-Royce zur Entenjagd auf einem nahe gelegenen See mit, der eigens für Seine Hoheit von einem britischen Ingenieur angelegt worden war. Dort bezogen wir auf mehreren künstlichen Inseln Stellung und wurden aufgefordert, in unseren Schießhütten das Hornsignal abzuwarten, das den Beginn der fröhlichen Jagd signalisierte. Wir benutzten schöne Purdeys vom Kaliber 12, bestens geeignet für solche Zwecke. Das Horn erklang, und der Himmel wurde schwarz vor Enten. Seiner Hoheit gelang es, aus einem einzigen Schwarm viele Vögel herunterzuholen, indem er zwischen zwei Gewehren, die von seinem Diener nachgeladen wurden, hin- und herwechselte. Wir schossen weiter, bis das Hornsignal eine Unterbrechung ankündigte. Die nun folgende kurze Periode vollkommener Stille wurde nur durch das Herumgeplansche verwundeter Enten und die fernen Schreie von Gänsen gestört. Allmählich ließ sich ein neuer Schwarm von Enten auf dem Wasser nieder, worauf das Horn uns erneut zu den Waffen rief. Wieder füllte sich der Himmel, und wieder bestrichen wir die fliegenden Enten mit unseren Flinten, und kurz darauf schlugen die großen, flatternden Vögel wie riesige Regentropfen in den See. Mein Gott, es war ein herrlicher Anblick! Wir schossen weiter bis zur Abenddämmerung, mit einer kurzen Unterbrechung für ein Picknick, bei dem wir uns mit Ente, Birkhuhn und Brandy stärkten. Nach Sonnenuntergang pflegte Seine Hoheit, wenn der Mond schien, mit seiner Büchse Streifengänse zu schießen. Den Feuerstößen folgte das dumpfe Aufklatschen von Gänsen, die aufs Wasser schlugen. Am Ende eines guten Tages hatten wir mindestens zehntausend Enten und Hunderte von Gänsen erbeutet, die dann von den Dienern ordentlich zu unseren Füßen aufgestapelt wurden, damit wir das Ereignis in einem Schnappschuß festhalten konnten.

Es gibt außer Dir, mein lieber Charlo, nur wenige Männer, die ich in meinem Leben höher geschätzt habe als den Maharadscha von Patiala. Ja, meine Bewunderung für seinen Mut und seine Weisheit kannte keine Grenzen. Auch von den Briten wurde er natürlich hochgeachtet, und enge Beziehungen zur britischen Krone hatten in Patiala eine lange Tradition. (Es ist Dir vielleicht unbekannt, aber der Großvater Seiner Hoheit kämpfte im Sikh-Krieg um die Mitte des vorigen Jahrhunderts auf der Seite der Briten, und während der Rebellion taten die Patialas viel für die britische Sache.)

Ich fühlte mich daher zutiefst geehrt, als ich den Eindruck gewann, daß ein Teil der Hochachtung, die ich seiner Hoheit entgegenbrachte, erwidert wurde, und ich war unsagbar entzückt, als Seine Hoheit mich zu seinem Ehrenadjutanten ernannte. Ich wurde in die Patiala Lancers aufgenommen und trug ihre berühmten Farben, Kastanienbraun und Safrangelb, mit Stolz und Freude. Meine erste Pflicht als *aide de camp* bestand darin, den Vizekönig, Lord Elgin, bei seinem Besuch in Simla zu empfangen. Dies war mir ein besonderes Vergnügen, da zum Gefolge des Vizekönigs ein Mann gehörte, dessen Buch über die Sauhatz ich sehr bewunderte: Colonel Baden-Powell, derselbe natürlich, der sich wenige Jahre später in Mafeking auszeichnen sollte.

Wir sprachen über die Sauhatz, aber auch, was Dich vielleicht interessieren wird, über Dich, denn Baden-Powell hatte Dich für Sussex sowie beim Match der Gentlemen gegen die Players in Lord's spielen sehen und Deinen Stil sehr bewundert. Tatsächlich schlossen wir gerade durch unsere Gespräche über Dich Freundschaft miteinander. Es stellte sich heraus, daß er auch Deine teure Gattin kennengelernt hatte, und zwar während einer Jagdpartie beim Herzog von Beaufort, über dessen Meute sie, wenn ich mich nicht irre, in ihrer Eigenschaft als Ehren-Piqueuse die Peitsche schwang. Er sprach von seinem großen Interesse an der Knabenerziehung und äußerte seine Bewunderung für die Bemühungen Deiner teuren Gattin auf dem tüchtigen Schiff *Mercury*. Offenbar hatte er eine so enge seelische Beziehung zu Madame hergestellt, daß er sich mit dem Gedanken getragen hatte, auf dem Schiff eine Stellung anzunehmen. Zuletzt allerdings hatten sich das Abenteuerleben und die Armee als verlockender erwiesen. Er fragte mich, ob ich die Möglichkeit sähe, in Indien ein Knabenerziehungsschiff nach dem Vorbild der *Mercury* einzurichten. Ich sagte, ich wüßte es, ehrlich gesagt, nicht, sei aber überzeugt, daß ein Mann mit seinen gewaltigen Talenten sich als ein wahrer Segen für unsere Jungen erweisen würde, denen es, wie man zugeben muß, oft am nötigen Rückgrat fehlt.

Baden-Powell war ein gutaussehender junger Mann mit einem herrlichen Sinn für Humor. Er mochte es, wenn man ihn B-P nannte. »B-P«, pflegte er zu sagen, »ist mein Name und mein Motto.« Und mit einem schelmischen Augenzwinkern forderte er jeden neuen Bekannten auf zu raten, wofür die Initialen standen. Dann, ohne eine Antwort abzuwarten, brüllte er los: »*Be Prepared!* Allzeit bereit!«

Aber unter seiner kernigen Art spürte ich eine gewisse Nervosität, wie man sie häufig bei brillanten Männern antrifft. Seine Witze wurden unweigerlich von einem hohen, meckernden Kichern begleitet, das ich leicht befremdlich fand. Dasselbe galt für seinen merkwürdig schlaffen Händedruck, bei dem man fast das Gefühl hatte, als scheue er den menschlichen Kontakt. Und doch hatte er ein sehr enges Verhältnis zu seinen Männern – ja ein so enges, daß er sein Bad immer in Gesellschaft seines Burschen nahm, der ihm den rosigen Rücken mit einer harten Bürste schrubbte, bis er ganz violett wurde. Dieses Ritual fand zweimal am Tag statt, morgens und abends, denn B-P legte allergrößten Wert auf Sauberkeit – vielleicht sogar mehr, als es die Umstände eigentlich rechtfertigten.

Es muß allerdings gesagt werden, daß B-P ein wunderbarer Schaupieler und Tänzer war. Seine Darbietungen in Frauenkostümen waren bei den Mannschaften, die es über alles liebten, ihren Offizier als Varietétänzerin die Beine schwingen zu sehen, äußerst populär. Manche seiner Offizierskameraden fanden dieses Verhalten etwas sonderbar, aber da B-Ps soldatische Qualitäten über jeden Zweifel erhaben waren und er sich bei den Mannschaften einer so offenkundigen Beliebtheit erfreute, ließen sie es durchgehen. Diese komödiantische Ader machte B-P sicherlich Seiner Hoheit sehr sympathisch, denn unter seinen vielen guten Eigenschaften hatte der Maharadscha auch eine Schwäche für das Theater. Ständig ersann er neue Möglichkeiten, seine Gäste zu unterhalten, und er liebte es leidenschaftlich, sich zu verkleiden.

So kam es, daß er eines schönen Tages nach dem Frühstück ankündigte, daß wir ein Kostüm-Kricketspiel veranstalten würden. Die einzige Bedingung war, daß man sich als Frau verkleiden mußte. Die meisten von uns waren längst an die Kapricen Seiner Hoheit gewöhnt, zeigten sich also kaum überrascht, aber einige der Gäste befanden sich, gelinde gesagt, in einem Zustand höchster Erregung. Das Ganze lag natürlich absolut auf B-Ps Linie, und er kicherte noch mehr als gewöhnlich.

Für die Anfertigung unserer Kostüme wurden aus Lahore die besten Damenschneider herbeordert. B-P beschloß, als Königin von Saba zu gehen, und gab ein kunstvoll exotisches Kostüm mit Flitter und Armreifen und silberdurchwirkter Gaze in Auftrag. Ich sah mich eher als Maria, Königin der Schotten, und ließ mir eine wunderbare Tartankreation nähen. Ein junger Hauptmann der Garde, ein strammer Bursche und sehr brauchbarer Werfer, wurde als sittsame europäische Braut eingekleidet, und Priestley hatte beschlossen, als Milchmädchen zu kommen. Die Krönung aber war Seine Hoheit selbst: Er sah sich als eine katholische Nonne. Es war wirklich jammerschade, daß unsere durchweg mit einer solchen Sorgfalt entworfenen, anprobierten und genähten Kostüme nur einmal getragen werden sollten!

Mit seinem Ausblick auf Simla, dessen Häuser auf den Hügeln wie Kirschen auf einer prächtigen Torte saßen, und auf die schier endlose Weite des Himalaja war der Kricketplatz einer der schönsten auf der ganzen Welt. Die frische, klare Luft duftete berauschend nach Heu, Gras und Gebirgsblumen. Sicher, der Untergrund war ein wenig uneben, da es sich bei dem Platz in Wirklichkeit um einen abgesägten Berggipfel handelte, und das bedeutete, daß wir auf einem *wicket* aus Strohgeflecht spielen mußten. Nur gut, daß der schnellste Werfer unter uns durch sein Brautkleid in seiner Bewegungsfreiheit eingeschränkt war, andernfalls wäre der Ball wie ein Geschoß von der Matte abgeprallt.

Unsere Seite hatte ein anständiges *innigs*, und ich schaffte es, den Ball ein wenig durch die Gegend zu jagen. Die ersten paar *wickets* der Gegenseite bekamen wir ohne allzu große Schwierigkeiten. B-P, unter konventionelleren Bedingungen kein schlechter Ballschläger, stolperte in seinem langen Gewand und wurde glatt ausgebowlt. Auf dem Rückweg zum Pavillon wirbelte er seinen Rock in die Höhe und enthüllte zwei dünne, haarige Oberschenkel. Das Publikum brüllte vor Vergnügen! Dann war Seine Hoheit an der Reihe. Als er hereinkam, gab er mit seinem Nonnenhabit und seinem schwarzen Heldenbart eine recht bemerkenswerte Figur ab. Ich instruierte den Werfer, einen Ingenieur namens Barnes, ihm nicht zu hart zuzusetzen, da Seine Hoheit gern ein paar Punkte einsammelte. Der erste Ball verfehlte das *wicket*. Der zweite war ein freundlicher *lob*, nach dem Seine Hoheit gewaltig ausholte – und den er verfehlte. Der dritte warf leider Gottes die Stäbe um. Das störte den Maharadscha indes nicht im mindesten. Ruhig forderte er den *wicketkeeper*, einen beleibten Major der Lancers, auf, die Querhölzer wieder an ihren Platz zu setzen, und ging wieder in Verteidigungsstellung. Natürlich wurde nicht ein Wort des Protestes laut. Schließlich war uns allen absolut bewußt, daß die Regeln, die für gewöhnliche Menschen galten, für den Maharadscha nicht die geringste Bedeutung hatten.

Am Ende schaffte Seine Hoheit doch ein paar Läufe,

wenn auch, wie man zugeben muß, nicht ohne eine gewisse Unterstützung von seiten der Feldspieler, die den vom fürstlichen Schlagholz geschlagenen Ball auffällig langsam zurückbrachten und es mit großer Geschicklichkeit bewerkstelligten, ihn über die Spielfeldgrenze zu treten. Ja, der Maharadscha amüsierte sich so königlich, daß wir ihn überhaupt nicht ausschlugen – beziehungsweise es nicht übers Herz brachten, ihn darauf hinzuweisen, daß er bereits aus war, und manch ein zerstörtes Tor wurde rasch wieder zusammengeflickt, manch ein Fang noch im letzten Augenblick notdürftig verpatzt. Leider gingen Seine Hoheit zu guter Letzt die Partner aus, wenngleich, von unserem Standpunkt aus betrachtet, nicht früh genug, denn die Elf des Maharadschas gewann um Haaresbreite. Seiner Hoheit, unter dessen ruhmreichem Namen das Spielprotokoll zwölf unbesiegte Läufe verzeichnete, wurde auf dem ganzen Weg zum Pavillon von allen laut umjubelt. Durch seinen Triumph in Hochstimmung versetzt, befahl er Mr. De Silvas Kapelle aufzuspielen und den Kellnern, den Champagner zu entkorken. »Tanzt, Kerls, tanzt!« rief er, entzückt über den riesigen Spaß, und bald hatte sich der Kricketplatz in einen großen grünen Ballsaal verwandelt, angefüllt mit Männern, die in wirbelnden Roben und prachtvollen Gewändern voller Grasflecken im schönen Licht des Himalaja-Sonnenuntergangs tanzten.

Gleichfalls durch die gütige Vermittlung Seiner Hoheit war es mir möglich, ein Zusammentreffen mit Pandit Hareshwar in Bombay zu arrangieren, dem *joshi*, der sich als von so unschätzbarem Wert erweisen sollte. Seine Hoheit riet mir dringend, den Astrologen aufzusuchen, um mir ein klares Bild von meiner Zukunft zeichnen zu lassen und so gleichsam zu erkennen, wo ich jetzt stand.

Ich beschloß – zum Teil, wie ich gestehen muß, auch aus Spaß –, den *joshi* auf die Probe zu stellen. Ich verkleidete mich als Diener und steckte meinen Lieblingsboy, der ungefähr meine Statur hatte, in einen meiner weißen Tropenanzüge. Dann luden wir den Astrologen in den Bungalow ein, in dem ich bis zu meiner Abreise nach Europa wohnen würde. Mein tadellos gekleideter Boy saß in einem bequemen Sessel und ebenso ein paar andere Burschen, darunter Priestley und mein lieber Freund Roland Wild. Ich war der einzige, der stand, und schwang den Wedel, um den Gentlemen Kühlung zuzufächeln. Ich schaffte es gerade, nicht in Gelächter auszubrechen. Der *joshi* war ein kleiner Mann von beträchtlichem Umfang und trug einen *dhoti* aus feinster Baumwolle. Es hieß, er sei sehr alt, aber sein Gesicht war glatt wie das eines jungen Mädchens. Er gab uns dafür eine höchst eigenartige Erklärung: »Ich habe innen keine Runzeln«, sagte er, »also habe ich außen keine Runzeln.« Solche Äußerungen waren absolut typisch für den Mann.

So waren alle seine Aussagen: kurz und bündig und nie ein Wort mehr, als er tatsächlich mitzuteilen hatte. Und er sprach mit geschlossenen Augen, was den Eindruck tiefer Meditation erweckte. Er war mit anderen Worten kein Freund amüsanter Plaudereien oder eitlen Geplänkels.

Also kamen wir direkt zur Sache. Wer von den hier anwesenden Personen, fragten wir, würde eines Tages ein Herrscher werden? Der *joshi* sagte absolut nichts, dann öffnete er die Augen für einen Moment und fragte jeden nach seinem Geburtsdatum – das heißt jeden außer mir, da ich schließlich und endlich nur ein einfacher Wedelschwinger war. Kaum hatte er die verlangten Informationen erhalten, schloß er die Augen wieder und saß mindestens eine Minute lang vollkommen reglos da. Dann bat er die Gentlemen, ihre Hände untersuchen zu dürfen, was er auch tat, indem er die Linien mit dem Finger nachzog. Es folgte eine weitere Minute äußerster Konzentration, woraufhin er erklärte, daß keiner der Männer je ein Herrscher sein würde.

Da wir eigentlich keine weiteren Fragen an den Pandit hatten, wollten wir das Gespräch beenden. Aber gerade, als die Gesellschaft sich erhob, um ihn zu verabschieden, öffnete er die Augen einen Spaltbreit und warf mir einen Blick zu. »Zeig mir deine Hand«, sagte er, und ich gehorchte, wenn auch mit einiger Bangigkeit. Während er die Linien meiner Hand nachzog, blieben seine Augen unverwandt auf meine gerichtet. Mir war, als müßte ich in diesen bodenlosen, dunklen Schächten auf Nimmerwiedersehen versinken.

»Ich meine zu sehen«, sagte er, »daß Sie bereits ein Herrscher sind.« Ich erschrak, um es milde auszudrücken. »Auf dem Gebiet des Sports, glaube ich ... Aber Sie werden auch über Menschen herrschen ... in, ach, schon in wenigen Jahren...« Woraufhin wir, sehr erleichtert, dem *joshi* dankten und er sich empfahl. Priestley war überzeugt, ich hätte die ganze Sache inszeniert, um mir einen Spaß zu leisten, aber das war natürlich absolut lächerlich.

Zwei Tage später stachen wir in See, und mein Herz war voller Hoffnung. Wir verließen Indien keinen Augenblick zu früh, denn der Staub wirkte sich bereits verheerend auf meine Atemwege aus. Mir war natürlich schmerzlich bewußt, was ich zurückließ, ich tröstete mich aber mit dem Gedanken an eine verheißungsvolle Zukunft. Als ich, mit Popsey auf der Schulter, auf dem Deck der *Hormuz* stand und mir die frische Brise ins Gesicht wehte, war ich nahezu glücklich. »Nach England!« rief ich meinem treuen Vogel zu. »Good show!« krächzte er. (Wenigstens glaube ich, daß es das heißen sollte.)

Der Sommer des Jahres 1899 war sowohl eine Zeit der Traurigkeit wie auch großer Erfüllung. Du, mein lieber Charlo, hattest deine Bestform als *batsman* erreicht. Dein sauberer Stil verriet die Anmut klassischer Bildung und die mathematische Präzision eines wissenschaftlichen Geistes. Was für ein Paar wir abgaben: Wenn man der Presse Glauben schenken durfte, maß ich meinen heidnischen Krummsäbel mit Deinem angelsächsischen Schwert! Östliche Magie und abendländische Logik! Und wie hätte die Presse unrecht haben können?

Die Saison fing allerdings nicht gut an: Das feuchte Wetter war mir auf die Bronchien geschlagen, und ich wollte am ersten Test Match gegen die Australier eigentlich nicht teilnehmen. Daß ich dennoch ausgewählt wurde, erwies sich als ein glücklicher Umstand, denn ich schaffte dann eins meiner besten *innings* überhaupt. Da Du selbst eine Hauptrolle in diesem Match spieltest, brauche ich Dir keinen detaillierten Bericht davon zu geben. Es genügt, wenn ich sage, daß die Weise, wie mir das einfache britische Volk dankte, nachdem meine 93 *not out* im zweiten *innings* eine englische Niederlage abgewendet hatten, mich abermals zu Tränen rührte. Die Schlagzeilen dieses Tages, »Ranji rettet England«, werden mir zeit meines Lebens unauslöschlich im Gedächtnis bleiben.

Hier möchte ich die Gelegenheit ergreifen, ein paar Gedanken über den Mann niederzuschreiben, der damals die englische Mannschaft zum letztenmal in seinem großartigen Sportlerleben anführte: W.G. Grace. Ich werde sein allerletztes Test-*innings* niemals vergessen. Er war, um die Wahrheit zu sagen, schon seit langem über seine besten Jahre hinaus und mittlerweile viel zu füllig geworden, um sich mit der Geschwindigkeit bewegen zu können, die das moderne Spiel verlangte. Selbst sein berühmter schwarzer Bart, der früher seine Gegner das Fürchten gelehrt hatte, war grau wir Porridge geworden. Als er vor unser aller Augen langsam auf das *wicket* zuschritt und dabei seine Keule eher wie einen Spazierstock führte denn wie die Angriffswaffe, die wir fürchten und lieben gelernt hatten, verriet nur noch sein massiger Rücken die gewaltige Kraft, die er einst besessen hatte. Die Australier jubelten ihm den ganzen Weg bis zur Linie zu, in der Tat ein Beweis guter Manieren, zu dem das skandalöse Verhalten gewisser roher Elemente unter den Zuschauern, die sich abfällig über den langsamen Gang des Old Man äußerten, in krassem Widerspruch stand.

Jonahs Würfe gingen jetzt über des Doktors Kräfte.

Diese gewaltigen Arme, die sich einst so schnell wie der Blitz bewegt hatten, stocherten ängstlich und unsicher in die ungefähre Richtung des Balles, der inzwischen schon durch seinen Bart gesaust war. Er hielt nicht länger als ein *over* stand und wurde zwischen den Beinen ausgebowlt. Der Old Man blinzelte, als traue er seinen Augen nicht, zuckte dann mit den breiten Schultern und machte sich langsam auf den Weg zurück zum Pavillon, wie ein großer, wehrhafter Löwe in den Klauen des Todes. Der Held hatte zuletzt doch seine Stärke verloren. Alles, was blieb, war die Erinnerung an seine Taten. Als er mit niedergeschlagenen Augen und hängenden Schultern an uns vorbeikam, murmelte er, bevor er den Umkleideraum betrat, mehr zu sich selbst: »Ich bin erledigt, es ist aus, ich werde nicht mehr spielen.«

W. G. Grace war nicht nur der größte Kricketspieler seiner Zeit – oder vielleicht sogar aller Zeiten. Er wird oft als eine englische Institution bezeichnet, aber er war noch mehr als das, denn W. G., der Held der Helden, war fast übermenschlich, ein englischer Gott, ein Symbol aller echten englischen Tugenden: Mut, Disziplin, Charakter. Doch selbst das reicht nicht aus, den besonderen, einzigartigen Platz zu erklären, den der Doktor im Herzen eines jeden wahren Engländers innehatte. Denn diese und weitere Tugenden besitzen viele große englische *cricketers*: MacLaren, Jacker, Barnes, Du selbst.

Worin also bestand der Unterschied? Ich glaube in folgendem: Während MacLaren ein schönes Beispiel für aristokratische Anmut war und Barnes mit der Begeisterung eines bodenständigen Landmanns spielte, war W. G. weder Landmann noch Aristokrat, sondern stand in gewissem Sinne über solchen Unterscheidungen. Selbstverständlich war er ein Amateur und ein Gentleman, doch er fühlte sich ebenso wohl in Gesellschaft einfacher Leute wie in der der Großen seiner Zeit. Seine breiten, massigen Schultern bildeten die gewaltige Brücke, die alle Engländer miteinander verband, vom erlauchtesten Lord bis hin zum bescheidensten Arbeiter. Er war ein wahrer König, und nach seinem Ausscheiden gab es keinen, der seinen Platz hätte einnehmen können – und wird es auch niemals geben.

Sein Schlagstil war nicht nur tadellos; er war schöpferisch. W. G. war, mehr als alles andere, ein moderner *batsman*, die vollkommene Verkörperung seines fortschrittlichen Zeitalters. Er vereinigte in seiner mächtigen Persönlichkeit sämtliche Vorzüge aller guten Spieler und besaß darüber hinaus eine ganze Reihe weiterer, die ausschließlich ihm eigneten. Er verwandelte das alte Monochord in eine vielsaitige Lyra – und machte darüber hinaus seinen Vortrag der Erfindung ebenbürtig. Wo ein großer Mann vorausgegangen ist, können viele folgen; die Ehre jedoch gebührt dem, der den Weg entdeckte und bahnte. Die Theorie des modernen Schlagspiels ist in all ihren wesentlichen Punkten das Ergebnis von W. G.s intellektueller und praktischer Auseinandersetzung mit dem Kricket.

Ich habe mich bemüht, den vom Doktor gesetzten Maßstäben gerecht zu werden, und muß, da ich nur ein Sterblicher bin, mein Scheitern eingestehen. Das soll nicht bedeuten, daß W. G. keine menschlichen Eigenheiten gehabt hätte, denn wahrhaftig, auch er war ein vollblütiger Sterblicher. Nein, ich spreche eher von dem, was er darstellte, als davon, was er als Privatperson war. (Selbst Könige haben ihre – vor den Blicken des Pöbels gnädig verborgen gehaltenen – kleinen Schwächen.) Er symbolisierte das Beste im Manne. Wo immer der Doktor erschien, auf der Dorfwiese ebenso wie in Lord's, war er Herr der Lage und erfüllte uns alle mit Stolz: diejenigen, die das Glück hatten, mit ihm oder gegen ihn zu spielen, ebenso wie all diejenigen, die ihm vom Platzrand her zujubelten. Es wäre keine Übertreibung zu sagen, daß W. G. England war und England W. G. Es wird nie wieder ein England wie ihn geben.

K. C. Lewis wohnte im zweiten Stock eines Eckhauses in einer trostlosen Straße Südlondons, in der noch die Spuren der letzten Ausschreitungen zu sehen waren: Die Dachbalken eines niedergebrannten viktorianischen Pubs ragten völlig verkohlt in den Regen; Videoshops waren mit Brettern vernagelt, wie in Erwartung eines schweren Sturms. Junge Rastafaris ohne Bleibe drängten sich fröstelnd aneinander und an die Mauer eines verlassenen Spielplatzes, die mit farbenprächtigen Porträts von Sandinisten und Nelson Mandela bemalt war. Einer der Männer rief etwas, aber seine Worte gingen im Rap unter, der aus seinem Gettoblaster dröhnte.

Wie ich aus seinen Büchern wußte, war Lewis ein Experte in Sachen Ranji, und außerdem hatte er ihn sogar spielen sehen. Ein guter Grund, dachte ich, dem alten Mann einen Besuch abzustatten.

Im Erdgeschoß, unter Lewis' Zimmer, wurde eine Broschüre gegen den Rassismus in Großbritannien gedruckt. Die Wände waren mit Plakaten bedeckt, die zu vielfältigen antirassistischen, antifaschistischen und Anti-Thatcher-Aktionen aufriefen. Einer der Redakteure des Blattes, ein junger Jamaikaner, zeigte mir, wo Lewis wohnte.

Das Auffälligste an dem dreiundneunzigjährigen Schriftsteller aus Trinidad, der, kohlschwarz und weißhaarig, in ein Plaid eingewickelt dasaß und einen äußerst zerbrechlichen Eindruck machte, war die Farbe seiner Augen. Sie waren milchig weiß. Es war schwer zu sagen, wieviel er mit diesen Smaragdaugen sehen konnte, denn er wollte sie sich demnächst operieren lassen. Ich fragte ihn, wann er *cricketer* wurde.

Er versuchte, den Blick zu konzentrieren, während er, abgehackt, in kurzen Schüben, sprach: »Kricket entdeckte ich, als ich zwei war. Auch für Geschichte und Literatur habe ich mich schon früh interessiert. Wissen Sie, als Junge habe ich den *Jahrmarkt der Eitelkeiten* mindestens zwanzigmal gelesen. Bücher, Zeitschriften – *Strand Magazine, Blackwoods* –, alles habe ich gelesen und außerdem noch Latein und Griechisch gelernt. Horaz, Vergil...«

Er schwieg eine Weile, und ich konnte die Rapmusik hören, die leise von draußen hereinwehte. Er fuhr fort: »Sehen Sie, ich suchte beispielsweise in *Blackwoods* einen Artikel über Walter Pater und fand einen über Dorfkricket – oder auch vice versa. Kricket, Geschichte und Literatur waren für mich verschiedene Aspekte ein und derselben Sache. Außerdem ist es wichtig zu begreifen, daß Kricket ein Teil der karibischen Geschichte war. Den Leuten gefiel es, weil es etwas Einheimisches war – karibisches Kricket, von der karibischen Oberschicht aufgegriffen. Das ist äußerst wichtig.«

Lewis sprach mit dem kultivierten Akzent eines englischen Gentleman, aber ohne das matte, ironische Zögern, dessen sich die britische Oberschicht so häufig befleißigt. Denn er wirkte zwar selbstsicher, aber nicht so sehr, daß er es sich hätte leisten können, das Gegenteil vorzutäuschen. Ich sah mich im Zimmer um, das den Geist eines Sammlers, vor allem von Büchern, verriet. Überall gab es Bücher, bis hoch hinauf an die Decke: Bücher über europäische Geschichte, darunter eine ganze Menge über die Französische Revolution; Biographien von Palmerston, Bismarck, Napoleon; Bücher über italienische Renaissancekunst; über die Politik der dritten Welt; viele englische Romane – Dickens, Thackeray, Sterne; und Bücher über klassische Musik, über Wagner und die deutschen Romantiker. In einer Ecke türmten sich die *Wisdens*, die jährlichen Kricketbibeln, von 1925 bis 1972; in einer anderen sah ich Werke von Karl Marx, auf englisch und deutsch, Friedrich Engels und Frantz Fanon. Zuoberst auf diesem Stapel lag ein Buch mit dem Titel *The Black Jacobins*, und auf diesem glomm wie ein kostbarer Edelstein ein dunkelvioletter Kricketball.

Lewis nahm den Faden wieder auf: »Sehen Sie, ich war schon ein britischer Intellektueller, bevor ich zehn wurde, ein Fremder in meiner eigenen Heimat. Selbst in meiner Familie war ich eine Kuriosität. Irgendwie hatte ich aus meiner Umgebung die Dinge ausgewählt, mich an die Dinge gehängt, die ein Ganzes ergaben – Zeitungsausschnitte über Ranjitsinhji und W. G. Grace, die klassischen Romane – sie erzählten von einer anderen, großartigeren, vornehmeren Welt, einer Welt der Ehre, der Wahrheit, der Gerechtigkeit … einer Welt, fern der wurzellosen Insel, auf der ich geboren worden war. Deswegen war Kricket für mich so wichtig – Kricket ist ein Spiel für disziplinierte Leute mit aristokratischen Neigungen.«

Ich fragte, ob er sich noch immer als Marxist betrachtete.

»Oh, ja, du liebe Zeit, ja, ja. Ein Marxist-Leninist durch und durch, das ist Lewis. Aber nie ein Mitglied der Kommunistischen Partei, wissen Sie, das nie. Ich bin vielleicht ein Puritaner, aber ein Dogmatiker bin ich nicht.«

Wie vereinbarte er dann seinen Marxismus mit der aristokratischen Tendenz des Kricket?

»Oh, keinerlei Probleme damit. Ach bitte, würden Sie mir das Buch da oben …« Er zeigte auf ein Buch mit einem roten Einband. Ich nahm es aus dem Regal und reichte es ihm. »Ja, hier ist es, hören Sie sich das an: ›Wäre Grace im alten Griechenland auf die Welt gekommen, sähe die *Ilias* anders aus. Hätte er im Mittelalter gelebt, wäre er ein Kreuzritter gewesen und läge jetzt mit gekreuzten Beinen in einer alten Abtei, als Stammvater eines großen Geschlechts. Da er zu einer Zeit geboren wurde, als die Welt nicht mehr jung war, wurde er der bekannteste Engländer und der König jenes englischen Spiels, das am wenigsten vom Laster verdorben war.‹«

Er klappte das Buch zu und dachte ein Weilchen nach. »Die Sache ist nämlich die, daß jede Epoche ihre eigenen Helden hat. Grace war ein viktorianischer Held, der sich, in einem Zeitalter des Handels und der Industrie, auf etwas Älteres, Tieferes, Wertvolleres als materiellen Gewinn berief. Grace flößte den Engländern eine Begeisterung ein, die seit der griechischen Antike und ihren olympischen Athleten unbekannt gewesen war. In Grace' Größe fand das englische Volk ein natürliches Gefühl von Gemeinschaft, von Aufgehobensein des Universalen in einem Individuum. Jetzt zu Ihrem Einwand bezüglich des Marxismus – es ist meine Überzeugung, daß nur der Marxismus eine höhere Zivilisation anbietet, nach der man in unserem minderwertigen, materialistischen Zeitalter noch streben kann, und das dürfen Sie gern aristokratisch nennen, wenn Sie möchten.«

Die Edelsteinaugen schlossen sich. Ich dachte, Lewis habe jetzt genug, und war bereit, ihn in Ruhe zu lassen. Es wurde kühl, und ich schloß das Fenster.

»Bitte nicht. Brauche frische Luft. Sie sagten, Sie interessieren sich für Ranji. Sehen Sie, Sie müssen sich klarmachen, daß zwischen Indien und Westindien ein wesentlicher Unterschied besteht. Der westindische Schwarze hat keine eigene Kultur. Die Inder, Birmaner, Chinesen, die kommen mit ihrer eigenen Kultur nach England. Die karibischen Schwarzen kommen hier an, und schon nach Stunden sind sie Briten. Sie wachsen als schwarzhäutige Briten auf. Sie fühlen sich der britischen Kultur verpflichtet, weil sie sie als ihre eigene betrachten. Sie brauchen sie sich nicht erst anzueignen, wie die Inder oder Ceylonesen.«

»Trifft das wirklich immer noch zu?«

»Oh, ganz gewiß, ja. Die karibischen Schwarzen sind Kricket-, keine Baseballspieler. Ihre Literatur ist Milton und Shakespeare, nicht Nathaniel Hawthorne. Nein, sie sind durch und durch *cricketers*...«

»Sie sagen immer wieder ›sie‹...«

»Na gut, wir, wir, wenn es Ihnen lieber ist. Sehen Sie, die Sache ist die: die britischen Einstellungen, Verhaltensweisen, all das... Wir haben sie weit besser bewahrt als die vulgären und kommerzialisierten Briten. Für uns waren die Prinzipien des Fair play das, was Kricketspieler vom Fußvolk unterschied, ein Zeichen von Kultiviertheit, wenn Sie so wollen. Die schwarzen *middle classes* können zu den Briten sagen: Seht her, wir sind die echten *cricketers*, wir wissen, worauf es beim Spiel ankommt – anders als die Weißen, die nur gewinnen und das große Geld machen wollen...«

Es entstand eine weitere Pause, und dann war es wirklich Zeit zu gehen. Die Edelsteinaugen hatten sich geschlossen, der weißhaarige Kopf war vornüber auf die Decke gesunken, die von einer Schulter gerutscht war und eine Fischgrät-Tweedjacke hervorgucken ließ. Ich zog die Decke wieder hoch, ließ den Blick ein letztesmal über die Bücher, die Partituren, den Kricketball, den ganzen im Lauf eines bemerkenswerten Lebens angesammelten Krimskrams schweifen und ging.

Die Druckmaschine im Parterre zischte und spuckte Heft um Heft der antirassistischen Schrift aus. Auf dem Umschlag war eine stilisierte schwarze Faust zu sehen. Draußen war es dunkel und kalt. Die jungen Rastafaris hatten sich offenbar woandershin begeben, denn die Rapmusik war verstummt. Nur der Wind heulte über den Spielplatz. Und dann hörte ich, ganz schwach, die Klänge eines Streichquartetts von Haydn, die aus dem Fenster im zweiten Stock gegenüber dem abgebrannten Pub drangen.

Ich erinnere mich deutlich, wann ich vom Tod unserer seligen Königin-Kaiserin erfuhr, weil die traurige Nachricht mich nach einem denkwürdigen Jagdausflug in der Nähe von Cambridge erreichte. Hawke war mit von der Partie, und wie Du sehr wohl weißt, kam seiner sportlichen Schießlust nur seine Neigung gleich, auf dem Kricketplatz Läufe zu sammeln. Er hatte es geschafft, eine erkleckliche Anzahl von Rebhühnern zu erbeuten, und dasselbe galt für Priestley, Jackers und meine Wenigkeit. Dementsprechend hochgestimmt waren wir denn auch, als wir die Rückfahrt zur Stadt antraten, wo ich ein Abendessen vorbereitet hatte. Ich war guter Dinge, weil es mir gelungen war, mir ein kleines Darlehen von einem englischen Wohltäter zu sichern, der Anteil an meiner mißlichen Lage nahm. Er hatte sein Interesse bekundet, einige Edelsteine zu kaufen, die ich ihm in Indien besorgen konnte, was mich in den Stand setzen würde, meine Schulden bei ihm zu begleichen und vielleicht sogar meine finanzielle Situation zu verbessern. Doch genug von diesen nichtswürdigen Angelegenheiten. Ich war, wie gesagt, bester Laune und schaffte es sogar, die allgemeine Fröhlichkeit noch ein wenig zu steigern, indem ich meinen Freunden einen kleinen Streich spielte. Durch die Uniform meines Chauffeurs – und einen dicken Schal, hinter dessen Falten ich mein Gesicht sorgfältig verbarg – unkenntlich gemacht, setzte ich mich ans Lenkrad meines Lanchester und begann, da meine automobilistischen Fähigkeiten ziemlich begrenzt waren, meine arglosen Passagiere halb zu Tode zu ängstigen! Du wirst Dir vorstellen können, mit welchem Genuß ich mich nach ein paar gefährlichen Schlenkern umdrehte, um meine wahre Identität zu offenbaren – worauf ich eine wahrhaft donnernde Lachsalve erntete!

Dies geschah, wie ich im nachhinein leider sagen muß, ungefähr um dieselbe Zeit, da unsere Monarchin starb, am frühen Abend des 22. Januar. Wir wußten nichts davon, bis wir Cambridge erreichten. Es war einer der Dienstboten, der die schlechte Nachricht überbrachte und damit, wenigstens anfangs, die Stimmung unseres fröhlichen Gelages verdüsterte. Ich mußte allerdings zu meiner nicht geringen Überraschung feststellen, daß das Ereignis mich schmerzlicher berührt zu haben schien als meine Freunde, die, wenn sie überhaupt eine Gemütsregung zeigten, dann eher Freude über die Aussicht auf König Eduards Regierung als Betrübnis über Königin Viktorias Heimgang bekundeten. Ohne viel weitere Umstände brachte Jacker einen Trinkspruch auf den guten König »Bertie« aus, der, wie er erklärte, einen ausgezeichneten Monarchen abgeben würde, da er so gut im Sattel saß.

Das bedeutet nicht, daß ich auch nur im geringsten gegen den neuen König eingenommen gewesen wäre, wußte ich doch, daß er ein Gentleman war und ein Sportsmann durch und durch. Aber ich hatte meine Zweifel, ob er in derselben Weise am Los aller Völker unseres Empire Anteil nehmen würde, wie es seine selige Mutter getan hatte. Ich will damit letztlich nur sagen, daß ich unsere selige Königin-Kaiserin innig geliebt habe, denn sie war gleichsam unser aller Mutter. Solange sie lebte, hatte ich das Gefühl, daß unsere große Empire-Familie unter ihrer gütigen Aufsicht, ohne Ansehen von Rasse oder Religion, in Eintracht auf ein gemeinsames Schicksal zumarschieren konnte. Doch wahrlich, seit ihrem Heimgang war es, als sei der Schlußstein aus dem Himmelsgewölbe herausgefallen.

Zu den Trauerfeierlichkeiten in London fuhr ich mit meinem Automobil in der angenehmen Gesellschaft der zwei Borissow-Mädchen, die inzwischen zu prächtigen jungen Frauen erblüht waren. Ich hielt es für außerordentlich wichtig für ihre Erziehung, daß sie diesen großen, wenn auch traurigen Tag in unserer Geschichte miterlebten. Wir erlitten einiges Ungemach, denn wir mußten in einem unzulänglichen Hotel übernachten, da London absolut überfüllt war.

Am Tag der Bestattung war es düster und kalt, aber was einen bleibenden Eindruck in mir hinterließ, war die gespenstische Stille, die auf den gewöhnlich mit Geschrei und Getümmel erfüllten Straßen der Hauptstadt lastete. Gewiß, die wichtigsten Verkehrsadern waren für den Leichenzug gesperrt worden, aber selbst abseits der Route war es so, als hätten die Londoner ausnahmsweise einmal ihre Fähigkeit verloren, lauter als im Flüsterton zu sprechen; ich erschloß daraus die Tiefe der Verehrung, die das englische Volk der Königin-Kaiserin entgegenbrachte. Das einzige, was man an jenem Tage vernahm, war das leise Geräusch gedämpfter Trommelschläge, die immer lauter wurden, je näher der Trauerzug kam. Die Trommeln und die donnernden Geschütze, die zu einem letzten Salut abgefeuert wurden, klangen ominös, wie nahendes Verhängnis, immer näher und näher. Natürlich trug jeder Schwarz – ja, ich hatte die Gelegenheit genutzt, meine schwarze Seidenweste mit den schwarzen Perlenknöpfen anzulegen. Mir fiel auf, daß sogar die Straßenfeger, die die Fahrbahn überquerten, kleine schwarze Bänder aus Krepp an ihre Besen geknüpft hatten.

Der Sarg der seligen Monarchin war auf einer Lafette

aufgebahrt, gefolgt von ihrem Sohn, Eduard, der es einfach nicht fertigbrachte, nicht vergnügt auszusehen, und neben dem deutschen Kaiser marschierte, der es beim besten Willen nicht fertiggebracht hätte, vergnügt auszusehen. Während der Leichenzug sich langsam weiterbewegte, war nichts zu hören außer den Trommeln, den Kanonen und dem gleichmäßigen Schritt langer Kolonnen von Soldaten in pechschwarzen Uniformen. Dann kamen die schwarz verhängten, geschlossenen Equipagen mit den weiblichen Mitgliedern der Königsfamilie. Und noch immer blieb die Menge stumm. Das Schweigen wurde ein einziges Mal gebrochen: als man Earl Roberts von Kandahar, der sich, nach der fatalen Geschichte vor Kimberley, bei Paardeberg so tapfer geschlagen hatte, unter den Trauernden entdeckte. Nur da gestattete sich die Bevölkerung von London eine kurze Aufwallung der Begeisterung.

Wie merkwürdig, daran zu denken, daß wir beide erst vier Jahre zuvor den Feierlichkeiten zum sechzigjährigen Thronjubiläum beigewohnt hatten! Wie anders war uns da die Welt erschienen: Sonnenschein, singende Menschen, flatternde Spruchbänder – »Eine Rasse, eine Königin«, »Die Königin der irdischen Königinnen«. Der Umzug war gigantisch gewesen: Inder, Chinesen, Dajaks, Australier, afrikanische Häuptlinge, ja, Menschen aus jeder Ecke unseres Empire, Seite an Seite, Schulter an Schulter marschierend. Wahrlich, es war das Herrlichste, was ich jemals sah. Ich erinnere mich an Lord Roberts, strahlend damals auf seinem grauen Araber, und den ehrfurchtgebietenden Lord Wolseley, den Helden von Tel el Kebir. Ja, es war ein glanzvoller, ein unvergeßlicher Augenblick.

Doch an jenem dunklen Tag der Beisetzung der Königin-Kaiserin erfüllte mich tiefste Melancholie. Es war, als habe sich die Zeit heimlich herangeschlichen und als ließe sie mich jetzt langsam hinter sich zurück. Was hatte ich in all den Jahren denn nun wirklich vollbracht, um den Triumphzug des Menschen auch nur um ein Geringes voranzutreiben? Ich war ein Kricketspieler – manche hatten sogar die Freundlichkeit, mich einen großen Kricketspieler zu nennen –, aber, mein lieber Charlo, welche Spur hinterläßt ein schöner verzögerter *cut* oder ein gelungener *cover drive* außer einem stummen Eintrag in einem vergilbenden Spielprotokoll, vergraben in der Schreibtischschublade eines alternden Liebhabers des Spiels? Kann man, wenn der letzte Schlußstrich unter die Rechnung gezogen wird, wirklich sagen, daß wir mehr gewesen sind als athletische Possenreißer, die zur Unterhaltung der werktätigen Massen ihre Zaubertricks vorführten? Ich dächte es gern, mein lieber Freund, aber ich bin mir keineswegs sicher.

Ich bitte um Entschuldigung wegen dieses meines Schwelgens in morbiden Grübeleien, die mit Sicherheit Deine Geduld auf eine harte Probe stellen. Ich weiß, daß Du immer sagst, es gebe nichts Besseres als ein kaltes Bad und Bewegung, um den Trübsinn zu verjagen, aber wenn ich eine ehrliche Beschreibung meiner selbst geben soll, darf ich meine Zweifel nicht aussparen, so trivial sie jemandem, der mit einer robusteren Konstitution gesegnet ist, auch erscheinen mögen. Es ist vollkommen richtig, es gab viel Erfreuliches, doch nichts vermochte mein Gefühl, ein Trittbrettfahrer des Lebens zu sein, gänzlich zu verscheuchen. Ich meinte allerdings, daß, wenn man schon zum Flaneur bestimmt war, man es ebensogut mit vollendetem Stil sein konnte, und St. James's verlor nie seine Faszination für mich; der Schnitt einer eleganten Weste oder ein gut gearbeitetes Paar Stiefel erfüllte mich noch immer mit dem größten Entzücken. Doch von allen edlen Dingen auf dieser Welt verschaffte mir nichts einen größeren Genuß als ein schöner Edelstein. Ich habe schon immer einen Sinn für hübsche Uhren, Zigarettenetuis, Schnupftabaksdosen und derlei Dinge mehr gehabt, aber im Vergleich zu Edelsteinen waren das reine Lappalien, Kinkerlitzchen, die man verschenkte und sofort wieder vergaß. Meine Leidenschaft für Juwelen ist leider oft von unwissenden Leuten mißverstanden worden, die meine Großzügigkeit priesen, wo ich lediglich egoistisch war, und mich als einen Verschwender tadelten, wenn es mir in Wirklichkeit durchaus um das Wohl anderer ging. Vielleicht ist die Liebe zu Edelsteinen eine fürstliche Schwäche. Das ist sie ohne Zweifel. Aber hinter dieser Liebe verbirgt sich soviel mehr als der gemeine Wunsch zu prunken oder, Gott bewahre!, das bloße Streben nach Reichtum – denn was nützt einem Reichtum schon, wenn er nicht einem höheren Zwecke dient? Ohne einen solchen wäre man nichts Besseres als ein Jude.

Nein, das Vergnügen, edle Steine zu sammeln, ist ganz anderer Natur; es hat etwas mit dem zu tun, was mein guter Freund Jacques Cartier die »kostbare Ader der Geschichte« nennt. Wenn ich einen vollendet geschliffenen Diamanten oder einen schönen Rubin oder vor allem einen vollkommenen Smaragd betrachte, sehe ich nicht lediglich einen Edelstein; was ich sehe, ist die Macht der Geschichte, die Magie, wenn Du so willst, die durch die vielen vornehmen Hände, die ihn berührten, umhegten, hätschelten, angesammelt worden ist. Und wenn ich einen solchen Edelstein erst einmal gesehen habe, kann ich nicht ruhen, ehe ich nicht dieser langen, vornehmen Kette mein Glied hinzugefügt habe. Wenn ich einen makellosen Diamanten erwerbe, der einst dem türkischen Sultan gehörte, wird dessen Geschichte gleichsam zu meiner eigenen, ebenso wenn ich den Stein jemand anders schenke, dessen Geschichte dadurch auf immer mit der meinigen verknüpft sein wird. Du wirst Dich ohne Zweifel entsinnen, mein lieber Charlo, daß der wahre Wert der schwarzen Perle, die ich Dir in Genf gab, nicht in ihrer Größe oder Farbe lag, wenngleich sie in beiderlei Hinsicht von seltener Qualität war; nein, ihr eigentlicher Wert lag darin, daß sie einst von den Händen der Lucrezia Borgia liebkost worden war. In solchen Schätzen verkörpert sich die spirituelle Kraft der Geschichte, eine Kraft, deren Begriff dem so ausschließlich mit bloßem materiellem Gewinn befaßten abendländischen Geist leider zunehmend abhanden kommt.

Die besondere Faszination, die dekorative Formen und sichtbare Symbole der Größe auf den orientalischen Geist ausüben, ist allerdings wohlbekannt. Aus ebendiesem Grunde ist die inkompetente Kritik, die engherzige Menschen an unseren fürstlichen Privilegien üben, so vollkommen unberechtigt. Es ist ja gerade die Verleihung und Bewahrung solcher – dem rajputischen und indischen Herzen so teuren – Privilegien, die es ermöglichen, daß in Zeiten der Not dem Monarchen bereitwillig und freudig Opfer gebracht werden. Kostbare Edelsteine mögen dem Auge klein erscheinen, aber sie besitzen einen Wert, der sich niemals in Kategorien wie Rupien und Pfunden adäquat ausdrücken läßt.

Wie gut begriff das Cartier! Und soviel ist sicher, ohne seine geduldige Anleitung wäre es mir nie gelungen, eine Sammlung aufzubauen, die der keines anderen indischen Fürsten in irgendeiner Hinsicht nachsteht. Nicht nur beriet er mich in Fragen des Geschmacks, er war auch ein echter Mann von Welt und wußte, daß ein verfeinerter Geschmack keinen Preis hat und daß, wenn jemand mit ersterem gesegnet ist, er von letzterem nicht behindert werden sollte. Mit einem Wort, mein lieber Charlo, er war so überaus großzügig, mir unbegrenzten Kredit zu gewähren. Geschäfte, wenn man unsere kleinen Transaktionen mit diesem Namen belegen will, waren stets eine Frage des Vertrauens und der Diskretion, so wie es sich für Gentlemen geziemt. Erfreulicherweise stimmten unsere Geschmäcke fast vollkommen überein. Ja, wenn wir uns überhaupt uneins sind, dann nur in einem Punkt: Cartier gefällt es besser, wenn Rubine die Farbe frischen Blutes haben, während ich einem Stich ins Violette den Vorzug gebe; ich finde, er verleiht dem Stein Charakter.

Was meine angebliche Großzügigkeit anbelangt, so trifft es zu, daß ich soviel weggebe, wie ich erwerbe, und zwar oft mit einer, wie es den Anschein haben muß, an Gleichgültigkeit grenzenden Nonchalance. Aber auch wenn es stimmt, daß ich oft, sobald die Jagd vorbei ist, die Beute gern anderen überlasse, wäre es nicht richtig, mich als gleichgültig zu bezeichnen. Im Gegenteil, ich wähle meine kleinen Geschenke mit großer Sorgfalt aus. Das hat indes wenig mit Großzügigkeit zu tun, geschweige denn mit Mildtätigkeit, denn das Vergnügen ist ganz auf meiner Seite. Für mich, mußt Du wissen, ist der Funken der Dankbarkeit im Auge eines Beschenkten ebenso strahlend wie das Feuer des makellosesten Steins aus Antwerpen.

Doch ach, mein lieber Charlo, auch wenn das Sammeln von Steinen mir eine zeitweilige Erholung von meinen Seelennöten gewährte, so vermochte es doch nicht, mir meine Gesundheit zu erhalten. Da Du damals selbst anwesend warst, brauche ich die Umstände meines physischen Zusammenbruchs nicht näher auszuführen, noch wäre ich dazu überhaupt imstande, da alles, woran ich mich erinnern kann, mein Souper in Grosvenor House ist, wo mehrere Gentlemen tiefer ins Glas schauten, als es für sie vielleicht gut gewesen wäre. Die Luft im Raum war heiß und stickig, und ich hatte Probleme mit dem Atmen. Ich glaube, Hawke stand auf, um eine Rede zu halten, aber ich habe nicht die leiseste Ahnung, was er sagte, weil ich mittendrin ohnmächtig wurde. Als ich wieder zu mir kam, lag ich im Bett mit einem fürchterlichen Fieber. Ich dachte wirklich, ich müßte sterben, denn ich fühlte mich so, als ertränke ich in einer Schüssel heißer Brühe, was, wie ich Dir versichern kann, eine schrecklich unangenehme Empfindung ist.

Merkwürdigerweise kann ich mich, sowenig ich vom Zwischenfall selbst noch weiß, mit einer fast unglaublichen Klarheit des Traums entsinnen, den ich in jener Nacht hatte. Ich erinnere mich, daß ich zum Schlagen hineinging, in Simla war es, glaube ich, obwohl es mir so vorkam, als beträte ich den Platz durch den Gentlemen-Eingang von

Lord's. Das *wicket* erschien unerreichbar fern, und meine Füße fühlten sich so an, als söge sie irgendeine Kraft in den Boden, und ich höre förmlich noch, wie mir die Menge zurief, ich möge mich beeilen. Als ich endlich die Linie erreicht hatte, sah ich mich den entsetzlichsten Schüssen ausgesetzt, die ich je auf einem Kricketplatz erlebt hatte. Ja, ich konnte den Ball kaum sehen, noch viel weniger ihn treffen, und einer der dämonischen *bowlers* warst Du, mehr denn je einem Gott gleich, Dein goldnes Haar wallend wie der Schopf eines altgriechischen Helms. Um ehrlich zu sein, fand ich, daß das, was Du da mit dem Ball tatest, eindeutig Schmeißen war, aber der Unparteiische verlor darüber kein Wort. (Ich weiß natürlich, daß das ein heikler Punkt ist, aber schließlich war es nur ein Traum.) Nicht nur konnte ich den Ball nicht sehen, ich konnte auch meine Arme nicht bewegen, mit der absolut vorhersehbaren Folge, daß der Ball krachend gegen mein *wicket* knallte. Selbst dann konnte ich mich nicht rühren, und die Menge begann immer lauter zu schreien, nannte mich »Smith« und hieß mich nach Hause gehen. Ich versuchte, ihnen begreiflich zu machen, daß ich mich nicht bewegen konnte, doch ohne jeden Erfolg, und das Geschrei wurde absolut ohrenbetäubend.

Dann, mit einem Mal, wurde ich von einer geheimnisvollen Kraft, für die ich keine logische Erklärung habe, hinweggerissen. Ich fühlte mich leichter als Luft, als sei mir eine ungeheure Last von den Schultern genommen. Das Gefühl, zu ertrinken oder vom Erdboden verschluckt zu werden, war verschwunden. Ich flog höher und höher, auf ein funkelndes Licht zu, wie das Zentrum eines riesigen Diamanten, begehrenswerter als jeder Stein, den ich je gesehen hatte. Es ist unmöglich, das mit Worten zu schildern, aber ich hatte die deutliche Empfindung, als müßte ich in diesem Licht zergehen. Doch etwas hielt mich davon ab, etwas, was ich nicht sehen konnte. Und das Licht zog sich zurück, und ich wurde mir dessen bewußt, daß jemand neben mir saß. Ich versuchte zu sehen, wer es war, aber ich konnte den

Blick nicht richtig konzentrieren. Dann erkannte ich, daß es Mama war, die mit einem liebreichen Ausdruck, wie die Jungfrau Maria, über mir wachte, und da wußte ich, daß ich wieder ins Leben zurückgeholt worden war. Eine Krankenschwester wischte mir die Stirn ab und sagte mir, die Krise sei vorüber. Bis zum heutigen Tag bin ich davon überzeugt, daß ich durch ein Wunder gerettet wurde, und ich beschloß, sobald es mir möglich sein würde, nach Indien zurückzukehren, was mir nach einiger Zeit denn auch wirklich gelang. Und an dieser Stelle, mein lieber Charlo, schlage ich vor, daß wir ein paar Jahre überspringen, während welcher Zeit sich wenig Berichtenswertes in meinem Leben zutrug. Ja, ich schlage vor, daß wir bis zu einem Ereignis springen, dessen persönliche Bedeutung für mich durch kaum etwas anderes übertroffen wurde: meiner 1906 erfolgten Erhebung auf die *gaddi* von Jamnagar.

Über den Tod eines anderen zu frohlocken ist natürlich verwerflich, aber ich kann, wenn ich ehrlich bin, nicht behaupten, die Nachricht, daß mein Vorgänger auf der *gaddi* plötzlich verstorben war, hätte mich mit Trauer erfüllt. Natürlich tat mir der arme Wicht leid, zumal er, wie es hieß, einer äußerst schmerzhaften Krankheit erlegen war, die, wie manche glaubten, eine ihm heimlich verabreichte Dosis Gift verursacht hatte. Mit Gerüchten wie diesem war man am Hof des Jam Saheb immer sehr schnell bei der Hand, aber ich hatte keinen Grund, an seiner Wahrheit zu zweifeln. So nahm ich die Nachricht mit recht gemischten Gefühlen entgegen – einer Mischung aus neu erwachter Hoffnung und unleugbarer Besorgnis. Hier bot sich mir endlich die lang ersehnte Gelegenheit, mein Schicksal als Herrscher meines Fürstentums zu erfüllen, und doch war ich mir nicht mehr so sicher, ob ich das wirklich wollte. Ich wäre nicht vollkommen aufrichtig, wollte ich leugnen, daß ich an einem akuten Fall von kalten Füßen litt.

Indes lag meine Zukunft ausschließlich in den Händen

des Bevollmächtigten des Gouverneurs von Bombay, eines alten Freunds meiner Familie namens Percy Seymour Fitzgerald. »Fitz« war ein guter Mann und ein wahrer Freund, gewiß, aber er war auch ein Bursche, der sich bei allem, was er tat, ohne Rücksicht auf besondere Umstände, streng an die Vorschriften hielt. Ich dachte, es könnte eine nette Geste sein, Fitz während meines Aufenthalts in Rajkot ein paar Zerstreuungen zu bieten, und außerdem würde dadurch die Zeit, die die Regierung benötigte, um bezüglich meiner Amtseinsetzung zu einer Entscheidung zu gelangen, schneller verstreichen. Fitz hörte mir leidenschaftlich gern zu, wenn ich Kricketgeschichten erzählte. Ja, von meinem Bericht vom Spiel in Nottingham, wo ich für die Ehre Englands schlug, bekam er nie genug, denn er war ein sentimentaler Mensch, und die Geschichte rührte ihn immer wieder zu Tränen. Ich lud ihn nach Gir ein, wo ich dafür sorgte, daß er einen Panther vor die Büchse bekam (wie Du weißt, ist das überhaupt nicht schwierig zu arrangieren, und meine Gäste freuen sich immer so darüber). Nach dem Abendessen überreichte ich ihm ein kleines Andenken, von dem ich dachte, daß es ihn vielleicht amüsieren würde: eine silberne Schnupftabaksdose mit der eingravierten Widmung »Für Fitz von K. S. R., dem Mann, der England rettete«. Ich sah mit Freuden, daß er sich geschmeichelt fühlte, meine Angelegenheit schien das allerdings kaum zu beschleunigen: Die *gaddi* blieb so unerreichbar fern, wie sie es von jeher gewesen war.

Ich zog mich nach Sarodar zurück, um bei meiner lieben Mama zu sein, die sich sogar noch mehr Sorgen um meine Zukunft machte als ich selbst. Wir verbrachten lange Abende zusammen, sahen der Sonne zu, wie sie im braunen, durstigen Land versank, und besprachen uns darüber, was ich tun sollte. Ich hatte die Landschaft meiner Jugend liebengelernt, fand ihre Einsamkeit wohltuend, beruhigend. Sie ist vollkommen anders als die englische Landschaft, denn in England scheint alles seine endgültige Form gefunden zu haben. England ist ein maßgeschneidertes Land, das Zoll für Zoll die Hand des Menschen verrät, so vollkommen, so zivilisiert, so makellos, während hier, in meiner Heimat, der Mensch nichts als ein bedeutungsloser Eindringling zu sein scheint, dessen Bemühungen, das Land urbar zu machen oder zu kultivieren, von vornherein zum Scheitern verurteilt sind; mit derselben Aussicht auf Erfolg könnte man versuchen, Schlösser im Meer zu erbauen. Und dennoch spürte ich, daß es den Versuch lohnte. Ich wünschte von ganzem Herzen, wenigstens ein paar der großen Schöpfungen des Menschen, die ich in Europa gesehen hatte, hier nachzubilden, etwas, was mein kurzes Leben überdauern würde, etwas, was künftigen Generationen als Modell, als Anschauungsbeispiel dafür dienen sollte, was selbst hier, in einer heißen, staubigen Wüste, vollbracht werden konnte. Ich hätte hier gern eine Stadt erbaut, die für alle Zeiten mit meinem Namen verknüpft sein würde.

Wochenlang saß ich in Sarodar und malte sie mir in allen Einzelheiten aus. Es würde eine Stadt der Paläste sein, der breiten Alleen, eine Stadt der Parks und Gärten und Brunnen und großartigen Skulpturen. Ich würde ein Solarium bauen lassen und einen zoologischen Garten, einen Krikketplatz und einen prachtvollen neuen Bahnhof, der an Herrlichkeit mit dem von Bombay wetteifern sollte. Ich würde bei den besten europäischen Künstlern Statuen meiner Vorfahren in Auftrag geben und Paläste von den fähigsten Architekten bauen lassen.

Ich hatte in Sarodar viel Zeit für Träume, und es könnte durchaus sein, daß ich gerade einem nachhing, als endlich die Nachricht aus Rajkot eintraf, die Bahn sei jetzt frei: Ich sollte die *gaddi* besteigen, sobald die *joshis* ein günstiges Datum gewählt hätten. Mama war natürlich überglücklich um meinetwillen, aber in ihre Freude mischten sich Befürchtungen. Sie berührte mein Gesicht, wie um sich zu vergewissern, daß ich trotz meines plötzlichen Aufstiegs noch immer ihr Sohn war, und ermahnte mich zur Vorsicht, da böse Geister umgingen, die mir zu schaden trachteten. Noch nie sah ich eine so reine Liebe wie an jenem Tag, als ich in Mamas Gesicht blickte. Tränen der Freude und Sorge hatten die schwarze Schminke um die Augen zerlaufen lassen und ihre Wangen wie mit zarten schwarzen Äderchen durchfurcht.

Da Du, mein lieber Charlo, bei meiner Amtseinführung nicht anwesend warst, denke ich, daß ich das Ereignis mit einiger Auführlichkeit beschreiben sollte. Wir waren am frühen Morgen angekommen, um halb sieben, um genau zu sein, in einem Sonderzug, den der Nawab von Junagadh freundlicherweise für diesen Anlaß zur Verfügung gestellt hatte. Es war ein wunderschöner Zug. Stell dir einen Salonwagen vor, dem Train Bleu nachgebildet (ach, wie süß ist die Erinnerung an die Fahrt durch Frankreich, mit Dir an meiner Seite), aber ganz nach dem persönlichen Geschmack des Nawab eingerichtet: In die Fenster aus venezianischem Glas waren reizende Jagdszenen eingraviert; Kronleuchter aus Paris schwangen an der Decke, und den Fußboden bedeckten die feinsten Perserteppiche. Die Wände, mit dunklem Mahagoni getäfelt, wie in einem erstklassigen Londoner Club, zierten Darstellungen der Lieblingspferde des Nawab, zu denen auch einige Derbysieger zählten.

Da wir um halb sieben eintrafen und der *joshi* festgelegt hatte, daß unsere Ankunft um Punkt sieben Uhr erfolgen sollte, waren wir gezwungen, ein wenig länger bei unserem frühen Morgentee zu verweilen. Vor unserem Fenster spielte eine Militärkapelle immer wieder denselben Marsch, einen sehr hübschen Marsch, ohne Zweifel, aber es ermüdete doch, das elende Stück so oft hintereinander zu hören. Inzwischen war ein Meer von jungen Damen in den Zug gestiegen, um mich in meiner Stadt willkommen zu heißen. Sie erwiesen mir ihre Ehrerbietung und hängten mir so viele Blumenketten um den Hals, daß mein Kopf ganz unter dieser duftenden Dekoration verschwand. Ich war ziemlich prächtig gekleidet, wenn ich das sagen darf, in gelbe Seide und einen lachsfarbenen Turban, an dem ein recht schöner Smaragd prangte, der einst dem Jamshed von Persien gehört hatte. Ich trug außerdem eine Perlengarnitur und ein Diamantkollier und um die Taille einen goldenen Gürtel mit einer Schließe aus Diamanten und taubenblutfarbenen Rubinen aus Mandalay. Das Heft meines Schwertes, das Raysinhji, einem meiner größten Vorfahren, gehört hatte, war mit goldgefaßten ceylonesischen Saphiren besetzt. Als wir endlich aus unserem Zug stiegen, wateten wir durch eine dicke Schicht roter und rosenfarbener Blütenblätter, die den Perserteppich mit Purpur befleckten, als hinterließen wir eine Spur von Blut.

In den engen Straßen von Jamnagar kamen wir nur langsam voran, da die Tradition vorschrieb, daß ich bei jedem Tempel, an dem wir vorbeikamen, von meiner bequemen Sänfte hinunterkletterte. Wir sind ein spirituelles Volk, und ich mußte mich der verschiedensten religiösen Pflichten entledigen. Eine Ehrengarde von Lanciers hielt die schnatternden Massen von Bettlern, Bittstellern und Gratulanten fern, und das war gut so, denn diese einfachen Leute waren überzeugt, es würde ihnen Glück bringen, irgendeinen Teil meiner Person zu berühren. Hätte man ihnen auch nur die geringste Gelegenheit dazu gegeben, wären sie, fürchte ich, wie ein Schwarm von Geiern über mich hergefallen und hätten mich vollkommen kahl gerupft. Ich sah stur geradeaus, weil ich mich nicht recht wohl fühlte zwischen all den strahlenden Gesichtern, die meinen Blick zu erhaschen suchten. Ich konnte nicht umhin, die Disziplin britischer Menschenansammlungen mit dem Stoßen und Drängeln zu vergleichen, das leider des Inders zweite Natur zu sein scheint.

Ebensowenig konnte ich, wenn ich ehrlich sein soll, verhindern, daß das schäbige Aussehen der nunmehr mir anvertrauten Stadt mich erschütterte. Gleichgültig, wie viele festliche Spruchbänder und Flaggen zur Feier des Anlasses ausgebreitet worden waren, sie vermochten doch nicht, den allgemeinen Schmutz und Verfall zu verbergen; noch konnten der aufdringliche Weihrauchduft oder die vor unseren Füßen ausgestreuten Blumen den stechenden Verwesungsgeruch überdecken, der die Luft schwängerte. Abgesehen davon schien mir auch die sittliche Atmosphäre vergiftet zu sein, denn es wimmelte von Müßiggängern, die offenbar weit mehr freie Zeit hatten, als für sie selbst und andere gut sein konnte. Nicht, daß ich darauf nicht vorbereitet gewesen wäre; tatsächlich hatte mich Fitz bereits über den beklagenswerten Zustand informiert, in dem meine pflichtvergessenen Vorgänger die Stadt hinterlassen hatten – die Straßen waren finstere Pestlöcher, die Basare eine Beleidigung für jeden zivilisierten Menschen, und die Häuser, wenn man für die primitiven Hütten, um die es sich zumeist handelte, diese Bezeichnung verwenden will, schienen nur durch Zufall noch nicht eingestürzt zu sein. Kein Wunder also, daß die Menschen, wie man hörte, in besorgniserregend großer Zahl an den verschiedensten Krankheiten starben. Wohlgemerkt, diese wurden nicht ausschließlich durch die allgemeine Verwahrlosung, sondern auch durch eine entsetzliche Hungersnot verursacht; tatsächlich litt ein Großteil des umliegenden Landes noch immer unter den Folgen spärlicher und unzeitiger Regenfälle sowie verschiedener Heuschrecken- und Rattenplagen.

Pomp und Gepränge – also das, was der Inder mit seinem instinktiven Gespür für lautmalerische Ausdrücke *dhumdham* nennt – spielen in unserem Teil der Welt natürlich eine ungeheuer wichtige Rolle. Dennoch empfand ich eine gewisse Erleichterung, als ich mich an jenem Abend endlich in den exklusiveren Bereich des Palastes zurückziehen durfte, wo ich die angenehme Pflicht zu erfüllen hatte, Gäste zu empfangen. Draußen ließen Musiker eine Fanfare – beziehungsweise, wenn ich ehrlich sein soll, einen wahren Heidenlärm – erklingen, und überall in der Stadt rezitierten Brahmanen ihre Mantras; ihr monotones Summen setzte sich bis zum Morgen fort. Das Bankett wurde, wie ich zu meiner Freude vernahm, als voller Erfolg bezeichnet, was, der Wahrheit die Ehre zu geben, der Großzügigkeit einer Reihe freundlicher Clanchefs und Mitfürsten zu verdanken war, die mir, vom Tafelsilber bis zu den Kutschen für den Festumzug, alles geliehen hatten. Überhaupt waren die Chefs durchweg famose Burschen und die angenehmste Gesellschaft, die man sich wünschen konnte – wenn sie nur von ihrer fatalen Angewohnheit Abstand genommen hätten, Betelsaft auf das ganze Mobiliar zu spucken, eine Sitte, die durch die Tatsache, daß ein Großteil der Möbel ihnen gehörte, um keinen Deut erträglicher wurde.

Mein lieber Charlo, ich frage mich, wie Du, als Sachverständiger in Fragen der Eleganz, meine Aufmachung am folgenden Tag beurteilt hättest: Um meinen religiösen Pflichten nachzukommen, trug ich eine safranfarbene Robe, ähnlich der eines Mönches. Es war eine schlichtere Robe, die aber doch große Würde ausstrahlte. Ich wurde von Brahmanen zum alten Palasttempel geführt, dessen verwahrloster Zustand die Vermutung nahelegte, daß darin seit vielen Monden keines Menschen Schritt mehr erschallt war. Dort wurde ich aufgefordert, mich auf einen Thron aus umbrafarbenem Holz niederzulassen, der mit einem Löwenfell bedeckt war. Einer der Priester begann, mir Wasser auf den Kopf zu träufeln, und psalmodierte dazu seine Mantras. Wie es der Brauch verlangte, schwenkte ein anderer Priester eine brennende Fackel wenige Zoll vor meinen Augen hin und her, wobei es mir untersagt war, das geringste Anzeichen von Unbehagen an den Tag zu legen, ja auch nur zu erkennen zu geben, daß ich das Feuer überhaupt wahrnahm, weil das als äußerst schlechtes Omen gewertet worden wäre. Als diese Prozedur, zu meiner nicht geringen Erleichterung, abgeschlossen war, trat ein weiterer Priester vor, um das heilige Kastenzeichen auf meiner Stirn anzubringen. Er tat dies, indem er sich mit einer Nadel in den Daumen stach und mich mit seinem Blut salbte, welches mir dann neben der Nase herabrann, wobei man annahm, daß der Fluß des brahmanischen Lebenssaftes über das Schicksal meiner Regentschaft Aufschluß geben würde. Wie ich zu meiner Freude bemerkte, floß das Blut in reichlicher Menge, aber anstatt seinen Weg bis zu meinem Kinn fortzusetzen, sikkerte es mir in den Mundwinkel. Vom salzigen Geschmack wurde mir ein wenig übel.

Der nächste Programmpunkt war die Verehrung der Familienwaffen. Man hieß mich eine wackelige Treppenflucht hinaufsteigen – ein allem Anschein nach äußerst waghalsiges Unternehmen, das aber, wie ich zu meiner Freude berichten kann, ohne Mißgeschick gelang. Oben befand sich ein dunkles, modrig riechendes Zimmer, notdürftig erhellt nur von den gebrochenen Sonnenstrahlen, die durch drei farbige Glasfenster drangen. Ich vermochte die heiligen Waffen, die zwecks Anbetung vor mir ausgebreitet lagen, kaum auszumachen, aber der Priester deutete auf einen rostigen Gegenstand, den ich als das Schwert identifizierte. »Jam Vibhaji, Wagher-Rebellion«, wisperte er, und ich begriff, daß es aus dem Besitz meines Vorfahren stammte, der während der Rebellion auf der Seite der Briten gekämpft hatte. Ich verneigte mich mit gefalteten Händen und drückte die Waffe an meine Stirn. Dann lenkte der Priester meine Aufmerksamkeit auf eine Lanze, die aufrecht in einer Ecke stand. »Ranmalji, Muzaffar«, wisperte er mir ins Ohr, und ich erinnerte mich, wenn auch ziemlich undeutlich, von meinem Vater die Geschichte des heldenmütigen Ranmalji gehört zu haben: Der Getreue hatte sich in der Schlacht gegen Akbar zwischen seinen Herrn und den Feind gestellt, worauf er von hundert Schwertern niedergemetzelt worden und in seinem eigenen Blut ertrunken war. Ich vollführte vor der Lanze die erforderlichen Gesten der Verehrung – und später ebenso vor Jam Rawals Schild und Raysinhjis Bogen.

Als nächstes kam das königliche Roß, prachtvoll geschmückt mit königlichen Juwelen, sein Hals mit Blumengirlanden behängt, seine Fesseln mit Gold umwickelt. Erneut tat ich, wie von den Brahmanen geheißen, und berührte des Rosses Füße. Es war unleugbar ein prachtvolles Tier, das uns beim Derby alle Ehre gemacht hätte. Für das englische Empfinden mag es ein wenig übertrieben erscheinen, ein Pferd regelrecht anzubeten, aber der Rajpute betrachtet sein Roß praktisch als menschliches Wesen und in mancherlei Hinsicht sogar als dem Menschen überlegen, weil edler als dieser; wenn es nämlich um so wichtige Charaktereigenschaften wie Loyalität, Beharrlichkeit oder Opferbereitschaft geht, ist das Pferd unübertroffen. Als daher der alte Maharadscha von Rewa ein Staatsbegräbnis für sein Pferd anordnete, wurde dies als ein zwar ungewöhnlicher, aber keineswegs übertriebener Akt der Ehrerbietung gewertet.

Als wir endlich das Festzelt erreichten, wo die formelle Inthronisation stattfinden sollte, war es schon später Nachmittag. Es war ein höchst bemerkenswertes Bild! Stelle es Dir bitte so vor, daß auf der einen Seite des Platzes die Elefanten standen und auf der anderen die Lanciers, während die Völkerscharen wie ein riesiger Schwarm Vögel in den Bäumen und auf den Hausdächern saßen, schnatterten und schrien und trotz ihres verwahrlosten Äußeren den vergnügtesten Eindruck machten – denn wahrhaftig, der Inder kann mit sehr wenig auskommen und dabei trotzdem glücklich sein. Die Wachen präsentierten das Gewehr, als ich von meinem Elefanten herunterstieg, und meine moslemischen *chobdars* sorgten dafür, daß meiner Thronbesteigung nichts mehr im Wege stand. Ich trug mein feinstes Durbar-Gewand aus Goldbrokat und dazu ein Kollier aus Diamanten und Smaragden, in Gold gefaßt (Platin habe ich von jeher für ein recht vulgäres Metall gehalten). Und als ich mich endlich auf die *gaddi* niederließ, feuerten die Geschütze dreizehn Salutschüsse ab, und die Kapelle intonierte die Nationalhymne des Fürstentums, ein recht eindrucksvolles Stück, das zu meines Großvaters Zeiten von Colonel Frank

Nicholson, einem äußerst talentierten Musiker, komponiert worden war. Er ließ sich dabei, glaube ich, vom »March of the Grenadier Guards« inspirieren, und ich finde die Hymne ebenso gut wie das Vorbild.

Fitz hielt eine schöne und schmeichelhafte Ansprache, in der er von den Taten meiner Vorfahren berichtete und bemerkte, »soweit die Chroniken zurückreichten«, sei »die reinblütige Linie derer, die auf der *gaddi* saßen, vor jedem tyrannischen Versuch, einen Fremdherrscher aufzuzwingen, erfolgreich verteidigt« worden. Ob ich die freundlichen Worte, die er dann an mich richtete, tatsächlich verdiente, steht mir nicht an zu beurteilen, der Ordnung halber will ich sie aber dennoch hier referieren: »Den Instinkten eines großen Herrschergeschlechts haben Sie die Erfahrung eines Mannes von Welt hinzugefügt, aber Ihr langer Aufenthalt in England und Ihre westliche Erziehung haben Ihre Liebe zu Ihrem Volk um nichts vermindert, und ich meine, daß kein Jam, der je die Herrschaft über diesen Fürstenstaat antrat, besser für seine Aufgabe gewappnet war, als Sie es sind…« Und so weiter.

Ich fühlte mich bemüßigt, mit einer Rede zu antworten, die, wie ich hoffte, der seinigen nicht nachstand. Ich gelobte, daß ich danach streben würde, der edelsten Tradition meines Fürstenstaates, seiner tiefen, unerschütterlichen Loyalität zur britischen Krone, die Treue zu wahren, zutiefst durchdrungen vom Bewußtsein der auf mir lastenden Verpflichtung, meine Freunde niemals zu enttäuschen. Es wäre vermessen vorherzusagen, daß meine neue Laufbahn eine ruhmvolle Fortsetzung meiner bisherigen darstellen würde, doch eins könne und wolle ich versprechen: mich zu bemühen, die Regeln des Fair play in einer Weise einzuhalten, daß ich den Ruf, den ich mir auf einem anderen Gebiet erwerben konnte, niemals aufs Spiel setzen würde. Und so weiter.

Es gab heftigen Applaus und lautes Trompetengeschmetter. Ich bezweifle, daß die zerlumpten Städter auch nur ein

Wort von dem, was gesagt worden war, verstanden hatten, da nur wenige von ihnen Englisch beherrscht haben dürften, aber sie schienen die Darbietung dennoch ungeheuer genossen zu haben. Einer nach dem anderen traten meine Gäste vor die *gaddi*, um mir ihre Glückwünsche auszusprechen und ihre Gaben darzubringen, die von in Seide eingeschlagenen Goldmünzen, überreicht von meinen Fürstenkollegen, bis zu den schlichten Blumen und Zuckerklumpen der einfachen Leute reichten. Ich nahm alles mit derselben Höflichkeit entgegen, die dem einfachen Manne nicht minder zusteht als dem erlauchtesten Fürsten, aber von allen freundlichen Worten dürften mich persönlich am meisten die eines feschen britischen Offiziers beglückt haben, der sich, stramm, als hätte er einen Ladestock verschluckt, vor der *gaddi* aufbaute und mit einem äußerst anziehenden Augenzwinkern sagte: »Ich grüße Seine Königliche Hoheit, den Jam Saheb von Nawanagar und den König des Krickets.« In diesem Augenblick fühlte ich mich wahrhaftig als Liebling der Götter!

Aber mir blieb nicht viel Zeit, in solcher Freude zu schwelgen, denn sobald mein letzter Gast sich verabschiedet hatte, wurde ich an die Gewaltigkeit der vor mir liegenden Aufgabe erinnert: diesen verrotteten Ort in eine Stadt der Paläste zu verwandeln; Nawanagar zu einem Reich für Helden zu machen, von keinem anderen Fürstenstaat in Indien übertroffen; die meiner Obhut anvertrauten elenden Männer und Frauen zu einem fortschrittlichen und dynamischen Volk zu erziehen, würdig, sich in die Schar der anderen Völker des Empire einzureihen und mit ihnen auf ein Schicksal zuzumarschieren, dessen Größe und Herrlichkeit in der Geschichte der Menschheit ohnegleichen sein würde. Wir würden uns wie *ein* Mann an unser hohes Werk machen und nicht eher ruhen, als bis Nawanagar zu einem der strahlendsten Juwelen in der Krone Seiner Majestät geworden wäre.

In der Nacht, als Inder und ich von einem Wochenende in Rajasthan zurückkehrten, war es in Delhi so heiß, daß man seinen eigenen Körper als Last empfand. Inder trank gläserweise Gerstenwasser. Ich hielt mich an Bier, und wir diskutierten über den Begriff der Dekadenz. Wir hatten gerade mehrere Tage als Gäste des Maharadschas von Bikampur verbracht, den seine Freunde aus der Zeit in Eton »Biggles« nannten – ein merkwürdiger Spitzname, gegen den er nichts zu haben schien. Biggles sah aus wie ein Fürst auf einer klassischen Miniatur: mehrere Kinne; ein Schnurrbart, der sich über vollen, roten, zu einem permanenten Schmollmund zusammengezogenen Lippen kräuselte; und halb unter schweren Lidern verborgene Augen, die nichts Bestimmtes ansahen und alles mitbekamen. Er hatte ein Haus in Delhi, aber er bewohnte auch eine Etage des Palastes in Bikampur, der zu einem Luxushotel umfunktioniert worden war und vor allem Europäer mittleren Alters anzog: Die Ehefrauen in unvorteilhafter indischer Aufmachung, die Männer in Sandalen und Shorts.

Der Palast war eine der protzigeren Verrücktheiten der Jahrhundertwende, teils neugotisch, teils indo-sarazenisch, teils klassizistisch-viktorianisch, teils venezianisch – vor allem letzteres. Offenbar war Biggles' Großvater, als er um die Zeit des sechzigsten Thronjubiläums seine Kavalierstour angetreten hatte, von der Schönheit der venezianischen Paläste sehr beeindruckt gewesen. Bestrebt, diesen Stil in der Wüste Nordwestrajasthans nachzubilden, hatte er Handwerker aus der Lagunenstadt geholt und von ihnen in der Durbarhalle einen marmornen Mosaikfußboden legen lassen. Der venezianische Effekt wurde durch ein Arrangement von belgischen Kronleuchtern erhöht, die kaskadenartig von der goldbemalten Decke herabzuströmen schienen. Von außen sah der Palast mehr wie ein viktorianisch-neugotischer Bahnhof oder ein sehr bombastisches englisches Rathaus aus. Er war von einem Ingenieur namens Martin-Jenkins entworfen worden. Die farbigen Fenster waren in Paris hergestellt, die klassizistischen

Skulpturen in den Sälen stammten von einem in Birmingham ansässigen italienischen Künstler, und die wuchtigen Eichenmöbel kamen aus einem Meisterbetrieb in Kent. Wie viele seiner Kollegen hatte der Maharadscha eine Schwäche für Hollywoodglamour und reiste für sein Leben gern durch die Vereinigten Staaten. Vielleicht als Erinnerung an diese amerikanischen Trips hatte er sich neben dem Billardzimmer eine Bar einrichten und mit signierten Fotos von Hollywoodstars dekorieren lassen – Rita Hayworth, Veronica Lake, Marion Davies. Die Barhocker waren mit Leopardenfell bezogen, die Sessel mit rotem Leder, und das Ganze wurde von zwei Lampen erleuchtet, die aus Elefantenfüßen verfertigt waren.

Der alte Maharadscha, also Biggles' Großvater, hatte eine anständige Bibliothek von ledergebundenen europäischen Klassikern zusammengetragen, aber sein größter Stolz war eine unschätzbare Sammlung von seltenen Insekten, säuberlich präpariert und klassifiziert in verglasten Schaukästen verwahrt, die ein Diener auf Anfrage aus dem Regal zog und einem zur Betrachtung vorlegte. Die Spinnen waren besonders schön.

Der Alte war offensichtlich ein begeisterter Sammler gewesen, aber einige seiner Stücke waren entschieden merkwürdig. Er hatte eine Sammlung von Delages und Bugattis, die jetzt in der Garage vor sich hinrosteten, weil Biggles sich nicht für Autos interessierte. Aber teure Autos, ebenso wie Edelsteine, kaufte sich jeder Wüstenfürst. Ungewöhnlicher war da schon des Maharadschas Sammlung von Rasierklingen, die er seit Jahren in kleinen, mit Seidenschnur zusammengehaltenen Bündeln aufbewahrte. Jede Klinge, von bester englischer Qualität, war mit einem Zettelchen versehen, auf dem der Maharadscha mit seiner krakeligen Handschrift das Datum der Benutzung und einen prägnanten Kommentar vermerkt hatte: »Seidenweich, 19. 10. 03« oder »Verflixt kratzig, 3. 4. 10«.

Was also ist Dekadenz? Inder und ich hatten Rom, das China der Ch'ingdynastie, das Regency-England, das Paris des Fin de siècle abgehandelt. »Wie dekadent waren die indischen Fürsten?« fragte ich.

»Na ja, schau, ich würde sagen ... das ist natürlich eine äußerst komplexe Frage. Wenn sie dekadent waren, dann deswegen, weil sie unter dem britischen Raj, das ihnen keine andere Funktion als die nützlicher und bisweilen amüsanter Dekorationsstücke einräumte, mehr und mehr verkümmerten. Aber wenn du meinst, daß die Paläste, die Rolls-Royce und so weiter – wenn du meinst, daß diese Dinge Zeichen von Dekadenz waren, nun, dann darf ich dir widersprechen...«

»Inwiefern?«

»Sieh mal, Vulgarität ist nicht dasselbe wie Dekadenz. Im Gegenteil, sie ist ein Anzeichen von Lebendigkeit. Die Briten sind die eigentlichen Décadents, vor allem die Briten hier draußen, in den Tropen, die in ihren zerknautschten Anzügen schwitzen, in Alkohol ertrinken und sich selbst ebensosehr verachten wie die Eingeborenen, die sie bei jeder sich bietenden Gelegenheit beschimpfen. Nein, mein Lieber, nichts ist so schäbig wie der korrupte Europäer, der sich verzweifelt an die letzten Überreste einer toten Kultur klammert. Da sind mir die Amerikaner weit lieber...«

»Aha?«

»Die Amerikaner haben sich vom Ballast des guten Geschmacks befreit. Wenn sie das nötige Geld haben und etwas wollen, dann kaufen sie es sich eben, ohne lange zu fackeln. Das bewundere ich. Hearsts Schloß in St. Simeon, ist das dekadent? Es ist so stillos, so vulgär und so teuer wie der kitschigste Maharadschapalast, aber es war eben seine Vorstellung vom Paradies. Zu glauben, man könne sich tatsächlich seinen eigenen Garten Eden schaffen, mag naiv sein und von zweifelhaftem Geschmack zeugen, aber es ist gewiß nicht dekadent. Ganz im Gegenteil, würde ich sagen. Es ist die Essenz des Lebens.«

Inder rammte sich die Brille an die Nasenwurzel, schnaubte lautstark und trank einen tiefen Schluck Gerstenwasser.

»Was ist deiner Ansicht nach die höchste Form von Freiheit?«

»Nun…?«

»Ich will es dir sagen – es ist die Freiheit, sich neu zu erfinden, seine eigene Identität zu transformieren. Wußtest du, daß ich in Cambridge eine Dissertation über Beau Brummell geschrieben habe?«

Ich hatte es nicht gewußt, war aber nicht überrascht. Ich fragte, wie seine These gelautet habe.

»Einfach, daß das Dandytum eine Kunst ist, die ein Höchstmaß an Disziplin verlangt. Dandys sind natürlich Rebellen, die sich gegen die Konventionen ihrer Zeit auflehnen, um sich aber über die Mittelmäßigkeit der konventionenhörigen Gesellschaft erheben zu können, müssen sie sich ihre eigenen Regeln erfinden, und die sind weit strenger als diejenigen, für die sie eine solche Verachtung an den Tag legen. Dandys sind Geschöpfe mit besonderen, arkanen Gewohnheiten, von denen niemals, unter keinen Umständen abgewichen werden darf. Sie sind, wenn du so willst, eine alternative Aristokratie, wenn die alte im Zerfall begriffen ist. Sie sind, mit einem Wort, Sklaven der Disziplin, mit dem wichtigen Unterschied allerdings, daß sie sich ihre eigene Disziplin aussuchen.«

Während ich Inders Ausführungen zuhörte, mußte ich an einen gemeinsamen Freund in London denken. Er entspricht Inders Beschreibung aufs Haar. Ich warf einmal einen Blick in seinen Kleiderschrank, als ich ein paar Tage lang zu Besuch in seiner sehr ungepflegten Wohnung war – schmutziges Geschirr in der Spüle, Bücher und Zeitschriften über den Fußboden verstreut, Bilder in zerbrochenen Rahmen. Nur sein Kleiderschrank zeugte von einer fast obsessiven Ordnungsliebe. Da hingen dicht an dicht unzählige identische, hervorragend verarbeitete, maßgeschneiderte Zweireiher, pistazienfarbige Seide für den Sommer und perlgraue Wolle für den Winter. Zu seinen Anzügen – es müssen mindestens zwanzig gewesen sein – trug er immer handgemachte Schnallenschuhe aus Florenz, karamel- oder kastanienbraun, und immer dieselben Hemden, creme- oder lavendelfarben, von Charvet. Seine Eßgewohnheiten waren ebenso eigen und unabänderlich wie seine Kleidung: Er speiste, wenn es sich irgend einrichten ließ, stets im selben Restaurant, wo er immer am selben Tisch saß und dieselben Speisen bestellte. Er trank nur trockenen Weißwein (Pouilly Fuissé) und nach der Mahlzeit unweigerlich einen Birnenlikör. Wie ein Kenner des Dandytums einmal über den typischen Regency-Stutzer bemerkte: »Ein Geschöpf, vollendet in Äußerlichkeiten und gleichgültig gegen alles, was sich unter der Oberfläche abspielt, ein Mann, dessen ausschließliches Interesse der eigenen Vervollkommnung gilt, erzielt durch ein Ritual des Geschmacks.« Es war, als lebte mein Freund in der ständigen Angst, den strengen Formen, die er selbst geschaffen hatte, nicht zu genügen, als ob nur seine äußere Disziplin eine sinnvolle Ganzheit herstellen könnte.

Inder stand von seinem Sessel auf, um in den unordentlichen Stapeln, die sich in allen Ecken seines Zimmers türmten, ein bestimmtes Buch zu suchen. Er fand es schnell, schlug es, ohne sich wieder hinzusetzen, auf, nahm eine theatralische Pose ein, ein bißchen wie Hamlet mit dem Schädel des armen Yorick, und begann daraus vorzulesen: »So sehen wir ihn auf der Universität und später in seinem Regiment, unentwegt achtsam, Herr seiner selbst, noch die geringste seiner Gesten überwachen und bald seine Rolle als Held der Frivolität mit unvergleichlicher, gelassener Formvollendung spielen. Der ideale Genußmensch ist der Engländer. Dieser Engländer hat eine Lebensregel für sich festgelegt und wird seiner vorgefaßten Idee blind bis zum Ende folgen …«

Ich sah auf den Titel: *Beau Brummell and His Times*, von Roger Boutet de Monvel. »Aber Inder«, sagte ich, »das ist doch schwerlich eine Definition von Freiheit.«

»Nein, nein, schau, in gewissem Sinne schon. Ich glaube, es war Wilde, der sagte, daß die meisten Leute andere Leute sind. Ihre Gedanken sind anderer Leute Meinungen, ihr Leben ist eine einzige Mimikry, ihre Leidenschaften sind ein Zitat. Nur der Dandy, der das begreift, hat die Freiheit, sich seine Maske selbst auszusuchen.«

Inder schien mir noch inkonsequenter als gewöhnlich zu sein. Wie in aller Welt konnte er seine Theorie des Dandytums mit, sagen wir, seiner Apologie des Kastensystems vereinbaren? Ich wußte, daß es vergebliche Liebesmüh war, auf logische Mängel in seiner Argumentation hinzuweisen, weil er es immer schaffte, sich irgendwie aus der Sache herauszuwinden; kein Widerspruch konnte diesen Houdini des Intellekts je festnageln. Aber ich dachte, ein Versuch könne ja nicht schaden.

»Aber Inder, wie in aller Welt kannst du das mit deiner Apologie das Kastensystems vereinbaren?«

Zum erstenmal an diesem Abend ging ein breites Lächeln über Inders Gesicht.

»Das ist doch vollkommen klar, mein lieber Junge, die Freiheit des Dandys ist davon abhängig, daß andere sich an die Regeln halten, da es keine Rebellen geben kann ohne Regeln, gegen die man rebellieren könnte, keine Übertretungen ohne Tabus. Der Dandy verstößt gegen die Regeln, um uns die Grenzen unserer Freiheit aufzuzeigen, absolut notwendige Grenzen übrigens, da es ohne sie kein zivilisiertes Leben gäbe. Das ist genau der Grund, weshalb wir das Theater brauchen – es ist die Freiheit der Vorstellungskraft, die uns auf unseren Platz bannt.«

Houdini war wieder einmal entwischt.

Die Pflicht des Herrschers ist, wie Du, mein lieber Charlo, selbst einmal sagtest, mühselig und selten erfreulich. Als meine vordringlichste Aufgabe sah ich es an, die Stadt Jamnagar zu säubern, ein Vorgang, der unweigerlich auf den Abriß der sogenannten Altstadt hinauslaufen würde, eines Labyrinths von Gassen, das sich wirklich nicht als Lebensraum für Menschen eignete. Da allerdings trotzdem Leute dort wohnten, mußte ich dabei ein gewisses Maß an Vorsicht walten lassen. Ich war von Männern umgeben, die mir davon abrieten, auch nur das kleinste Teilchen meines verrottenden Reiches zu verändern, also entschied ich, daß ich, wenn überhaupt etwas geschehen sollte, fair, aber entschlossen vorgehen mußte.

Die elenden Bajaderen, die der verstorbene Jam Saheb angestellt hatte, waren so ein Fall. Ihre bloße Gegenwart erfüllte mich mit Abscheu, und auch wenn sie sich vorgeblich der Tanzkunst widmeten, waren sie eine durch und durch degenerierte Rotte, deren Possen Zügellosigkeit und viehisches Verhalten von der schlimmsten nur denkbaren Sorte ermutigten. In meinen Augen waren sie das treffendste Symbol für Indiens gegenwärtigen Zustand der Würdelosigkeit, indem sie den Männern allen Willen, Gutes zu tun, aus dem Leib sogen. Es war klar, daß man sich dieser Weiber entledigen mußte, aber als ich befahl, die Zahlung ihrer Gehälter einzustellen, gab es einen gewaltigen Aufstand, nicht zuletzt unter den Gentlemen, die ihre Dienste in Anspruch nahmen. Daraufhin verfügte ich, daß jedes innerhalb der Stadtmauer angetroffene Tanzmädchen deportiert werden sollte, eine Anordnung, die eine hübsche Prozession farbenprächtig gekleideter Huris zum jenseitigen Flußufer zur Folge hatte, woher noch wochenlang ihr erbärmliches Gejammere in einem Umkreis von mehreren Meilen zu hören war – bis ich auch dem einen Riegel vorschob und sie sich davonschlichen, um anderweitig Anstellung zu finden.

Die nächsten, die uns verließen, waren die Pariahunde. Diese widerlichen Mischlinge waren die Hauptursache für die Krankheiten, die sich in der Stadt so verheerend auswirkten. Wie man mir mitteilte, starben täglich mehr als zweihundert Menschen, fraglos eine untragbare Situation, die schon seit viel zu langer Zeit andauerte. Man deutete an, es liege an der unzureichenden Ernährung, aber ich muß das entschieden bestreiten, denn wie Du weißt, kommt der Inder mit sehr wenig aus. Nein, die Wurzel des Übels waren die tollwütigen Köter, und daher mein Entschluß, sie mit Stumpf und Stiel auszurotten. Das mag dem englischen Gemüt, das sich so viel auf seine Liebe zu Hunden zugute hält, hart dünken, aber in diesem Teil der Welt können wir es uns nicht leisten, sentimental zu sein. Ich mag Tiere sehr, manche von ihnen (wie meine liebe Popsey), wenn ich ehrlich sein soll, sogar noch mehr als Menschen. Aber es fiele mir ebensoschwer, etwas für einen dreckigen herrenlosen Köter zu empfinden, wie einen Floh zu lieben, denn der indische Mischling hat mit den edleren Rassen, die der Engländer schätzt, in Wahrheit so wenig zu tun, daß man sogar zögert, sie miteinander zu vergleichen. In meinen Augen waren sie nichts anderes als Ungeziefer, für das eine rasche, entschlossene Lösung gefunden werden mußte. Doch auch hier war einige Vorsicht angebracht, da zu meinen Untertanen auch Jainas zählten, deren Religion die Tötung jeglichen Lebens verbietet. Und so verfiel ich auf einen, wie ich fand, ziemlich genialen Plan: Die Hunde wurden des Nachts zusammengetrieben und in ein besonderes Lager, nicht allzuweit von der Stadtmauer entfernt, geschafft, wo sie auf meinen ausdrücklichen Befehl hin täglich von Jainas gefüttert werden sollten – ein recht witziger Einfall, wie ich fand! Doch das war noch nicht alles, denn ich sorgte dafür, daß die Lagerpopulation nicht überhandnahm, indem ich die Hunde, wann immer ein *shikar* veranstaltet wurde, als Köder einsetzte. Die Tiere wurden an einem Pfahl festgebunden, und die Panther, von ihrer Witterung angelockt und von ihrem Gewinsel noch zusätzlich aufgestachelt, erledigten den Rest, woraufhin wir die Panther erschossen. So gelangte ich zu einer Lösung, die jeden von uns zufriedenstellte – mit Ausnahme natürlich der verlausten Tiere selbst.

Der Abriß der Altstadt mußte leider noch ein wenig warten, doch das hinderte mich nicht daran, die Planung des neuen Jamnagar in Angriff zu nehmen. Ich zeichnete Entwürfe für die breiten, von Bäumen gesäumten Straßen, die ich haben wollte, und bestimmte die Stelle, an welcher der Kricketplatz entstehen sollte. Da ich auf dem Gebiet der Architektur ein reiner Dilettant war, fiel mir diese Arbeit keineswegs leicht, aber ich verbrachte viele Stunden mit dem Ingenieur, einem prachtvollen jungen Mann namens

Dilks, der genau begriff, was ich wollte, und mir dann erklärte, wie dieses oder jenes bewerkstelligt werden könnte. Die verwendeten Baustile würden natürlich unsere eigenen Traditionen widerspiegeln müssen. Ich dachte an etwas in der Art von Brighton, etwas relativ Schlichtes also, das nichtsdestoweniger den Aspirationen meines Volkes gerecht werden würde. Wie ich es mir vorstellte, würde Jamnagar eine Stadt des Fortschritts werden, ohne indes den Bezug zu unserem alten Kulturerbe zu verlieren. Ich würde die engen, gewundenen Gassen, deren dunkle Schatten die verschiedensten Arten von Unrat verbargen, abreißen und die Stadt wissenschaftlich, ja mathematisch exakt planen und dabei eingeborenen Kunstsinn mit einem modernen Gefühl für rationale Ordnung und Raumaufteilung verquicken.

Gleich zu Beginn meiner Regierungszeit machten sich die ersten Anzeichen künftiger Schwierigkeiten bemerkbar. Schon in diesem frühen Stadium der Planung meiner Stadt fingen kleinliche Krämerseelen an, sich über die Kostenfrage zu echauffieren. Mein lieber Charlo, als ob wir wie Basarhöker um den Preis des Stolzes eines wiedererwachenden Volkes feilschen könnten! Wie ich es damals sah – und spätere Ereignisse haben mich nicht widerlegt –, hatten wir es mit einem klaren Fall von Vereitlung edler Ideale durch die Pedanterie engherziger Männlein zu tun, die in der Heimat weit angemessenere Verwendung als Büroschreiber gefunden hätten. Noch weiter ermutigt, Zwietracht zu säen, wurden diese Regierungsbeamten durch die eingeborenen Politiker, die sich keine Gelegenheit entgehen ließen, der Sache der indischen Fürstenstaaten zu schaden.

Du, Charlo, hast aus unmittelbarer Nähe beobachten können, daß meine Untertanen mich als ihren Vater ansehen und daß ich wahrhaft bestrebt bin, das mir entgegengebrachte Vertrauen durch nichts zu enttäuschen. Das Verhältnis zwischen dem indischen Herrscher und seinen Untertanen hat nichts mit Politik zu tun. Hier draußen ist die unumschränkte Macht, die die Krone noch heute besitzt, seit uralten Zeiten erblich weitergereicht worden. Der Wohlfahrt ihrer Untertanen und ihres Landes ergebene Herrscher werden bei uns noch immer verehrt, ja regelrecht angebetet. Denn nach Aussage unserer alten Schriften sind die Herrscher die Stellvertreter der Götter auf Erden. Der Wille des Fürsten und der seiner Untertanen sind eins: Jede Entscheidung, die ich fälle, jede Aufgabe, die ich übernehme, kann nur auf das abzielen, was ich als das Wohl meines Volkes erkannt habe. Vielleicht ist es müßig, wenn nicht sogar absurd, von den kleinen Beamten und Politikern Verständnis für unseren Standpunkt zu erwarten, denn Ideale haben in ihren papiernen, gewöhnlichen Gemütern keinen Platz.

Gibt es denn irgendeine andere Erklärung für die verletzenden und ungebührlichen Klagen, die nach dem königlich-kaiserlichen Durbar vor zehn Jahren gegen mich vorgebracht wurden? Ich hatte ziemlich viel Zeit und Energie in die Vorbereitung dieses mit Gewißheit größten Ereignisses in der Geschichte unseres Empires investiert, da ich fest entschlossen war, mich im bestmöglichen Licht zu zeigen, und zwar nicht zur Verbesserung meiner persönlichen Stellung, die mir vollkommen gleichgültig war, sondern um meiner Loyalität gegenüber der britischen Krone Ausdruck zu verleihen sowie um dem Ansehen meines Staates zu größerem Glanz zu verhelfen. Letzterem maß ich zu einer Zeit, da meine Untertanen infolge einer Dürreperiode nicht unerhebliche Not litten, die größte Bedeutung bei. Wenn ich ihnen schon keine Reichtümer bieten konnte, so doch Ehren und Anlaß zu berechtigtem Stolz. Dies würde mit Sicherheit ihren Willen stählen, harte Zeiten ungebeugt zu überstehen. Aus diesem Grunde, und, mein lieber Charlo, einzig aus diesem Grunde, unternahm ich auch einige – leider fruchtlose – Anstrengungen, um die Anzahl der meinem Fürstenstaat zustehenden Salutschüsse zu erhöhen. Ich betone diesen Punkt, da ich so oft bezichtigt worden bin, aus persönlicher Eitelkeit heraus zu handeln. Natürlich könnte nichts weiter von der Wahrheit entfernt sein.

Trotzdem ist selbst ein Fürst mit lediglich dreizehn Salutschüssen (mehr, wie ich anmerken könnte, als Radhanpur oder Wankaner) durchaus imstande, eine gute Vorstellung zu bieten! Es war großartig beim Durbar in Delhi: Eine ganze Zeltstadt entbot mit den flatternden Bannern aller Fürsten Indiens dem König und der Königin ihren farbenprächtigen Salut. Ich fuhr in einer silbernen Kutsche, die ich mir eigens für den Anlaß bei Tattersall's besorgt hatte. Mein Lager, ringsum mit den Schalen jener Austern abgegrenzt, für die unsere Küste zu Recht berühmt ist, war hinlänglich ausgestattet, um Lord und Lady Londesborough, den Marquis von Bute, Lord Lamington und den Vizekönig, Lord Hardinge, angemessen zu bewirten. Auch wenn ich meine Gäste hinsichtlich der Qualität der musikalischen Unterhaltung – und erst recht was diese erbärmlichen Bajaderen, die manche meiner Mitfürsten so sehr schätzten, anbelangte – enttäuschen mußte, kann ich zu meiner Freude berichten, daß unsere Austern für erstklassig und der Champagner für recht akzeptabel befunden wurden.

Die festliche Atomosphäre im Durbar-Lager wurde nur einmal – und das auch nur kurzzeitig – gestört, als ein Elefant des Maharadschas von Rajpipla Amok lief und dabei für beträchtliche Aufregung sorgte, da er genau das Zelt zertrampelte, in dem der Vizekönig seinen Tee einzunehmen gedachte. Der Zwischenfall, der, wenn ich mich recht erinnere, ein, zwei tapfere Burschen, die ausgeschickt worden waren, das wildgewordene Untier zu bändigen, das Leben kostete, war allerdings bald vergessen, als der König und die Königin eintrafen und auf dem Podium Platz nahmen, um unsere *mujras* entgegenzunehmen.

Als erster machte natürlich der Nizam von Hyderabad seine Aufwartung und überreichte dem König ein Halsgeschmeide aus Rubinen, so groß wie Taubeneier. Wenngleich mein Geschenk an den König, eine Diamantbrosche, um einiges bescheidener ausfiel als das vom Nizam dargereichte, brachte es doch, wie ich glaube, meine Verehrung für den Monarchen hinlänglich zum Ausdruck. Als nach dem Nawab von Junagadh die Reihe an mich kam, zum Podium zu schreiten, dachte ich, mein Herz müsse zerbersten. In diesem Augenblick verspürte ich eine noch größere Beklemmung als damals in Lord's, als ich hinaustreten sollte, um gegen die Australier zu schlagen, und ich wußte die Anwesenheit des teuren Colonel Berthon, dem es dann auch gelang, meine Nerven zu beruhigen, sehr zu schätzen. Als ich mich auf den Weg zu den marmornen Stufen machte, brausten Beifallsrufe um die ganze Arena, und Berthon flüsterte mir ins Ohr, sie gälten dem Kricket. Also waren wir, mein lieber Charlo, letzten Endes vielleicht doch mehr als bloß Narren in Flanell!

Kaum waren allerdings die Festivitäten vorbei und ich wieder in meinen Palast in Jamnagar zurückgekehrt, als das Gezänk um meine Ausgaben auch schon wieder losbrach. Die Regierung ging sogar so weit, anzuregen, ich möchte künftig Rechenschaft über meine Ausgaben ablegen – ohne Zweifel eine Verletzung meiner Souveränität.

Mein lieber Charlo, ich bin der erste, der zugibt, daß das Verhalten ein paar weniger indischer Fürsten nicht immer vollkommen untadelig gewesen ist und Anlaß zu einiger Kritik gegeben hat, aber was mich betrifft, so glaube ich doch, daß ich mich von jeher in einer Weise betragen habe, die über jeden Vorwurf erhaben war. Eine Ungerechtigkeit, mein lieber Freund, verletzt einen Fürst nicht weniger als einen Bauersmann. Zuzeiten wünsche ich mir allen Ernstes, ich könnte meinen Staat verlassen und in Ruhe und Frieden mein eigenes Leben führen. Da ich allerdings Orientale bin, weiß ich, daß ich versuchen muß, mich in mein Schicksal zu fügen – bis meine westliche Erziehung sich in mir auflehnt und ich die Geduld verliere. Ich danke dem Himmel für die heitere Wesensart, die es mir ermöglicht hat durchzuhalten, ohne auch nur für einen Augenblick die Beherrschung zu verlieren. Ich begriff, daß ich nur eins tun konnte: Ich mußte die Angelegenheit mit dem Vizekönig, als dem Repräsentanten der Krone, der ich meine Treue gelobt hatte, persönlich besprechen. Er würde meinen Standpunkt mit Sicherheit verstehen.

Ich wage zu behaupten, daß mein Problem wenigstens zum Teil sprachlicher Natur war. Wenn ein Engländer das Wort »Hungersnot« hört, entstehen vor seinem geistigen Auge prompt die grausigsten Bilder von elenden, verhungernden und verdurstenden Gestalten. Wohlgemerkt, ich behaupte nicht, daß solche Situationen den Menschen in Indien nicht zu schaffen machten, aber Familien unterstützen einander mit einer solch selbstlosen Zuverlässigkeit, wie es sich der Abendländer, der individuellen Anstrengungen weit größere Bedeutung beimißt als kollektiven Bemühungen, fast nicht vorzustellen vermag. Hierzulande bringen die Wohlhabenden in Zeiten der Not Opfer für diejenigen, die in Bedrängnis sind. Das ist, wenn man so will, unsere einheimische Version des Fair play.

Unser Begriff des Fair play ist nicht immer mit dem identisch, der in der westlichen Welt Gültigkeit besitzt, wo menschliche Angelegenheiten häufiger nach dem trockenen Buchstaben des Gesetzes geregelt werden – eine dem indischen Bewußtsein noch fremde, kaum entwickelte Vorstellung, obwohl britische Verwaltungsbeamte schon die redlichsten Anstrengungen unternommen haben, sie in diesem Land bekannt zu machen. Bei allem, was wir tun, müssen wir in Indien große Geduld aufbringen und stets die gebührende Rücksicht gegenüber den einheimischen Traditionen walten lassen. Ich wette, wenn die Briten jemals diesen Kontinent verlassen sollten – ein Ereignis, das ich, wie Du weißt, nicht für wahrscheinlich halte und auf alle Fälle nicht herbeiwünsche –, wird der Inder sehr bald sein schlechtsitzendes westliches Gewand gegen eine kongenialere Art von Kleidung eintauschen. Ich meine daher, daß der Herrscher verpflichtet ist, die strenge Rationalität des

Gesetzes immer durch sein – auf die ererbte Weisheit seiner Vorväter sich stützendes – persönliches Urteil zu mildern.

Meine Freunde zu bewirten war das einzige, was mir meine mühselige Aufgabe in Jamnagar erleichterte. Priestley kam mich im Jahr des Durbar besuchen und erklärte, er wolle nie wieder fort. Dies lag weitgehend an seiner Passion für unsere Austern, von denen er bei jeder Mahlzeit große Mengen verzehrte. Einmal spielte ich ihm einen Streich, indem ich ihn zum Abendessen einlud und nichts außer Wasser und Brot auftragen ließ. Das, erklärte ich ernsthaft, sei alles, was wir würden zu uns nehmen können, da uns die Austern restlos ausgegangen seien. Ich mußte all meine Selbstbeherrschung aufbieten, um nicht in Gelächter auszubrechen, als ich den verzweifelten Ausdruck auf seinem Gesicht gewahrte, das nicht mehr wie gewöhnlich purpurfarben, sondern blaßrosa geworden war. Er verkündete, daß er sich in diesem Fall empfehlen müsse, da ihm eine Wasser-und-Brot-Diät nicht reichen würde, ganz und gar nicht reichen würde. Ich klatschte in die Hände, und ein Diener zog einen Vorhang auf, hinter dem ein gedeckter Tisch sichtbar wurde, voll beladen mit den größten Austern und erstklassigem Champagner. Priestley lachte so sehr, daß ich meinte, er würde platzen!

Wären nicht die Besuche meiner alten Freunde gewesen, hätte mir mein neues Leben nur wenig Freuden geboten. England fehlte mir schrecklich: die forellenwimmelnden Bäche, die grünen Alleen, die Sussex Downs, der Duft von Geißblatt und englischen Rosen, das Dorfkricket, die Samstagnachmittage in Lord's, die Geschäfte in der Bond Street und in St. James's, Vesta Tilley im Palladium, ja, ich würde sagen, sogar das englische Wetter, so sanft und lieblich, so ganz anders als die grauenhafte Hitze unseres Sommers. Ich beschloß daher, noch im selben Jahr nach England zurückzukehren, eine Reise, die durch Priestleys Gesellschaft beträchtlich unterhaltsamer wurde. Dennoch verbrachten wir die Zeit auf See nicht gänzlich frei von Sorge, da uns erst wenige Monate zuvor die Nachricht vom unseligen Schicksal der *Titanic* erreicht hatte. Das einzig Erfreuliche an diesem entsetzlichen Unglück war das mustergültige Verhalten der Gentlemen an Bord gewesen, die ihr Leben tapfer zugunsten der Frauen und Kinder opferten, während die Kapelle »Näher, mein Gott, zu Dir« spielte. Es ist eine traurige Tatsache, daß es oft einer Katastrophe bedarf, damit der wahre Adel des Menschen zum Vorschein kommen kann.

»Wenn du je nach Kalkutta kommst, mein Lieber, mußt du unbedingt Satish Bhattacharya kennenlernen. Du wirst ihn höchst interessant finden.« Die Art, wie Inder »interessant« sagte, machte mich ein wenig stutzig; er sagte es mit einem Anflug hämischer Vorfreude, als sollte ich das Opfer eines Streiches werden.

Satish, um die Vierzig, mit graumeliertem Bart, elegant in einem gekonnt verknitterten *dhoti*, eine schwarze Sobranie zwischen den Lippen (»würde nichts anderes anrühren«), hatte ein Vermögen geerbt und seltene Bücher über die Bengalische Renaissance im neunzehnten Jahrhundert veröffentlicht. Er liebte es, apodiktische Behauptungen aufzustellen, die unweigerlich mit dem Wort »natürlich« begannen.

»Natürlich gibt es nur zwei große Küchen auf der Welt – die französische und die bengalische.«

»Natürlich ist Kalkutta das Paris Asiens.«

»Natürlich sind die drei größten Zeitungen der Welt die Londoner *Times*, *Le Monde* und der *Statesman* von Kalkutta.«

Und so weiter und so fort.

Er lehnte sich in seinem braunen Veloursledersessel zurück und kreuzte die Beine. Die Klimaanlage übertönte fast vollständig den Straßenlärm: die Kühe, die rumpelnden Ambassadors, die fliegenden Händler und Bettler, die Filmmusik aus den Schallplattenläden. Plötzlich ertönte eine Serie von lauter Explosionen. War die Revolution, die mit einer Mischung aus Angst und Vorfreude so lang erwartete Revolution, endlich ausgebrochen?

»Nein, nein«, sagte Satish und ließ Zigarettenrauch aus dem Mundwinkel entweichen, »Indien hat das Kricketmatch gegen England gewonnen.«

Die Siegesbotschaft mußte durch die kleinen Transistorradios, die sich Männer und Jungen ans Ohr hielten, während sie durch die mit Schlaglöchern übersäten Straßen schlenderten, augenblicklich Millionen von Menschen erreicht haben. Die Stimme, die den ganzen Tag aus dem Radio knisterte und jeden einzelnen Ball kommentierte, war wie ein griechischer Chor zum laufenden Match. Man hatte mir gesagt, daß im Falle eines indischen Sieges manche Leute ihre Empfänger mit Blumengirlanden dekorierten, wie Gläubige ein Götterbild.

»Natürlich«, sagte Satish und knüpfte da wieder an, wo ich ihn unterbrochen hatte, »war alles Positive, was in den letzten zweihundert Jahren in diesem Land passiert ist, das Ergebnis des britischen Raj. In dem Punkt stimme ich völlig mit Nirad Chaudhuri überein. Wie hat er es formuliert? ›Alles, was in uns gut und lebendig war, wurde von der britischen Herrschaft hervorgebracht, gestaltet und intensiviert...‹«

Er lächelte mich an, mit halboffenem Mund, als wartete er darauf, mit einem Bissen Widerspruch oder wenigstens Empörung gefüttert zu werden. Ich sagte, Kalkutta erinnere mich auf eine merkwürdige Weise an England: die Vornehmheit inmitten des Verfalls, die Flucht in die Nostalgie, die snobistische Zurückhaltung, die ein unaufhaltsames Abgleiten in einen schäbigen Provinzialismus kaschiere. Sehr unenglisch war allerdings der leidenschaftliche Ernst Kalkuttaer Intellektueller. Es war etwas Abstoßendes und zugleich Bewundernswertes an den Männern im Coffee House in der College Street, die über Adornos Einfluß auf die Filme der Nouvelle Vague diskutierten, während auf der Straße Menschen verhungerten.

»Natürlich kennen Sie Malcolm Muggeridges berühmten Essay, in dem er bemerkt, daß Bertie Wooster, wenn er wieder auf die Welt käme, Dasgupta hieße und in Kalkutta leben würde.«

Satish sprach mit einer hohen, monotonen Stimme, die

alles, was er sagte, noch rhetorischer klingen ließ. Seine Bemerkungen hatten etwas Professionelles, Einstudiertes an sich; ganz offensichtlich war ich nicht der erste, der sie zu hören bekam.

»Natürlich sind die Bengalen die letzten wahren Engländer.«

Natürlich sah sich Satish selbst keineswegs als den letzten wahren Engländer, sondern als den letzten wahren bengalischen *bhadralok*, den kultivierten Kalkuttaer Gentleman, der wie selbstverständlich aus Milton, Montesquieu und Tagore zitierte. Die *bhadraloks*, die ihr Vermögen im achtzehnten und neunzehnten Jahrhundert als Zwischenhändler für die Ostindische Kompanie gemacht hatten, sogen von der europäischen Kultur alles auf, was sie nur irgend konnten. Der *bhadralok*-Gentleman war ein wandelndes Schatzhaus europäischer Literatur, Musik, Malerei, Philosophie, Politik, und aus diesem kulturellen Mosaik produzierte er im intellektuellen Treibhaus von Kalkutta die Bengalische Renaissance, die in spätviktorianischer Zeit eine kurze Blüte erlebte und sich dann, als das Raj seine Hauptstadt von Kalkutta nach Delhi verlegte, allmählich im Sand verlief.

Das typische *bhadralok*-Monument ist der Marble Palace, im Besitz der Familie Mullick: ein klassizistischer Palast in Nordkalkutta, angefüllt mit französischen klassizistischen Skulpturen griechischer Gottheiten, Büsten der Königin Viktoria, Napoleons und des Herzogs von Wellington, einem Rubens in einem spinnwebverhangenen, rissigen Goldrahmen, Mingvasen, deutschen Uhren, Darstellungen der Schlacht von Waterloo, Marmorfußböden, Perserteppichen, Florentiner Brunnen, englischen Gärten voll schreiender Pfauen und viktorianischen Gemälden mit rosenwangigen englischen Knaben beim Kricketspiel.

Ich fragte Satish nach dem Stellenwert des Krickets.

»Kricket«, sagte er, »gehörte zum Lebensstil des *bhadralok*. Mein Großvater war ein begeisterter *cricketer*. Er spielte mit Saruta Ranjan Roy, dem W. G. Grace Bengalens, und mit dessen Bruder Sharada Ranjan Roy, dem Conan-Doyle-Übersetzer. Kricket war für sie wie Violinespielen, eine Kunst, eine Möglichkeit, Virtuosität zu entwickeln. Sieg oder Niederlage waren natürlich völlig irrelevant. Was zählte, waren Meisterschaft, Stil, Form. Nirmal Chatterjee, H. Bose, die Ranjan Boys – sie betrachteten Kricket als etwas Zerebrales, Ästhetisches. Natürlich läßt sich diese Einstellung mit dem professionellen Spiel von heute nicht vereinbaren. Das ist auch der Grund, weswegen es keine erstklassigen bengalischen Kricketspieler mehr gibt – wir sind Dichter, keine Geschäftsleute. Natürlich haben Sie noch kein Kricket gesehen, wenn Sie nicht in Eden Gardens gewesen sind, dem Lord's Indiens.«

Um ehrlich zu sein, hatte ich schon ein Match in Eden Gardens gesehen: Achtzigtausend Bengalen hatten nach Blut geschrien, als der indische Kapitän hereingekommen war, um gegen den pakistanischen Kapitän zu schlagen. Knallkörper hatten die schwüle Luft mit kleinen weißen Wölkchen erfüllt, wie mit schwebenden Wattebäuschen. Ich hatte mich umgeschaut, aber die blumenbekränzten Radiogeräte nicht entdekken können.

»In diesem Teil der Welt ist Kricket wie ein Gladiatorenkampf. Sie müssen bedenken, daß die Bengalen Helden lieben. Wenn man andauernd zu hören bekommt, man tauge nicht zum Krieger, man habe nicht das Zeug zum Helden, dann … na ja, dann geht man eben ins Kolosseum namens Eden Gardens. Kricketspieler sind die Hektore, die Ajaxe, die Achillesse unserer Zeit …«

Satish hielt kurz inne, wobei seine Epikureerlippen den Nachgeschmack seiner eigenen Worte auskosteten. »Ja, Kalkutta ist ein bißchen wie Rom, oder vielleicht eher wie Athen … Ja, das Athen Asiens.«

Satish wohnte in einem ziemlich prächtigen Haus, nicht weit vom Bengal Cricket Club. Es war weiß, klassizistisch, spätes achtzehntes Jahrhundert – Inigo Jones redivivus in den Tropen. Das Haus war mit erlesenem Geschmack eingerichtet: eine eklektische Kollektion bengalischer Gemälde und europäischer Stiche an den Wänden, ein paar schöne französische Empiremöbel, seltene, in Saffianleder gebundene Bücher, mit einem bewundernswerten Blick für Ausgewogenheit und Proportion zusammengestellt.

Ich war beeindruckt, was Satish mit Genugtuung bemerkte. »Ich möchte Ihnen etwas über die Geschichte des Hauses erzählen. Es wurde für einen britischen Beamten gebaut, aber als wir es kauften, war es entsetzlich heruntergekommen, also gab ich meinem Architekten die folgenden Instruktionen: Passen Sie auf, sagte ich, ich will die Sorte Haus, in der ein englischer Gentleman in Kalkutta um 1790 gewohnt hätte. Gott sein Dank haben wir hier noch die Handwerker, die so etwas können. Natürlich wäre das in London vollkommen unmöglich gewesen. Nehmen Sie einen Drink, ich bin selbst fürs Hochprozentige.«

Der andere Gast war ein ältlicher Angloinder, der Rennpferde besaß. Sein Name war Cecil. Er war in Darjeeling geboren und hatte sein ganzes Leben in Kalkutta verbracht. Er trug einen MCC-Schlips. »Wo sind Sie zu Hause?« fragte er.

»Zu Hause?« Ich verstand nicht recht, was er meinte.

»UK?«

»Oh«, sagte ich, »na ja, England ist nicht direkt meine Heimat.«

»Ein Emigrant, ja?«

»Nein, nicht direkt.«

»Schön, was sind Sie dann?«

Ich murmelte etwas Unbestimmtes.

»Ein Zugvogel, wie?«

Ich ließ es dabei bewenden. Ich machte eine Bemerkung über seinen Schlips und fragte, ob er sich für Kricket interessiere. O ja, sagte er, ein wenig, doch. »Nicht mehr viele von uns übrig hier, wissen Sie.«

»Angloinder?«

»Bitte?«

»Verzeihung ... Sie meinen, Leute, die sich für Kricket interessieren?«

»Oh, nein, Himmel, nein, MCC-Mitglieder.«
»Natürlich muß er Asoke Sen kennenlernen«, sagte Satish.
»Schreckliche Idee«, sagte Cecil.
»Warum?« fragte Satish.
»Ein Roter durch und durch«, sagte Cecil.

Asoke Sen wohnte in der Chowringhee Road, direkt südlich der Park Street – »Kalkuttas Regent Street«, wie Satish mir erklärte. Sein Wohnblock war ein zerbröckelnder gotisierender Kasten, der mich an den spinnwebverhangenen Rubensrahmen im Marble Palace erinnerte. Auf dem gesprungenen Bürgersteig lag ein grotesk verwachsener Mann und ruderte mit seinen verkrüppelten Gliedmaßen wie ein Käfer in Not. Ein paar Meter weiter lag eine ausgemergelte Frau unbestimmten Alters, deren Nacktheit von dem schmutzigen Fetzen, der von ihrem Sari übriggeblieben war, kaum verhüllt wurde. Sie war völlig mit Fliegen bedeckt und hatte nicht einmal mehr die Kraft, um Geld zu bitten. Sie lag einfach nur da und stöhnte.

»Ja, ja«, sagte Asoke, »eins der letzten eleganten Mietshäuser.« Es gab überall Bücher, auf Regalen, auf Tischen, auf dem Fußboden. Die hohen Flügelfenster ließen nur sehr wenig Licht in die großen, düsteren Zimmer. Die Deckenventilatoren versetzten die feuchte, warme Luft kaum in Bewegung. Es roch stark nach Schimmel.

»Setzen Sie sich doch bitte«, sagte Asoke, ein korpulenter, dunkelhäutiger Mann im *dhoti*. Ein junger Diener wurde ausgeschickt, uns Tee zu holen. »Der bengalische *bhadralok*«, fing Asoke an, »ist zugleich ein Rebell und ein Speichellecker. Oder ich sollte besser sagen, er ist ein Rebell, weil er ein Speichellecker ist, und seine Rebellion ist immer zum Scheitern verurteilt.«

Asoke beantwortete Fragen selten direkt. Wie Satish gab er Erklärungen ab, von kurzen Pausen unterbrochen, die allerdings nicht den Eindruck erweckten, als zweifelte er an der Richtigkeit seiner Ansichten, sondern eher als fragte er sich, ob sein Zuhörer auch wirklich alles mitbekommen hatte. Gerade, wenn man das Schweigen beenden und ihm eine weitere Frage stellen wollte, nahm er seinen Gedankengang wieder auf, wobei er seine Hauptthesen durch ein rätselhaftes Lächeln unterstrich, als amüsiere er sich über einen kleinen privaten Scherz.

»Das eigentliche Problem hier in Westbengalen ist folgendes: Wir haben nie unsere eigenen bengalischen Könige gehabt, auch keine kriegerische Aristokratie oder große Helden. Das ist der Hintergrund unserer Widersprüche. Um exakt zu sein, müßte ich sagen, daß sich die bengalische Elite immer sehr gut mit auswärtigen Herrschern arrangiert hat. Wir haben, wie die Amerikaner sagen, Geschäfte mit ihnen gemacht. Aber wir hassen uns selbst dafür, und deshalb machen wir uns in Aufständen Luft, die, wie ich schon sagte, am Ende immer scheitern.

Genau aus diesem Grund versagen wir beim Kricket, was im Zusammenhang mit dem Niedergang von Bengalen gesehen werden muß...«

Ich wartete auf nähere Ausführungen und wollte gerade fragen, was er damit meinte.

»... Schauen Sie, man kann die Menschen in zwei Kategorien einteilen – diejenigen, die applaudieren, und diejenigen, denen applaudiert wird. Die Bengalen gehören im großen und ganzen zum ersten Typus. Wir beklatschen Helden, ohne selbst heldenmütig zu sein. Und fehlt der Mumm, der Killerinstinkt, die Disziplin, die es braucht, um Applaus zu bekommen – genauer, es fehlt die praktische Umsetzung...«

Er nippte an seinem Tee, wobei er den kleinen Finger anmutig krümmte. Ich wollte ihm dieselbe Frage stellen, die ich an K.C. Lewis gerichtet hatte: Bestand für ihn persönlich ein Zusammenhang zwischen Kricket und Marxismus? Ich hatte gehört, er sei ein unverbesserlicher Stalinist. In seinem Arbeitszimmer hatte ich ein Bild von Lenin gesehen. Asoke lächelte, als er meinen interessierten Blick bemerkte. »Ein bengalischer Held«, sagte er.

Natürlich beantwortete er meine Frage nicht direkt, aber er

kam der Sache doch schon ziemlich nahe. »Das indische Krikket wird nie besser werden, weil uns der Wille zum Sieg fehlt. Die Inder haben keinen Teamgeist, kein Einheitsgefühl. Jeder kämpft für sich, um ein bißchen Geld zu machen. Auf die Art kann man doch nie gewinnen, oder?«

Er lächelte. Das Interview war zu Ende. Asoke begleitete mich höflich an die Tür, wo ich nicht umhinkonnte, eine kleine marmorne Napoleonbüste zu bemerken, die von einem Regal, das sie mit einer vielarmigen Bronzegöttin teilte, herablugte. Ich verabschiedete mich, fuhr mit dem knarrenden Aufzug hinunter und ließ die zuckenden Körper auf dem Pflaster rasch hinter mir zurück.

Der erste Anblick Englands erfüllte mich wie immer mit einem Gefühl freudiger Erwartung, auch wenn die Küste, wie gewöhnlich, in dunkle Wolkenschwaden gehüllt war, die die weißen Klippen verfinsterten. Noch immer ziemlich angeschlagen von der Seereise und dazu noch recht asthmatisch, stand ich auf Deck, ließ mich vom Wind ein wenig durchpusten und dachte an die Freuden, die mich erwarteten – nicht zuletzt, mein lieber Freund, Dich wiederzusehen.

1912 war für mich ein besonders denkwürdiges Jahr, da es das letzte Mal war, daß ich in England ernst zu nehmendes Kricket spielte. Ich war viel zu korpulent geworden, um mich so schnell, wie es nötig gewesen wäre, bewegen zu können, was mich als *fielder* ziemlich unbrauchbar machte, und da ich dem Feldspiel von jeher die größte Bedeutung beigemessen habe, wußte ich, daß meine Zeit als Kricketspieler vorbei war. Du allerdings ähneltest mehr denn je einem griechischen Heroen, direkt den Seiten der *Ilias* entstiegen, und machtest Dich hervorragend als Englands Kapitän gegen die Australier.

Ich genoß selbstredend alle Freuden des englischen Lebens, doch es war, wenn ich ehrlich sein soll, auch eine aufreibende Zeit für mich. Es war eine Sache, mein lieber

Charlo, Prinz genannt zu werden, aber eine ganze andere, ein echter Herrscher zu sein. Es öffnete mir neue Türen, gewiß, aber es brachte auch bestimmte Verpflichtungen mit sich. So mußte ich ein ungleich größeres Haus führen, als es mir bislang, sei es in Cambridge oder in Brighton, möglich gewesen war. Mein Fürstenstaat hat durchaus einige Reichtümer zu bieten, und ich war glücklich, diese mit meinen Freunden zu teilen und meine Gläubiger für ihre Geduld zu belohnen. Aber trotz alledem kann ich nicht behaupten, daß ich mich in Gesellschaft meiner Gäste immer wohl gefühlt hätte, denn man neigt unleugbar dazu, gewisse entschieden merkwürdige Gestalten anzuziehen, deren Hauptziel es ist, die Früchte anderer Männer Glück zu genießen. Aber das nur en passant. Ich beschloß, Sir Edward Clarke, K.C., der nicht im geringsten merkwürdig, sondern ein in jeder Hinsicht reizender Gentleman war, das Haus in Staines abzukaufen. Er hatte eine ziemlich schwere Zeit hinter sich, da er der Rechtsbeistand Oscar Wildes gewesen war, des berüchtigten Päderasten, den zu erwähnen ich schon Gelegenheit hatte.

Thorncote, oder Jamnagar House, wie wir es nannten, bot einen herrlichen Ausblick auf die Themse, und wir feierten dort, wie Du weißt, ein paar nette Feste. Es war alles in allem eine recht gute Saison. Ich entsinne mich mit besonderem Vergnügen des Maskenballs bei der Herzogin von Devonshire. Du erinnerst Dich, wie ratlos ich war, wie ich mich verkleiden sollte: Eine europäische historische Gestalt wäre nicht das Rechte gewesen, ebensowenig konnte ich aber als indischer Fürst gehen, ohne den Eindruck zu erwecken, daß ich meinen Beruf zu einer Varieténummer machte. Ich bin dir noch immer zu Dank verpflichtet für Deine unbezahlbare Idee, sozusagen unsere Identitäten zu tauschen. Ich genoß es sehr, als C. B. Fry zu gehen, mit Deinem MCC-Blazer und dieser unwahrscheinlichen blonden Perücke, und Du gabst einen absolut überzeugenden indischen Fürsten ab. Ich sagte es Dir damals nicht, und ich hoffe, Du verzeihst mir, wenn ich sentimental werde, aber ich wünschte mir, die Verkleidung hätte dank göttlicher Intervention für immer haftenbleiben können. Aber das wäre natürlich ganz unmöglich gewesen.

Unglücklicherweise setzte die Affäre um die verschwundenen Fabergé-Eier jener fröhlichen Zeit einen Dämpfer auf. Ich habe schon immer eine Schwäche für diese kleinen Spielereien gehabt, und es hatte mich einige Mühe gekostet, sie mir von Cartier beschaffen zu lassen. Eines Tages, nach einem ziemlich ausgelassenen Wochenendfest – Jacker war da, sowie Lord George Campbell und General Sir Bindon Blood –, wurde ich davon in Kenntnis gesetzt, daß mehrere Eier verschwunden waren. Es hätte mir nicht soviel ausgemacht, wenn es sich nicht gerade um diejenigen gehandelt hätte, die für Katharina die Große angefertigt worden waren und an denen ich ziemlich hing. Natürlich fiel der Verdacht sofort auf meine Dienerschaft, da es nicht den geringsten Grund gab, einen der Gäste zu verdächtigen, zu denen vielleicht ein paar Müßiggänger zählen mochten, mit Gewißheit aber keine Diebe. Die Ermittlung gegen meine Dienstboten war eine peinliche Angelegenheit, hatte ich doch die meisten von ihnen aus Indien mitgebracht und auch nie Ursache gehabt, ihre Loyalität oder gar ihre Ehrlichkeit in Zweifel zu ziehen.

Die Gesindezimmer wurden von Polizeibeamten auf den Kopf gestellt. Es war wirklich eine höchst unerfreuliche Geschichte, die viel böses Blut schuf, da meine englischen Diener die Inder beschuldigten, was diese, nicht ganz ohne Grund, ihnen ziemlich übelnahmen. Es stimmt zwar, wie Du oft bemerkt hast, daß der indische Eingeborene gelegentlich Probleme damit hat, den britischen Begriff der Wahrheit zu erfassen, aber meine Dienerschaft war sehr gut ausgebildet. Um es kurz zu machen: Der Übeltäter wurde nicht gefunden, also mußte ich, zu meinem großen Bedauern, meinen Butler an die Luft setzen. Er war ein Engländer mit untadeligen Referenzen, aber da er formell für die Führung des Haushalts verantwortlich war, hatte ich keine andere Wahl, als ihn gehen zu lassen. Und der Fairneß halber warf ich auch einen meiner getreusten indischen Diener hinaus. Nicht einmal Salomon ist je so schwer geprüft worden.

Du kannst Dir also vorstellen, wie schockiert ich war, als ein Monat nach dem Zwischenfall ein Paket abgeliefert wurde, das die Eier und ein kurzes Entschuldigungsschreiben enthielt. Es stellte sich heraus, daß ein Gentleman, der natürlich ungenannt bleiben soll, die Preziosen eingesteckt hatte und sie auch behalten hätte, wenn ein gemeinsamer Freund ihm nicht auf die Schliche gekommen wäre und ihn überredet hätte, mir die Kleinodien zurückzuerstatten. Offenbar hatte sich der fragliche Gentleman, obwohl er der Sproß einer der besten Familien Englands war, schon wiederholt auf diesem speziellen Gebiet betätigt. Natürlich nahm ich seine Entschuldigung an und lud ihn zu meinem nächsten Fest ein. Das Kind war allerdings schon in den Brunnen gefallen; zwei ehrliche Männer waren in Schande geraten, und ich hatte eine wertvolle und traurige Lektion gelernt: Selbst bei Männern von vollendetster Lebensart kann man nicht voraussetzen, daß sie den Maßstäben, zu denen sie sich öffentlich bekennen, tatsächlich immer gerecht werden.

In diesem Sommer versuchte ich häufiger und häufiger, der rasenden Menge zu entkommen, indem ich angeln ging. Solche Augenblicke der Stille, in der ausschließlichen Gesellschaft meiner lieben, treuen Popsey, waren mir eine wichtige Quelle der Kraft und des Trostes. Ich bin von Natur aus ein geselliges Wesen und brauche den Umgang mit Menschen, und dennoch suche ich Zuflucht vor ihnen in einsamen Betätigungen. Es ist wahrlich ein seltsames Paradox, eines indes, das Du, wie ich glaube, vollkommen verstehen kannst. Du bist ein Held, mein Freund, und Helden sind nicht wie andere Menschen, denn sie sind einsame Gestalten, die niemals allein sind, wie Schauspieler auf der

Bühne, denen das Rampenlicht die Sicht auf die Zuschauer verwehrt. Vergib mir, lieber Charlo, diese melancholischen Betrachtungen. Sie sind der Preis, den Du für meine vollständigen Bekenntnisse bezahlen mußt.

Bevor ich mein letztes Kricketmatch beschreibe, kann ich der Versuchung nicht widerstehen, meine Liebesaffäre zu erwähnen, die in diesem Sommer ihren Anfang nahm; ja, es war sogar mehr als eine Affäre, denn meine Liebe sollte ewig währen. Der Gegenstand meiner glühenden Verehrung war jene Größte unter den Sängerinnen: Ella Shields. Wann immer ich erfuhr, daß sie auftrat, besorgte ich mir unfehlbar eine Loge, von der aus ich sie mit der Inbrunst eines jungen Romeo betrachtete, der seine Julia umwirbt – wenngleich natürlich meine Liebe niemals erklärt und mit Sicherheit auch nicht erwidert wurde. Sie war nur mir und Popsey bekannt, der ich – ohne jeden Erfolg, wie ich hinzufügen möchte – den Text von Miss Shields' berühmtestem Lied beizubringen versuchte. Du weißt ohne Zweifel, welches ich meine:

I'm Bert, Bert, I haven't a shirt,
but my people are well off, you know.
Nearly ev'ry one knows me, from Smith to Lord Rosebery –
I'm Burlington Bertie from Bow.

Abgesehen von der Lieblichkeit ihrer Stimme war es vor allem die sie umgebende Aura von Reinheit, die bewirkte, daß jeder im Zuschauerraum sich von ihren Liedern persönlich angesprochen fühlte. Es war wirklich so, als sänge sie nur für mich. Darin, glaube ich, liegt das Geheimnis ihres Genies. Es ist mit Sicherheit das, was unsere Liebe erweckt. Natürlich liebt man den Darsteller, nicht die Person hinter der Fettschminke, was auch der Grund ist, weswegen ich nie den Wunsch verspürt habe, Miss Shields persönlich kennenzulernen. Was genau das Genie eines geborenen Darstellers ausmacht, der zugleich vollkommen künstlich und absolut authentisch ist, wird, glaube ich, auf ewig ein Rätsel bleiben. Warum rühren mich die simplen Worte ihres Liedes, das wirklich nicht viel mehr ist als ein Vaudevillestückchen, wann immer ich sie höre, aufs neue zu Tränen? Zum Teil, denke ich, weil ich dabei unweigerlich Miss Shields' Stimme höre, so süß, so unschuldig, so rein. Und ich vermute, daß diese Echos ihrer Stimme mich mehr als alles andere an eine bessere, weniger unruhige Zeit erinnern, da die Welt in Frieden lebte, da England noch das England war, das ich kannte.

Ich möchte nicht wie ein sentimentaler alter Narr klingen. Trotzdem empfinde ich genau das, wenn ich an mein letztes Match der Saison zurückdenke, mit dem meine Kricketkarriere effektiv endete. Ich wählte für diesen Anlaß weder das Spiel in Lord's gegen die Australier oder die Players noch ein Match für meine geliebte Grafschaft in Brigthon oder Hove. Ich wollte überhaupt nichts in der Art. Statt dessen beschloß ich, eine Einladung anzunehmen, bei einem Wohltätigkeitsspiel in einem Dorf unweit von Horsham mitzuwirken. Die Nutznießerin der Veranstaltung war die alte Kirchenglocke, die man an ihren angestammten Platz im normannischen Kirchturm zurückbringen wollte – eine wahrhaft gute Sache, wenn es je eine gab, und namentlich für einen »heidnischen Prinzen«!

Das Dorfkricket verkörpert für mein Gefühl am ehesten den reinen, edlen Geist unseres Spiels, das an großstädtischeren Austragungsorten mittlerweile zu einer äußerst professionellen, wiewohl ebensosehr sportlichen Angelegenheit geworden war. Ich sage damit nicht, es sei falsch – wenngleich ich meine eigenen Ansichten zu diesem Thema habe. Es ist mir klar, daß die Welt sich ändert. Man hört, es sei unvermeidlich. Aber das bedeutet nicht, daß ich mich mit ihr ändern muß. Denn täten wir es alle, wie entsetzlich öde wäre dann die Welt.

Und so kutschierten wir eines schönen englischen Sommertags nach Bucks Barn hinunter, wo das Match stattfinden sollte. Du konntest leider nicht mit von der Partie sein, weil Dich, wenn ich mich recht erinnere, die Pflicht in der beeindruckenden Gestalt von Madame rief. Es war mir aber gelungen, P.G.H. Fender, H.P. Chaplin, Jacker und W.J. Whitty – der mit den Südafrikanern in England weilte – zu überreden, mitzukommen und ein bißchen was auf die Beine zu stellen. Die ländliche Gegend war bezaubernd, nach frischgeschnittenem Gras und Sommerblumen duftend, und ich unterhielt die Burschen, indem ich meine liebsten Ella-Shields-Lieder sang. Mit einem Wort: Wir amüsierten uns prächtig.

Als wir uns dem Dorf näherten, geschah etwas äußerst Bewegendes, denn es hatte sich herumgesprochen, daß ich kam, und die Straße war von einfachen Leuten gesäumt, die mir einen herzlichen Empfang bereiteten. Selbst die umliegenden Hügel waren mit Hüte schwenkenden, unentwegt schreienden Einheimischen übersät. Ich war natürlich zutiefst gerührt, und als Jacker sich mir zuwandte und sagte, dies zeige, wie sehr die Menschen dieses Landes mich liebten, kam es mich recht hart an, meine Gefühle zu beherrschen – was ich aber dennoch tat, denn was, mein lieber Charlo, könnte schlimmer sein als ein flennender Prinz! Das Dorf war ein wahres Paradies, dessen Schönheit von keinem häßlichen neuen Gebäude verunstaltet wurde – nur schmucke Landhäuser überall und gepflegte Gärten, strahlend in der Blüte des Sommers. Der Kricketplatz lag im Schatten schöner, ausladender Linden, die sich majestätisch über den angrenzenden Kirchhof erhoben. Die buntgestreiften Zelte knatterten und flatterten in der Brise, ebenso wie die Flagge meines Fürstentums, die auf dem Pavillon prangte. Noch nie war ich so stolz auf den Löwen in unserem Wappen gewesen, das Zeichen unserer Loyalität zur britischen Krone.

Alles war herrlich und vollkommen, Jacker machte ein paar Läufe, und Fender führte einige kraftvolle Schläge vor, wobei er den Ball einmal so weit über die Zelte hinausbeförderte, daß es eine ganze Zeit dauerte, bis man ihn wieder herbeigeschafft hatte. Als die Reihe an mich kam zu schlagen, erhob sich die Menge von den Plätzen und spendete mir auf meinem Weg zur Linie einen herzlichen Applaus, zweifellos in der Erwartung, mit ein paar prachtvollen letzten Hieben königlich unterhalten zu werden. Der Himmel war wolkenlos, das frisch gewalzte *wicket* wohlriechend und eben. Der Werfer, ein schlaksiger, gutgebauter junger Mann mit lockigem blonden Haar, wollte gerade seinen Anlauf nehmen, als mich unvermittelt eine tiefe Erschöpfung überkam. Mein Schlagholz fühlte sich mit einem Mal entsetzlich schwer an, und ich wünschte mir in diesem Augenblick nichts sehnlicher, als einfach einschlafen zu können. Das war eine ganz verflixte Situation, denn ich wußte, daß das Publikum sich eine gute Leistung von mir versprach. Ich hörte die vertraute erwartungsvolle Stille rings um den Platz. Wie konnte ich die Leute mit einer müden Darbietung enttäuschen? Um etwas Zeit zu gewinnen und dabei meine Kräfte zu sammeln, bat ich den *bowler* zu warten und blickte in die Runde, als wollte ich überprüfen, wie er das Feld aufgestellt hatte. Mein Blick schweifte von den fernen Downs zu den Zelten, den Fahnen, dem verschwommenen Meer von Gesichtern, die mich in entsetzlicher Erwartung fixierten. Ich stand einfach so da, zu betäubt, um mich rühren zu können. Jetzt aber das Handtuch zu werfen hätte bedeutet, meinen Sportsgeist in Frage zu stellen.

Wie ich es schaffte durchzuhalten, kann ich aus dem einfachen Grund nicht sagen, weil ich mich nicht mehr erinnere. Ich schlug ein paarmal, soll sogar ein paar Sechser erzielt haben, aber es war so, als schwänge ein anderer das Schlagholz, oder besser gesagt: ich führte zwar selbst die Bewegungen durch, aber wie eine Marionette, deren Fäden ein anderer zog. Ich weiß nicht, wie lange ich schlug oder wie ich aus gemacht wurde (an der Grenze gefangen, vermute ich). Ich nahm das Publikum gerade noch wahr, als ich wie in Trance zum Zelt zurückkehrte. Drinnen angelangt, muß ich zusammengebrochen sein, denn ich kam erst nach Ende des Spiels wieder zu mir, als Jacker mich aus meiner Benommenheit rüttelte. Merkwürdigerweise fühlte ich mich wieder leicht wie eine Feder, aber als ich ihn fragte, wie viele Läufe ich geschafft hätte, brach er in Gelächter aus, als versuchte ich, ihn auf den Arm zu nehmen.

Es gab ein herrliches Dinner, an dem nicht nur alle Spieler, sondern auch deren Familien teilnahmen, die wunderschön sangen. Es wurden Toasts ausgebracht und Reden gehalten. Am erfreulichsten fand ich Jackers Ansprache, in der er die indischen Fürsten mit dem britischen Adel verglich. Er führte das äußerst schmeichelhafte Argument an, man könne kein Ranjitsinhji sein, ohne das Blut des Löwen in seinen Adern zu haben, während es genüge, eine brillante Spekulation im Kautschukgeschäft gemacht oder die Goldminen von Transvaal ausgebeutet zu haben, um an die Seite der ältesten englischen Adelsfamilien treten zu dürfen. Das war natürlich leicht übertrieben, obwohl ich die Richtigkeit seiner Betrachtung in bezug auf die Qualität einiger der Männer, die es in den Kolonien zu Rang und Namen gebracht haben, so schmerzlich es mir auch ist, nicht bestreiten kann. Wie oft habe ich mir gewünscht, alle führenden Männer im Empire wären Kricketspieler! Hätten sie sich nämlich der Charakterschulung und der Disziplin des Spiels unterzogen, fiele es ihnen leichter, als es tatsächlich der Fall zu sein scheint, zuerst und zuletzt an das Team zu denken. Die indischen Fürsten sind seit langem schon Mitglieder der Teams Großbritanniens; und auf leichten wie schwierigen *wickets* haben sie sich von jeher nach Kräften bemüht, für das Empire ein tüchtiges Schlagholz zu schwingen. Ich bin keineswegs sicher, daß dies von den Stellen, an denen die weitreichendsten Entscheidungen gefällt werden, auch gebührend gewürdigt worden ist. Diesen Umstand brachte ich in meiner Rede zur Sprache, ebenso wie ein paar andere, gefälligere Betrachtungen. Zur Erinnerung an diesen Tag überreichte ich jedem Mann eine goldene Schnupftabaksdose und den Damen Broschen aus burmesischen Rubinen. Diese kleine Geste scheint sie erfreut zu haben, denn am Ende standen alle auf und sangen »For He's a Jolly Good Fellow!«.

Es war, ich wiederhole, ein herrlicher Festtag. Aber hätte ich gewußt, was zur selben Zeit am anderen Ende der Welt, in meinem Geburtsdorf Sarodar geschehen war, hätte ich ihn gewiß nicht überstanden. Denn an diesem selben Abend, gerade, als ich hineinging, um im Dorfkricketmatch von Bucks Barn zu schlagen, hat meine liebe Mama in Jamnagar ihren letzten Atemzug getan. Sobald ich davon erfuhr, wußte ich, was mir am *wicket* widerfahren war: Auf eine geheimnisvolle Weise, die der menschliche Geist unmöglich ergründen kann, hatte mir meine liebe Mama ihren unmittelbar bevorstehenden Tod angekündigt. Und zu meiner ewigen Schande hatte ich ihrem Ruf kein Gehör geschenkt.

Ohne Mama war ich nur ein halber Mensch. Selbst Popsey bemerkte meine Niedergeschlagenheit, denn das liebe, sonst so gesprächige Vögelchen gab mehrere Tage lang nicht einen einzigen Laut von sich. Ich glaube fest daran, daß unsere tierischen Freunde ein Gespür für menschliche Stimmungen haben, ja diesbezüglich weit empfindsamer sind als die meisten unserer Mitmenschen, die ja größtenteils an sich selber denken. In jenem Winter schwiegen in Sarodar selbst die Krähen.

Ich werde nicht weiter über meiner Mutter Tod sprechen, denn die Erinnerung daran ist mir unerträglich. Laß uns statt dessen glücklicherer Tage gedenken! Es ist ein Segen, daß ich, wie widrig die äußeren Umstände auch sein mögen, meinen Optimismus niemals verliere – denn widrig waren die Umstände in meinem Staat wahrhaftig. Ungeachtet der Tatsache, daß ich mein Bestes tat, um das Los meiner Untertanen zu verbessern, starben noch immer viele infolge verschiedener Krankheiten und mangelnder Ernährung.

Namentlich die Pest hielt reiche Ernte unter der Bevölkerung. Die Regierung beharrte, sehr ungerechterweise wie ich meine, darauf, mir die Schuld zu geben.

Indes warst Du da, mich bei guter Laune zu halten. Besonders gern erinnere ich mich an unsere langen, zweisamen Nächte in Gir, in denen wir schweigend Zettel austauschten, während wir darauf warteten, daß der Panther sich der Beute näherte. Es war, als äußerte unser Schweigen viel tiefere Gedanken, als bloße Worte hätten ausdrücken können. Dieses innigste Band, das uns aneinanderkettet: könnte man es Liebe nennen? Gewiß, es ist nicht die Liebe, die Ehegatten verbindet, noch ist es die Liebe des Mannes zu irgendeinem anderen Lebewesen, sei es nun sein Pferd, sein Hund oder sein Papagei. Der Männerfreundschaft eignet aber etwas Einzigartiges, etwas, was, wie ich meine, über alle körperlichen Empfindungen hinausgeht, die der Mann für eine Frau hegen mag – und die schließlich von geringfügiger und überaus flüchtiger Natur sind. Ich liebe Frauen als Mütter und Töchter. Ich habe sie als Kameraden schätzen gelernt. Ja, in diesen letzten, schweren Jahren hat mir die Freundschaft von Miss Scott, die Du ja hier draußen kennengelernt hast, viel Trost gespendet. Aber der bloße Gedanke an physische Intimität würde die ganze Angelegenheit verderben, etwas Reines und Schönes zu etwas bloß Animalischem herabwürdigen. Doch unsere Freundschaft, mein lieber Charlo, steht höher noch als meine Gefühle für Miss Scott; sie kann eine Art Liebe genannt werden; ja, ich würde sogar so weit gehen zu behaupten, daß sie die reinste Liebe überhaupt ist.

Nichts bringt Männer einander so nah wie eine schöne Pirsch, vorzüglich in der Wildnis. Obwohl ich nie an Deinen Qualitäten eines echten englischen Gentleman gezweifelt habe, machte Dein Verhalten bei Deinem ersten *shikar* hier draußen einen ungeheuren Eindruck auf mich. Es muß eine ziemliche Enttäuschung für Dich gewesen sein, als an Stelle des erwarteten Gentleman sich eine Pantherdame darauf versteifte, uns immer wieder vor die Büchse zu treten. Ich bot Dir die Gelegenheit, sie zu schießen, und ein Mann von geringerem Seelenadel hätte sie zweifellos, ohne zu zögern, beim Schopf ergriffen. Ich weiß es, weil ich selbst Vizekönige so habe handeln sehen in ihrer Begier, eine Trophäe zu erbeuten. Die Wahrheit zu sagen, hatten manche dieser Jagdexpeditionen herzlich wenig mit Sport zu tun, da es für mich ein schlichtes Gebot der Höflichkeit war, dafür Sorge zu tragen, daß meine Gäste nicht mit leeren Händen abreisten. *Das* konnten wir zwar einrichten, doch bezüglich des Geschlechts des Tieres konnten wir nicht immer wählerisch sein. Nicht, daß die Leute überhaupt darauf geachtet hätten: dafür waren sie viel zu sehr damit beschäftigt, sich über ihr weidmännisches Können zu freuen. Du aber, mein lieber Charlo, warst anders; Du hättest nie auf eine Dame geschossen. Das gefiel mir an Dir mehr, als ich sagen kann.

Natürlich war es eine Sache, in einem Unterstand zu sitzen und auf seinen Gegner zu warten, aber eine ganz andere, auf einen Panther zu schießen, der am hellichten Tag durch die Gegend spazierte. Das sind die Situationen, die eines Mannes Nerven auf die härteste Probe stellen. Wenn ich Dir unsere wilde Jagd ins Gedächtnis zurückrufe, dann nicht nur, um in Erinnerungen zu schwelgen, so beglükkend sie für mich auch sein mögen, sondern um ein Geständnis abzulegen – das erste von zwei Geständnissen, um genau zu sein, doch davon später mehr.

Es begann, wie Du dich entsinnen wirst, folgendermaßen: Du mußtest noch Deinen ersten Panther schießen, als ich Dir mitteilte, Du habest Glück, weil Dörfler etwas Passendes für Dich gefunden hätten. Wir brachen im Automobil auf, um das Tier aufzuspüren. Ich nahm meine besten *shikaris* mit, was sich später ja als ein wahrer Segen erwies, und trug den Männern des Dorfes auf, das Raubtier aus seinem Versteck zu treiben. Unglücklicherweise verletzte einer der Männer den Panther mit einem Stein, was bedeutete, daß wir es jetzt mit einer wütenden und sehr gefährlichen Bestie zu tun hatten. Wenn der Bursche, den Du »Rotbart« nanntest, sich nicht ohne einen Augenblick des Zögerns dem Panther in den Weg geworfen hätte, wären wir mit einiger Wahrscheinlichkeit ziemlich übel zugerichtet worden. Er opferte sein Leben, weil ich sein *bapu* war. So groß ist die Treue meines Volkes. Es war wirklich jammerschade, denn er war einer meiner mutigsten und geschicktesten *shikaris*. Doch Du wichst nicht von der Stelle, schossest, ohne mit der Wimper zu zucken, und trafst den Panther direkt hinter den Ohren.

Es geschah, glaube ich, nicht lange danach, daß Du Dein religiöses Erlebnis hattest. Als ein Mann, der sich einiges auf seine wissenschaftliche Denkart zugute hält, habe ich spirituellen Fragen vielleicht nie genügend Aufmerksamkeit geschenkt. Was nicht heißen soll, daß es mir an Glauben fehlte, denn das ist ganz gewiß nicht der Fall. Tatsächlich habe ich von jeher unsere Götter geachtet, genauso wie andere die ihrigen respektieren. Aber in den meisten Dingen neige ich doch dazu, der vernünftigen Erklärung gegenüber allen mystischen Phantastereien den Vorzug zu geben – ganz anders übrigens als die meisten Menschen meiner Rasse, die praktisch in allem, was sie sehen oder tun, die verborgene Hand überirdischer Mächte entdecken.

Es war natürlich ebendieser Aspekt meiner Heimat, der Deine Einbildungskraft fesselte. Du hörtest überhaupt nicht mehr auf, von der Spiritualität Indiens zu sprechen, und es war offensichtlich, daß Du Dich nach einer religiösen Erfahrung nicht minder sehntest als danach, einen Panther zu erlegen. So sehr ich auch bestrebt bin, die Wünsche meiner Gäste zu befriedigen: *das* war leider etwas, womit ich Dir nicht dienen konnte. Als ich aber vom Hohenpriester erfuhr, daß er Dir an Herrn Krishnas Teich begegnet sei und Dich auf die übliche Weise, indem er Dir eine Blume an die Stirn drückte, gesegnet habe, schien gewissermaßen der Himmel selbst eine günstige Gelegenheit geschaffen zu haben. Ich wies deinen Jagdburschen an, jeden Morgen, bevor Du aufwachtest, einen frischen *tika* auf Deiner Stirn anzubringen. Als Du später zu mir kamst und mir in einem Zustand hoher Erregung vom Segen des Brahmanen und der darauffolgenden Erscheinung des roten Mals erzähltest, brachte ich es nicht über mich, Dir die Wahrheit zu gestehen. Ich muß zugeben, daß mich die Sache sogar ein wenig amüsierte, und ich ergreife jetzt die Gelegenheit, Dich wegen dieses kleinen Streiches um Verzeihung zu bitten.

Aber sei nicht enttäuscht, mein Freund, denn man kann nicht behaupten, Deine religiöse Erfahrung sei nicht vollkommen authentisch gewesen. Im Gegenteil, sie war es, höchstwahrscheinlich, denn solche Dinge spielen sich ausschließlich im Kopf ab. Ich habe lediglich ein sichtbares Zeichen beigesteuert, nicht anders als die Schminke eines Schauspielers, die den Wert des Stücks mit Sicherheit um keinen Deut verringert. Ebensowenig wie absolute Schönheit kann es etwas wie eine absolute Wahrheit geben, denn beides ist eine Frage der Wahrnehmung. Das ist auch der Grund, weshalb der Inder problemlos mit Vorstellungen leben kann, die dem modernen abendländischen Denken als absolut widersprüchlich erscheinen würden. Laß es mich wiederholen, mein lieber Charlo: die Wahrheit Deiner Erfahrung kann unmöglich von einem bißchen rote Farbe abgehangen haben.

Ich kann jetzt förmlich hören, wie Du sagst: »Aber Ranji, wenn du wirklich ein solcher Rationalist bist, wie du sagst, wie kannst du dann den Voraussagen deines Pandit soviel Bedeutung beimessen?« Und ich könnte nur antworten, daß Du vollkommen recht hast: es *ist* paradox. Hier haben wir also ein Beispiel für die Widersprüche, die Seite an Seite im indischen Bewußtsein bestehen können – und ich kann nicht leugnen, daß ich trotz meiner westlichen Erziehung dem Geiste nach noch immer ein Inder bin. Vielleicht ist es Männern wie mir bestimmt, in sich einen niemals endenden Kampf zwischen Wissenschaft und Magie, zwischen dem rationalen Verstand und den Geheimnissen des Geistes auszutragen. Allerdings muß der Fairneß halber gesagt werden, daß die Voraussagen meines Pandit sich bei so vielen Gelegenheiten als absolut zutreffend erwiesen haben, daß es keinerlei Glauben an Hexerei bedarf, um jedwede seiner Äußerungen ernst zu nehmen. Das Problem ist, daß man nicht immer versteht, was er meint. Nur ein Beispiel: In jenem Sommer, 1914, sagte er mir in Bombay voraus, ich würde eine lange Reise antreten, von der ich gesund, aber mit beeinträchtigtem Sehvermögen zurückkehren würde. Ich muß gestehen, daß ich mit dieser Aussage nichts anfangen konnte, aber der Pandit war keiner, der sich zu Erklärungen herabließ.

Kaum eine Woche später, in diesem glühenden August (wie ich die indischen Sommer haßte!), brach in Europa der Große Krieg aus. Ich begriff augenblicklich, daß es in dieser Stunde der Gefahr nur eines gab: Unbedeutende Differenzen mit der Regierung sollten schleunigst begraben werden, und wir alle mußten dem Rufe folgen, denn hätte sich Indien auch nur für einen Augenblick knauserig gezeigt, wäre das Urteil der Geschichte vernichtend ausgefallen. Ich gab Order, daß jeder Vermögenswert meines Staates künftighin dem Empire zur Verfügung gestellt werden sollte. Natürlich waren mir die Schwierigkeiten, mit denen mein Volk damals zu kämpfen hatte, nicht unbekannt, denn wir hatten ein weiteres trockenes Jahr gehabt, aber ich war absolut zuversichtlich, daß jeder, Mann wie Frau, sich mit Freuden am Riemen reißen und sein Bestes geben würde, wenn die Ehre auf dem Spiel stand.

Wie sich herausstellte, war mein Volk von einer grenzenlosen Großzügigkeit. Die Kuhhirten der Barda Hills, wo ich so viele schöne Jagden erlebt hatte, spendeten Kleidung, Zigaretten, Decken, Teppiche, Laken, Handschuhe, Schuhe und Saufedern in einem Gesamtwert von zehntausend Pfund. Vierzehntausend Pfund gingen an das Rote Kreuz, siebentausend wurden für den Ankauf von Flugzeugen und zehntausend für Munition gespendet. Wir steuerten Zelte bei, Motorfahrzeuge und Ochsenkarren. Mein gesamter Vorrat an Portwein wurde zur Verwendung als Alkohol in Feldlazaretten nach Frankreich verschickt, und mein Haus in Staines wurde zu einem Offiziershospital umfunktioniert. Und die Nawanagar State Imperial Service Lancers gingen in Bombay an Bord, um Schulter an Schulter mit der britischen Armee zu kämpfen. Sie taten es voller Stolz, da dies jedem einzelnen Mann die Gelegenheit gab zu zeigen, daß in der Brust der Rajputen noch immer der alte Kriegergeist loderte – mochten sie nun das düstre Wehrkleid des Abendlandes tragen oder die prächtigen Seidengewänder des Ostens.

Es war für uns, wie für jeden reinblütigen Engländer, die Zeit gekommen, das höchste Opfer zu bringen, um die Unversehrtheit unseres großen Empire und seines unbefleckten Namens zu gewährleisten. Natürlich meldete auch ich mich freiwillig zur Armee und wurde zu meinem Entzükken Feldmaschall Sir John French als Adjutant zugeteilt. Wir wurden in Bombay eingeschifft, und ich kann ehrlich sagen, daß ich trotz der häufig ziemlich rauhen See die Überfahrt zum erstenmal wirklich genoß. Mit den Männern der Inniskilling Dragoon Guards kam ich auf Anhieb ganz famos zurecht, obwohl es manchen von ihnen an Umgangsformen und Schliff fehlte. Ihre Munterkeit und vorbildliche Moral waren mir eine unschätzbare Lehre. Trotz des Ernstes unserer Mission verloren die Männer nie ihren Sinn für Humor. Wir führten ein paar herrliche Scharaden auf. Natürlich wußten die Burschen alle, wer ich war, und man dichtete mir zu Ehren ein Lied, betitelt »Ranji prügelt die Hunnen vom Feld«, das zur Melodie von »John Brown's Body« gesungen wurde.

Ich fühlte mich in der Armee so heimisch, daß ich mich bisweilen fragte, ob ich nicht meine wahre Berufung verfehlt hatte. Das Militärleben erschien mir wie eine große Bruderschaft, eine echte Freimaurerei. Die Entbehrungen einer großen Gruppe von Männern zu teilen schenkte einem ein einzigartiges Selbstwertgefühl. Natürlich war es nicht immer ein reines Vergnügen, und man mußte Befehlen gehorchen, anstatt selbst welche zu geben. Geduld und Seelenstärke sind in der Armee von wesentlicher Bedeutung, weswegen das Angeln auch so nützlich ist, weil diese zwei Eigenschaften gleichermaßen unerläßlich sind, wenn es darum geht, eine scheue Forelle zu ködern oder mit den Launen ranghöherer Offiziere fertig zu werden.

Meine Laufbahn in der Armee stand allerdings von Anfang an unter einem schlechten Stern, denn ich wurde entsetzlich asthmatisch, kaum daß wir in London angekommen waren. Gott sei Dank erwies sich der General als ein recht patenter Kerl, und ich war bald kampffähig und bereit, nach Frankreich abzumarschieren. Zu meiner großen Enttäuschung wurde ich allerdings nicht an die Front geschickt, sondern erhielt den Befehl, in der Etappe zu bleiben. Ich sah nicht ein, welchen praktischen Nutzen es für das große Ganze haben konnte, daß man in einem absolut komfortablen französischen Hotel einquartiert war und mit höheren Offizieren Bordeaux trank, während es an der Front soviel zu tun gab. Es kam mir wahrhaft so vor, als ob meine Anwesenheit eher als eine Belastung empfunden würde und als ob die Armee mehr Verwendung für meine Wagen als für mich selbst hätte. Die ganze Zeit über brannte ich darauf, in die Kampfhandlungen einzugreifen und meinen Arm an den Hunnen zu erproben, und wenn auch nur, um eindeutig klarzustellen, daß ich kein bloßer Zinnsoldat und zu meinem Vergnügen hier war, sondern ein brauchbarer Offizier, fähig und willens, meinen Teil beizutragen.

Es erschien mir nur fair, daß ich wenigstens sehen sollte, wie es den indischen Soldaten erging, daher war ich höchst erfreut, als man mir die Erlaubnis erteilte, sie an der Front zu besuchen. Und ich muß sagen, daß sie sich der gewaltigen Aufgabe in mustergültiger Weise gewachsen zeigten. Ihr Elan und ihr Schneid brachten ihnen den Respekt aller britischen Offiziere ein. Ich werde nie den Anblick dieser Männer vergessen, die wie Helden fochten, während sich ihre Reihen, sei es durch feindliches Feuer, sei es durch Krankheit und die schneidende Kälte, täglich mehr lichteten. In der Luft lag ein Geruch von Tod, Sinnbild höchster Selbstaufopferung für das Gemeinwohl. Der Anblick dieser tapferen Männer, die, so durchgefroren, so erschöpft, so fern der Heimat, ohne zu kneifen ihre mannhafte Pflicht erfüllten, war genug, um einen zu Tränen des Stolzes zu rühren. Ich sah zu, wie sie in immer neuen Wellen zum Angriff stürmten, damals noch nicht durch Stahlhelme geschützt, und ihr junges Leben hingaben für die Ehre ihres König-Kaisers, ihres Landes und ihres Empire.

Als uns die Ehre einer königlichen Inspektion durch den Prince of Wales zuteil wurde, achtete ich peinlich darauf, daß jeder Mann so gepflegt aussah, wie es unter den gegebenen Umständen irgend möglich war. Für diesen Anlaß waren im Namen der Frauen Englands eine Fahne und ein Schild angefertigt worden, die der indischen Armee in Anerkennung ihrer Dienste am Empire überreicht werden sollten. Ich hatte die Ehre, die Reliquien im Namen der Armee entgegenzunehmen. Die Ansprachen waren sehr schön, wenn auch vieles leider unhörbar blieb, da die deutschen Granaten einen furchtbaren Lärm verursachten.

Ich konnte nicht lange bei den Männern bleiben, denn ich wurde schon bald zum Hauptquartier des Oberbefehlshabers zurückbeordert. Außerdem hatte die bittere Kälte einen schlimmen Anfall von Asthma ausgelöst, auch wenn ich mir in meiner Winterausrüstung – warme Sachen und mehrere Mäntel – wie ein Baumwollballen vorkam und auch so aussah. Wieder im Hauptquartier, wurde ich als Brigdepartner des Feldmarschalls abgestellt, was vermutlich keine gänzlich nutzlose Tätigkeit war, da das Spiel dessen stark beanspruchte Nerven beruhigte. Es war auf jeden

Fall eine strapaziöse Aufgabe, denn der Oberbefehlshaber war ein begeisterter Spieler, was bedeutete, daß ich rund um die Uhr zur Verfügung stehen mußte, um jederzeit antreten zu können, wenn ihm der Sinn nach einem weiteren Robber stand. Da sich Niederlagen katastrophal auf die Laune des Oberbefehlshabers auswirkten und da sein Können in keinem direkten Verhältnis zu seinem Eifer stand, oblag mir die Aufgabe, seine Moral zu stärken, indem ich ihn gewinnen ließ, ohne den Eindruck zu erwecken, *daß* ich es tat. Der Moral des Oberbefehlshabers kam natürlich sehr große Bedeutung zu, aber sie war nicht das, weswegen ich mich nach Frankreich gemeldet hatte, und das machte die schmeichelhaften Anspielungen auf meine Person in den britischen Zeitungen absolut sinnlos: »Was möchte Ranji mit den Deutschen tun? An die Spielfeldgrenze treiben.« Genau das hätte ich wirklich gern getan, wenn man mir auch nur die kleinste Chance dazu geboten hätte.

Dieses erste Kriegsjahr brachte auch einen weiteren Grund zu großer Trauer, den Tod von Feldmarschall Earl Roberts, dem Oberbefehlshaber der indischen Streitkräfte. Er wurde von allen Indern geliebt, da er in unserem Land aufgewachsen und mit den Sitten der Eingeborenen bestens vertraut war. Als daher seine sterblichen Überreste zwecks Verschiffung nach England zur Küste gefahren werden sollten, hielt man es für angebracht, daß ein Inder im Lastkraftwagen bei seinem Leichnam säße. Mehrere von uns meldeten sich freiwillig für diese Aufgabe, mit der schließlich Sir Pratap Singh betraut wurde: Stolz quetschte er sich zwischen den Fahrer und den verblichenen Feldmarschall, der, noch immer in voller Uniform, aufrecht dasaß und wahrhaftig ganz den Eindruck erweckte, als sei er noch lebendig. Als sie den großen Soldaten vorbeifahren sahen, erwiesen ihm seine treu ergebenen Truppen zum letztenmal die Ehrenbezeigung, und Sir Pratap erwiderte schneidig die Grüße, auch wenn viele der Männer sich gefragt haben dürften, wer zum Teufel er eigentlich war.

Nicht lange danach befand auch ich mich wieder in England, um Frostbeulen und Asthma zu kurieren. Wie sehnte ich mich danach, in Frankreich zu sein! Wie nutzlos fühlte ich mich als ewiger Zwölfter, der das große Match in der zweifelhaften Geborgenheit des Pavillons aussaß! Zu sagen, daß der gleichfalls zur Untätigkeit verdammte Sir Pratap und ich vor Ungeduld fieberten, wäre noch stark untertrieben. Du hattest wenigstens alle Hände voll damit zu tun, Knaben zu erziehen, und konntest Dir und Madame schmeicheln, Hundertschaften von Kämpfern hervorzubringen. Es muß Euch beide mit großem Stolz erfüllt haben, zu sehen, wie die Früchte Eurer Arbeit der Welt zeigten, aus welchem Holz sie geschnitzt waren.

Was mich anging, mein Freund, was war ich schon anders als bloßer Zierat, ein hübsches Ding, dessen einzige Funktion darin bestand, Helden zu unterhalten, die den größten Krieg in der Geschichte der Menschheit ausfochten? Doch das war mein Schicksal, mein Pech, wenn Du so willst, und gegen den Schiedsspruch der Parzen konnte ich herzlich wenig ausrichten.

Mein Freund Subhas vertrat eine interessante Theorie über das viktorianische Kricket. »Kricket«, sagte er zu mehreren Gelegenheiten, »ist ein indisches Spiel, das zufällig von den Engländern entdeckt wurde.« Wann immer er das sagte, warf er mir einen verschmitzten Blick zu und wartete darauf, daß ich ihn fragte, wie er das meinte. (Das war unser kleines Ritual.) Ich fragte ihn, wie er das meinte. Woraufhin er die Stirn in Falten legte, seine Hände über dem Bauch verschränkte und erklärte:

»Deswegen, mein Freund, weil die Inder an das Schicksal glauben. Bei keinem anderen Spiel ist der Erfolg jedes einzelnen Spielers so sehr vom Schicksal abhängig wie beim Kricket. Sicher, sicher … Können spielt eine gewisse Rolle. Das kann keiner bestreiten.« Er runzelte erneut die Stirn, als fordere er mich heraus, das zu bestreiten. »Aber ebenso das Wetter, der Zustand des *wicket*, das Pech, einen unspielbaren Ball serviert zu bekommen, der das Schicksal des Schlagmanns besiegelt. Nur der Schlagmann hat ein einziges Leben, aber, wie der Philosoph Ramchandra Gandhi es einmal formulierte, er hat zugleich die Aussicht auf eine Reinkarnation im zweiten *innings*.« Diese Trouvaille erfreute ihn offensichtlich, denn sein finsterer Blick wich einem strahlenden Lächeln.

Aber galt das nicht für viele andere Spiele auch? Was war mit Baseball?

»Nein, nein, absolut nicht. Baseball ist ganz anders.«

Inwiefern?

»Schau, beim Baseball bleibt viel weniger dem Schicksal überlassen. Ich möchte wiederholen, daß das Schicksal der wesentliche Faktor beim Kricket ist. Der Kricketspieler muß lernen, mit dem Schicksal umzugehen, es freundlich zu stimmen, es zu beschwichtigen, sogar sich ihm zu ergeben. Und wie bei den meisten Spielen hat man beim Baseball immer ein Ergebnis. Beim Kricket kann eine Mannschaft viel stärker als die andere sein und viel besser spielen und trotzdem nicht gewinnen. Die spannendsten Matchs enden oft mit einem Unentschieden, nicht selten aus Gründen, die sich der menschlichen Einflußnahme entziehen – mit einem Wort: Schicksal! Wenn also Erfolg, mit Weber gesprochen, nicht notwendigerweise etwas damit zu tun hat, daß man das Spiel gewinnt, womit dann?«

Nun, womit?

»Mit Charakter, damit, wie die Akteure ihre jeweilige Rolle spielen, wie sie mit dem Schicksal zurechtkommen. Ein guter Verlierer zu sein gehört wie kaum etwas anderes zum Spiel. Es beweist Charakter, ein stoisches Hinnehmen des Schicksals. Es beweist, wie ein hervorragender Gelehrter in einem anderen Zusammenhang einmal sagte, die Vornehmheit des Scheiterns. Und deswegen, mein Freund, ist Kricket ein indisches Spiel – es ist, wenn du die Anmaßung gestattest, die *Bhagavadgita* als viktorianisch-englische Moralität verkleidet. Das klingt schon anders als C. L. R. James' Behauptung, ein guter

Schlagmann sei, wie er es formulierte, ein ›genus brittanicus‹, meinst du nicht auch? Nein, mein Freund, er ist ein ›genus indicum‹, denn wir haben uns das bewahrt, was die modernen Briten mit ihrer Professionalität und ihrem Materialismus längst verloren haben – einen Sinn für die klassische Reinheit des Spiels. Wir, mußt du wissen, sind die letzten Amateure.«

Da wir schon von Pech reden, möchte ich Dich über mein Mißgeschick ins Bild setzen, über das so viele Legenden kursieren und nur wenige Menschen die Wahrheit wissen.

Was tatsächlich geschah, war folgendes: Ich beschloß, dem Vikar von Gillingham, der mein Tutor in Cambridge gewesen war, einen Besuch abzustatten. Er war ein ziemlich eifriger Schütze, und da ich mich selbst ein wenig überreizt fühlte, pachtete ich eine Jagd und lud etliche Sportsmänner aus der Umgebung ein. Das Wetter war kalt und feucht und das Gelände so schlammig, daß wir von den Treibern Holzplanken auslegen lassen mußten, damit wir auf unseren Schießständen nicht ausrutschten. Den meinigen teilte ich mit der Tochter des Vikars, einer bezaubernden jungen Dame mit Namen Clara. Nun hatte ich bereits, als die Vögel zum erstenmal herübergeschickt worden waren, gemerkt, daß unser Nachbar ein etwas unberechenbarer Schütze mit einem hitzigen Temperament war. Er brüllte in einem fort, als seien die Vögel seine Todfeinde, und schoß in seiner Erregung selbst dann noch weiter, wenn seine Flinte fast genau auf die Front der Jäger zielte. Ich machte mir Sorgen, daß Clara verletzt werden könnte, und achtete beim zweiten Durchgang darauf, daß ich zwischen ihr und unserem leidenschaftlichen Freund stand; und ich tat gut daran, denn diesmal kamen die Vögel wie aus der Pistole geschossen herangeflogen, und die Luft erdröhnte im Nu von Gewehrfeuer. Mein Nachbar brüllte etwas von Bastarden, die er töten wolle, und ehe ich mich versah, hatte er mich im Visier. Ich versuchte, mein Gesicht, so gut es ging, mit dem Arm zu schützen, aber – mein übliches Glück! – eine Schrotkugel fand offenbar irgendwo eine Lücke und traf mein rechtes Auge. Es floß ein wenig Blut, aber da ich nicht die Absicht hatte, die Jagd wegen einer solchen Kleinigkeit zu unterbrechen, machte ich weiter bis zum Schluß. Es wird Dich vielleicht interessieren zu erfahren, daß ich trotz eines gewissen Schwächegefühls von der linken Schulter aus weiterschoß und bei zwölf Schüssen zehn Treffer erzielte.

Ich glaube, ich verhielt mich so, wie Du es von jemandem, den Du zu Deinen Freunden zählst, erwartet haben würdest, und auch meine liebe Mama hätte sich keine andere Handlungsweise von mir gewünscht. Mit tiefer Dankbarkeit und nicht unbeträchtlichem Stolz empfing ich einen überaus huldvollen Brief vom Repräsentanten Seiner Majestät des Königs. Ich hoffe, Du wirst mir die Unbescheidenheit nachsehen, wenn ich daraus zitiere, aber es kommt nicht oft vor, wie Du zugeben mußt, daß ich mein eigenes Lob singe. Seine Majestät, hieß es darin, beglückwünsche mich »zu dem beachtlichen Erfolg, der Ihre Bemühungen krönte, aus der linken Schulter zu schießen, nachdem Sie sich eine schwere Verwundung am rechten Auge zugezogen hatten. Es war in der Tat tapfer von Ihnen, weiterzuschießen und dann noch den Heimweg von drei Meilen zu Fuß zurückzulegen.« Ich büßte bei dieser Geschichte natürlich mein Auge ein, aber das einzige, was ich bedaure, ist die Tatsache, daß ich es, oder sonst einen Teil meines Körpers, nicht in Frankreich verlor.

Was den Burschen anbelangt, der mich anschoß, so habe ich nie seinen Namen preisgegeben, und ich sorgte dafür, daß er zu meiner nächsten Jagd eingeladen wurde. Ich kann Dir jetzt allerdings verraten, daß ich den Band über das Schießen aus der Reihe »Fur and Feather«, in dem ich zuvor ein paar Passagen mit roter Tinte angestrichen hatte, in sein Zimmer schmuggelte. Er nahm die Sache, wie man mir berichtete, mit guter Miene auf und räumte dem Buch einen Ehrenplatz auf dem Tisch in seinem Salon ein – obgleich ich nicht beschwören würde, daß er sich je die Mühe machte, es auch nur aufzuschlagen!

In der Zwischenzeit wurden in Europa die großen Schlachten ausgefochten, und die indischen Clanchefs durften sich noch immer nicht daran beteiligen. Bikaner hatte die ganze Angelegenheit so satt, daß er nach Indien zurückkehrte, und ich folgte ihm – widerstrebend – bald nach. Der Grund dafür war, daß meine Schwester mit dem Maharadscha von Jodhpur verheiratet wurde – fraglos eine äußerst vorteilhafte Partie – und die Regierung darauf beharrte, daß ich der Zeremonie persönlich vorstehen sollte. Ich muß daraus erschließen, daß meine Anwesenheit in England als störend empfunden wurde, denn es konnte keinen anderen Grund dafür geben, mich von den europäischen Schlachtfeldern zu verbannen, auf denen die Zukunft unserer Zivilisation gegen die Kräfte der Barbarei verteidigt wurde. Ich kann allerdings zu meiner Freude berichten, daß die Ehre der Familie aufs beste von meinem Cousin Dajiraj gerettet wurde, der in Frankreich fiel, nachdem er sich bei Ypres ausgezeichnet hatte. Armer Dajiraj! Sein Verlust war sehr schmerzlich. Doch sein Name und sein Andenken werden niemals untergehen, und er erfüllte uns mit Stolz: Stolz auf unser Geschlecht, unser Haus und unsere Rasse. Er lebte und starb als wahrer Rajpute – offengestanden beneidete ich ihn.

Ich hörte Inder ein einziges Mal über den Tod sprechen. Nicht, daß er zu jung gewesen wäre, um an seine eigene Sterblichkeit zu denken, denn Menschen jeden Alters neigen mitunter zu morbiden Gedanken. Aber das traf auf Inder nicht zu. Ich hörte ihn eines Nachts in Delhi über den Tod sprechen, nachdem wir mit einem englischen Literaten namens Rigby zu Abend gegessen hatten. Er war ein Bekannter Inders, ein alternder Homosexueller, der den größten Teil seines Lebens mit der rastlosen, weltumspannenden Suche nach Arkadien zugebracht hatte – das heißt, Knaben, Knaben und nochmals Knaben; insbesondere Eingeborenenjungen, die nur zu gern bereit waren, einem reichen weißen Herrn im Austausch gegen einige Krumen von seiner zugegebenermaßen üppig gedeckten Tafel gefällig zu sein. Für uns nichts weiter als ein komischer alter Kauz, symbolisierte er für sie unermeßlichen Reichtum, Abenteuer, die große weite Welt. Es war ein fairer Austausch von Träumen: ein Arkadien der Unschuld und exotischen Schönheit und straffreien Sexualität gegen ein anderes, in dem die Straßen goldgepflastert waren. Es ist schwer zu sagen, welches von beiden illusorischer war.

Jedenfalls erzählte uns Rigby, er kehre jetzt endlich nach England zurück. Nachdem er jahrelang auf Borneo und Zypern, in Bagdad und Bangkok und anderswo gelebt hatte, wollte er sich in einem freundlichen Häuschen im Südwesten von England zur Ruhe setzen. Dort, so dachte er, würde er endlich das Glück finden – Rosen beschneiden, den Vikar zum Tee einladen … Es klang wie das mythische England, dessen Bild Kolonialbeamte in den einsamen Außenposten des Empire verfolgt hatte: das kleine Fleckchen England, das immer winkte und immer enttäuschte. Ich mußte an das Haus meiner Großeltern in Berkshire denken, nicht weit vom Dorf, wo Tom Brown geboren wurde. In meiner Erinnerung war das Leben dort eine endlose Folge von Dorffesten auf dem Rasen meiner Großeltern, feuchtfröhlichen Silvesterabenden, Kricketmatchs, nachmittäglichen Spaziergängen durch schlammige Felder, dazu das leise Klirren von Teetassen im Salon, das Wiehern vorbeitrabender Pferde, der Geruch von Mackintoshs im Nieselregen, und mein Großvater in seinem weißen Tropenanzug, der das Currygericht für das beste seit seiner Zeit in Indien erklärte und mit sanfter Ironie sein Engländertum inszenierte.

Aber Rigby wirkte zu kultiviert für die rührseligen Träume kolonialer Außenposten, also fragte ich ihn, warum er zurückkehrte. Er sah mich mit einem wässerigen Glitzern in seinen grauen Augen von der Seite an und sagte, er wünsche, in England zu sterben, und rechne damit, daß selbiges bald geschehen würde. Wir lachten beklommen und sagten nichts weiter dazu. Rigby begab sich in sein Hotel, und Inder und ich genehmigten uns noch einen letzten Drink.

Plötzlich meinte Inder aus heiterem Himmel: »Natürlich hat er völlig recht.«

Wer recht habe, fragte ich, und womit? Inder schien mich nicht gehört zu haben.

»Ich werde im Pandschab sterben«, sagte er und starrte an mir vorbei auf die Wand.

Aber Inder, sagte ich, du bist doch nicht mal da geboren. Wieder reagierte er nicht, sondern monologisierte weiter, wie in Trance: »Das wurde mir klar, als ich in Lahore war. Es war, als sähe ich zum erstenmal die Landschaft meines Herzens. Ich hatte sie schon früher in meinen Träumen gesehen, und sie war genauso, wie ich sie mir vorgestellt hatte – die ockerfarbenen Straßen, der rote Stein der Altstadt, die Gärten, die nach Rosen dufteten. Meine Mutter hat die Stadt ihrer Kindheit nie vergessen, und sie gab sie weiter an mich. Sie pflanzte die Bilder in meine Träume. Sie wird nie dahin zurückkehren können, aber ich werde dort sterben, das weiß ich.«

Ich sagte nichts mehr. Aber als ich mich ungefähr sechs Monate später nach Rigby erkundigte, sagte man mir, er sei in Manila. Er hatte es nicht länger als einen Sommer im Südwesten Englands ausgehalten und jede einzelne Minute davon verflucht.

Tief bekümmert, mein lieber Charlo, war mein Herz, als ich in meinen Palast in Jamnagar zurückkehrte, und nichts, was ich dort sah, trug dazu bei, meine düstere Stimmung zu vertreiben. Die diesjährige Dürre hatte ungeheures Elend verursacht, und mein Volk hungerte. Nichtsdestoweniger war es keine Frage, daß wir in unseren Bemühungen, uns an den Kriegsanstrengungen, und zwar unter erheblichen Kosten, zu beteiligen, nicht nachlassen würden. Unser Staat wurde, was die Anzahl der jungen Männer, die ihr Leben im Dienst Seiner Majestät hingegeben hatten, anbelangte, von keinem anderen übertroffen. Es erschien daher in höchstem Grade billig, die Regierung um ein Darlehen zu bitten, das es mir gestatten würde, die Hochzeit meiner Schwester in angemessener Form auszurichten. Das Darlehen wurde, nach den üblichen Verzögerungen, auch tatsächlich bewilligt, aber hätte ich nur geahnt, was für Schwierigkeiten deswegen auf mich zukommen würden, hätte ich mich mit Sicherheit nicht darum bemüht.

Die Angelegenheit sei viel zu kostspielig gewesen, erklärte man mir, als ob die Heirat zwischen zwei bedeutenden Rajputenfamilien etwas wäre, bei dem man auf den Pfennig sehen darf. Aber wie hätten diese Leute auch imstande sein können, solche Überlegungen nachzuvollziehen – die meisten von ihnen sind nicht einmal Gentlemen gewesen. Ein Gentleman ist man nicht aufgrund seiner Geburt, sondern aufgrund von Erziehung. Seine Manieren sind sein Empfehlungsschreiben. Und genau daran mangelt es diesen Schurken, die unser Empire verwalten sollen.

Die Dürre war natürlich ein großes Pech, aber schließlich wurde ich ja immer vom Pech verfolgt. Ich hatte zunehmend das Gefühl, als sei es mir vorbestimmt, ewig mit Schwierigkeiten zu kämpfen. Ich war wie jeder andere auch betroffen zu erfahren, daß täglich Hunderte von Menschen starben, und der Gedanke, daß ihre Leichname im Freien herumlagen und Geiern und wilden Tieren zum Fraß dienten, ließ mich schaudern. (Tatsächlich erließ ich die Anordnung, daß die Straßen vor Sonnenaufgang gereinigt werden sollten.) Aber mich für die Hungersnot verantwortlich zu machen war schlichtweg lächerlich. Die Regierung Indiens nutzte auf unfaire Weise ein mageres Jahr aus, um mir Bedingungen zu diktieren, die, offen gesagt, ehrenrührig waren. So sollte mir beispielsweise irgend so ein Brite als ständiger Verwalter meiner Finanzen aufgenötigt werden. Der Brief, mit dem ich über diesen Beschluß in Kenntnis gesetzt wurde, war zwar als vertraulich ausgewiesen, aber jeder im Staat kannte seinen Inhalt. Ich fühlte mich zutiefst verletzt und entschied, daß ich, konnte ich Darlehen nur unter solchen Bedingungen erhalten, künftig dankend darauf verzichten würde, denn ich wollte lieber unseren Gürtel enger schnallen, als von dieser Regierung noch etwas zu borgen.

Um mich von allen weltlichen Geschäften abzulenken, beschloß ich, den Wiederaufbau meiner Stadt endlich ernsthaft in Angriff zu nehmen. Ich hatte das Glück, Sir Edwin Lutyens als Helfer zu gewinnen. Er kam vorbei, um sich die Sache anzusehen, als mein neuer Palast bereits zur Hälfte vollendet war. Lutyens hatte eine entzückende Art und einen herrlichen Sinn für Humor. Bisweilen aber verhielt er sich entschieden wunderlich. Er wurde am Bahnhof mit dem üblichen Pomp empfangen, doch anstatt stillzustehen, als die Staatshymne angestimmt wurde, schwenkte er seinen Tropenhelm und sang mit der Kapelle mit. Dann deklamierte er laut: »Es steigt der Hut mit der Gelegenheit«, setzte seine Kopfbedeckung wieder auf und marschierte wie ein Zinnsoldat zum wartenden Kraftwagen, wobei er vor jedem einzelnen Anwesenden salutierte. Als ich davon erfuhr, wäre ich bald vor Lachen geplatzt, aber meine Leute, an derlei Possen nicht gewöhnt, wußten nicht, was sie von unserem hohen Gast halten sollten.

Natürlich interessierte mich sein fachmännisches Urteil über meinen neuen Palast, und als er mir riet, ihn abzureißen und wieder von vorn anzufangen, dachte ich, es handle sich um einen seiner Witze, und lachte herzlich. Leider meinte er es absolut ernst – wenigstens hoffe ich, daß er das tat, bei Lutyens wußte man ja nie, denn andernfalls wäre das einer der kostspieligsten Witze aller Zeiten gewesen. Ich befahl, daß der Palast schon am folgenden Tag abgerissen werden sollte.

Der alte Palast hatte es ihm allerdings angetan. Ich konnte mir nicht vorstellen, warum, da ich den Kasten kaum je betrat. Das Schlafzimmer des verblichenen Jam

Saheb, in dem man, wie hierzulande üblich, alles so belassen hatte, wie es zum Zeitpunkt seines Todes gewesen war, schien ihn zu amüsieren. »Ändern Sie nichts«, sagte er und wischte sich die Spinnweben aus dem Gesicht.

Dann richtete er seine Aufmerksamkeit auf die Stadt selbst, wobei er mir versicherte, er würde schon etwas Passendes aus seiner Trickkiste hervorkramen. Er brauchte nicht mehr als ein, zwei Tage, um sich einen höchst eindrucksvollen Plan auszudenken. Einer seiner Einfälle war ein chinesischer Teegarten inmitten eines, wie er ihn nannte, »Wrenaissance-Platzes«. Er war mächtig aufgekratzt und sagte, es gehe doch nichts über ein bißchen Tradition. Natürlich pflichtete ich ihm bei, da ich mich selbst für einen Traditionalisten halte, aber es interessierte mich doch, wie der Geist der Vergangenheit seiner Ansicht nach am authentischsten in die Formen der Jetztzeit übersetzt werden könnte.

»Eure Hoheit«, entgegnete er, »was ist authentisch?« Ich muß gestehen, daß ich da etwas überfragt war. Er zündete sich eine Zigarre an und kicherte in sich hinein. »Bei allem Respekt«, sagte er, »jede Tradition ist auf die eine oder andere Weise eine Fälschung. Jeder macht mit der Vergangenheit, was er will, und das ist auch völlig richtig so. Byzantinisch, korinthisch, toskanisch, ionisch, gotisch, palladianisch – Eure Hoheit, wir brauchen uns nur zu bedienen, es hängt alles reif vor unserer Nase, wie ewig unverderbliche Pfirsiche. Waren die großartigen Säulen Sir Christopher Wrens auch nur im mindesten weniger authentisch als die der Römer oder Griechen? Sind die stattlichen Minarette der Jami-Moschee in Delhi weniger authentisch als ihre Vorbilder in Medina oder Bagdad? Mit Sicherheit nicht. Ist die hier authentisch?« Er hielt mir seine Zigarre zur Begutachtung hin. Ich erwiderte, sie sähe soweit ganz authentisch aus, aber kaum hatte ich das gesagt, explodierte das verdammte Ding mit einem lauten Knall, woraufhin der große Architekt so sehr lachte, daß er einen Schluckauf bekam.

Ich klatschte nach mehr Tee und Rosinenbrötchen, wovon er große Mengen zu verzehren pflegte. Als er ausgelacht hatte, zündete er sich einen neuen Stumpen an, diesmal einen echten, und nahm seine Rede wieder auf. »Der Geist der Vergangenheit, sagen Sie. Ich weiß nicht, was das ist. Gehen wir mit der Geschichte also nicht zu ehrfürchtig um und bewahren wir uns unseren Sinn für Humor, denn die Geschichte ist die wunderbarste Witzesammlung, die der Mensch sich wünschen kann. Sie ist unbezahlbar, Eure Hoheit, und unerschöpflich, absolut unerschöpflich.« Er verstummte und fiel über die warmen Brötchen her, die er dick mit Butter bestrich. »Verzicht ist die Butter der Porzellankiste, Eure Hoheit«, sagte er, und wir lachten und lachten.

Lutyens' Ratschlag war vermutlich vernünftig, auch wenn es uns nicht möglich war, alle seine Ideen in den endgültigen Plan zu integrieren. Der chinesische Teegarten sollte leider nicht sein. Im großen und ganzen gelang es ihm allerdings, doch etliches herauszuschlagen, was mich wieder einmal in Schwierigkeiten mit den elenden Federfuchsern und Agitatoren brachte. Aber ich werde Dich nicht mehr mit diesen Nichtigkeiten behelligen. Die Hauptsache ist, daß das Werk vollendet wurde; ich hatte meine Stadt genau so gebaut, wie ich sie wollte, und sie war, wenn ich das selbst so sagen darf, ein sehr schöner Ort geworden, der keiner anderen Stadt in den Fürstenstaaten nachstand, ja sie in vielerlei Hinsicht sogar alle übertraf. Ein Crescent wurde nach Lord Willingdon benannt, dem Gouverneur von Bombay, und der schönste Square, die *pièce de résistance* unserer Stadt sozusagen, nach Lutyens' Wrenaissance-Entwurf ausgeführt, nach dem Vizekönig, Lord Chelmsford. Ich entsinne mich mit großem Stolz, wie hart mein Volk arbeitete, um rechtzeitig zum Besuch des Vizekönigs fertig zu werden.

Lord Chelmsford ist, wie Du weißt, ein höchst ehrenwerter Mann. Unser gutes Verhältnis datiert aus der Zeit, da ich ihn als Freddy Thesiger kannte und er Kapitän des Oxforder Kricketteams war. Was Indien anging, waren wir in sehr vielen Dingen einer Meinung. Er war es, der mir sagte, wie sehr er es bedaure, daß die indischen Politiker nicht in Eton gewesen seien. So blieb es ihm natürlich nicht verborgen, welche Ungerechtigkeiten mir von seiten seiner Untergebenen widerfahren waren. Es war indes nicht so sehr meine Ehre, an die ich in dem Augenblick dachte, als vielmehr die Ehre meines Volkes, das so bereitwillig so große Opfer für unser Empire gebracht hatte, daß es mir im höchsten Grade knauserig erschienen wäre, ihm die angemessene Anerkennung zu versagen. Ich bin der Überzeugung, daß das britische Empire alle seine Untertanen gleich behandeln sollte. Die Inder verdienen es schließlich ebensosehr wie die Südafrikaner, Kanadier oder Australier, als vollwertige Mitglieder der imperialen Familie zu gelten. Der Vizekönig pflichtete mir, wie ich es nicht anders erwartet hatte, uneingeschränkt bei und versprach, all jenen, die es verdienten, die ihnen gebührende Auszeichnung zu verleihen.

Die Vorbereitungen zu seinem Besuch rechtzeitig abzuschließen war keine leichte Aufgabe. Der neue Palast wurde auf Hochglanz gebracht, und das Lager in der Nähe von Sarodar, das ich als Ausgangsbasis für Jagdpartien vorgesehen hatte, war in eine veritable Stadt verwandelt worden, komplett mit elektrischer Beleuchtung und grünem Rasen, um den Vizekönig an die Heimat zu erinnern. Es gab eine komfortable Hütte mit Kaminen, damit wir es nachts gemütlich warm haben könnten, Pavillons für die Mahlzeiten der Gäste, Badezimmer, Küchen und Eiskeller, damit die Nahrungsmittel nicht verdarben. Zur Beförderung der Gäste ebenso wie der französischen Weine, die das Gerüttle und Geholpere auf den indischen Straßen sehr schlecht vertrugen, wurde von Jamnagar aus eine brandneue Straße gebaut. Die Kulis arbeiteten Tag und Nacht, um sie rechtzeitig fertigzustellen, eine Aufgabe, die sie glänzend und – berücksichtigt man die mühselige Natur ihrer Tätigkeit und die hohe Anzahl der anfallenden Sprengungen – mit einem Minimum an Verletzungen bewältigten. Sie wurden natürlich mit Zulagen und einem großartigen Fest belohnt, bei dem es mehr Speisen und Getränke gab, als sie je gesehen hatten. Alle amüsierten sich glänzend, wenngleich ein paar der Burschen unglücklicherweise ihrer eigenen Gier zum Opfer fielen, denn sie aßen sich buchstäblich zu Tode – ein ziemlich trauriges Ende einer so glanzvollen Leistung.

Es wurde alles in allem ein großer Erfolg. Ja, er wäre ein vollkommener geworden, hätte es nicht eine überaus peinliche Panne gegeben. Ich wollte dem Vizekönig und seiner Gesellschaft unseren modernen Hafen von Rozi zeigen, zu welchem Zweck ich mir Patialas Jacht borgte, die *Star of India*. Wir brachen früh auf, um an Bord ein herzhaftes Frühstück zu uns zu nehmen, während wir den neuen Hafen betrachteten, und gerade als wir uns das Rührei mit Austern zu Gemüte führen wollten, holte mich mein alter Bekannter, das Pech, wieder einmal ein: Mit einem grauenerregenden Geräusch von zersplitterndem Holz fuhr die Jacht auf eine Sandbank auf, und wir saßen mitten im Hafen fest, während Wasser in den Rumpf strömte. Es gab keinen anderen Ausweg, als alle in Boote zu verfrachten und ans Ufer zu rudern, ein Vorgang, der beträchtliche Zeit in Anspruch nahm und mit ziemlich vielen Unannehmlichkeiten verbunden war. Im nachhinein betrachtet, kann man der leidigen Affäre eine gewisse Komik wohl nicht absprechen, aber ich versichere Dir, in dem Augenblick war mir ganz gewiß nicht zum Lachen zumute, und der Vizekönig schäumte vor Wut über sein ausgefallenes Frühstück.

Gott sei Dank gelang es uns, binnen vierundzwanzig Stunden eine Jagdpartie zu organisieren, in deren Verlauf ich es einrichten konnte, daß der Vizekönig einen Leoparden erlegte, was erheblich zur Besserung seiner Laune beitrug. Und Lady Chelmsford, die uns in einer japanischen Sänfte begleitete, amüsierte sich köstlich über die reiterlichen Fertigkeiten meines Adjutanten, der es fertigbrachte,

»sein Pferd«, so seine Worte, »tanzen zu lassen«. Wieder und wieder bat ihn Ihre Exzellenz zu tanzen, und er tat es, und sie lachte vergnügt in ihrer Sänfte. Dem folgte ein prächtiges Feuerwerk. Der Lärm war unbeschreiblich und hielt den größten Teil der Nacht an, was mich ein wenig an den Angriff auf Neuve-Chapelle erinnerte, welchen aus unmittelbarer Nähe mitzuerleben ich im Jahr zuvor das Privileg gehabt hatte.

Der Vizekönig erklärte den Besuch, trotz des Mißgeschicks bei Rozi, für einen vollen Erfolg und hatte die Güte, mir den KCSI zu verleihen, was mich sehr erfreute, auch wenn die Anzahl meiner Salutschüsse dieselbe blieb – noch immer zwei weniger als der Nawab von Tonk, obwohl sein Staat kleiner war, oder als der noch kleinere Kishangarh. Überglücklich machte es mich allerdings, daß der Vizekönig meine Anregung aufgriff und mehrere Inder ehrte, die sich an den Kriegsanstrengungen beteiligt hatten. Die Medaillen, von mir selbst entworfen, waren mit schönen Smaragden verziert. Daß derselbe Vizekönig schon kurze Zeit später vor politischen Agitatoren zu Kreuze kroch, verursachte mir beträchtlichen Kummer, aber vielleicht sollte man dafür Montagu und seine verflixten Reformen verantwortlich machen – ein sehr reizender und fähiger Mann, ohne Frage, aber doch ein Jude, dem es meines Erachtens am nötigen Rückgrat fehlte, um den dunklen Kräften, die darauf aus waren, die Festung zu stürmen, die Stirn zu bieten. Doch mehr davon später.

Daß ich nach dem Besuch des Vizekönigs der Verschwendung bezichtigt werden würde, war zu erwarten gewesen. Ich kann dazu nur sagen, daß die kleinen Beamten es wieder einmal nicht geschafft hatten, das indische Denken zu begreifen – so ganz anders als der Vizekönig, der diesbezüglich ein vollkommenes Einfühlungsvermögen bewies. Denn man könnte zu meiner Entlastung anführen, daß auch der ärmste Bewohner eines indischen Basars begreift, daß man einen Vizekönig erst dann hinlänglich ehrenvoll empfangen hat, wenn ein kleines Vermögen in Form von Raketen und kunstvollen Feuerwerks-Arrangements verpulvert worden ist. Hier, mein lieber Charlo, zeigt sich ein typisch indischer Wesenszug – die Freude, mit anzusehen, wie die Einkünfte eines ganzen Monats unter farbenprächtigen Explosionen in Rauch aufgehen. Einkünfte, die, beiläufig gesagt, durch den Verkauf einiger weniger Bonbonnieren leicht wieder wettgemacht werden konnten.

Aber wie ich schon sagte, hatte ich mich längst daran gewöhnt, dieses Genörgel um Geld als mein Schicksal hinzunehmen, und außerdem glauben wir ja, daß man, wenn man in diesem Leben bestraft wird, im nächsten weniger leiden muß. Einen weitaus schmerzlicheren Schlag versetzten mir diejenigen, die mich beschuldigten, Ehrungen für meine Männer durch unlautere Machenschaften erschlichen zu haben. Ich möchte es mir ersparen, das böswillige Gerede, dem ich ausgesetzt wurde, hier zu wiederholen. Genüge es zu sagen, daß indische Agitatoren die Gelegenheit nutzten, um mich zu verunglimpfen und damit das Fundament meines Staates anzugreifen. Ich wurde, völlig unsinnigerweise, bezichtigt, die Ehrungen dadurch erwirkt zu haben, daß ich den Vizekönig mit Schmeicheleien umgarnte und ihn bestach. Mein lieber Charlo, stelle es Dir doch nur einmal vor: der höchste Vertreter der britischen Krone hält wie irgendein hergelaufenes Balg aus dem Basar die Hand für Bakschisch auf! Es war natürlich absolut lächerlich, aber wenn man mit Schmutz beworfen wird, bleibt, wie Du weißt, natürlich immer etwas hängen. Wahrhaftig, hätte ich meine Verantwortung für mein Volk nicht so deutlich gespürt, wäre ich mehr als glücklich gewesen, auf meinen Anspruch auf die *gaddi* zu verzichten und den Rest meines Lebens mit dem Angeln von Forellen zu verbringen. Mein Asthma machte mir in diesem grauenvollen Klima entsetzlich zu schaffen – sogar meine liebe Popsey ließ ihr vertrautes Geplapper nicht mehr vernehmen, und ihr Gefieder fiel zusammen wie ein Pelzmantel im Regen. Gott sei gedankt für die kleinen Zerstreuungen, die mir dabei halfen, einen kühlen Kopf zu bewahren. Wann immer ich mich lustlos fühlte, ließ ich meine Musiker die schönsten Vesta-Tilley-Lieder aufspielen, die sie, nach langer Übung, in etwas wunderlicher, gleichwohl durchaus annehmbarer Form wiederzugeben imstande waren. Ja, mein lieber Freund, wann immer ich mich niedergeschlagen fühle, rufe ich mir diese aufmunternden Worte ins Gedächtnis zurück:

The Army is Today's All Right!
Who said the Army wasn't strong,
Kitchener proved them wrong,
On the day he came along.
So let the band play and shout »Hooray«
I'll show the Germans how to fight...

Ah, herrlich! Dennoch, mein lieber Charlo, vermochten es selbst die Erinnerungen an Miss Tilley und Miss Shields nicht, meine unheilvollen Ahnungen gänzlich zu verscheuchen, während ich mich bemühte, meine fürstlichen Kollegen von der Notwendigkeit zu überzeugen, ihr ständiges Gezänk einzustellen und für unsere gemeinsamen Interessen einzutreten. Ich hegte die peinigende (und, wie sich zeigte, begründete) Befürchtung, daß die sogenannten Chelmsford-Montagu-Reformen eine ernste Gefahr für uns darstellen könnten, insofern, als sie allem möglichen Eingeborenenpack den Zutritt zur Regierung eröffneten. Es schmerzt mich, das sagen zu müssen, denn ich betrachte mich als Patrioten. Ich wurde unter Engländern aufgezogen und hege, wie Du weißt, eine große Zuneigung zu ihnen, aber in meinem Herzen bin ich noch immer ein Inder, und ich würde nicht zögern, den Abzug der Engländer aus dem Subkontinent zu befürworten, wenn ich dies für ratsam hielte. Das tat – und tue – ich indes nicht, sondern ich hoffte, daß die enge Partnerschaft zwischen dem König-Kaiser und den Fürsten unbegrenzt fortdauern würde. Als ich jedoch begriff, was uns nach dem Krieg bevorstand, und die zu erwartenden Auswirkungen der Reformen überschlug, war ich, wie ich gestehen muß, alles andere als beruhigt.

Tatsächlich wäre es, bedenkt man, welch unerschütterliche Treue die Fürsten England in seiner Stunde der Not bewiesen hatten, nicht mehr als recht und billig gewesen, wenn uns in Indien mehr Einfluß eingeräumt worden wäre. Statt dessen bemerkte ich eine stetige Erosion unserer traditionellen Befugnisse und Privilegien, noch dazu in unseren eigenen Herrschaftsgebieten. Immer häufiger hörte ich von Fürsten, die ohne viel Federlesens durch gewöhnliche Politiker ersetzt wurden, Männer ohne das geringste Verständnis für die traditionellen Loyalitätsverhältnisse, die hier jahrtausendelang bestens funktioniert haben. Und glaube mir, lieber Freund, wenn diese Verhältnisse erst einmal verschwinden, wird das innerste Gefüge unseres Landes auseinanderbrechen.

So sehr es mich betrübt, das sagen zu müssen, aber diese Überlegungen warfen einen Schatten auf meine Freude über die Niederlage der Feinde des Empire. Gandhi, den ich nie für etwas anderes als einen ganz gewöhnlichen Unruhestifter gehalten habe, war nicht nur bereit, die indischen Massen, deren politische Bildung Säuglingsniveau hatte, zu Gewalttaten aufzuwiegeln – es war ihm auch gelungen, einer beträchtlichen Anzahl ansonsten durchaus vernünftiger Engländer einzureden, Indien sei reif für die Selbstverwaltung. Nicht nur sah ich für ebenjene Massen, deren Interessen Gandhi angeblich so sehr am Herzen lagen, die traurigsten Folgen voraus, sondern außerdem lief das Wort Großbritanniens, das den Fürsten verpfändet worden war, Gefahr, gebrochen zu werden. Alles, worum ich bat, war: ebenso wie wir uns Großbritannien gegenüber immer an die Spielregeln gehalten hatten und es auch fürderhin tun würden, ohne der Krone jemals die Treue und Freundschaft aufzukündigen, so sollte sich Großbritannien seinerseits, im Geiste wahrer Sportlichkeit, uns gegenüber an die Regeln des Spiels halten.

Sag mir, mein lieber Freund, ist das zuviel verlangt? Mit den Anschuldigungen der Schreiber und Vereinsmeier der Verworfenheit, ja selbst mit der Tatsache, daß mir von ihnen ein britischer Berater aufgedrängt wird, kann ich, so demütigend es auch ist, noch fertig werden – was bleibt mir schließlich anderes übrig? Aber von den Vertretern der Krone im Stich gelassen zu werden, das wäre nicht mehr zu ertragen. Denn ebenso wie die Herrschaft des britischen König-Kaisers gottgewollt ist, sind auch wir, die indischen Fürsten, die irdischen Stellvertreter unserer Götter. Und daran etwas zu ändern, mein Freund, bedeutet, den Lebensquell unserer Kultur zu vergiften.

Ich weigere mich noch immer zu glauben, daß es dazu kommen wird. Dazu vertraue ich dem Wort eines englischen Gentleman zu sehr – denn könnte man selbst *dem* nicht mehr vertrauen, mein lieber Charlo, was bliebe dann in dieser unserer traurigen Welt übrig außer heilloser Barbarei?

Die Barbarei auf dem Schlachtfeld bekämpfen ist ein notwendiges Übel; wieviel besser wäre es, wenn wir unsere Differenzen auf einer zivilisierteren Basis austragen könnten. Mit entsprechend großem Enthusiasmus nahm ich daher das Angebot an, Indien beim Völkerbund zu vertreten, denn dies erlaubte mir nicht nur, für die Menschheit auf einen dauerhaften Frieden hinzuarbeiten, es bot mir auch eine ausgezeichnete Gelegenheit, einigen der einflußreichsten Persönlichkeiten der Welt die speziellen Probleme Indiens begreiflich zu machen. Es hatte mich von jeher betrübt, daß so wenig Leute über mehr als nur ein oberflächliches Wissen von Indien, seinen Menschen und seinen angestammten Herrschern verfügen. Hier war endlich eine Chance, ein paar der aus Unkenntnis erwachsenen falschen Vorstellungen zu korrigieren.

Die Einladung erreichte mich während meines Aufenthalts in Staines. Das war, wie Du Dich erinnern wirst, im Sommer 1920. Ich hatte Indien in einem Zustand reizbarer Erschöpfung verlassen und daher beschlossen, mir ein wenig Ruhe zu gönnen. Sehr geruhsam wurde es bei all den gesellschaftlichen Verpflichtungen natürlich nicht, aber immerhin kam ich hin und wieder doch zum Angeln. Ich besuchte auch die Akademie, wo ich ein paar meisterhafte Gemälde von Tuko erstand, der sich, nach meinem durchaus laienhaften Urteil, derzeit auf dem Höhepunkt seiner künstlerischen Leistungskraft befindet. Das Bild mit den badenden Knaben – das jetzt in meinem Schlafzimmer in Jamnagar hängt – ist von unaussprechlicher Schönheit; welch herrliche Exemplare jungen Mannestums! Und wie gut er ihre unschuldige Freude am Leben und Jungsein zum Ausdruck bringt! Ich muß sagen, es bewirkt, daß ich mich alt und verbraucht fühle. Darin liegt für uns, wie ich vermute, der Nutzen der Kunst, daß ihre Schönheit die Erinnerungen an unsere Jugend, wenn auch nur für kurze Augenblicke, wiederbeleben kann.

Nicht die geringste meiner Freuden in Genf war, Dich dort als meinen Gefährten zu haben. Ich wählte Dich aus, mein lieber Freund, weil Du Französisch sprichst und weil Du der typische englische Gentleman bist, der vor keinem noch so hohen Hindernis, das man ihm in den Weg legt, zurückschrecken wird. Zudem konnte ich mit der größten Zuversicht davon ausgehen, daß Du in einer Weise Deine Sache vortragen und Dich für Harmonie und Frieden einsetzen würdest, die ein Maximum an Erfolg mit einem Minimum an Aufheben verbände. Wenn ich aus meinem öffentlichen Leben etwas gelernt habe, dann ist es die alles überragende Bedeutung der Propaganda. Die Wirklichkeit wird, wie mir scheint, in einem hohen Grad von der Weise beeinflußt, wie die Leute sie sehen. Wenn es uns gelänge, diese volkstümlichen Sichtweisen in eine der Harmonie, der Ordnung und dem Frieden förderliche Form zu bringen, dann wäre mit Sicherheit schon sehr viel gewonnen. Krieg und Frieden sind schließlich ganz vom menschlichen Willen abhängig. Wenn wir in Frieden leben wollen, müssen wir uns an die Regeln halten. Es ist nicht anders als beim Kricket oder Tennis: Die Spieler können nicht mit Waffengewalt dazu gezwungen werden, die Regeln einzuhalten; sie müssen es aus freien Stücken tun, oder es ist kein Spiel. Deshalb dünkte mich die Haltung der französischen Delegation auch so vollkommen falsch: Es nützt nichts, eine internationale Armee zu haben, denn wenn die einzelnen Nationen sich nicht freiwillig darauf einigen können, nach denselben Regeln zu spielen, werden sie sich auch mit Sicherheit weigern, in derselben Armee zu kämpfen. Viel besser schien es mir, die Staatsoberhäupter von der Notwendigkeit zu überzeugen, gemäß einem abgesprochenen, allgemein verbindlichen Verhaltenskodex zu handeln. Und durch ausreichende Propaganda beeinflußt, würden ihre jeweiligen Völker sicher bald nachziehen.

Wie ich es verstand – und hier erwies sich Deine Unterstützung als von unschätzbarem Wert –, war der Grundgedanke des Völkerbundes, Fremden bei einem Glas Port näherzukommen. Man glaubt zuerst, einige der anderen seien Wilde, und dann findet man heraus, daß sie Gentlemen sind. Natürlich hatte ich bezüglich solch hervorragender Persönlichkeiten wie Wellington Koo aus Shanghai und seiner bezaubernden Gattin oder S. E. Monsieur Paderewski nie irgendwelche Zweifel gehegt, aber sogar die Japsen stellten sich, obwohl sie in unseren Hotelsuiten herumgeschnüffelt hatten, als durchaus zivilisierte Leute heraus. Baron Hayashi war, so fand ich, ein hervorragender Pferdekenner. Unter den einzelnen Persönlichkeiten von Genf schienen mir die englischen Delegierten, was Charakterstärke und Entschlossenheit des Auftretens anging, allerdings eine Klasse für sich darzustellen. Ich sollte indes auch erwähnen, daß der Mann, der mich am allermeisten beeindruckte, Monsieur Paderewski war, der große Pianist und Staatsmann.

Wir verstanden uns auf Anhieb ausgezeichnet, da wir, obwohl wir uns hinsichtlich unserer Herkunft und Erziehung stark voneinander unterschieden, doch sehr viel gemeinsam hatten. Besonders gern erinnere ich mich daran, wie ich mit S. E. Billard spielte, worin er ein vollendeter Meister war. Er spielte lässig, aber brillant, eine Zigarre im Mund, das Haar abstehend wie ein riesiges weißes Vogelnest, mit den sensiblen Händen seine Ausführungen gestenreich unterstreichend; denn er liebte es zu reden, selbst während er die Kugeln mit erstaunlicher Mühelosigkeit über den Tisch rollen ließ. Er ließ das Spiel kinderleicht erscheinen, was das wahre Kennzeichen des Genies ist. Nach einer besonders denkwürdigen Soiree in seiner Villa am See entspann sich zwischen uns ein langes Gespräch über die Natur des Genies. Dies spielte sich ab, nachdem die anderen Gäste gegangen waren und Madame Paderewski sich zur Ruhe begeben hatte. Du warst, glaube ich, mit diesem ägyptischen Prinzen, den Du so sehr mochtest, zu einer Zechtour aufgebrochen. Jedenfalls waren Paderewski und ich allein zurückgeblieben und tranken Brandy in seiner Bibliothek, in der es angenehm nach poliertem Leder und Holzkohle roch. Das Feuer verlieh seinen angeregten Zügen einen warmen orangefarbenen Schimmer. Paderewski bewegte die Frage, ob Genie angeboren oder etwas durch Lebensumstände und Übung Erworbenes sei.

Ich werde seine Argumentation, so gut ich kann, wiedergeben: »Natürlich«, sagte er, »muß es beides sein, denn angeborenes Talent bedarf des Schliffs, damit es aufblühen und glänzen kann. Doch was gibt den Ausschlag: die Gabe oder das erworbene Können? Wenn es ersteres ist, worin besteht dann diese Gabe? Was ist Genie? Ist es lediglich physisch, in meinem Fall gutes Gehör und geschickte Hände, in Ihrem schnelle Reflexe und ein gutes Auge? Oder gehört etwas mehr dazu? Schließlich, Eure Hoheit, erklären gute Ohren, selbst außerordentlich gute Ohren, keinen Mozart, auch wenn sie vielleicht einen Liszt erklären könnten. Sie kennen Liszts drei Voraussetzungen für einen großen Pianisten?«

Ich gestand, daß ich sie nicht kannte.

»Technik, Technik, Technik. Aber das kann nicht alles sein. Darin zeigten sich Liszts Grenzen. Biologie und Übung machen vielleicht Talent aus, aber nicht Genie. Es gibt fraglos eine geistige Dimension, und wenn der Geist dem Fleisch ebenbürtig ist, und vorausgesetzt, die richtigen Bedingungen sind gegeben, dann kann Genie erblühen. Die Frage ist nun, ob die Verschmelzung von Körper und Geist gezüchtet werden kann, wie jemand eine vollkommene Blume züchtet. Mit anderen Worten, kann man eine Rasse von Genies heranziehen? Meiner Meinung nach kann man das nicht, denn Genie ist einzigartig, während vorzügliche Erziehung Gleichmaß hervorbringt, meisterhaftes Gleichmaß vielleicht, aber doch Gleichmaß, und Gleichmaß ist immer Mittelmaß.«

Monsieur Paderewski sprach mit geschlossenen Augen, in tiefer Konzentration, ein bißchen wie mein Pandit, aber mit dem Unterschied, daß, während der Pandit so sprach, als kämen seine Worte direkt aus der Tiefe seiner Seele, die Paderewskis aus seinem formidablen Gehirn zu emanieren schienen. Ich konnte den Blick nicht von dem wuchtigen Gewölbe seiner Stirn losreißen und stellte mir vor, sein Gehirn ticke vor sich hin wie eine Schweizer Uhr und eine Mähne sprösse daraus hervor wie ein dichter Wald erhabener Gedanken. Es war keine leichte Aufgabe, mit ihm Schritt zu halten, und ich hoffe wirklich, ich habe seiner brillanten Rede Gerechtigkeit widerfahren lassen und seine Worte getreu festgehalten – schließlich ist mein Gedächtnis nicht unfehlbar.

Er hätte gern gewußt, wie ich als Inder über seine Ansichten dachte. Es fiel mir schwer, darauf eine Antwort zu finden, denn wie ich Dir bereits sagte, bin ich dem Herzen nach ein Inder, aber mein Verstand ist englisch erzogen. Das bedeutet, daß ich instinktiv an die Macht des Schicksals glaube und an das, was wir Karma oder Reinkarnation nennen. Und das würde vermutlich die Höherwertigkeit bestimmter Menschen, ja auch bestimmter Rassen gegenüber anderen erklären. Es ist eben alles eine Frage des Glücks. Dann aber sagt mir mein englischer Verstand, daß Können, ja jede Form von Fortschritt, das Ergebnis von Wille, Wissenschaft und Übung ist. Das brachte mich indes einer Antwort auf Monsieur Paderewskis Frage um keinen Schritt näher. Ich kann nicht bestreiten, daß ich einst ein (jetzt leider längst verlorenes) Talent als *batsman* besaß, aber dieses war antrainiert – oder war darin tatsächlich, wie manche englische Journalisten zu glauben beliebten, ein Element von Zauberei zu erkennen, ererbt vielleicht von einer früheren Inkarnation? Oder lag es mir im Blut, oder hatte ich es vielleicht mit der so magiegesättigten indischen Luft eingesogen?

»Magie!« sagte Monsieur Paderewski. »Das ist es, Genie ist Zauberei! Ein Streich des Schicksals, Gottes kleiner Scherz, den er mit der Menschheit treibt.«

Er fand das höchst amüsant und konnte nicht aufhören zu kichern. Obwohl ich mir einiges auf meinen Sinn für Humor einbilde, konnte ich dieses eine Mal nicht mitlachen. Tatsächlich fand ich die Vorstellung, daß ich das Opfer irgendeines kosmischen Streiches sein könnte, ziemlich deprimierend, denn sie negierte vollkommen die Möglichkeit des freien Willens. Nun könntest Du sagen, daß meine Schicksalsgläubigkeit dasselbe bewirkt, aber es besteht doch ein Unterschied, denn das Schicksal ist unparteiisch und zieht jeden in Mitleidenschaft, wie das Wetter etwa, während das Genie, wenn es denn wirklich so etwas geben sollte, was ich noch immer zu bezweifeln geneigt bin, einige wenige Auserwählte herausgreifen würde, die über die Himmelsgabe vielleicht ganz und gar nicht dankbar wären. Tatsächlich habe ich bisweilen das Gefühl gehabt, daß eine besondere Gabe ein Fluch ist, denn ohne sie ist man verloren, aber solange sie Bestand hat, ist man nichts als ihr

Sklave. Ist es nicht weit besser, sein eigener Puppenspieler zu sein, wie bescheiden die Rolle auch sein mag, als die kunstvollste Marionette, die einen König darstellt, aber von den Händen eines unbekannten Meisters bewegt wird?

»Schön«, sagte Monsieur Paderewski und ließ die Hände klatschend auf seine Knie fallen, »lassen Sie uns unsere Theorien einem kleinen Test unterziehen. Genie ist schließlich und endlich Erfindungsgabe. Warum geben Sie mir nicht eine Melodie, und ich verwandle sie in etwas anderes? Ich werde sie transformieren, sie zu meinem Eigentum, zu etwas Einzigartigem, nie zuvor Gehörtem machen. Mit einem Wort, Eure Hoheit, lassen Sie uns zaubern!«

Ich fand, das sei eine großartige Idee, und begann sofort, mir das Hirn nach einem geeigneten Stück zu zermartern. Es sei alles recht, meinte Paderewski, aber mir wollte und wollte nichts einfallen. Ich bin, wie ich zugeben muß, mit den Klassikern nicht sonderlich gut vertraut, und eine Melodie wiederzugeben ging absolut über meine Fähigkeiten. Nach längerem Schweigen fragte mich der große Virtuose, was meine Lieblingsmusik sei, und ich konnte nur erwidern, daß meine einschlägigen Kenntnisse nicht viel weiter als bis zum Varieté reichten. Er bat mich um eine Kostprobe, und mit einem Mal – wie seltsam doch die Wege des menschlichen Geistes sind! – fiel mir ein altes Lied ein, eins, das ich seit vielen Jahren nicht mehr gehört hatte: George Leybournes »Champagne Charley«. Und so sang ich es für Monsieur Paderewski, der sich ans Klavier gesetzt hatte, mit geschlossenen Augen zuhörte und den Rhythmus mit seinen langen, spitz zulaufenden Fingern klopfte.

Dann fing er an zu spielen, wobei er die Melodie mühelos fortführte, und während ich den Text sang, geschah etwas ganz Außergewöhnliches: bei konstant gleichbleibendem Rhythmus begann sich die Melodie zu verändern, unmerklich erst, aber unaufhörlich, bis sie schließlich zu einer vollkommen anderen geworden war. Ich war durch diese Vorführung absolut verzaubert, denn er hatte tatsächlich die

Melodie umgewandelt, aber das wirklich Bemerkenswerte daran war, daß vom ursprünglichen Lied noch immer etwas durchschimmerte. Ich kann nicht genau ausdrücken, worin dieses Etwas bestand, aber es war da, fast, aber nicht ganz verborgen hinter der vom Komponisten ersonnenen Verkleidung. In dem Augenblick spürte ich wahrlich den Hauch des Genies.

»Zauberei?« rief Paderewski, nachdem er seine Improvisation beendet hatte. Er lachte wie ein Besessener. »Nein, Eure Hoheit, es ist nur ein billiger Varietétrick.« Ich war ein wenig enttäuscht, muß ich gestehen, fühlte mich leicht betrogen, aber der große Pole hatte einen solchen Charme, daß ich ihm vergab. Er lächelte, nahm meinen Arm und schlug eine Partie Billard vor, die er mit seiner gewohnten Nonchalance mühelos für sich entschied.

Und hier, mein lieber Charlo, kommen wir zu meinem zweiten Geständnis. Es war die Erinnerung an Monsieur Paderewskis musikalische Verkleidungen, die es mir wieder ins Gedächtnis zurückrief. Es geht um die berühmte albanische Episode, die Dir mit Sicherheit noch vollkommen gegenwärtig ist. Du wirst Dich entsinnen, daß in den Korridoren des Hôtel de la Paix darüber diskutiert wurde, daß Albanien einen Monarchen brauchte, um den Platz des unglücklichen Prinzen Wilhelm von Wied, der den Thron während des Großen Krieges verwaist zurückgelassen hatte, neu zu besetzen. Du wirst Dich gleichfalls erinnern, daß die Albaner besonders begierig waren, den Posten mit einem englischen Land-Gentleman zu besetzen, der imstande wäre, jährlich zehntausend Pfund zu bezahlen. Nun gut, bis hierher entspricht die Geschichte absolut der Wahrheit. Was folgte, gehört allerdings eher in die Welt von Gilbert und Sullivan als in die der hohen Politik.

Als ich Dich beiläufig fragte, ob Du gern König wärst, meinte ich es als Scherz, aber Du tatest eine derartige Begeisterung für die Vorstellung kund, daß ich der Versuchung nicht widerstehen konnte, den Spaß noch ein bißchen weiterzutreiben. So abwegig war die Idee ja wirklich nicht, entsprachst Du doch den Anforderungen aufs vollkommenste – wenngleich ich mir nicht sicher bin, ob Du auch nur eine ungefähre Ahnung hattest, wo die Zehntausend herkommen sollten; ich habe fast den Verdacht, Du spekuliertest auf Unterstützung aus der Staatskasse von Jamnagar ...

Dein nachfolgendes Gespräch mit dem Bischof von Albanien, der eine schier unheimliche Ähnlichkeit mit W. G. Grace aufwies, war, wenn ich das selbst sagen darf, mit einiger Finesse inszeniert. Meine Lakaien sahen in ihren goldbetreßten Nawanagar-Uniformen absolut prachtvoll aus, und der Bischof, der eine Vorliebe für Malzwhisky hatte, entledigte sich seiner Aufgabe ganz ausgezeichnet, ebenso wie Du, mein lieber Freund, als der Monarch in spe. Du hättest wirklich ein großer König werden können, wäre da nicht eine winzige Kleinigkeit gewesen: Der Bischof, weit davon entfernt, ein geistlicher Herr aus Albanien zu sein, war tatsächlich mein Genfer Juwelier, dessen Kenntnisse in Sachen Smaragde und Diamanten seine Vertrautheit mit albanischen Angelegenheiten bei weitem übertrafen!

Ich hoffe, Du kannst mir diesen kleinen Scherz verzeihen, der, wie ich heute einsehe, vielleicht ein bißchen zu weit getrieben wurde. Hätte ich aber gewußt, wie sehr Dich die Aussicht, einen kleinen Balkanstaat zu regieren, faszinieren würde, hätte ich mir die Scharade nicht erlaubt. Eigentlich tatest Du mir ziemlich leid, weswegen ich auch beschloß, das Geheimnis für mich zu behalten und Dich immer wieder mit vagen Ausreden abzuspeisen. Ich könnte mir allerdings vorstellen, mein Freund, daß Du da, wo Du bist, fest verwurzelt in der englischen Erde, letzten Endes glücklicher bist, als Du als Spielzeugmonarch eines Spielzeugländchens geworden wärst. Aber das nur nebenbei gesagt.

Ich kann meine Enttäuschung über das Fehlen von Fortschritten, das ungeachtet der großen Anstrengungen vieler ehrenwerter Männer beim Völkerbund bislang zu verzeichnen ist, nicht verheimlichen. Die Propaganda ist und bleibt der ausschlaggebende Faktor, und es ist eine betrübliche Tatsache, daß die Zeitungen nicht von ihrem Zynismus ablassen. Ich würde gern einen Appell an die Presse richten, daß sie ihre ungeheure Macht in würdiger Weise einsetzen möge. Die Alte Welt kreuzigte Christus. Wird die Neue Welt den Geist Christi kreuzigen? Sein Geist – der Geist aller großen Lehrer – lebt schon jetzt, latent, aber kraftvoll, im Völkerbund. Dieser ist indes noch weit davon entfernt, wirkliche Macht zu besitzen. Was not tut, ist mehr Propaganda und echte Opferbereitschaft unter den Delegierten. Der Versuchung, Kompromisse zu schließen, muß widerstanden werden. Es ist keine echte Staatskunst, Kompromisse zu schließen, lediglich um Zeit zu gewinnen, denn bald wird nichts mehr übrig sein, was noch verteidigt werden könnte. Wenn das meine Botschaft in Genf war, so muß genau dasselbe auch an die Adresse meiner fürstlichen Kollegen in Indien gesagt werden. Sich von lärmenden Agitatoren unter Druck setzen lassen und in Grundsatzfragen Kompromisse schließen ist der Gipfel der Dummheit.

Immer wieder habe ich den britischen Verwaltungsbeamten in Indien erklärt, daß die jetzt sichtbaren widrigen Elemente, auch wenn es so aussehen könnte, als befände sich das Land in stürmischen Gewässern, nichts als Schaum und Gischt sind, die immer an der Oberfläche erscheinen, wenn der Fortschritt auf den Wellen dahinrauscht. Aber man könnte ebensogut zu einer Wand reden, mein lieber Charlo, denn sie hören einfach nicht zu. Statt dessen ducken sie sich vor den lächerlichen Einschüchterungsversuchen von Mr. Gandhi und Konsorten. Mehr denn je sollte jetzt die Hand fürstlicher Regierungsgewalt das Ruder fest im Griff halten. Aus Disziplinlosigkeit und Zwietracht säendem politischem Denken wird immer nur Chaos erwachsen.

Gandhi behauptet, den unglücklichen Unberührbaren helfen zu wollen, aber das einzige, woran er wirklich denkt, ist, wie er diese einfältigen Leute für seine eigenen politischen Ziele ausnutzen kann. Du hättest die Tränen sehen sollen, als ich anläßlich der Jahresfeier meiner Inthronisation als Jam Saheb auf dem Fest der Unberührbaren erschien. Ich fuhr zum Palast in einer silbernen Kutsche, gekleidet als Kshatriyakönig. Ich speiste 80000 Arme auf meine eigenen Kosten. Ich ließ mich, angetan mit der vollen Rüstung des Gründers von Nawanagar, gegen Goldbarren aufwiegen und schenkte diese dann den Armen. Ich besuchte das Fest der Unberührbaren und erlaubte ihnen, mich zu berühren, und sie weinten vor Dankbarkeit. Wie kann man da behaupten, unser Volk liebe uns nicht mehr? Mein lieber Charlo, wir Fürsten *werden* von unserem Volk geliebt, nein, mehr als das, wir werden angebetet, vergöttert!

Es wäre vielleicht unrealistisch zu erwarten, daß die mittelmäßigen Vereinsmeier, die heutzutage ausgesandt werden, unser Empire zu verwalten, die im Laufe einer vieltausendjährigen Geschichte geschmiedeten, engen menschlichen Bindungen verstehen sollten, aber ich war zuversichtlich, daß ein direkter Appell an die britische Krone nicht auf taube Ohren stoßen würde. Natürlich wußte ich sehr wohl, daß andere sich verschwören würden, um einen solchen Appell zu verhindern. Es war daher von allergrößter Bedeutung, daß Sr. K. H. Edward, Prince of Wales, anläßlich seines Besuchs in Indien in meinem Staat ein königlicher Empfang bereitet würde. Trotz unserer ziemlich prekären finanziellen Situation konnte ich darauf bauen, daß meine Untertanen für mich den Gürtel enger schnallen und ihr Bestes tun würden. Wenn ich nur mit dem Prinzen würde sprechen können, privat, von Mann zu Mann, vorzüglich während eines guten *shikar*, der ja immer die beste Gelegenheit bietet, einander kennenzulernen, dann, das wußte ich, würde ich ihn schon für unsere Sache gewinnen können. Er ist ein vernünftiger junger Mann mit gesunden politischen Instinkten, der niemals etwas täte, was die althergebrachte Ausübung der Königsmacht gefährden könnte.

Es war der ideale Zeitpunkt für die Realisierung meiner Pläne bezüglich eines größeren Palastes, der nicht als meine Wohnung dienen sollte (denn meine persönlichen Bedürfnisse sind bescheiden), sondern als Herberge, in der vornehmen Gästen der ihnen gewohnte Komfort würde geboten werden können. Lutyens' Entwurfe sollten endlich ihre natürliche Verwirklichung im Lal-Palast finden, dessen Konzeption von einem recht unvoreingenommenen, ja freisinnigen Geist zeugte: alte rajputische Handwerkskunst verlieh einem durch und durch modernen Gebäude einen gewissen regionalen Charakter, dessen indischer Ursprung noch weiter unterstrichen wurde durch Mogulkuppeln, die auf das schönste mit den klassischen Säulen und den italianisierenden Loggien harmonierten. Mit Rücksicht auf Sr. K. H. allgemein bekannte Liebe zum Billard wurde das Billardzimmer so schön wie kein anderes in Indien. Und da ich um Sr. K. H. Schwäche für die deutsche Tonkunst wußte, ließ ich meine Musiker das Vorspiel aus Wagners *Lohengrin* einstudieren. Die besten französischen und indischen Köche sollten die Speisen bereiten und Tag und Nacht zur Verfügung stehen. Ich sorgte auch dafür, daß es viel Wild in der Gegend gab und daß man die künstlichen Teiche mit Fischen auffüllte. Da es das erste Mal sein würde, daß ein königlicher Besuch unseren Staat ehrte, ließ ich meine Lanciers besonders intensiv exerzieren und entwarf selbst brandneue Uniformen, zu denen ich mich, was Dich vielleicht interessieren wird, von denen der albanischen Königlichen Garde inspirieren ließ. S. K. H. sollte aus Rajkot in einem Sonderzug anreisen, und ich hatte es eingerichtet, daß während eines Halts in den frühen Morgenstunden eine Kuh still und leise gemolken werden würde, damit Sr. K. H. frische Milch für den Tee zur Verfügung stünde.

Ich erwähne all dies nicht, um mit meiner Gastlichkeit zu prunken, sondern um zu beweisen, daß wir auf den königlichen Besuch bestens vorbereitet waren und daß alle damals kursierenden gegenteiligen Gerüchte als barer Unsinn gewertet werden müssen. Ich weiß zudem aus bestens informierter Quelle, daß S. K. H. sich maßlos darauf freute, meinen Staat zu besuchen, was nur bedeuten kann, daß die Entscheidung, den königlichen Reiseplan noch in letzter Minute zu ändern, von seinen Untergebenen auf Grund von Verleumdungen seitens lokaler Agitatoren gefällt wurde. Die im Ausland vorgebrachte Behauptung, unsere Gegend sei durch Malaria verseucht, entbehrte natürlich jeglicher Grundlage. Wieder einmal wurde ich der Verschwendung bezichtigt, aber sage mir ehrlich, Charlo, wenn mir in Gelddingen nicht zu trauen ist, warum wurde ich dann in Genf für den Finanzausschuß nominiert? Ich kann nicht glauben, daß dies nur zum Spaß geschah. Und was die verleumderische Unterstellung anbelangt, ich betriebe Edelsteinschmuggel, so kann ich nur sagen, daß mich solch gehässige Gerüchtemacherei zutiefst empört. Sie ist ein direkter Angriff gegen meine Autorität. Und, schlimmer noch, mein Freund, sie ist ein bewußter Versuch, mich bei meinem eigenen Volk anzuschwärzen, seine Liebe zu mir abzutöten – eine Tat, so niederträchtig, als würde man einen Vater von seinen Kindern trennen!

Was habe ich getan, um das zu verdienen, Charlo? Warum hat mir das Schicksal ein so furchtbares Blatt zugeteilt – mir, der ich so viel getan und mich so bereitwillig aufgeopfert habe für unser glorreiches Empire? Warum mußte ich von dem Land, das ich so liebe, beleidigt, nein, mehr als beleidigt, brutal vor den Kopf gestoßen werden? Vielleicht könnte ich einen Appell an das englische Volk richten, vielleicht könnte ich mich noch einmal auf dem Kricketplatz versuchen – doch nein, selbst ich, der ehemals ewige Opti mist, begreife, daß die Phantasie mit mir durchgeht. Ich kann mir nicht mehr allzuviel von der Zukunft erhoffen. Im Gegenteil, ich fürchte, daß es noch schlimmer kommen könnte, weswegen ich auch aufgehört habe, meinen getreuen Pandit zu konsultieren – ich geb's zu, es ist hasenherzig von mir, aber ich schaffe es einfach nicht mehr, weiteren möglichen Schicksalsschlägen ins Auge zu blicken. Als ich deshalb neulich ein Telegramm vom Pandit erhielt, legte ich es ungeöffnet weg aus Angst, es könnte eine unheilvolle Prophezeiung enthalten. Ich suchte wie gewohnt Trost bei meiner lieben Popsey, aber sie, das arme, süße, unschuldige Ding, ist völlig taub geworden und spricht kaum noch ein Wort.

Du bist der letzte Freund, der mir auf dieser Welt geblieben ist. In Deiner Gesellschaft könnte ich weiterhin gute Miene zum bösen Spiel machen und wohl noch manch guten Treffer landen. Wie sehr wünschte ich, Du könntest hier sein, für immer an meiner Seite. Ich bin sicher, ich könnte Dich irgendwie als meinen Privatsekretär unterbringen. Wir wären so glücklich. Zusammen könnten wir für eine zivilisierte Welt in die Bresche springen, die ihrem Untergang entgegeneilt. Mein Freund, ich sehe förmlich, daß ein großes Dunkel sich über alles senkt, was uns lieb und teuer ist. So wie die Dinge laufen, war der Große Krieg nur das Vorspiel zu einem weit unheimlicheren Spektakel, das, wenn die Kräfte der Barbarei schließlich losgelassen werden, die ganze Welt erfassen wird. Die Fürsten Indiens im Stich zu lassen mag wie eine Kleinigkeit erscheinen, aber es ist nichts weniger als ein Verrat an all dem, wofür zivilisierte Menschen von jeher gelebt haben und gestorben sind. Wir haben die Fackel der Tradition jahrtausendelang getragen, und jetzt ist die Flamme am Erlöschen. Ich brauche Dich an meiner Seite, mein Freund, jetzt mehr denn je, und ich werde diesen meinen Rechenschaftsbericht verwahren, bis ich ihn Dir persönlich aushändigen kann.

Aber es ist mir klar, daß ich mir falsche Hoffnungen mache. Schließlich hast Du anderweitige Verpflichtungen, nicht zuletzt gegenüber Deiner Madame. Ich weiß sehr wohl, daß ich dem Tod allein werde entgegentreten müssen. Jetzt heißt es Vorhang für den alten Narren in Flanell. So leb denn wohl, mein lieber Freund. Hier nehme ich von Dir

Abschied. Ich habe nichts mehr zu sagen, außer daß ich sehr, sehr enttäuscht bin. Gott segne Dich.

Dein Dich liebender Freund
Ranji

Ich verschnürte die Papiere mit ihrem cambridgeblauen Band und fragte mich, was das ungeöffnete Telegramm wohl enthalten mochte. Ich wußte, daß es noch immer existierte, da ich mich erinnerte, es in Ranjis Zimmer gesehen zu haben.

Der Palast war natürlich noch immer derselbe wie bei meinem letzten Besuch, aber es schien fast, als sei das Gebäude, das zuvor so sehr einem vernachlässigten Mausoleum geähnelt hatte, in der Zwischenzeit mit einem lebendigen Geist erfüllt worden. Die Landseers, die Tukes, die ausgestopften Vögel unter den Glasglocken, die alten, braunen Kricketschläger, die Jagdtrophäen, Napoleons Tacitusausgabe, irgendwie schien das alles jetzt weniger in ein Museum zu gehören als der Besitz eines Mannes zu sein, den ich kannte; es war seine Sammlung, sein Leben. Es wäre mir wie ein Sakrileg vorgekommen, es noch weiter zu stören.

»Er war ein feiner Gentleman, ein wirklich feiner Gentleman«, sagte der alte Domestik, nachdem er ganz unvermittelt, lautlos wie ein Geist, erschienen war. Seine Stimme brach den Bann, und ich war mit einemmal wieder der Rechercheur. »Was dieses Telegramm angeht«, sagte ich, »meinen Sie, wir könnten es aufmachen?« Der Diener beantwortete meine Frage nicht, sondern sagte: »Kommen Sie, ich werde Ihnen zeigen seine Musik. Der Jam Saheb sie immer spielte in der Nacht, viele, viele Male, immer dieselbe Musik. Er saß allein, mit seiner dunklen Brille. Kumar, er sagte dann immer, leg bitte die Schallplatte wieder auf. Und ich machte das, und er hörte zu und hustete und sprach zu seinem Papagei.«

Er blieb vor einem niedrigen Schrank aus Teakholz stehen, der ein altes Grammophon und einen kleinen Stapel Schallplatten enthielt. Kumar nahm eine davon, legte sie auf den

Plattenteller und zog das Gerät mit geschickten Bewegungen auf, die eine lange Übung verrieten. Dann senkte er die alte Nadel behutsam auf die Platte. Es war Ella Shields, die »Burlington Bertie« sang.

Wir lauschten schweigend der kratzigen Stimme, und als es vorbei war, fragte er, ob ich es noch einmal zu hören wünschte. Ich sah aus dem Fenster auf die ausgedörrte Fläche, die einst ein grüner Rasen gewesen und vor langer Zeit zu khakifarbenem Staub geworden war. Eine weiße Kuh stöberte herum auf der Suche nach etwas Eßbarem. Ich sagte, einmal sei genug.

»Jetzt zu diesem Telegramm...« Der Domestik zischte nervös und fragte, ob ich die Erlaubnis des Radschas hätte. Ich sagte, ich würde die volle Verantwortung übernehmen. Er führte mich durch einen langen Flur und forderte mich auf, in einem tristen Raum zu warten, in dem ein großer Billardtisch mit mottenzerfressenem grünen Bezug stand. Ich wartete eine Ewigkeit, den ausgestopften Tigerköpfen, die aus der Wand ragten, in die glotzenden Glasaugen blickend. Ich wollte schon aufgeben und mich auf die Suche nach Kumar machen, als ich einen kleinen Beistelltisch bemerkte. Darauf lag ein verblichenes Buch mit dem Titel *Courts and Camps in India*. Und daneben, wie durch puren Zufall, das Telegramm, unter einem silbernen Brieföffner. Ich öffnete es.

Es war von Pandit Ram Krishna aus Bombay abgeschickt worden. Es lautete: »Ein Jahr nach der Feier Ihres Jubiläums als Jam Saheb wird Markesh kommen.«

Während ich diesen kryptischen Satz las, wurde ich mir bewußt, daß Kumar den Raum erneut betreten hatte. Ich fragte ihn, wer oder was Markesh sei, er aber erstarrte und murmelte, der Jam Saheb sei ein feiner Gentleman gewesen. Ich hatte den Eindruck, daß er mich so schnell wie möglich loswerden wollte, weil meine Anwesenheit ein Ärgernis bedeutete – als könnte ich schlafende Geister aufstören. Ich tat ihm den Gefallen und habe Ranjis Palast seither nicht wieder von innen gesehen.

Ich stattete dem freundlichen alten Mr. Patel und seiner rokkigen Familie einen Abschiedsbesuch ab und fragte ihn nach Markesh. »Markesh?« sagte er. »Ach ja, Markesh.« Er machte eine beiläufige Handbewegung. »Es ist nur eins unserer Symbole für den Tod. Warum fragen Sie?«

Ich erzählte ihm von Pandit Ram Krishnas Telegramm. »Ach du meine Güte«, sagte Mr. Patel, »dieser entsetzliche Mensch. Er war ein absoluter Scharlatan, der von sich behauptete, Horoskope lesen zu können. Er war ständig hinter Ranjis Geld her. Unglücklicherweise war Ranji ziemlich leichtgläubig, was solche Dinge anging. Oder vielleicht hat er diese Burschen auch nur aus reiner Herzensgüte bezahlt, denn er war schrecklich großzügig, wissen Sie.«

Ich machte ihn darauf aufmerksam, daß die Vorhersage sich bewahrheitet hatte. Mr. Patel war nicht weiter beeindruckt. »Ich fürchte, das muß reiner Zufall gewesen sein.«

Es war Zeit, Jamnagar zu verlassen, und ich beschloß, den Zug nach Bombay zu nehmen. Inder hatte versprochen, mich dort mit ein paar seiner Freunde bekannt zu machen. Wir fuhren durch dieselbe Landschaft, die Ranji jedesmal, wenn das Wetter zu warm wurde, auf seinem Weg nach England gesehen hatte. Sie konnte sich nicht sehr verändert haben: dieselbe ausgedörrte Ebene, mit Lehmhäusern gesprenkelt, dieselben ausgetrockneten Flußbetten, Geier und Milane, die im karamelfarbenen Himmel ihre Kreise zogen. Derselbe Geruch nach Gewürzen und Kot und Sand.

Um mir die Zeit zu vertreiben, las ich die Beschreibung von Ranjis Bestattung. Eine lange Prozession von weißgekleideten, barfüßigen Trauernden war zum Verbrennungsplatz gezogen. Die Menschen hatten ihre Häuser geplündert und Möbel und Zierat zerhackt, um Sandelholz für den Scheiterhaufen bereitzustellen, dessen süßer Duft meilenweit zu riechen gewesen war. Ranjis ältester Neffe, Raj Kumar Pratabsinhji, sammelte die Asche ein, nachdem er von Priestern gebadet und kahlrasiert worden war. Fünf Monate später, an einem von den *joshis* festgelegten Tag, reiste er durch halb

Indien, um mit der Urne im Arm in den Ganges zu steigen, bis der Fluß über seinen Kopf schwappte und die Asche von den heiligen Fluten fortgeschwemmt wurde.

Es hatte offenbar Meinungsverschiedenheiten bezüglich der Umstände von Ranjis Tod gegeben. In einer britischen Zeitung erschien ein Bericht, demzufolge Ranji Selbstmord begangen haben soll. 1933, im Jahr seines Todes, war Ranji Chancellor der Chamber of Princes. Er machte sich große Sorgen, daß die geplante Umstrukturierung Indiens in einen Staatenbund zu einer weiteren Verminderung der fürstlichen Vorrechte führen könnte. Als er diese Befürchtung vor Lord Willingdon, dem Präsidenten der Kammer, in Delhi äußerte, wurde er öffentlich gerügt. Dies, deutete der Artikel an, habe seinen Lebensmut so nachhaltig gebrochen, daß er sich von all seinen Freunden verabschiedete, noch einmal die Orte besuchte, an denen sein Herz hing, und dann mit seinem designierten Nachfolger, Digvijaysinhji, eine Rundfahrt durch die Hauptstadt des Fürstentums unternahm.

»Laß uns ein letztes Mal durch unser Jamnagar fahren«, sagte er und lächelte, als sein Neffe fragte, was in aller Welt er damit meine. Er trug dem jüngeren Mann auf, hier eine Bank zu bauen, dort einen Markt und wieder an einer anderen Stelle sechs Straßen. Und als er das Gefühl hatte, genug gesagt zu haben, zog er sich in den Palast zurück, um zu sterben, allein mit der tauben und kahlköpfigen Popsey.

Völliger Unsinn, schrieb Ranjis offizieller Biograph, Roland Wild, in einem Brief an die *Times*, Ranji und Lord Willingdon hätten sich bestens verstanden. Von einem Todeswunsch könne keine Rede sein. Wer das unterstelle, sei ein politischer Saboteur. Ranji sei schlicht an Asthma gestorben.

Ich legte das Buch beiseite und sah aus dem Zugfenster. Die Dämmerung tönte den Himmel safranfarben, wodurch die Landschaft und meine Mitreisenden ein gelbsüchtiges Aussehen erhielten. Sand und Staub filterten das Licht, das in unseren Waggon fiel. In der Ferne gruben Rajputenfrauen in leuchtend roten und gelben Saris eine Straße auf. Die alte Frau mir gegenüber starrte mich schweigend, betelkauend an, und purpurner Saft rann ihr wie Blut aus den Mundwinkeln.

Ich hörte das Requiem von Mozart über meinen Walkman, was das Melodramatische meiner Umgebung auf eine merkwürdige Weise intensivierte, indem es der bedeutungsschwangeren Szenerie eine Art Soundtrack unterlegte. Das ziemlich angenehme Gefühl von Unwirklichkeit förderte sentimentale Gedanken zutage: an die Heimat, die Kindheit, verlorene Lieben, läutende Kirchenglocken an frostklaren Sonntagmorgen, den Tod.

Die Heimat, das wußte ich nur allzugut, war bloß ein Traum. Trotzdem fragte ich mich, was ich hier eigentlich tat, mitten in der Wüste, im Land der Toten. Ich verspürte das plötzliche Bedürfnis, eine vertraute Stimme zu hören, etwas, was mir helfen könnte, die Orientierung wiederzufinden, eine Bestätigung, daß ich lebte und nicht allein war. Also rief ich Inder in Bombay an, und es war niemand zu Hause. Er könnte in Goa sein, meinte ein Freund von ihm. Er sei hinauf nach Delhi gefahren, vermutete ein anderer. Um diese Zeit des Jahres sei er gewöhnlich in Mussoorie, erklärte mir wieder jemand anders. Niemand bekundete die geringste Verwunderung darüber, daß er unsere Verabredung nicht eingehalten hatte. Das war typisch Inder, ständig irgendwohin unterwegs, meist aus einer Laune heraus. Man mußte schon Glück haben, um ihn zu erwischen.

Es erschien damals nicht so schrecklich wichtig, da ich wußte, ich würde bei meinem nächsten Indientrip die Gelegenheit haben, Inder wiederzusehen. Ich war ihm noch einen Besuch in Mussoorie schuldig, wo wir eine Weile zusammen verbringen wollten; jeder würde an seinem jeweiligen Buch arbeiten, und abends würden wir über Gott und die Welt diskutieren.

Aber es *war* wichtig gewesen, denn ich sollte meinen Freund nie wiedersehen. Nachdem ich nach London zurückgekehrt war, dachte ich ein paar Monate lang nicht an Inder. Dann, eines Nachmittags, traf ich in der Charing Cross Road zufällig eine gemeinsame Freundin. Ich fragte sie, ob sie in letzter Zeit etwas von Inder gehört hätte. Sie riß die Augen auf und erblaßte. »Weißt du es denn nicht?«

»Was sollte ich wissen?«

»Er ist ums Leben gekommen, in Jaipur, bei einem Krawall...«

Es war eine abscheuliche Geschichte gewesen. Mitglieder einer fanatischen Hindugruppe, deren erklärtes Ziel es war, ein rein hinduistisches Indien zu schaffen, hatten einen Führer der Moslemgemeinde überfallen, der mit ebenso großem Eifer für den Schutz der, wie er sie nannte, moslemischen Identität kämpfte. Der Angriff hatte einen Tumult unter den Gläubigen ausgelöst, und alles weitere war wie gewohnt abgelaufen: Moslems hatten ein Hindugeschäft demoliert, Hinduschläger waren über die Moslems hergefallen, und die Armee hatte am Schluß die verstümmelten Leichen einsammeln dürfen. Inder, der aufrechte Gentleman Inder, hatte offenbar versucht, einen völlig verängstigten moslemischen Juwelier vor dem Mob zu beschützen, und war so brutal zusammengeschlagen worden, daß er im Krankenhaus gestorben war, nachdem er stundenlang in einer Blutlache gelegen hatte, während die um ihn tobende Menschenmenge, blind vor Wut, nichts unternahm, um ihn zu retten.

Anfangs war Inders Mutter völlig am Boden zerstört gewesen, doch sobald sie den Schock überwunden hatte, gewann sie rasch ihre gewohnte Gelassenheit zurück. Sie sei überzeugt, erzählte sie jedermann, daß ihr Sohn bald zu ihr zurückkehren würde, ebenso wie sein sogenannter Cousin plötzlich aus dem Nichts aufgetaucht sei. Inder, sagte sie, würde wieder zum Leben erwachen. Wie ihr Sohn glaubte sie an Wunder.

Ich dachte an das letzte Mal, als ich Inder gesehen hatte, in Delhi. Er wollte mir die Stätte von König Georgs Großem Durbar von 1911 zeigen. Wir fuhren in einem alten Ambassador dorthin, vorbei am Maidens Hotel, an der Universität, an dem Zentrum von Old Delhi, und durch die äußeren Vorortsiedlungen aus Bungalows und Baracken, bis es nichts mehr gab als Gestrüpp und Sand. »Komm, schau dir das an«, rief Inder. Er zog an meinem Ärmel und rannte auf eine große marmorne Plattform zu, die wie eine antike Opferstätte aussah, wie sie die Inkas hätten gebaut haben können. Hier hatten die Monarchen und Vizekönige die Huldigungen der indischen Fürsten entgegengenommen. Hier hatte die Theatralik des Empire ihren prachtvollsten Ausdruck gefunden. Es war ein windiger Tag, und der Sand drang uns in die Nasenlöcher.

»Lächerlich«, murmelte Inder, während er auf die Plattform starrte, auf die zerbrochenen griechischen Säulen, auf die Wüste, wo die Fürsten einst ihre Zelte aufgeschlagen hatten, »absolut lächerlich.«

»Ja«, erwiderte ich, »aber ohne all das wärst du nicht der, der du bist. Du hättest nicht als Dreijähriger auf dem Schoß deiner Mutter gesessen und zugehört, wie sie Shakespeare vorlas. Du hättest keine englischen Gedichte geschrieben. Du hättest nicht deinen Sinn für Ironie.«

Er starrte mich mit einem gereizten und verblüfften Ausdruck an. »Lächerlich«, wiederholte er, »und belanglos. Komm, ich zeige dir etwas anderes.« Wieder zog er an meinem Ärmel, und wir steuerten, wie es schien, auf baumloses Gelände zu. Da war ein rostiges eisernes Tor, hinter dem ein paar verkrüppelte Bäume und Sträucher standen. Verdorrte Amarantknäuel hängten sich an unsere Knöchel wie hartnäkkige kleine Hunde. »Schau!« sagte Inder.

Ich schaute und sah zuerst nichts, aber dann konnte ich doch, im Sand zwischen den Bäumen eingesunken, eine Reihe großer grauer Statuen von Männern in römischen Togen ausmachen. Sie standen herum wie Exhibitionisten in einem Park, die Füße mit Unkraut überwachsen, manche ohne Hände oder Nase; alle waren mit einer Schicht hartgewordenen Sands bedeckt. Ich las die Inschriften auf den klassizistischen Sockeln: Lord Curzon, Lord Linlithgow, Lord Willingdon, Lord Chelmsford ... Sie sahen traurig und verloren aus, wie Gespenster, die, an den falschen Ort geraten, dazu verdammt waren, für immer dort zu bleiben.

Inder erklärte, daß diese Statuen aus den ehemaligen Staatshauptstädten Britisch-Indiens stammten. Sie waren nach der Unabhängigkeit entfernt und auf diesem trostlosen Flecken Erde, der einst ein Park hatte sein sollen, abgestellt worden. »Hier siehst du es«, sagte Inder, der seine sardonische gute Laune wiedergewonnen hatte, »es war alles ohne Belang, ein momentaner Ausschlag im zeitlosen Universum, eine Kräuselung im Ozean, ein bloßes Zwischenspiel in einem niemals endenden Stück. Der Raj war nicht nur lächerlich, er war bedeutungslos, er hinterließ nichts.«

Ich schwieg, ergriffen vom geisterhaften Anblick dieser versteinerten großen Männer, die in der Wüste ihr Ende gefunden hatten.

»Geh heim«, sagte Inder. »Sinn kannst du in deinem Leben nur finden, wenn du an den Ort heimkehrst, an dessen Geschichte du teilhast, dessen Sprache in deiner Seele ist. Nur dort wirst du Poesie finden, und Sinn. Alles Übrige ist ein Plätschern an der Oberfläche. Geh heim.«

»Aber Inder, du weißt doch, daß ich keine Heimat habe. Und ebensowenig du. Wir sind für immer unterwegs, und etwas anderes anzunehmen bedeutet, Illusionen nachzujagen.«

»Nein«, schrie Inder, »nein, nein, nein! Indien ist mein Land, meine Heimat, die Heimat meiner Vorfahren...«

»Welcher Vorfahren? Der Moslems aus dem Norden, der Arier, der Drawiden, der Stämme im Nordwesten? Sei ehrlich, Inder, Indien ist schon immer ein Mischmasch gewesen, seine Geschichte die reinste Wirtshausschlägerei. Und dasselbe gilt, was das angeht, auch für Europa. Die Heimat ist da, wo wir beschließen, heimisch zu werden, wo wir unsere Freunde und unsere Bücher haben. Die Heimat ist in unserem Kopf. Alle Stämme sind heute verloren. Die Vorfahren sind seit langem tot...«

»Du kannst aber« – Inder brüllte fast vor Wut – »kein hundertprozentiger Kosmopolit sein! Das ist so, als sagtest du, daß du nichts bist, ein Mensch ohne Vergangenheit, ohne Identität. Seine Identität leugnen ist schlicht Arroganz. Du bist so schlimm wie die Architekten des Empire, die sich einbildeten, die ganze Welt gehöre ihnen...«

»Sie erbauten ihr Empire, gerade weil sie an ihre Rasse glaubten, ihre Vorfahren, ihre Heimat, auch wenn nur wenige von ihnen wirklich da leben wollten. Wie dem auch sei, Inder, warum kannst du nicht für einen Augenblick deine Identität vergessen, oder meine, so daß wir einfach Freunde sein können?«

Inders Wut war wie ein kurzer tropischer Wolkenbruch vorübergezogen, und er sprach jetzt leise, eher traurig als zornig. »Das wird unmöglich sein, solange du nicht aufhörst, mich wegen meines Selbstverständnisses anzugreifen. Sieh mal, vielleicht sind das ja Illusionen, aber es sind meine Illusionen, also mußt du sie respektieren. Solange du das nicht schaffst, können wir keine Freunde sein.«

Ich nickte, sagte aber nichts. Ich sah wieder auf die angeschlagenen Bildnisse der alten Vizekönige und die gewaltige marmorne Plattform im Zentrum des alten Durbarplatzes und dachte an die Illusionen des Empire und daran, daß sie uns noch nicht verlassen hatten. Schweigend, traurig, gingen wir zum Ambassador zurück und fühlten, wie der Sand in unseren Nasen bereits hart wurde.

Epilog

Gab es ihn wirklich? Oder war er vielleicht ein Traum, geträumt in einer Mittsommernacht, vor langer Zeit?«

Neville Cardus über Ranjitsinhji

Während ich in England und Indien Dutzende von Fotos von Ranji durchsah, kam es mir merkwürdig vor, daß immer wieder Leute auftauchten, die er in seinem Brief an Fry überhaupt nicht erwähnt hatte. Da gab es zum Beispiel eine junge Europäerin, die man oft neben Ranji sitzen und eine Katze streicheln sah. Ich fand sie auf Bildern, die in den zwanziger Jahren in Jamnagar aufgenommen worden waren, bei Banketten oder *shikars*, ebenso wie auf Fotos aus Ranjis irischem Schloß in Ballynahinch. Sie war eine gutaussehende, nicht mehr ganz junge Frau mit dunklem Haar und einer dünnen, leicht gebogenen Nase.

Um wen es sich bei ihr handelte, erfuhr ich eines Tages rein zufällig, als ich einen alten Iren besuchte, der Ranjis Bridgepartner gewesen war. Er hatte sich nach Indien aufgemacht, um Abenteuer zu suchen, und war schließlich bei Ranji gelandet – offiziell als Ingenieur angestellt, aber in Wirklichkeit als vollbeschäftigter Bridgespieler. Seine einzige sonstige Pflicht hatte darin bestanden, abends, wenn der Arzt nicht da war, Ranjis Augenhöhle auszuspülen. Ich hätte eigentlich gleich schalten müssen, als ich seinen Namen hörte, aber irgendwie fiel der Groschen nicht.

Ich suchte ihn in seinem Haus in Hove auf, das er mit seiner viel jüngeren Frau, einem maskulinen Wesen in Tweedsachen, bewohnte. Mr. Scott war ein rüstiger Fünfundachtzigjähriger und trug einen gepflegten cremefarbenen Anzug.

Ich fragte ihn, wann er Ranji kennengelernt habe. Seine Augen blinzelten listig hinter der Schildpattbrille. »Kennengelernt habe ich den Jam Saheb nie. Niemand kannte ihn wirklich. Ich ganz gewiß nicht, obwohl ich viele Jahre lang Tag und Nacht mit ihm zusammen war.«

Na gut, fragte ich, wann er ihm dann zum erstenmal begegnet sei. »Ach, wissen Sie, der Jam Saheb war in meine Schwester verliebt. Das ist niemandem bekannt ... Ja, ich glaube wirklich, Sie sind der erste, dem ich das gesagt habe.« Er kicherte leise in sich hinein. »Ja, lang ist's her ... Was für Erinnerungen! Oh, ich werde heute nacht Alpträume haben, das ist sicher.«

Es überraschte mich, von dieser Liebesaffäre zu hören; sie schien mir, gelinde ausgedrückt, nicht ganz ins Bild zu passen. Ich beschloß, das Thema behutsam anzuschneiden: Hatte Ranji daran gedacht, Mr. Scotts Schwester zu heiraten?

»O ja, ich glaube schon. Doch, bestimmt. Tatsächlich war er im Begriff abzudanken, aber dann ist er ja leider von uns gegangen. Es war eine wunderschöne Bestattung, wissen Sie. Die Leute in Weiß, die Gesänge, die Blumen und der verhüllte Leichnam, mit heiligem Gangeswasser übergossen ...«

Ich fragte Mr. Scott, ob er zufällig Fotos von seiner Schwester habe. Gewiß, aber sie jetzt zu sehen würde ihm mit Sicherheit Alpträume bereiten. Andererseits komme es nicht alle Tage vor, daß ihn jemand besuche, um etwas über den Jam Saheb zu erfahren, also würde er mir seine Andenken zeigen. Seite an Seite blätterten wir zusammen ein ledergebundenes Sammelalbum mit alten Speisekarten, Ballbilletts und Fotografien durch. Es gab Bilder von Ranji in einer Reitjacke aus Tweed, hinter einem Berg von totem Wild stehend, mit abgewandtem Kopf, um sein Glasauge zu verbergen, Ranji bei einem offiziellen Dinner, Ranji im Durbargewand, Ranji in einem Zug, Ranji auf einem Dampfer. Überall zeigte er nur sein Profil, während die Personen um ihn herum direkt in die Kamera starrten. Und da war sie, die dunkelhaarige Frau, Mr. Scotts Schwester. Und Mr. Scott selbst natürlich, ein drahtiger junger Mann, der im Hintergrund lächelte.

»Verstehen Sie mich jetzt nicht falsch«, sagte er, als ich ihn nach näheren Einzelheiten über die Beziehung seiner Schwester zu Ranji fragte, »es gab eine Romanze, ohne Zweifel, aber völlig platonisch. Ich bin sicher, daß das alles war. Nichts

Körperliches. Wissen Sie, ich glaube nicht, daß Ranji ein Sexualleben hatte. Er sprach nie darüber, nie ein Wort über Sex.«

Worüber sprach er dann?

»Och, er sagte eigentlich nie viel. Ja, Belanglosigkeiten.«

Belanglosigkeiten?

»Ja. Er rauchte Unmengen, wissen Sie, grundsätzlich türkische Zigaretten. Immer wenn man ihm eine schwierige Frage stellte, blies er Rauchringe und sah zu, wie sie zur Decke schwebten, sagte kein Wort, lächelte bloß und sah dem Rauch zu, wie er höher und höher stieg.«

Mr. Scott hielt seine Pfeife in der ausgestreckten Hand, die wäßrigen Augen wie in Trance starr nach oben gerichtet. Der graue Rauch stieg in Spiralen zur vergilbten Decke.

Wir wandten unsere Aufmerksamkeit wieder dem Album zu. Ein Bild fiel mir auf, das irgendwo in Europa, offenbar auf der Terrasse eines Luxushotels, aufgenommen worden war. Ranji, in dunklem Anzug, sah, was ungewöhnlich für die Zeit war, direkt in die Kamera; andererseits trug er eine Sonnenbrille. Hinter ihm standen drei indische Diener und ein lächelnder Mr. Scott, und neben Ranji saß ein distinguiert aussehender Gentleman in weißem Anzug, der sich auf einen Spazierstock stützte.

»Aix-les-Bains. Der Aga Khan. Ich vermute, der Jam Saheb war da, um sich Geld zu leihen, oder etwas in der Art. Weiß nicht, ob er es bekommen hat. Wahrscheinlich schon. Wissen Sie, er konnte manchmal etwas skrupellos sein, Perlen- und Diamantenschmuggel, so Sachen. Natürlich waren die Fürsten damals von Zollabgaben befreit. Er war schrecklich verschwenderisch, aber auch sehr großzügig. So oft habe ich es erlebt, daß er Edelsteine und diese komischen Ostereier aus der Tasche holte und sie einfach so, lächelnd, immer lächelnd, an seine Gäste verschenkte. Ah, er war ein echter Gentleman, der Jam Saheb ...«

Um Mr. Scott die Mühe des Aufstehens zu ersparen, nahm ich das Album und legte es auf den Tisch. »Uh, nicht dort«, sagte er, nahezu von Panik ergriffen, »das geht nicht! Meine Frau, wissen Sie, nimmt es sehr genau, wirklich sehr genau. Kann es nicht haben, daß Bücher auf dem Tisch herumliegen. Muß wieder dahin, wo es hergekommen ist.« Die Frau war, zu meiner großen Erleichterung, einkaufen gegangen.

Mr. Scott lehnte sich in seinem Sessel zurück und starrte ins Leere. »Nein«, sagte er leise, »niemand kannte den Jam Saheb wirklich.« Und dann, als erwache er aus einer Trance: »Natürlich war er ein großer Spaßvogel, hatte immer einen Scherz auf Lager.«

Wurde er jemals wütend?

»Wütend? Nein, eigentlich nicht, na ja, ab und zu mal, beim Bridge. Er konnte gegen seine Adjutanten schrecklich ausfallend werden, wenn sie mit ihm Bridge spielten. Nannte sie blöde Idioten und so weiter. Und dann war da die eine Sache…«

Er verstummte. Ich bat ihn weiterzuerzählen. Und er sagte schnell: »Na ja, sehen Sie, er war ein sehr stolzer Mann, ein wirklich sehr stolzer Mann. Wir kamen aus Indien zurück und nahmen in Marseille den Train Bleu. Und der Jam Saheb wurde darüber informiert, daß Charlie Chaplin im selben Zug saß. Er liebte Chaplinfilme und schickte ihm seine Karte mit der Einladung, doch vorbeizukommen und uns einen Besuch abzustatten. Nach einer kleinen Weile kam von Chaplin ein Briefchen zurück, in dem er schrieb, er wäre entzückt, Fürst Ranjitsinhji kennenzulernen, aber nur in seinem, Chaplins, Waggon. Der Jam Saheb sagte nichts, aber ich konnte sehen, daß er wütend war, denn er wurde blaß und schien nach Luft zu ringen, als hätte er gerade einen seiner Asthmaanfälle. Die hatte er häufig, wissen Sie. Natürlich lehnte er strikt ab. Jammerschade, wirklich. So eine einmalige Gelegenheit, einen großen Mann kennenzulernen…«

Wie wahr, wie wahr, dachte ich.

»… Wie konnte er nur die Einladung eines großen Prinzen ablehnen.« Mr. Scott schüttelte ungläubig den Kopf. »Wirklich zu schade…«

Unbedingt, dachte ich.

Der alte Mann zuckte die Achseln und seufzte: »Aber schließlich war Charlie Chaplin nur ein Plebejer.«

Ballynahinch im Regen muß so trostlos wie Feuerland sein: eine steinige, öde graue Landschaft, wo nur der Hederich um die felsigen Wasserlöcher gedeiht. Es ist eine wilde Landschaft, unkultiviert, urtümlich, scheinbar unberührt von der Hand des Menschen. Nach allem, was man hört, fand Ranji dort in den letzten Jahren seines Lebens ein bescheidenes Glück.

Ich fuhr in meinem japanischen Auto durch die irische Landschaft und hörte Radio. Hausfrauen sprachen über Trauerfälle in der Familie, und Priester verteidigten Morde, die im Namen des Patriotismus begangen wurden. Bei den Radiosprechern wie bei ihren Zuhörern war eine fast obsessive Sorge um Identität festzustellen – die Identität einer kleinen Nation, die immer im Schatten einer größeren existiert hatte. Ortsansässige Ausländer wurden vorgeführt, damit sie erzählten, wie sehr sie Irland liebten. Das Leben in Irland, sagten sie, habe eine ganz besondere Qualität, es sei einzigartig und wundervoll. Das erinnerte mich an Holland, wo man ähnliches zu hören bekommt: das Beharren auf dem eigenen Anderssein, der eigenen Besonderheit – physische Kleinheit zur Tugend erhoben, Provinzialität als eine Art Kult. Ich fand es rührend und deprimierend zugleich.

Ich hielt zum Mittagessen an einem Pub. Drinnen war es dunkel. Eine rundliche junge Frau mit grauen Strähnen im karottenfarbenen Haar las Zeitung hinter dem Tresen. Am Nachbartisch saßen ein Mann mittleren Alters in einem Pullover mit Zopfmuster und eine etwas jüngere Frau, vermutlich ein Ehepaar. Sie sprachen leise, aber ich hörte sofort, daß er Brite war. Da wir die einzigen Gäste waren, kamen wir miteinander ins Gespräch.

»Auf der Durchreise?« fragte er.

Ja, sagte ich.

»Zum erstenmal in diesem Land?«

Ja, zum erstenmal.

»Wir auch«, sagte er. Dann, als hätte er Gott weiß was entdeckt: »Wahnsinnig nette Leute.«

Ja, sagte ich, sind sie wirklich.

»Scheinen überhaupt nichts gegen uns zu haben, nicht?«

Uns? dachte ich ... uns?

»Nein, kein bißchen«, sagte ich.

»Man hört, die würden uns nicht mögen, aber ich habe nichts davon gemerkt, Sie vielleicht?«

Nicht im geringsten, sagte ich, während ich noch immer an das »uns« dachte. Ich mochte dieses Wirgefühl, dieses wie selbstverständliche Eingeschlossenwerden. Es fühlte sich irgendwie gemütlich an. So ist das vielleicht, wenn man heimkommt. Aber ich wußte, daß das Gefühl nicht von Dauer sein würde. Heimat, Wir, ist es nicht das, wovon man versucht wegzukommen? Hat man da überhaupt eine Wahl? Wenn man sich erst einmal auf den Weg gemacht hat, gibt's kein Zurückschauen mehr, siehe Lots Weib. Erinnerungen sind das, was man jetzt ist, eine Privatsammlung, das, was sich an Schätzen, Kitsch und Plunder angehäuft hat und die eigene Identität ausmacht. Es gab Phasen während meiner Beschäftigung mit Ranjis Rätsel, da hatte ich das Gefühl, er sei ein Teil von mir geworden, als ob etwas von seinen Schätzen, seinem Kitsch und Plunder, und wenn auch nur in der Vorstellung, mein geworden wäre. Das flatternde Seidenhemd, das Glasauge, der grüne Papagei, sie sind jetzt alle in meiner Sammlung.

Ranjis Schloß in Ballynahinch, in Wirklichkeit ein großes, graues Giebelhaus an einem Fluß voller Lachse und Forellen, ist heute ein Hotel in amerikanischem Besitz. Am Horizont zeichnen sich die blaugrauen Kegel der Connemara Hills ab, und dazwischen nichts als Torfmoore und *loughs*.

Ursprünglich als Schenke gebaut, war das Schloß 1813 von Richard Martin, auch bekannt als »Hair-trigger Dick« oder »Humanity Martin«, ersteres wegen seine Schwächen für

Duelle, letzteres wegen seiner Tierliebe, renoviert und in ein Herrenhaus umgewandelt worden. Martin der Menschliche war ein Regency-Dandy und gab sein Vermögen für rauschende Feste aus. Er war oft verschuldet, und Gerichtsvollzieher wurden verprügelt oder in Moorlöcher getaucht. Andererseits liebte er Tiere und sperrte jeden ein, den er verdächtigte, ein Tier mißhandelt zu haben. Er brachte einen gewissen Fighting Fitzgerald beinahe um, weil er unfreundlich zu einem Wolfshund gewesen war. Humanity Martin starb mittellos in Bologna, wohin er vor seinen Gläubigern geflüchtet war.

Ich war der einzige Gast ohne Angelgerät. Die anderen waren größtenteils derb-herzliche Amerikaner mit ihren Ehefrauen. Ich hatte gehört, daß im Ort noch jemand lebte, der Ranji gekannt hatte. Ich fragte die junge Frau an der Rezeption, und sie wußte genau über ihn Bescheid. »O ja, er kann Ihnen eine Menge Geschichten über den alten Maharadscha erzählen. Er war sein Jagdbursche, wissen Sie. Er ist jetzt ein sehr alter Mann, aber noch immer recht rüstig.« Ein Treffen konnte schon für denselben Nachmittag arrangiert werden.

Um fünf Uhr schlurfte Martin O'Halloran, auf eine stählerne Gehhilfe gestützt, in die Gaststube. Er hatte ein fröhliches Trinkergesicht: Purpurnase, rote Wangen, wäßrige blaue Augen und weiße Haarbüschel, die ihm aus den Ohren herausragten.

»Einen Drink?« fragte ich.

»Och, Herrgott, ja, und dann noch einen und noch einen.« Martin trank Brandy.

Wann war er Ranji zum erstenmal begegnet?

»Das erste Mal, jetzt lassen Sie mich überlegen. Das war an meinem ersten Arbeitstag, da habe ich Kartoffeln gepflanzt. Seine Hoheit – wir nannten ihn immer Seine Hoheit – saß an seiner Lieblingsstelle am Fluß und angelte. Och, stundenlang saß er so da, ganz ruhig, und wartete darauf, daß die Fische anbissen.«

War er allein?

»Allein? Herrgott, nein, er hatte immer eine feine englische Lady dabei, eine schöne Lady war das, mit dunklem Haar. Und dann war da noch ein Inder, den wir den Major nannten. Er war die ganze Zeit da, sagte nie ein Wort, nicht ein einziges Wort.«

Ich fragte Martin, ob Ranji bei den Einheimischen beliebt gewesen sei.

»Och, Herrgott, ja. Allmächtiger Himmel, ja, er war ein feiner Mann, ein richtiger englischer Gentleman. Aber einfach, wissen Sie, ganz einfach.«

Was meinte er mit »einfach«?

»Sehr höflich zum Arbeiter. Er hat uns nie übersehen, wie das manche Leute tun. Hatte immer ein freundliches Wort. Und viel Humor. Och, Herrgott, was für einen Humor...«

Martin bestellte sich noch einen Brandy, den er hinunterstürzte. Er sah sich in der Bar um und grüßte die Stammgäste. Eine magere indische Dame im Sari kam an unseren Tisch und fragte, ob sie sich zu uns setzen dürfe, da sie zufällig gehört habe, wovon wir sprachen. Wer, fragte sie, sei dieser Maharadscha gewesen? »Oh, er war ein richtiger Gentleman...« setzte Martin an. Ich wünschte, sie würde verschwinden.

»Indien hat so eine großartige Kultur«, sagte die Dame. »Haben Sie schon einmal unsere Musik gehört?« Ich bejahte. Martin starrte dumpf in sein Glas. »Und unsere Miniaturen, haben Sie je die Gelegenheit gehabt, die zu sehen?« Ja, sagte ich, hätte ich. »Wir mögen ein sehr armes Land sein«, plapperte sie weiter, »aber wir sind reich an geistigen Schätzen.« Ihr Ehemann, ein liebenswürdiger Amerikaner in schottisch karierter Hose, kam, um sie zum Abendessen zu holen. »Gut, dann lasse ich Sie beide allein«, sagte sie, als Martin höflich den Schirm seiner Tweedmütze berührte.

»Ja, ein richtiger Gentleman, und das ist bei Gott die Wahrheit«, faßte Martin zusammen.

Er gab hier Feste, nicht?

»Das tat er, jawohl, das tat er. Och, Herrgott, ja. Jedes Jahr, im September – Seiner Hoheit Geburtstag. Das Billardzimmer wurde ausgeräumt, und man stellte fünfundvierzig Tische auf. Um elf kamen wir alle rein, und so gegen vier gingen wir wieder weg, und Seine Hoheit gab uns allen ein Trinkgeld, einem nach dem anderen, entsprechend unserem Rang. Och, Herrgott, schöne Feste waren das. Wir sangen irische Lieder, und die jungen Männer tanzten, und der Whisky floß in Strömen, und Seine Hoheit saß da und sah zu und lachte und genoß jede einzelne Minute. Nach dem Essen brachte er immer einen Trinkspruch aus. Nun wußte er natürlich ganz genau, daß ein Toast auf den König hierzulande nicht so gern gehört wurde, also stand er auf und trank auf den Kaiser von Indien, und das ist bei Gott die Wahrheit.

Ja, das war schon eine schöne Zeit. Ich weiß es noch, als ob es gestern gewesen wäre. Wenn es für Seine Hoheit Zeit zu fahren war – er hatte einen Sonderwaggon bis nach Dublin, wissen Sie –, dann kamen wir alle zum Bahnhof, um ihm Lebewohl zu sagen, und viele von uns weinten, denn er war ein Gentleman, ein richtiger Gentleman. Das letzte Mal, daß wir ihn verabschiedet haben, das war im September 1932, und das ist bei Gott die Wahrheit...«

Martin zog ein rotes Taschentuch hervor und wischte sich die Augen. Er leerte sein Glas Brandy.

»Es war am ersten April 1933, als uns die Nachricht erreichte, daß Seine Hoheit gestorben war. Seine Hoheit hatte doch so einen herrlichen Sinn für Humor, und der erste April ist in Irland ein wichtiger Tag, also dachten wir alle, das wäre ein Witz. Och, allmächtiger Herrgott, wir haben gedacht, das wäre ein Witz, und wir haben gelacht und gelacht und gelacht.«

Bruce Chatwin / Paul Theroux
Wiedersehen mit Patagonien

Aus dem Englischen von Anna Kamp
1992. Gebunden. 80 Seiten

Bruce Chatwin und Paul Theroux, die beide Bücher über Patagonien geschrieben haben, die zu den schönsten Reisebüchern der Moderne gehören, halten hier Zwiesprache über ihre Erlebnisse. Patagonien, das ist das Land am äußersten Rand unserer Welt, das zur Metapher wurde für das Ungeheuerliche, das Unheimliche, das verhängnisvoll Anziehende, und *Wiedersehen mit Patagonien* ist eine anregende Lektüre für alle, die auf der Suche nach dem Wunderbaren, dem Außergewöhnlichen, dem Geheimnisvollen sind.

»Ein *Wiedersehen mit Patagonien* dürfen die Leser feiern, für die Feuerland und Ushuaia magische Orte auf der Landkarte der Weltliteratur sind. Der besondere Reiz des Bändchens besteht darin, daß sich das Wechselspiel von Reisen und Schreiben, von realem Travelling und Abenteuer im Kopf hier als Dialog zweier ganz unterschiedlicher Wandervögel darstellt. Während Chatwin intellektuelle Expeditionen unternimmt, verkörpert Paul Theroux eher den Typus des Rucksacktramps. Das kontrastreiche Widerspiel zeigt, daß es sich um eine Reise in das längst literarisch gewordene Patagonien handelt. So wandert der Leser nicht nur auf den Spuren Chatwins und Theroux', sondern auch in den Fußstapfen von Shakespeare, Melville, Dante, Poe und Coleridge. Es muß ein magisches Land sein, das offenbar schon als Mythos existierte, bevor es überhaupt gefunden worden ist.«

Deutsches Allgemeines Sonntagsblatt

»Der gemeinsame Werkstattbericht ist eine Fundgrube für alle, die die brillanten Reisebücher von Chatwin und Theroux zu schätzen wissen.«

Nürnberger Nachrichten

Bruce Chatwin
im Carl Hanser Verlag

Traumpfade
Roman
Aus dem Englischen von Anna Kamp
1990. Gebunden. 400 Seiten

»Chatwins Stil kombiniert Nähe und Ferne, den Detailblick des Malereiexperten und den offenen Horizont und die Sachneugier des Journalisten. Mit jedem seiner Bücher wurde Chatwin mehr zum Meister in der hemingwayschen Tradition, durch Aussparen zu gewinnen und in die ›dritte und vierte Dimension der Prosa‹ vorzustoßen. [...] Er reist durch die Weiten Australiens, er besucht Aborigine-Camps, er beschreibt den Rassismus alltäglicher Barszenen, und er besucht die Plauderparties der Aborigine-Aktivisten. Aber dieser Berufsreisende ist ein Genie der Begegnung und des Gesprächs. Überall trifft er auf die richtigen Leute, stellt ihnen produktive Fragen und skizziert mit frischer Neugier die Szenen so konzentriert, daß man die Hitze und Weite dieser Landschaften und die meditative Abgekehrtheit der Aborigines förmlich zu spüren meint.«
Die Zeit

Was mache ich hier
Aus dem Englischen von Anna Kamp
1991. Gebunden. 391 Seiten

»Hans Magnus Enzensberger nennt ihn ›einen Geschichtenerzähler, der weit über die Grenzen der Fiktion hinausgeht und in seinen Erzählungen Elemente der Reportage, der Autobiographie, der Ethnologie, der kontinentalen Tradition des Essays, ja sogar des Klatschs einbezieht. Aber unter der Brillanz seiner Texte schimmert etwas Beklemmendes, Brüchiges, Einsames, Bewegendes, wie in der Prosa Turgenjews.‹ Bei Bruce Chatwin stoßen wir auf vieles, was er ungesagt gelassen hat. Das stimmt ganz gewiß für den nun postum erschienen Band *Was mache ich hier*, der Rimbauds Satz aus einem Brief aus Äthiopien ›What Am I Doing Here?‹ übernimmt: eine Sammlung schwer einzuordnender Prosastücke, mal Feature, mal Erinnerung, mal Reisebericht und mal Portrait. Glanzvoll allemal.«

Die Zeit

Utz

Aus dem Englischen von Anna Kamp
1989. Gebunden. 168 Seiten

»Als kleiner Junge stand Kaspar Baron Utz vor der gläsernen Porzellanvitrine im großmütterlichen Schlosse, sah eine Harlekinfigur, geformt vom ›größten aller Meißner Modelleure‹, dem Bildhauer Johann Joachim Kändler, und sagte: ›Ich will ihn haben.‹ Damit beginnt eine lebenslange Obsession, die den erwachsenen Utz zum Besitzer einer sagenumwobenen Sammlung Meißner Porzellans werden läßt. [...] Bruce Chatwin hat die Geschichte seines tschechischen Porzellanliebhabers mit ein paar farbintensiven Fäden von Zeitgeschichte und Historie durchwoben. Mit bezaubernder Leichtigkeit versammelt er auf der leeren, verfallenen Weltbühne der Stadt Prag so unterschiedliche Gestalten wie August den Starken von Sachsen, Rabbi Löw, den berühmten Kabbalisten zur Zeit Kaiser Rudolfs II., einen mit der Erforschung des Mammuts beschäftigten Paläontologen, Johann Friedrich Böttger, den Erfinder des Porzellans, und natürlich die Figurinen der Columbine und Pulcinella, des Harlekin und Scaramuccio aus der Commedia dell'arte neben Dresdner Hofdamen mit wahrhaft alterslosem Porzellanteint. [...]
Mit seinem kunstvoll konstruierten kleinen Roman erzählt er nicht nur die geistreiche Geschichte eines Sonderlings, sondern verrät viel über Lebenskünste in einer vom Lauf der Dinge gezeichneten Welt.«

Frankfurter Rundschau

John Berger
im Carl Hanser Verlag

Sau-Erde
Geschichten vom Lande
Aus dem Englischen von Jörg Trobitius
1982. Gebunden. 294 Seiten

»In seinen Essays überschreitet Berger oftmals die Grenze zur erzählenden Prosa. Seine Geschichten gehen den umgekehrten Weg, sie beruhen weniger auf der Fiktion als auf der Kunst des Beobachtens und des Nachdenkens. [...]
Susan Sontag schrieb über Berger, der für seinen Roman ›G‹ 1977 den höchstdotierten britischen Literaturpreis erhielt: ›In der zeitgenössischen englischen Literatur scheint er mir ohnegleichen zu sein; seit Lawrence hat es dort keinen Schriftsteller gegeben, der der Welt der Empfindungen eine solche Aufmerksamkeit entgegenbringt und gleichzeitig so auf die Forderungen des Gewissens eingeht‹.«

Frankfurter Allgemeine Zeitung

Spiel mir ein Lied
Geschichten von der Liebe
Aus dem Englischen von Jörg Trobitius
1988. Gebunden. 240 Seiten

»In zwei Gedichten und fünf Geschichten berichtet Berger vom Leben und der Liebe von Menschen, deren soziale Existenz und deren Kultur von der Vernichtung bedroht sind: von den Bauern und Bäuerinnen aus den französischen Alpen, von ihrem Eigensinn und ihrer Treue zu sich selbst. [...]
Das Ergebnis ist ein außergewöhnliches Beispiel für die Durchdringung von Ethnographie und Literatur, und es widerlegt die modische Annahme, daß der Ethnograph auch in der Fremde letztlich nur über sich selbst schreibe.«

Frankfurter Rundschau

Flieder und Flagge
Aus dem Englischen von Jörg Trobitius
1991. Gebunden. 246 Seiten

»Die Sehnsucht bleibt unerfüllt. Sie wollen alle zurück in ihr Dorf, das sie einst verlassen haben und das so hoch in den Bergen liegt, daß die Bewohner ›ein Echo von den Felsen hören können, wenn sie flüstern‹. Doch sie bleiben bis zu ihrem Ende Gefangene dieser großen heilen Stadt Troja, in der die Bezirke Namen tragen wie Swansea, Sankt Pauli, Chicago, Park Avenue, Olympia oder Escorial. Sie enden in dieser Stadt aller Städte. [...]
Sucus, den sie Flagge nennen (weil er an einem festlichbeflaggten Nationalfeiertag zur Welt kam), will diese Stadt, die keine Arbeit für ihn hat, verlassen und zusammen mit seiner Mutter und seiner Freundin Zsuzsa in das Dorf ziehen, das die Eltern einst verlassen hatten. ›Dort‹, so sagt er seiner Mutter, ›gibt es auf dem Berg ein Holzhaus mit einem Kiefernwald, das immer noch uns gehört. Dort können wir leben. Ich würde Bäume fällen, du würdest Hühner halten, und Zsuzsa, die würde Pilze sammeln...‹
Es wird für Sucus, seine Mutter und Zsuzsa die Heimkehr in diese Welt, die Berger in den ersten beiden Romanen so eindrucksvoll und poetisch beschrieben hat, nicht geben. Denn die Welt hat tatsächlich wie es in einem der früheren Romane der Trilogie heißt, die Erde unter den Füßen verloren, und so bleibt der Ort in den Bergen ein Ziel, das nur noch in Wünschen und Träumen erreicht werden kann. Oder in jenem weißen Schiff, das der Tod ist und das Sucus am Ende des Buches – und in einer der großartigsten, poetischsten Szenen der zeitgenössischen Literatur – zurückbringt in das Land, das seine Eltern einst verlassen und das er im Leben nicht erreicht hat. [...]
Mit einem Liebesroman, einem Buch der Sehnsucht hat John Berger das große Romanwerk, dem er den Sammeltitel ›In ihrer Arbeit‹ gab, beendet. Die Zeit, die Welt, der Mensch unseres späten Jahrhunderts sind hier Poesie geworden.«

Welt am Sonntag